U0330119

中外语言文学学术文库

法国诗歌史

The History of French Poetry

郑克鲁　著

华东师范大学出版社
East China Normal University Press

图书在版编目（CIP）数据

法国诗歌史 / 郑克鲁著. —上海：华东师范大学
出版社，2019
（中外语言文学学术文库）
ISBN 978-7-5675-9235-3

Ⅰ.①法… Ⅱ.①郑… Ⅲ.①诗歌史—法国 Ⅳ.
①I565.072

中国版本图书馆CIP数据核字（2019）第095790号

法国诗歌史

著　　者　　郑克鲁
责任编辑　　曾　睿
审读编辑　　王　海
特约审读　　汪　燕　徐曙蕾　王　婷
责任校对　　林文君
封面设计　　王如意　蔡丝雨

出版发行　　华东师范大学出版社
社　　址　　上海市中山北路3663号　邮编 200062
网　　址　　www.ecnupress.com.cn
电　　话　　021-52713799 行政传真 021-52663760
客服电话　　021-52717891 门市（邮购）电话 021-52663760
地　　址　　上海市中山北路3663号华东师范大学校内先锋路口
网　　店　　http://hdsdcbs.tmall.com

印 刷 者　　上海商务联西印刷有限公司
开　　本　　710×1000　16开
印　　张　　17
字　　数　　280千字
版　　次　　2019年10月第1版
印　　次　　2019年10月第1次
书　　号　　ISBN 978-7-5675-9235-3
定　　价　　63.00元

出 版 人　　王　焰

（如发现本版图书有印订质量问题，请寄回本社客服中心调换或电话021-52717891联系）

总 序
GENERAL PREFACE

改革开放以来，国内中外语言文学在学术研究领域取得了很多突破性的成果。特别是近二十年来，国内中外语言文学研究领域出版的学术著作大量涌现，既有对中外语言文学宏观的理论阐释和具体的个案解读，也有对研究现状的深度分析以及对中外语言文学研究的长远展望，代表国家水平、具有学术标杆性的优秀学术精品呈现出百花齐放、百家争鸣的可喜局面。

为打造代表国家水平的优秀出版项目，推动中国学术研究的创新发展，华东师范大学出版社依托中国图书评论学会和南京大学中国社会科学研究评价中心合作开发的"中文学术图书引文索引"（CBKCI）最新项目成果，以中外语言文学学术研究为基础，以引用因子（频次）作为遴选标准，汇聚国内该领域最具影响力的专家学者的专著精品，打造了一套开放型的《中外语言文学学术文库》。

本文库是一套创新性与继承性兼容、权威性与学术性并重的中外语言文学原创高端学术精品丛书。该文库作者队伍以国内中外语言文学学科领域的顶尖学者、权威专家、学术中坚力量为主，所收专著是他们的代表作或代表作的最新增订版，是当前学术研究成果的佳作精华，在专业领域具有学术标杆地位。

本文库首次遴选了语言学卷、文学卷、翻译学卷共二十册。其中，语言学卷包括《新编语篇的衔接与连贯》《中西对比语言学—历史与哲学思考》《语言学习与教育》《教育语言学研究在中国》《美学语言学—语言美和言语美》和《语言的跨面研究》；文学卷主要包括《西方文学"人"的母题研究》《西方文学与现代性叙事的展开》《西方长篇小说结构模式研究》《英国小说艺术史》《弥尔顿的撒旦与英国文学传统》《法国现当代左翼文学》等；翻译学卷包括《翻译理论与技巧研究》《翻译批评导论》《翻译方法论》《近现代中国翻译思想史》等。

　　本文库收录的这二十册图书，均为四十多年来在中国语言学、文学和翻译学学科领域内知名度高、学术含金量大的原创学术著作。丛书的出版力求在引导学术规范、推动学科建设、提升优秀学术成果的学科影响力等方面为我国人文社会科学研究的规范化以及国内学术图书出版的精品化树立标准，为我国的人文社会科学的繁荣发展、精品学术图书规模的建设做出贡献。同时，我们将积极推动这套学术文库参与中国学术出版"走出去"战略，将代表国家水平的中外语言文学学术原创图书推介到国外，构建对外话语体系，提高国际话语权，在学术研究领域传播具有中国特色、中国高度的语言文学学术思想，提升国内优秀学术成果在国际上的影响力。

《中外语言文学学术文库》编委会

2019年6月

序 言
FOREWORD

　　综观法国诗歌发展的全部历史，可以发现一个耐人寻味的经验，这就是：法国诗歌开始执欧美诗坛的牛耳，发挥前所未有的影响，是在法国的诗人们对诗歌创作的规律进行了认真的探索、取得了令人瞩目的成就以后才出现的。

　　众所周知，法国诗歌直到19世纪中叶波德莱尔的《恶之花》问世之后，才扭转了模仿和顺应欧洲诗歌发展的潮流，进入诗歌创作的局面，并反过来对欧美诗坛产生巨大的影响。这样说也许不完全准确，因为中世纪的法国诗歌曾经处于欧洲诗歌创作的前列：以《罗兰之歌》为代表的英雄史诗达到了这类体裁的诗歌的最高水平；骑士抒情诗最早发源于法国南部的普罗旺斯，成为当时抒情诗的典范。英雄史诗和骑士抒情诗在法国的繁荣并不是偶然的，10世纪至12世纪的法国正处于封建国家形成和疆域统一的历史阶段。从人类社会发展史的角度来看，中世纪法国的封建制形态在欧洲是最为典型的。在这样的历史条件下，文学获得相应的发展就不令人奇怪了。但是，法国的英雄史诗和骑士抒情诗对欧洲诗歌的影响是有限的：封建割据使得文化交流难以进行，而且当时纸张还未出现，文学作品也难以广泛地流传开来。行吟诗人的传递作用毕竟很有限。此后随着法国社会的发展，出现了一个相持阶段，约有二三百年之久，在文学上一些国家后来居上，意大利的文艺复兴运动就早于法国，而且取得了更大的成就。就诗歌方面来说，但丁的创作是在13世纪末14世纪初，他是第一位近代大诗人。那时，法国的文学创作还远未成熟，诗人根本谈不上拥有近代意识。直至15世纪中叶出现了维庸，才改变了这种局面。维庸确实具有近代意识，他带有个性解放的内心剖白，正面描写死亡题材，化丑为美、丑中见美的艺术观，开了近代资产阶级文学的风气之先。可是，维庸的作品在当时并没有产生多大影响，由于各种原因而被埋没了300多年。

16世纪时，法国出现了文艺复兴运动。在诗歌方面，七星诗社的活动最为引人注目。七星诗社诗人们的创作深受古希腊罗马和意大利的诗人们的影响，他们虽也取得了不可忽视的成就，然而摆脱不了模仿的窠臼，因而他们的成就并不突出。17世纪的法国主要是戏剧称霸文坛。古典主义戏剧大半是诗剧，重点在剧而不在诗。诗剧基本上是两行一韵，运用亚历山大体，并无太大的变化。至于拉封丹的寓言诗，尽管独树一帜，终因体裁的关系，影响受到限制。18世纪的法国诗坛被称为"诗歌的沙漠"，冷落的局面可想而知。这一时期并非缺乏诗人，而是缺乏大诗人。启蒙时代提倡理性，感情受到压抑，加以哲学家的思维也许不适于诗歌创作，所以18世纪优秀诗作寥寥无几。浪漫主义发源于德国和英国，而不是法国。浪漫主义诗歌的巨大业绩首先要归功于前面两个国家。法国也出过浪漫主义的大诗人，而且像雨果也有过非凡的创造，他用隐喻来表现抽象的事物和思想，可以看作象征手法的前奏。但总的来说，雨果的诗艺并没有创造性的突破发展。

以上就是19世纪中叶之前法国诗歌的发展状况以及它在世界诗坛上的地位，概而言之，它对世界诗歌的发展所起的作用还不大。然而从波德莱尔开始，法国诗歌进入了一个崭新的时期。波德莱尔的贡献是划时代的。

波德莱尔的主要贡献在于提出了通感理论，与此相应的是运用了象征手法。通感理论把世界看成一个统一体，彼此互有联系，可以相通。由此出发，表面看来不同类别的感觉如色、香、味可以沟通，不同的文学类型如音乐、绘画、雕塑也可以相连。这种沟通和相连则要通过象征手法才能达到。世间充满了象征事物，就等诗人去发现。通感理论和象征手法建立在对诗艺和文学语言精深独到的探索之上。以往的诗人和作家没有或很少发现世间事物彼此相通的现象，缺少手段去表现内心精神世界或抽象的情愫。尤其在诗歌中，这种看不见摸不着的情感不能像在小说中那样通过细腻的文字去表达，唯有用具体的意象去表现抽象的思想才能完美地解决这一难题。而且语言本身就含有这种未被发现的功能：不同的字与字的组合能产生新的含义。波德莱尔的理论和实践无疑扩大了文艺的观念和诗歌表现手段，给诗歌创作，广而言之，给文学创作开辟了广阔的道路。

继之，魏尔伦对音乐性即诗歌内在节奏的重视，兰波的"语言炼金术"对字词组合的奇异现象的发掘，深化了波德莱尔开创的事业，扩大了波德莱尔的影响。这三位诗人的理论和创作在国际上产生了深远影响，可以说使欧美诗坛为之改观。法国象征派的兴起在欧美引起巨大反响，形成壮阔的潮流。

法国的诗人们并没有就此止步。第一次世界大战后出现的超现实主义又一次对诗艺进行了探索。布勒东和他的同伴把梦和潜意识引进诗歌，进一步扩大了意象的组合能力。超现实主义惯用一连串的意象构成一首诗，换言之，不只是以一个或数个意象去表现一种抽象事物或情感，而是以数十个意象去表达一种事物或思想。由此可以看出，超现实主义对象征主义来说是一种发展。法国20世纪的重要诗人大半都受到这一流派的影响，不仅如此，它在国际上有广泛的追随者，特别对魔幻现实主义产生了直接的影响。

从上述简略的回顾不难看出，19世纪下半叶以来，还没有哪一个国家的诗歌在世界上起过如此巨大的作用。归根结底，法国的诗人们对诗艺和语言功能进行了卓有成效的探索，发现了其中的奥秘，才改变了诗歌创作的面貌。

这就是《法国诗歌史》最后得出的结论。拙作力图在一个不算大的篇幅里勾勒出法国诗歌的发展历程，评析每一时期的诗歌所取得的成就和不足之处，概括出每一个重要诗人的特点，分析每一个诗歌流派的主张和创作实践。其中融合了各家之言，但更多的是笔者的一得之见，想必这部诗歌史将有助于我国读者对法国诗歌有进一步的了解。

郑克鲁

目录
CONTENTS

第一章　中世纪长篇叙事诗的繁荣

法国中世纪文学几乎由诗歌构成，换句话说，法国中世纪文学的基本形式是诗歌。除了纪事散文和15世纪出现的小说以外，英雄史诗、骑士传奇、小故事诗、戏剧等都用诗句写成。雨果说过，中世纪文学是"诗歌的海洋"。现今搜集到的作品，约有几十万行诗，多半是十音节诗和八音节诗，押谐音或两行一韵。鬻歌诗人和行吟诗人是这些诗歌的传播者或创作者。中世纪文学最早是适于吟唱的。叙事诗的体裁一开始就十分发达，英雄史诗、骑士故事诗、小故事诗、《列那狐传奇》和《玫瑰传奇》，都是叙事诗，构成了中世纪文学的主体。

第一节　英雄史诗

英雄史诗产生于11世纪，12世纪为兴盛期。远征西班牙和"十字军东征"，直接促进了英雄史诗的兴起。为了鼓舞士气，鬻歌诗人在营帐演唱历史上的丰功伟绩。"十字军东征"以后，教堂为了吸引朝圣者，将一些被奉为圣徒的大贵族的事迹写成叙事诗。由此产生了英雄史诗。英雄史诗先经过民间传诵阶段，12世纪才有文字记录——手抄本。手抄本是在民间创作的基础上加工而成的。现存最早的手抄本《罗兰之歌》和《纪尧姆之歌》都是根据1100年前后的作品改写而成的。

从形式上看，英雄史诗与叙事抒情诗有很多联系。叙事抒情诗是民间自发产生的咏唱武功的诗歌。英雄史诗在此基础上发展起来。它分为帝王系、敦·德·梅央斯系和纪尧姆·德·奥朗日系，分别叙述查理大帝的事迹、封建王国的诸侯叛乱和纪尧姆及其家族勤王征战的事迹。此外还有十字军系等。

英雄史诗早期是一种借古喻今的文学，它借取卡洛林和墨洛温王朝的历史，反映了从11世纪末开始的法国封建社会趋向统一的愿望和现实。与这个要求相适应，英雄史诗歌颂帝王的武功。在8世纪建立统一帝国的查理大帝于是以理想的帝王面目出现，不少英雄史诗歌颂他一生的重大事件和骁勇品质，描绘了他在西班牙、意大利、萨克森的主要战役。在《查理大帝朝圣记》中，他去朝拜圣地耶路撒冷，返回时经过君士坦丁堡，依仗圣徒遗物，做出一般人难以做到的事，远胜过那里的国王。《罗兰之歌》和《赛斯纳人》叙述了他战胜异教徒的斗争。这样一个近乎神化的皇帝，是强大王权的象征。

英雄史诗也歌颂了忠臣。除了罗兰，英雄史诗集中还歌颂了纪尧姆。在《路易加冕》中，他维护年幼的路易，挫败企图摄政的诸侯。他在打退异教徒的战斗中被砍去了鼻尖，得了"短鼻子纪尧姆"的绰号。他和侄子维维安等以弱胜强，打败了撒克逊人（《纪尧姆之歌》）。在《尼姆城的大车》中，他虽然得不到国王封赏，仍然对国王忠诚，设巧计将士兵藏在盐桶内，用牛车拉入城里，攻占了城市。纪尧姆是一个鞠躬尽瘁、死而后已的忠臣形象。

英雄史诗还谴责了诸侯的叛乱，反对诸侯之间的混战。在《拉乌尔·德·康布雷》中，拉乌尔看中别人的封地，违背了皇帝的意旨，最后被杀死。在《戈尔蒙和伊桑巴尔》中，伊桑巴尔因为国王不公，效忠异教徒的国王戈尔蒙，将战火蔓延到家乡，最后忏悔而死。在这些英雄史诗中，叛乱的诸侯以失败告终，王权获得胜利。

由此看来，英雄史诗具有强烈的政治色彩。它宣扬王权高于一切的观念：帝王是英明正确的；即使君王并不贤明，诸侯只是为了维护自己的利益而叛乱，那也是犯上，受到了谴责。英雄史诗反对封建社会的一切敌人，包括对西方一度构成威胁的异教势力；它同"十字军东征"相配合，大量描写基督徒以弱胜强，打败异教徒。这种明显的政治色彩必然受到王权和教会的大力支持。在当时书写工具十分昂贵的情况下，将几千行诗抄写在羊皮纸上并非易事，单靠行吟诗人等个人的力量是难以完成的。另一方面，巩固封建中央集权制，削弱诸侯势力，使社会获得安定，是有利于社会生产力的发展和人民生活的稳定的，符合历史发展潮流，所以英雄史诗的流行具有广泛的群众基础。在一两百年内，它从北方迅速蔓延到南方，达到鼎盛局面，绝不是偶然的。

《罗兰之歌》（约1100）是最古老，也是最优秀的一部英雄史诗。全诗4002行，一共291节，现存的手抄本约写于1170年，用盎格鲁—诺尔曼方言写成，从最后一行诗得知作者可能是杜罗尔德。这部英雄史诗借用了一段史实，加以铺陈：公元778年8月15日，年轻的国王查理率师从西班牙返回时，在比利牛斯山遭到巴斯克山民的袭击，罗兰伯爵战死。史诗杜撰了一个叛徒加奈隆，让罗兰在荆棘谷血战而死。"这个歌里歌唱了查理个人身上所体现的法兰西的统一———一个还不存在的、理想的封建王国。"[1]史诗反复咏唱"可爱的法兰西"，主人公罗兰不让"可爱的法兰西落到耻辱中"，"丧失它的价值"，"为主上甘受严寒和烈日的磨炼，抛尽血肉也是应当"。他不愿吹响号角求救，而是以一当十，英勇无畏，以战死维护法兰西的荣誉：

> 他面朝下躺在绿草地，
> 身下剑和号角放在一起；
> 他的头转向异教徒。
> 这样做他是满心希冀，
> 查理和全军将士会说，
> 可爱的伯爵得胜而死。

这个场面表达了一个思想：法兰西高于一切，为它而死是壮烈的捐躯，虽死犹荣。史诗把统一法兰西的思想升华到崇高的境界。建立一个统一的法兰西，需要有一个英明的国王。查理大帝当政时间很长（768—814），他建立了一个虽然不很巩固，但版图却十分广阔的帝国。在史诗中，他英勇善战，深谋远虑，乐于倾听谋士的建议，富有情感，是天主的宠儿，在他身上集中了一切美德。

《罗兰之歌》在艺术上的成就代表了英雄史诗的艺术特点。首先，它体现了简朴而崇高的风格。史诗结构很简单：从头至尾原原本本地叙述。叙事状物也很简单，喜作战斗场面的描述，人物没有内心活动，说话很少，只通过行动来表达思想；状物往往只用一个形容词："山峦高耸，深谷幽暗。"这种古朴衬托出人物和事件的崇高。但史诗采用夸张笔法：战斗者具有超人的膂力，能一剑将人劈成两半，因为他们的剑镶满圣徒遗物，拥有神奇的力量。罗兰不是被敌人杀死的，他因为吹号角用力过猛，胀破了太阳穴。这些神化人物的笔法

1　恩格斯：《法德历史材料》，《马克思恩格斯论艺术》，第2卷，人民文学出版社，1963年，第98页。

使《罗兰之歌》具有高古的风格。

《罗兰之歌》还善用民歌的对比法和重叠法。为了衬托罗兰的刚烈倔强，史诗虚构了一个奥利维埃，他很明智，三次劝告罗兰吹响号角，因为他清醒地看到敌人过于强大，单凭后卫部队难以抵挡；罗兰的骁勇正是造成他的不幸的原因所在。罗兰的刚直和加奈隆的奸诈也形成对比。这种人物的对比正是民间文学的手法。在用词上，史诗也喜用成双的形容词，如"罗兰英勇，奥利维埃明智"，英勇和明智构成一对形容词。

第二节　骑士故事诗

12世纪下半叶，在北方兴起了骑士故事诗，并以极大规模发展起来。骑士故事诗从取材来看，可以分为三类。

第一类是古代系。12世纪有一批教士传抄和评注古希腊罗马诗人和历史家维吉尔、奥维德、史塔斯的著作。其中的爱情故事和神话传说受到贵族欢迎，成为古代系故事诗取材的对象。《亚历山大故事诗》（约1150）被人改写成十二音节诗，后世称为"亚历山大体"。《底比斯故事诗》（约1150）写俄狄浦斯王的两个儿子的兄弟仇杀。《埃涅阿斯故事诗》（约1160）写特洛伊人埃涅阿斯的冒险。《特洛伊故事诗》（1160—1170）长达3万行。这些故事诗的人物无论服装、思想和生活习惯都酷似12世纪的法国骑士：亚历山大既很骁勇，又是一个知书识礼、酷爱音乐的典雅君王。爱情描写在这些故事诗中占有重要地位：在《底比斯故事诗》中，俄狄浦斯的两个女儿温柔多情；埃涅阿斯和狄朵、拉维尼亚的爱情占了很大篇幅；《特洛伊故事诗》反复描绘伊阿宋和美狄亚、波吕克塞娜和阿喀琉斯的爱情。在艺术上，古代系骑士故事诗是从英雄史诗到骑士故事诗的过渡，所以描绘技巧较为粗糙。

第二类是不列颠系。1135年，若弗鲁瓦·德·蒙慕特（Geoffroy de Monmouth，约1100—1155）写出一部《不列颠诸王史》，由罗贝尔·华斯（Robert Wace，约1100—约1183）改写成《布鲁图斯故事诗》（1155），约有15000行，描绘了亚瑟王麾下圆桌骑士的事迹。玛丽·德·法兰西（Marie de France，12世纪下半叶）是法国第一个女诗人，也是中世纪最优秀的女诗人，她的创作年代大约在1160—1190年之间，她擅长写短篇故事诗（共12首），从100多行到1000多行，最短的一篇《金银花》将特里斯坦和伊瑟的爱情缩写下来：

> 没有她，他不能生活：
> 他们两人情投意合，
> 就如同金银花一样，
> 攀附在榛树的干上：
> 当金银花沿着树干，
> 绕来绕去，紧紧相缠，
> 它们就能共同生存，
> 如果要让它们离分，
> 榛树不久就会枯竭，
> 金银花也同样凋谢。

诗人用金银花来象征这对情人的爱情，比喻生动贴切，富有诗意，文字也相当凝练。这位女诗人还善于在故事诗中插入魔法变异或仙女与骑士相爱的情节，竭力避免俗套，力图诗意地描绘背景和人的心灵。

《特里斯坦和伊瑟》是骑士故事诗中最动人的诗篇。这个源出于凯尔特人的传说先在法国流传，后在欧洲广泛传播。现存两个残篇：贝鲁尔约写于1170年的残篇有4500行左右，叙述故事的中心部分；托马斯约写于1170年的残篇有3000行，描述主人公最后的冒险和死亡。约瑟夫·贝蒂埃根据各种版本重写了这个故事。《特里斯坦和伊瑟》不同于英雄和美人如愿以偿的骑士故事诗，而是一部爱情悲剧，诗歌的动人力量也在于此。特里斯坦和伊瑟相爱于前，命运却不让他们结合。社会要求他们尊重法律和宗教义务，但他们的爱情力量更大，一对情侣双双逃走。待到他们不得不分手之时，特里斯坦仍不忘旧情，千方百计要见一见伊瑟。他在王后必经之地放上一根榛树枝，并扎上一串金银花——他们不可克服的爱情象征。特里斯坦死前呼唤着伊瑟：

> 你知道我过世以后，我了解，你得不到安慰。你会悲恸万分，加上你十分疲劳虚弱，你永远也不会恢复过来……我的痛苦就在于知道没人救你。想到我死了，你举目无亲，没有支持，难免一死，我痛苦

难受，心如刀绞。我毫不在乎死：如果天主非要这样，我心甘情愿。可是，你一知道我去世以后，朋友，我明白你也会溘然长逝。

伊瑟在特里斯坦的遗体前痛哭：

> 如果我及时赶到，朋友，我会使你恢复健康；我便能对你温柔诉说我们之间的爱情；我会边哭边说我们爱情的遭遇、欢乐、幸福、苦难和悲痛：我会回忆起这一切，拥抱你，亲吻你。我要是能治好你，我们就能一同死去。

然而，爱情比死亡更有力量：在他们毗邻的坟旁，从特里斯坦的墓中长出一根连理枝，一直伸入伊瑟的墓中。人们愈是剪断它，它愈是长得苦壮：他们死后和生前一样，始终结合在一起。《特里斯坦和伊瑟》是讴歌骑士爱情的优秀诗篇。

克雷蒂安·德·特罗亚（Chrétien de Troyes，约1135—1190）是最重要的骑士故事诗诗人。他的创作年代约在1165—1190年间。他早年的作品受过奥维德的《变形记》的影响。他也模仿过南方行吟诗人的作品。《艾雷克和爱妮德》（约1170）描写亚瑟王的骑士艾雷克在妻子爱妮德的陪伴和暗中协助下，克服重重险阻，重建了国家。《克利杰斯》（约1176）描写克利杰斯同希腊王后费尼丝相爱的故事。《朗塞洛或囚车骑士》（1177—1189）是他的重要作品。朗塞洛为了亚瑟王之妻，战胜强手，甘愿坐上马拉的大车（这是对犯了杀人罪、背叛罪、决斗败北者、窃贼等的一种惩罚），因为：

> 爱情紧藏在他心中，引导他和命令他立即登上囚车。爱情非要他如此，他便跳了上去，因为他对耻辱毫不在乎，既然爱情在引导他，非要他这样不可。

他还不顾疼痛受伤，爬过脱鞘长剑架设的桥。格妮艾芙要他在比武中显得像脓包，他只有唯命是从；她命令他骁勇过人，他便马上战胜对手。朗塞洛堪称典雅爱情的典范。

特罗亚还著有《伊万或狮骑士》（1176—1181）、《佩塞瓦或圣杯故事》（1180—1190）。特罗亚是一个富有艺术感的诗人。他善于组织情节，将奇异的战斗、局面的演变、魔法的出现、忠实的动物和爱情场面连接成较有艺术魅力的故事，虽然插曲太长，不免拖沓一些。他的叙述不时带有一点幽默感，使离奇的情节变得较为令人容易接受。他注意描绘宫堡、服装、家具、仪式，等等，是一个现实主义的观察家。诗人还善于写对话，注意诗行的变化，用词准确，他所运用的法兰西岛方言极大地有助于法兰克语的日益确立。

骑士故事诗的作者有的是低级僧侣，他们多半依附于宫廷，但同下层人民有所接触，了解民间疾苦。他们的写作虽然要取悦王公贵族，却常常流露出进步的思想倾向。克雷蒂安·德·特罗亚的故事诗在讴歌骑士之爱的同时，总是着眼于社会的幸福：在《艾雷克和爱妮德》中，爱情的获得也使"宫廷的欢乐"——社会的利益得以实现；朗塞洛不仅是为了解救王后，而且是为了王国所有臣民的利益；伊万更进一步，他还救助受压迫者，诗中插入了"惨遇宫堡"里两个魔鬼的囚徒——丝织女工的诉怨：

> 我们不停地织着丝绸，
> 却永远穿不上好衣服。
> 我们始终贫困，衣不蔽体，
> 永远口渴难熬，饥肠辘辘；
> 我们从来也挣不够，
> 吃的东西总是不足。
> 我们很难吃到面包，
> 早晨一丁点，晚上更少：
> 每人为了糊口，
> 要织一斤丝绸。
> ……
> 我们替主人做工，
> 他靠我们的活计致富。

这一段描写完全是现实生活的严格写照，12世纪时香槟和阿尔图瓦地区的工场工人的贫困生活刻画得十分真切。华斯的《卢的故事》则记录了诺曼底农民被逼得走投无路、揭竿而起的场面：

> 我们挥舞大棒和木桩，

还有箭、木棍、长矛，

我们有斧头、弓、标枪，

没有武器就用石头。

由于我们人多势众，

足以同领主战斗。

由此看来，骑士故事诗的内容是相当丰富的，较之英雄史诗，它的描写面已扩展到人的内心生活和下层人民的苦难和反抗。

第三类是拜占庭系。"十字军东征"后，法国贵族掳掠了大批财物，也带回拜占庭的文化，拜占庭系故事诗（Les romans bysantines）的产生与此有关。这大抵是田园故事诗，代表作为《奥卡森和尼柯莱特》（约13世纪初）。这部故事诗叙述博凯尔伯爵之子奥卡森爱上异教徒女俘尼柯莱特，伯爵反对，将尼柯莱特囚禁起来。奥卡森出发去征战，被敌人俘虏，但他反过来俘获了布加尔。老伯爵食言，不肯答应儿子的要求，奥卡森愤怒之极，放走了俘虏。伯爵将儿子关在一座老塔楼的底楼。尼柯莱特逃入森林，奥卡森被释放后到森林里打猎，牧童把尼柯莱特的信息转告给他。他的肩膀因跌倒脱臼，恰巧尼柯莱特来到，治好了他。他们来到海边，坐上商船，到了托尔洛尔国，过上幸福的日子。但海盗来犯，劫走了他们。奥卡森的那艘船遇到风暴，搁浅在博凯尔岸边。伯爵已死，年轻人继承父业。尼柯莱特在迦太基上岸，她发现自己是迦太基的公主，她的父亲想把她嫁给一个王子。但她忘不了奥卡森，化装成行吟诗人逃走，来到博凯尔，在奥卡森面前吟唱自己的爱情故事。奥卡森终于娶了她。这部作品的咏唱部分为诗歌，叙述部分为散文，称为"弹词"（chantefable）。这部故事诗有不少地方模仿《狮骑士》《囚车骑士》和《特里斯坦和伊瑟》，但也从民歌和口头传说中汲取材料。这部故事诗中，女主人公的作用更为具体，她能使病人恢复健康，她是恩惠和仁慈的源泉，她不再使人们产生不安。而男主人公也不像不列颠系的骑士主人公那样充满战斗和冒险的激情，多少有点反骑士人物的味道。

第三节　小故事诗、《列那狐传奇》和《玫瑰传奇》

小故事诗、《列那狐传奇》和《玫瑰传奇》都属于市民文学。小故事诗近似笑话，流行于1170—1340年，现存150篇左右，短的50多行，长的1000余行，均为八音节诗，大部分产生在法国北部，作者多半佚名。小故事诗以日常生活为描写对象，篇末以道德教训结尾，总结全诗的意义，这是古希腊罗马寓言带来的影响。

小故事诗常以教士为嘲讽对象，暴露教士的贪婪、狡诈、勾引妇女等恶行劣迹。《驴的遗嘱》揭露教士为所欲为，法律和教规约束不了，他们从上到下都是一丘之貉。《教士的母牛布吕南》讽刺教士并不实行布道所宣扬的主张，因此布道只不过是骗人的手段而已。《修士德尼丝》描写修士勾引骑士之女，怂恿她离家出走，扮成修士，终于被人识破。这首故事诗揭露教士过的是奢侈糜烂的生活。

小故事诗也赞扬农民的优秀品质和反抗精神。《农民医生》描写一个富裕农民经常殴打妻子，其妻趁国王求医为公主治病，说是她的丈夫精通医术，但需痛打他，他才肯给人看病。农民挨打，只得进宫治病。他做出各种滑稽动作，引得公主大笑，鱼骨吐了出来。莫里哀曾据此改写成《屈打成医》。《农民巧辩入天堂》描写一个农民死后在天堂门口与三位圣徒辩论，他指责圣徒们陷害过别人，相反，他过的是清清白白、乐善好施的生活，因此更应入天堂。《贡斯当·杜阿梅尔》描写农村的三个小暴君——司法吏、领主的森林管理人和教士觊觎农民贡斯当·杜阿梅尔的妻子，遭到她坚拒。这三个家伙合谋用"需要、穷困和饥饿"迫使她就范。教士将农民革出教门，司法吏让他下狱，领主森林管理人占有了耕牛。破了产的农民终于寻机报了仇：他把这三个人诱进盛满羽毛的大桶里，放火焚烧，又挥舞大棒沿街追逐他们，让村里的狗扑向他们。

小故事诗还对社会的丑恶思想进行抨击，也有的叙述恶作剧，等等。小故事诗的滑稽往往是轻松的，有时则是粗俗的，也有的玩弄文字游戏。由于小故事诗对生活的观察相当细致，所以它的滑稽就不显得那么庸俗。这种讽刺反映了高卢人的精神，坦直开朗，同时也相当犀利。它为后世拉封丹的寓言诗开辟了道路。

列那狐故事诗是市民文学最繁荣的形式之一，从12世纪下半叶至14世纪初，列那狐故事诗竟出现了10万行之多。它从费德尔和伊索寓言中汲取养料，经过市民意识的熏陶，以幽默和讽刺的手法反映现实。

《列那狐传奇》（约1174—1250）是最重要的列那狐故事诗，作者不止一人，共分二十七个组诗，分两个时期写成：1174—1205年为第一时期，1205—1250年为第二时期。故事诗的中心角色是列那狐，同时描绘了各种飞禽走兽，故有"禽兽史诗"之称。诗中的动物既有各自的生物特性，又被赋予了人的社会属性：凶猛的大动物相当于贵族统治阶级，而弱小动物则是下层阶级。

从表面看，《列那狐传奇》多少含有对英雄史诗和骑士诗歌的滑稽模仿，其实它具有明显不同的内容，最突出的是，这部故事诗集中描写的是"以狡猾取胜"这一主题。在动物中，狐狸素以狡猾著称，以狐狸作为狡猾的化身是最恰当不过了。故事诗最脍炙人口的篇章都是描写列那狐智取伊桑格兰狼和其他动物的故事。有时，狐狸的狡猾有以弱胜强的意味，但也有欺骗诈取的一面。狡猾和诡诈乃是商人特有的品性，随着城市的发展，这种意识日益具有影响，它是中世纪市民阶层向封建贵族斗争的思想武器，既显出新兴阶级机智的一面，也表现其凶残的另一面。具有讽刺意味的是，狐狸在同比它强的动物的较量中往往取胜，却经常败在弱小动物手下，如它败给了公鸡："智者千虑必有一失，欺骗大家的狐狸这回也受了骗。"

《列那狐传奇》与英雄史诗、骑士诗歌的不同之处还在于它的讽刺意义。这部诗集对司法制度和教会进行了抨击。狮王偏听偏信，法庭程序拖沓冗长，做出的判决往往无力或无法执行。诗集对教士的抨击十分尖锐：教士花天酒地，甚至嫖妓，修女们养得肥肥的，列那狐明白忏悔是虚伪的。参加"十字军东征"是为了逃脱惩罚。

《列那狐传奇》的魅力来自动物拟人化而又保留动物特性，具有一种幽默的风趣。狮子取名"高贵"和"贵族"，公鸡取名"亮嗓子"，蜗牛取名"慢吞吞"，野兔取名"胆小鬼"，狐狸是"恶作剧的爱好者和诡计专家"。狼既愚蠢又贪婪，却又强壮；公鸡骄傲，却颇为灵活；狮子庄严轻信；牝狮爱卖弄风情；山雀喜欢冒险。这些描写显示出诗人观察细腻，熟悉农村生活。尤其是《列那狐传奇》善于将形象的刻画和讽刺紧密结合在一起。如第五篇：狐狸不慎落入井中，它骗狼说，井里是天堂："你别存奢望，你进不了这儿：天堂是仙境乐园，不是为所有人开放的。"又说："善的分量很重时便会降到下面，而一切恶留在上头。"狼受了骗，于是跳入另一只水桶中。狼比狐狸重，便沉落下去，半路上与狐狸相遇，狼奇怪狐狸怎么反而离开，狐狸回答：

> 你不用装扮鬼脸。
> 我给你解释结局：
> 有走自然就有来。
> 这是一个老规矩。
> 我到上面的天堂，
> 你到下面的地狱。
> 我可逃脱了魔鬼，
> 而轮到你见鬼去。
> 你陷入绝望之中，
> 我却摆脱了忧虑。

在这个场景中，狐狸和狼的形象活灵活现，尤其是狐狸，它引诱的话切中狼的心理，在捉弄了对方的同时，也揶揄了宗教。由于列那狐的刻画极为成功，在法语中，"列那"这个专有名词代替了狐狸古法语的普通名词。歌德据此改写的《列那狐》使列那的故事流传更广。

13世纪下半叶，有的诗人改写了列那狐故事，如《假冒为善的列那狐》《新列那狐》《列那狐加冕》，喜剧意味大为减色，艺术上也较为粗糙。

《玫瑰传奇》是中世纪文学的一部重要作品，由截然不同的两部分构成。第一部分的作者是纪尧姆·德·洛里斯（Guillaume de Lorris，13世纪，具体生卒不详），约写于1225—1230年，不到4100行；第二部分的作者是让·德·默恩（Jean de Meung，约1240—1305），写于1268—1282年，不到18000行，均为八音节诗。第二部分是《玫瑰传奇》的主体。

第一部分写的是一个梦。作者梦见自己走进"欢乐"果园，参加舞会。爱神一箭射中了他，他爱上了"玫瑰"，在"希望""温情""蜜语""媚眼"的帮助下，他去寻找"玫瑰"，尽管"危险""羞耻""恐惧""坏嘴"和"嫉妒"百般阻拦，他终于吻到"玫瑰"。但"嫉妒"将"玫瑰"关在塔中，诗人痛苦不堪……纪尧姆·德·洛里斯根据典雅诗歌提出一套"爱的艺术"，所不同的是，他将人的各种感情拟人化。诗句写得较为轻巧。

第二部分续写诗人不听"理性"的劝说。在爱神的帮助下，大家冲进塔楼，但"危险""恐惧"和"羞耻"很快又占了上风。在"自然"和"天才"的鼓励下，爱神的队伍重整旗鼓，终于攻下塔楼，采摘"玫瑰"。诗人醒来。

让·德·默恩站在市民阶级的立场上猛烈抨击了贵族阶级的门第观念。"自然"这样宣称：

> 王公并非那么尊贵，
> 要让星辰为其报丧，
> 不同于别人的死亡：
> 比起赶大车的身价，
> 或教士和骑士侍从，
> 他们没有什么不同。
> 尽管强弱胖瘦不等，
> 出生时可赤裸不分。
> 而从人的状况来看，
> 毫无例外一律平等。

"自然"指出："家世的显贵算不了什么。"贵族最好模仿他们的先辈，用武功和勇敢获得他们的贵族身份，因为他们的祖先"一离开这人世，也带走了他们的一切品德"。"自然"理直气壮地说：

> 许多例子都将证明：
> 出身低微但有作为；
> 比起多少王子伯爵，
> 他们更加勇敢尊贵。

诗人举起了"天赋人权"的旗帜，他的思想反映了市民阶级取消贵族特权的强烈要求。诗人还借"伪善"之口，抨击了教士巧取豪夺和虚伪、狡诈的本质，反对苦行主义和教士的独身。

《玫瑰传奇》的艺术特点在于大量运用隐喻，将人的感情和自然界事物拟人化。隐喻的出现同当时研究神学和哲学的方法有密切关系。从奥古斯丁起，

《圣经》被看作一个象征的集合体，用人能理解的词汇和意象来表达神秘的信仰；神学家竭力寻找字句中的含义，发现其中的隐喻。12—13世纪，亚里士多德等古希腊罗马作家的修辞学传入法国，所谓修辞学，不外乎研究如何运用"意义的形象"，"说出此一事物，令人意会另一事物"，或将一系列比喻串联起来。神学和修辞学在13世纪几乎统治了人们的头脑，人们越来越习惯于用隐喻的方式表达思想，爱看用拟人化手法描写的文学作品。拟人化手法既有字面本身的意义，又有隐喻意义；既有形象，又有抽象概念的通俗演绎。《玫瑰传奇》出现以后，英雄史诗、骑士故事诗、列那狐故事诗、抒情诗、戏剧，等等，无不竞相效尤，这种现象就说明了隐喻手法符合当时人们的思想方式。

骑士故事诗和《玫瑰传奇》是近代长篇小说的前身，在法语中，用的是同一个词，这就说明了它们的渊源关系。它们之间确实存在共通之处：由一个中心情节组成，再铺衍成一连串的情节；故事有一个主要人物或一对主人公，次要人物围绕它们而存在；象征、寓意、隐喻等手法成为重要的艺术手段。另外，小故事诗、列那狐传奇则是短篇小说和寓言诗的前身。这说明中世纪的长篇叙事诗与其他文学体裁的密切关系。

第二章　中世纪的抒情诗和维庸

法国的抒情诗有悠久的传统，可以说是最古老的诗歌，最早的抒情诗要追溯到民歌。"抒情"（lyrisme）一词来自"古琴"（lyre），说明抒情诗是与音乐相结合的，它的形式最初应是口头文学。最早的民歌有"纺织歌"，这是唱给在刺绣或纺织的妇女听或者是她们边织边唱的情歌，"纺织歌"应是最古老的抒情诗。"破晓歌"，写男女幽会，天将破晓，女方提醒离别时刻已经到来；"牧歌"，描写骑士向牧羊女求爱；"伴舞歌"，节日舞会上的歌曲；还有"情歌"（canzo）、"挽歌"、"夜歌"等。民歌流传下来的很少，而且大多已经过后人的改写。有名的"纺织歌"《盖叶特和奥莉娥》是一首情歌，描写有情人无法成为眷属，叠句反复咏唱："轻风徐来，树枝摇曳：愿多情人睡得安逸。"这首诗具有浓烈的田园牧歌的抒情意味。但是，这些古老的抒情诗并没有得到进一步的发展。直到骑士抒情诗出现，才打破了这种局面。

第一节　骑士抒情诗及其发展

骑士抒情诗是中世纪抒情诗创作的一个新阶段。骑士抒情诗大约出现于11世纪下半叶的法国南部，由于大贵族的扶持，得到迅速发展，并传播到北方。其中，普瓦图伯爵兼阿基坦公爵纪尧姆第九（1071—1127）的家族起了举足轻重的作用。纪尧姆第九是第一个有名的抒情诗人，他的宫廷是庇护行吟诗人的地方。他的孙女玛丽·德·尚帕涅的宫廷则是北方骑士抒情诗人活动的场所。玛丽的两个女儿也热衷于骑士抒情诗，她们的活动推动了北方骑士抒情诗的流行。骑士抒情诗数量众多，到 13 世纪已经相当繁荣。当时创作这类抒情诗的是行吟诗人，其中有代表性的是马卡布吕（Marcabru，创作年代约为1130—1148）、若弗雷·吕德尔（Jaufré Rudel，创作年代约为1130—1170）等。他们是南方的行吟诗人。北方的行吟诗人有加斯·布吕莱（Gace Brulé，12世纪后半叶至13世纪）、科农·德·贝蒂纳（Conon de Béthune，约1150—约1220）、蒂博·德·尚帕（Thibaud de Champagne，1201—1253）等。

马卡布吕的一首《牧歌》写一个贵族同一个牧羊女的对话，一问一答表现了牧羊女不为甜言蜜语所动，洁身自好的品格；牧羊女的驳斥充满了民间的智慧和犀利的鞭挞。吕德尔的《遥远的爱情》倾诉了骑士对远方的贵妇的渴念和思慕。布吕莱的《家乡的小鸟》富有田园谐趣，诗中写道："鸟儿使我陷入温柔的沉思，／歌声震动了我，／爱神早就应承我的求乞，／我终于觅到柔情许许多多。"尚帕涅的《自慰之歌》刻画了爱情在诗人心中引起的复杂感情，诗歌的第一节写道：

> 我想再写首歌
> 用来安慰自我；
> 我想再次咏唱
> 使我烦恼的人儿。
> 我的欲望难熬，
> 因为若不唱歌，
> 我就泪水滂沱。

诗人写出了向贵妇求爱那种又欢乐又烦恼的思绪。从这首诗可以看到骑士抒情诗着意描写的是"细腻的爱情"。

骑士抒情诗往往按照一个模式创作，缺乏新意，优秀作品屈指可数。至13世纪中叶，骑士抒情诗开始衰落。骑士抒情诗的中心内容是讴歌骑士对贵妇人的爱情。对爱情的描写显然与中世纪盛行的禁欲主义相悖，同教会宣扬的来世思想发生冲突。在艺术上，骑士抒情诗较之英雄史诗也有所发展。骑士抒情诗讲究形式工整、结构对称和辞藻华丽，大多采用民间流行的短诗，相比之下，比英雄史诗精练得多。骑士抒情诗开始对人的精神生活进行探索，从英雄史诗只描绘人的行动和外部世界转向描绘人的内心感受，这无疑又是一个大的进展。由于诗人们十分注意文字的锤炼和用字的准确，因此，骑士抒情诗"在近代一切民族中第一个创造了标准语言。它的诗当时对拉丁语系各民族，甚至对德国人和英国人都是望尘莫及的范例"。[1]法国的骑士抒情诗对全欧产生了重大影响，但丁也从中汲取了有益的营养。

从14世纪开始，抒情诗获得了复兴和发展。新出现的一批诗人处在战乱频繁的时期，他们大多生活坎坷，寄人篱下，颠沛流离的生活使他们扩大了诗歌题材，冲破爱情的范围，思索人们的生活状况、人生经验、生与死等问题；他们更为注意诗歌形式，刻意求工，在诗歌艺术上有所发展。

纪尧姆·德·马肖（Guillaume de Machaut，1300—1377）曾侍奉过好几个国王，他在音乐方面很有修养，对音乐与诗歌的联系十分敏感。他赋予一些短小的诗歌体裁以严格的形式，使之变得更为完美。他认为艺术家应克服形式的困难，所以诗人应崇拜形式的完美。他的诗作有的追求博学和隐喻，有的叙写幻想的爱情。他善写故事诗，更写过大量的抒情诗。他的一首《回旋诗》写道："白如百合，比玫瑰更艳红，／像东方红宝石闪亮晶莹，／使你的美丽无双添雍容，／白如百合，比玫瑰更艳红。"这首诗运用比兴手法来形容贵妇。另一首谣曲写道：

> 我诅咒时辰、光阴和白日，
> 还有星期、地点、月份、年龄，
> 以及我的贵妇那双眸子，
> 她的柔情剥夺我的欢欣。
> 我诅咒我的思想、我的心、
> 我的爱情、愿望、我的正直、
> 还有危险：在那奇异之地
> 使我悲苦的心哭个不停。

这首诗运用排比式的句子抒发自己的胸怀，三节诗的最后一句半是重复的，加强了抒情的力量。

于斯塔什·德尚（Eustache Deschamps，1346—1406或1407）是马肖的弟子，他曾在宫廷中任职。他在《诗艺》（1392）中对谣曲等体裁做了新的规定；他认为诗歌有别于音乐，两者应区分开来。德尚写过1400多首诗，达到

1　恩格斯：《法兰克福关于波兰问题的辩论》，《马克思恩格斯全集》，第5卷，人民出版社，1972年，第422页。

82000多行。他开创了论辩体诗歌，写过戏谑性的《遗嘱》，为后世所继承。他的诗往往抒写个人的切身感受，如生的欢乐与愁苦、旅行的厄运、病痛、激情和思索。《悼念杜·盖克兰的哀歌》所写的杜·盖克兰在1369年的战役中取得辉煌的胜利，因武功卓著从普通骑士擢升到军队统帅。诗歌怀念这个具有"雄狮心灵"的骑士，"完美无疵的军人"，反复咏唱"哭泣吧，为骑士之花哭泣"。在《巴黎》这一首谣曲中，他历数巴比伦、开罗、大马士革等历史名城，然后赞颂巴黎：

> 这是一座冠于全球的城市，
> 拥有如泉涌、似深井的见识、文化，
> 在塞纳河上巍然耸立，
> 葡萄园、森林、田野、草场美如画。
> 人世生活的美妙优雅，
> 超过了其他城邦；
> 外国人现在和将来都赞赏，
> 他们要娱乐和尽情玩耍，
> 再也找不到这样的地方：
> 哪里都比不上巴黎豪华。

这是对乡土的赞美，诗人的眼界十分广阔，他已经具有现代人的意识，能够理解城市在现代文明发展中的价值。他对巴黎的赞颂不仅看到了这个历史名城的繁华，更重要的是看到了它是个商业城市，这里有无数的商贾店家，"开遍百艺之花"。德尚的爱情诗也写得十分大胆，《美丽的少女》是一篇少女的自白："我乳房结实高耸起，／长手臂，纤细的手指，／论身材我苗条舒展"，"我有迷人的腰部、秀肩、巴黎人的屁股，／大腿小腿富有曲线""谁敢大胆向我求婚，／谁就将是我的恋人，／把如花的小姐独占：／告诉我，我是否漂亮。"这个少女的大胆袒露颇有点个性解放的味道。德尚的爱情诗具有典雅的特点，如《情人的诉怨》写道："没有人能够忍受我对你／怀有的苦恋，尊贵的夫人，／你天天都在我的脑海里。"《爱情的烦恼》则写出了心生嫉妒的情人的愁苦："我渴望黑暗的地方，／独自一人。"德尚的诗歌善于运用隐喻，他从民歌中借用节奏、热烈而自由的表达方式，他的抒情方式已经带上浪漫忧郁的情调。

女诗人克里斯蒂娜·德·皮桑（Christine de Pisan，1364—约1430）从小生活在查理五世的宫廷里，经历坎坷。她的诗歌抒发年轻守寡的痛苦，维护妇女地位，歌颂贞德的事迹，感情真挚。有名的谣曲《我孤零零》一连列举了24个孤零零的处境：人人弃之不顾，被人无情侧目，常常泪流如注，没有朋友独处，等等，充分表达了诗人的孤独和愁苦的身世，凄楚之状令人同情。

夏尔·德·奥尔良（Charles d'Orléans，1394—1465）是查理五世的孙子，在阿赞古战役中成为英国人的俘虏，他在英国度过二十五年，1440年才被释放。囚禁期间，他写诗遣怀，思念故国。谣曲《我朝法兰西的土地遥望》写道：

> 我朝法兰西的土地遥望，
>
> 从杜弗尔驶向大海的一天要来临，
>
> 我一想起就欣喜若狂，
>
> 返回故国成了我习以为常的心境。

他的心思念和热爱法兰西，因此他憎恨这场战争，希望和平能快快降临。夏尔·德·奥尔良的短诗也写得十分精致。他咏唱四季的回旋曲清新明朗，富有生活气息。《春》写道："光阴已脱下风、严寒／和淫雨织成的大衣，／穿上了明丽和灿烂／太阳织成的锦绣衣。"《冬与夏》写道："冬天啊，你真是淘气""夏天给田野、树林、花／穿上它翠绿的衣服／和五颜六色的大褂，／服从大自然的吩咐。"诗人爱用寓意手法，却并不滞重晦涩，而具有轻快活泼的节奏。他的爱情诗也写得很深沉。《在这忧郁烦恼的森林里》形容恋爱者是"迷途的人，不知身在何处"。《我的心，你劝我做什么》描写诗人无法表白爱情的踟蹰、难受、忍受折磨等复杂心态。

上述几位诗人所写的抒情诗都具有典雅的趣味，与骑士抒情诗一脉相承。夏尔·德·奥尔良可以说是最后一位重要的骑士抒情诗诗人。在中世纪的法国，还有另一种抒情诗，它们反映了市民阶层的思想和情调，这就是市民抒情诗。

第二节　市民抒情诗和弗朗索瓦·维庸

市民抒情诗产生于13世纪，它们的作者也是行吟诗人。市民抒情诗和骑士抒情诗的不同之处在于它直接描绘现实生活及其引起的感受，并对风俗进行嘲讽，而很少涉及爱情。13世纪初，让·博代尔（Jean Bodel，约1165—1210）的《辞别》写诗人得麻风病后与友人告别。科兰·米泽（Colin Muset）生活在路易十一时期，他抒写自己的流浪生活，寻求保护人和艰辛的谋生经历，最后归来仍然两手空空。

13世纪最重要的抒情诗人是吕特伯夫（Rutebeuf，约1230—约1285）。他来到巴黎，在1250年之后从事创作，现存50多篇作品。他有多方面的才能，既写作小故事诗和列那狐故事诗，又写作戏剧，而以抒情诗成就最高。

吕特伯夫的抒情诗已具有现代抒情诗的意味：他咏唱个人的内心感受，坦露自己的心灵和生活。《吕特伯夫的穷困》《吕特伯夫的婚姻》《吕特伯夫的怨诉》《冬天的困苦》《夏天的困苦》都以自身为对象，抒写自己以麦草为床，没有面包，四壁空空，生活在最艰难的境况中，穷得连朋友都吓走了。他结婚后，妻子同他一起忍饥挨饿，他感叹道，殉难者虽然经受了各种酷刑，

> 但我深信
> 他们的痛苦很快结束，
> 而我的痛苦像我的生活一样延续，
> 没有希望减轻。

吕特伯夫如实地表述自己的贫困，感情十分真挚；诗人不仅在自我申诉，他同时写出了贫苦大众的心声，展现了中世纪法国下层人民的生活。吕特伯夫对下层人民是抱着满腔同情的。短诗《沙滩广场的流浪汉》描写严冬季节在巴黎沙滩广场踯躅的无家可归的人："流浪汉，你们多舒坦；／树木都剥光了树枝，／而你们也没有衣衫；／你们的腰冻得战栗。"

吕特伯夫的抒情诗往往带有一种亲切的幽默感。上述这首诗用"多舒坦"来反讽流浪汉的生活，诗篇最后一句用白苍蝇来比喻雪片，都具有调侃意味。吕特伯夫用"我相信是风把他们吹得四散"来写朋友的远离，用笑谑的口吻来叙述自己的结婚和贫困，这种手法使他的诗别有韵味。

弗朗索瓦·维庸（François Villon，1431—1463以后）是法国中世纪最后一位大诗人，也是第一个现代诗人。可是，他的生平就像伦勃朗的油画一样，绝大部分隐没在黑暗中，只有少数地方显现出来：人们只能依据他的诗歌和司法档案，构成他身世的一个概貌。他出身贫寒，自幼丧父，由教士抚养长大，取了这个教士的姓。他本名为蒙柯比埃（或洛日）的弗朗索瓦。他在索邦学院艺术系攻读过，1452年获艺术学士。但他沾染了当时的大学生的不良习气：偷盗甚至杀人。1456年因偷窃罪受牵连，他在逃离巴黎之前写下《遗赠集》（Lais，1456），或称《小遗言集》。1456—1461年在外省流浪，曾寄居于诗人夏尔·德·奥尔良的宫堡。1461年被奥尔良主教监禁，刚登位的路易十一路过此地，赦免了他。于是他隐居巴黎附近，于1461年末至1462年初写出《遗言集》（Testament），或称《大遗言集》。1462年11月被判死刑，他写出《维庸的墓志铭》（或名《绞刑犯谣曲》），收入《杂诗》中。1463年1月5日被改判成逐出巴黎10年，自此维庸杳无音信。1489年他的作品第一次印行。

作为法国中世纪最后一位诗人，维庸已经预示着文艺复兴的精神的诞生。第一，维庸的个人剖白已预示着资产阶级的个性解放。吕特伯夫的抒情诗基本上用的是白描手法，个人的内心思绪流露较少。维庸则大胆而真切地描绘了自己复杂矛盾的内心感情。《遗赠集》共40首，细腻地表白了自己对待渺茫前途的态度。《遗言集》描写的是另一种心情，他在6年的流浪生活中备尝艰辛，于是更清醒地去看待现实。他审察自己的身世，看到"我从年轻时起就很贫穷，出身低微贫寒，我的父亲从来没有大量财产"，但他并不耻于贫贱：

你不必那么自怨自艾，

也不必大声叫苦，

如果你不像雅克·格尔那么豪富；

还不如穿着粗布衣服，

穷虽穷，却胜过生前是老爷，

如今腐烂于奢华的坟墓。

回顾自己走过的路程，他不禁悔恨交加：

天啊，如果我在狂热青春

曾经潜心学习，

而且修身养性，
我就有软床和房子，

可是呀！我逃学不止一次，
像坏孩子所作所为；
写下这几句话时，
我几乎要心碎。

维庸留恋人世间的生活，感到自己虽然只有30岁，却好像已到了暮年，因而慨叹自己的一生过于短促。他思索人生的意义，看到历史上的名媛贵胄无不灰飞烟灭，发出了深沉的感叹："英勇的查理大帝如今安在？""昔日白雪如今安在？[1]"《遗言集》进而抒发了诗人内心的痛苦：他眼前的处境是命运对他早年生活的惩罚，但他认为自己本性不坏，希望天主原谅自己的罪孽。他的心灵和肉体做着斗争，既有悔恨，又留恋荒唐的生活。他说："我在哭泣中嬉笑。"在《绞刑犯谣曲》中，他的内心情感的抒发表现得更加细腻曲折：既有直接的表白，希望世人不要铁石心肠，而要表现出怜悯之心，并祈求天主开恩，不要让罪人们忍受酷刑；他又通过展示绞刑犯的惨状，以博得世人的同情，将自己微妙的心理巧妙地表现出来；他为自己的过错辩白，认为凡是人都可能狂热，因而这类过错也应得到谅解；最后，他在生前想到死后的惨状，不免发怵、恐惧、忏悔、辩解、要人原谅的心情一起涌现，酸甜苦辣，五味俱全，一个有文化的、走上邪路的绞刑犯死前的内心思绪活生生勾画了出来。这是前人没有写过的，作为人的这种复杂心理，只有到18世纪卢梭写出《忏悔录》以后才更鲜明地得到描绘。至于诗歌，则要到19世纪才有诗人这样剖析自己的复杂情感。

第二，维庸以死亡题材入诗，这是一种近代意识。维庸一生有几次面对死亡的来临，正是在这样的时刻，他写下了《小遗言集》《遗言集》《绞刑犯谣曲》。他对死亡的感受比一般人来得丰富。在《死亡的幽灵》中，维庸回顾了自己低贱的身世和贫穷的遭遇，他无法与豪富和皇亲国戚相比。即使这样，维庸得出的结论依然是追求生的欢乐，而且是贫穷生活的欢乐。追求生的欢乐是

1　"白雪"这里指名媛贵妇。

文艺复兴时期高扬的人文主义精神之一，而维庸已经敏锐地捕捉住这种精神意识了。面对死亡题材，维庸继承了中世纪时期法国优秀抒情诗人的现实主义传统。在上述这首诗中，他描写死亡的困扰时，既憎恨死神，又被死亡所吸引，因为他看到死亡的强大，它对帝王和小人物一视同仁：

> 我知道，穷人和富人，
>
> 圣者和愚人，教士和在俗教徒，
>
> 贵族和平民，大方和吝啬的人，
>
> 瘦小和高大，漂亮和丑恶，
>
> 穿翻领外衣的贵妇，
>
> 不管什么社会地位，
>
> 穿着贵族或平民的衣服，
>
> 死神都毫无例外抓住不放。

但这种死亡命运的平等并不能减少垂危的可怕痛苦和肉体的变形。在《绞刑犯谣曲》中，维庸刻画了死者的种种惨状，对绞刑犯来说，死亡不是一种解脱，而是另一种苦难，并且千百倍地超过人间的苦难。人生的意义和变化无常，命运的不合理安排，死亡对人的压抑，这些是维庸诗作中不断思索的问题。维庸描绘的虽是个人感受，却表达了英法百年战争结束后混乱的社会状况和人们无所适从的心理状态。当时，社会上笼罩着虚幻和希望相混合的情绪：人们一方面对满目疮痍感到泄气，另一方面又对新生活产生希冀。维庸内心的迷茫，对美好生活的眷恋就是这种情绪的反映。维庸表达了中世纪人们精神的危机感，而这种危机感又透露出文艺复兴的曙光。

第三，维庸化丑为美，丑中见美的描绘和艺术观，最早体现了近代资产阶级文学揭示的一条艺术准则。《绞刑犯谣曲》描绘了一幅绞刑犯陈尸旷野的丑陋不堪的画面，但是，艺术美的规律却起着相反的作用，在生活中显得丑的东西，在文学艺术作品中却改变了性质。早在15世纪的手抄本中，就已经出现了《绞刑犯谣曲》的木刻插图。饶有兴味的是，这幅木刻笔触稚拙可爱，风格沉凝浑厚，相当出色地表现出《绞刑犯谣曲》的意境。对于生活中丑陋的事物，维庸的艺术观与同时代人一般的审美观显然不同，或者说具有更高明之处。无独有偶，维庸另有一首名作《美丽的制盔女》。这首诗叙述一个昔日佳人到了暮年顾影自怜。诗歌先是叙述这个年迈的制盔女回忆自己当年的风韵：金发白肤，黛眉弯弯，面露酒窝，嘴唇艳红，双乳娇小，腰股丰满；如今呢，额头起皱，头发灰白，眉毛脱尽，眼睛昏花，面如死灰，唇如皮革：

> 人的美就这样终止！
> 背已驼，双肩已伛偻，
> 玉臂僵缩，手成爪子，
> 双乳瘪到一无所有，
> 臀部也像乳房干瘦，
> 迷人的宝藏全凋残！
> 玉腿萎缩得多丑陋，
> 就像腊肠污迹斑斑。

老妇人最后哀叹："我们从前那么娇嫩！但这条路谁人能免？"19世纪的大雕塑家罗丹从中得到启发，塑造了一尊同名塑像，脍炙人口。这尊塑像把维庸笔下的形象具体化了，但更突出了丑的形象，确有动人心魄的效果。对丑的形象的艺术美要到19世纪才被文学家和艺术家所认识，维庸的领悟早了300年！他对丑的形象的发现同他的经历有关，他一生接触的几乎都是下层社会人物，他不断目睹社会底层的现象，对人世沧桑深有体会。他见过妓女、坏女人、乞丐、伪币制造者、小偷、逗乐者、小丑、演员、卖艺者、农民、马夫、打麻人，等等，无奇不有，无疑，绞刑犯、憔悴的制盔女他见到的不会少。他的艺术感受力是从生活中耳濡目染，最后得到升华而形成的。维庸在生活中见到丑或丑恶的事物远比美或美好事物要多得多，丑更能反映社会生活的本质方面。而且，从理论上说，丑的确具有巨大的认识价值，同时也具有崇高的美学价值，因为丑的形象已成为一种蕴含着丰富的社会意义的典型。制盔女的人老珠黄和形体的变异，反映了一部深刻的下层妇女的生活史，绞刑犯的尸体丑态则反映了特定社会时期动乱的生活的产物。到下层社会中寻找丑的形象是19世纪文学获得的重要艺术成就之一，维庸在这方面是个先行者。

第四，维庸诗作中谑而不虐、亦庄亦谐的风格表明他的艺术和技巧比前人跨进了一大步，向着近代诗所重视的幽默感靠近，这是维庸作为近代第一位诗人在艺术上的一大特色。维庸将严肃的情调与讽刺相结合，以细腻的感情与粗鲁的用词或粗俗画面相调和，而不是唯有哀怨而无调侃，唯有悲惨而无戏谑，唯有绝望而无希望，唯有叹息而无隽语。例如《遗言集》共40首诗，诗人以戏谑的态度来对待自己茫然的前途：他把自己的名声遗赠给继父，把受创伤的心遗赠给不再爱他的女人，把空蛋壳遗赠给三个赤裸的小孩——高利贷者，等等。这种笑谑态度反映了诗人当时的心境：他对生活还没有绝望，而是采取了玩世不恭的态度。又如《微言谣曲》："我深谙奶中的苍蝇，／我深谙看人看袍子，／我深谙天气晴和阴，／我深谙从苹果树看果实……"将严肃的事物与荒诞相混同，将令人恶心的东西当作正常事物叙述出来，将相反的东西并列，从而产生一种诙谐的效果。有时他采用将矛盾状态放在一起的表达法，如"我在泉边渴得要命"，制造一种揶揄的意味。他对死亡的态度也同样渗透了大不敬的调侃意味。这种谑而不虐，亦庄亦谐的写法被称为"令人毛骨悚然的幽默"，反映了维庸没有被不幸压垮的精神状态，在艺术上则反映了他敏锐的感受力，喜爱多样化而不是单一化，把谣曲这种民歌体改造成较为高雅的艺术形式。

总之，描写的逼真有力，感情的细腻丰富，风格的朴实纯真，韵律的柔美和谐，音节的响亮多变，这些因素使维庸成为第一流的抒情诗人，叩开了近代诗歌之门。

第三章 七星诗社的地位和贡献

七星诗社是16世纪中期法国文艺复兴运动产生的一个文人集团。它令人注目的地方有两点：第一，它是法国文学史上第一个文人结社。它由七位作家组成：皮埃尔·德·龙沙（Pierre de Ronsard，1524—1585）、若阿基姆·杜贝莱（Joachim Du Bellay，1522—1560）、让—安托万·德·巴伊夫（Jean-Antoine de Baïf，1532—1589）、艾蒂安·若岱尔（Étienne Jodelle，1532—1573）、雷米·贝洛（Rémy Belleau，1528—1577）、蓬蒂斯·德·蒂亚尔（Pontus de Tyard，1521—1605）和让·多拉（Jean Dorat，1508—1588），七位诗人宛若七颗星星，"七星诗社"的名称由此而来。第二，他们有共同的创作纲领，这就是由杜贝莱执笔的《保卫和发扬法兰西语言》（1549），这也是法国文学史上第一篇有重大价值的文论。近期一部有影响的文学史指出，七星诗社"不仅由于它往往很出色的诗歌创作，而且还由于它对一些甚至不知道其影响的人所产生的影响，是法国最重要的诗歌运动之一"。[1]这个见解是有代表性的。

七星诗社是法国文艺复兴运动中期最活跃和最有成就的人文主义团体。它的贡献表现在理论、诗歌的内容和形式三个方面。

第一节 理论贡献

七星诗社在理论上的阐述主要集中于《保卫和发扬法兰西语言》一文中，龙沙在《诗艺》和《法兰西亚德》中的序言以及杜贝莱的《橄榄集》的第二篇序言也有一些理论论述。

---

1 布吕奈尔等：《法国文学史》，第1卷，博尔达斯出版社，1981年，第122页。

七星诗社的文艺主张是从语言问题出发的，由此涉及文艺创作的一些重要问题。七星诗社关于语言的基本观点，概言之就是大力提倡用法语写作。在七星诗社之前，拉丁语一直是学者运用的语言，学者以此来炫耀自己学识渊博，认为法语词汇贫乏，用法语来表达思想有困难。到了16世纪上半叶，拉丁语大有成为作家的语言的趋势，当时盛行一种"新拉丁诗歌"，不惜抄袭古罗马诗人的作品。另一方面，也不可讳言，当时的法语并没有得到充分和完善的发展。法语还处于发展的初级阶段，字形尚未定型，词汇不够丰富，不仅难以用来翻译外国作品，而且难以充分表达思想感情。不过，起初拉丁语也是这样贫乏的，但是罗马人仿效希腊语，丰富了拉丁语。因此，杜贝莱认为，法国的学者和诗人只要致力于培植民族语言，法语就一定会丰富起来。法国人不可能用拉丁语和希腊语写出与古人媲美的作品，相反，他们能够用母语写出不朽的作品来。

可见，语言问题只是出发点，目的是为了创作出优秀的民族文学。面对光辉灿烂的古希腊罗马文学和繁荣兴盛的意大利文艺复兴时期的文学，七星诗社的诗人感到民族文学明显地落后。法国文学还处于发展初期。英雄史诗早就衰落了，抒情诗仍然带有民间文学的粗糙形式，短篇小说尚未摆脱民间故事的痕迹，悲剧和喜剧还没有真正出现，只有闹剧和宗教剧占领舞台。熟悉古希腊罗马文学的七星诗社诗人自然不满于现状。他们提出能与古希腊罗马文学媲美的民族文学，是为了振兴和发展本国文学，这种要求正好适应了时代的需要。

16世纪的法国正在向中央集权制过渡，疆域基本形成，但是还没有最后确定下来。法语作为民族语言还非常不完善，国家的统一和确立需要民族语言的同步发展，以及民族文学得到相应的发展。这就是七星诗社提出要保卫和发扬法兰西语言的时代背景。

若阿基姆·杜贝莱和皮埃尔·德·龙沙提出了一系列丰富和完善法语的方法。第一，充分挖掘和利用已有的词汇：在"法国古老的传奇和诗歌"中出现过的古字；向外省方言借字；选用技术用语。第二，创造新词：形容词加名词、副词加形容词等复合词；利用词根繁衍新词；从拉丁语和希腊语演化出新词。第三，仿照拉丁语和希腊语，使语言具有诗意，如动词名词化，形容词名词化，形容词副词化，与不定式动词相结合的词组，不遗漏冠词和指示词。龙沙认为，"散文风格是诗意的大敌"（《法兰西亚德》第二篇序言），因此，要让法语词汇具有更加丰富的含义。第四，加强修辞手段：运用迂回婉转的说法；采用隐喻、寓意、对比的手法；使用含义丰富的形容词。七星诗社在创作中将这些主张付诸实现，大大推动了法语的完善化过程；同时，由于七星诗社的诗人们运用了新的构词和修辞手段，极大地有助于他们进行创作。尤其是龙沙和杜贝莱，这两位诗人的诗歌在语言的规范化和形式的完美等方面，都超过了前人。由此也可以看出七星诗社提出丰富和完善法语的主张的正确性。不过，龙沙并不重视日常语言，这是他的贵族倾向的表现。

七星诗社特别重视诗歌创作，在这方面提出了一系列主张。他们认为灵感固然重要，但是这种"造化的恩典"并不够，甚至还是"令人讨厌的"。七星诗社认为真正的诗人必须投入大量的劳动，在阅读中寻找灵感，在寂静中思考，约束和修改文稿，倾听朋友们的意见。其次，他们认为写诗是一门职业，所以必须懂得写诗的规律，致力于钻研诗艺。龙沙和杜贝莱提出了许多作诗的建议，并且身体力行，做了不少尝试。他们认为韵律必须丰富，诗行越长就越需要这样做；但是不能因为韵律而损害诗意。韵律主要从声音而不是从字形上去考虑。必须避免模糊的押韵、复合词的韵、单音字和短音节字的韵。阴阳韵交替使用能够使诗歌更加和谐。七星诗社的宣言书进一步提出，诗歌要有音乐性，龙沙写作四、五、六、七、八、九、十、十一、十二音节为一诗行的诗歌，而且在每一诗段中交替使用诗韵和长短诗行，还尝试写作100诗节以上的诗歌。至于诗歌形式，七星诗社区分了大小两种诗歌，小型样式包括讽刺诗、哀歌、书信体诗歌、牧歌、颂歌；大型样式包括悲剧、喜剧，尤其是史诗，这些形式都是从古希腊罗马文学中撷取来的，在现代出现的形式中，杜贝莱只容许十四行诗。不过，七星诗社轻视法国中世纪出现的文学形式：回旋诗、谣曲、两韵短诗、民歌等，认为这些形式"败坏我们的语言的趣味"。这个观点反映了七星诗社的贵族倾向。总的说来，七星诗社引进了古希腊罗马的文学形式，对繁荣法国文学起了积极的推进作用。

七星诗社重视表达人的丰富的思想感情，《保卫和发扬法兰西语言》指出："我在我们的语言中寻找的真正的诗人，要能使我愤怒、平静、快乐、痛苦、热爱、憎恨、欣赏、惊奇，总之，要能牵制我的感情，左右我的乐趣。这就是你用来衡量一切诗歌的真正的试金石。"这句话接触到文学创作的一条重要准则，以情动人是对以往的诗歌创作的总结，也是七星诗社取得重要实绩的基因之一。

怎样才能创作出不朽的作品来呢？意大利人已经指出了方向，他们是从古希腊作家那里汲取灵感的。七星诗社也以此为榜样。不过他们反对翻译，认为翻译无法传达出原作风格的优美和细微之处，而这恰恰是诗歌作品魅力之所在。杜贝莱几乎逐字照搬古罗马作家昆提利安的原则，推崇模仿的优点。他认为模仿是困难的艺术。拉丁语作家"模仿最优秀的希腊作家，转化成他们，吞下和消化他们的作品，变成自己的血肉"。因此，今日的作家必须日夜翻阅"希腊和罗马的典范作品"。他这样下结论说："法国人，勇敢地向瑰丽的罗马城前进吧，要用罗马的遗迹装饰你们的神庙和祭坛……给我毫不犹豫地劫掠这座古神庙的神圣珍宝吧。"七星诗社的诗人的一些创作很难分清到底是翻译还是模仿，而只能说是富有灵气的翻译，所以在当时就有人反驳这种模仿论，诘问说："希腊人又模仿谁呢？"七星诗社的主张确实存在缺憾，也就是将古人的作品等同于社会生活。不过七星诗社的一些优秀作品实际上并不能说是模仿之作，而只能说是这些诗人熟读了古代作品，已将古人的思想感情和写作方法融会贯通，在灵感迸发时思绪自然而然地从笔底流出，或者在创作中创造的成分大大超过模仿的痕迹。七星诗社这样倡导模仿，在200年内决定了法国文学的发展方向。古典主义遵循的仍然是这种模仿原则，尽管布瓦洛等人贬斥七星诗社，但是古典主义的优秀作品大多是从古代作品中得到灵感的。亦步亦趋的模仿是不可取的，可是，从古人那里借鉴某些思想和形式，以表达自己的思想感情也未尝不可。更准确地说，七星诗社所说的模仿，只不过是借鉴的代名词而已。

第二节 诗歌创作的成就

七星诗社的成就主要表现在诗歌创作上。16世纪上半叶，法国的诗歌创作出现了危机。15世纪末16世纪初的"修辞学派"注重诗歌韵律、诗行的变化等形式问题，并没有创作出真正优秀的作品。其后的"里昂学派"以莫里斯·塞夫（Maurice Scève，约501—1564）、路易丝·拉贝（Louise Labé，约1524—1565）为首，他们在爱情诗的创作上颇有成就。塞夫发表了法国第一部爱情诗集《德莉》（1544），就像意大利文艺复兴时期的诗人彼特拉克吟咏恋人劳拉那样，塞夫也向自己的意中人表白爱情。女诗人拉贝也有几首描写复杂的爱情心理的佳作。16世纪最重要的诗人是克莱芒·马罗（Clément Marot，1496—1544），他擅长的是书信体诗、讽刺诗、圣诗的翻译。马罗接触到意大利人文主义者的作品，并且受到新教的影响，他的诗歌形式多种多样。他吟唱爱情有时十分细腻，有时非常大胆；他的书信体诗酣畅自如地表白了自己的内心愿望；他的讽刺诗尖锐泼辣；他翻译的圣诗"由于明智地选择音步和韵律，创造了龙沙后来在颂歌中运用和发展了的抒情诗节，在法国诗歌发展史上起过重要作用。希伯来诗歌的意象给这些诗节一种新的色彩和庄重，后来多比涅在《惨景集》中运用得更为紧凑"。[1]比起修辞学派，马罗的语言更为简朴、明晰、典雅，在讥讽和率真的后面，隐藏着纯洁的激情，但是马罗善于使之变得简洁有力和富于雄辩。总的说来，马罗是一个过渡性的诗人。他并没有做出重大的建树。16世纪上半叶，法国诗歌在摸索着寻找方向。人文主义思潮已经席卷整个法国，它必然给诗歌创作带来新的变化，这种变化就反映在七星诗社的诗歌创作上。

　　人文主义思潮的发源地是意大利。16世纪初，这一思潮传入法国，出现了一批人文主义者。人文主义者潜心于发掘和研究古希腊罗马的典籍。理解这些典籍就需要知道产生典籍的整个文化背景，也就是说，不仅要了解语言、词汇和语法，而且要了解历史、风俗、宗教和政治体制。例如法国人文主义者布代对《学说汇纂》[2]和古代货币的研究就是这样进行的。他的方法革新了法律、哲学、文学，自然还有宗教领域的研究。又如伊拉斯谟，他从希伯来文研究《旧约》，根据希腊文本研究《福音书》。他们的研究成果构成了宗教改革的基础。人文主义者从古希腊典籍中汲取养料，他们相信人的精神是自由的，人的本性是善良的，他们反对中世纪的悲观主义，宣扬有节制而又确定的乐观主义。他们反对宗教的节食、苦行，主张有限度的享乐。他们宣扬有节制的君主制，谴责暴君和战争是他们的政治著作的主题之一；他们认为真正的国王应该明智、有理智和善良。

　　人文主义思潮扩展到文学领域，还有意大利文艺复兴时期的诗歌传入法国之后，给法国诗歌带来了真正的冲击。例如，中世纪后期的抒情诗滥用寓意，以卖弄技巧代替创作，以文字游戏代替灵感冲动，尤其是中世纪盛行禁欲主

1　《法国文学史》，第1卷，社会出版社，1971年，第481页。
2　该书由东罗马皇帝查士丁尼颁布的法律汇编。

义，爱情题材受到很大的束缚。人文主义对禁欲主义的冲击，给爱情题材开辟了新的天地。由于人文主义的影响，16世纪中期，诗人们开始考虑更深入地表现自己的感情世界，并且把目光投向社会，关注时代的发展和社会政治问题。七星诗社的诗歌创作就鲜明地体现了这些特点。

七星诗社给抒情诗的创作带来了新的活力。首先是爱情诗。龙沙是写作爱情诗的"圣手"。他是法国第一个大量从事爱情诗创作的诗人。他的第一部诗集《颂歌集》（1550）抒发了对卡桑德尔·萨尔维亚蒂的爱恋。《爱情集》（1552）和随后出版的《爱情集续集》（1555—1556）继续歌咏这个银行家的女儿，他还对一个名叫玛丽·杜班的村姑表示了爱慕之心。晚年出版的《关于玛丽去世的十四行诗》（1578）和《致爱伦娜十四行诗》（1578），表白了诗人对太后的伴娘爱伦娜·德·苏热尔的爱恋。龙沙的爱情诗大致可以分为三类。第一类是赞颂式的爱情诗，亦即用美好的、甚至最高级的形容词去赞美恋人，例如《除了你，我不会另有所爱》，这首诗写道：恋人的眼睛"眨一眨就可以使我丧命，／再一眨又突然使我活命，／两下子能使我死去活来。／我即使活五十万个春秋，／除了你，我的亲爱的女友，／不会有别的人做我的恋人"。诗人用了最高级、最极端的比喻去歌颂恋人，直抒胸臆，大胆吐露爱情。龙沙的第二类爱情诗是启发式的，用较为委婉的方式去表达爱情。例如《宝贝，咱们去看玫瑰》，这首诗写道："宝贝，请相信我，／当你年华开花朵朵，／达到最鲜艳的碧翠，／快采摘你的青春吧：／衰老就像这朵鲜花，／会使你的美丽憔悴。"这首诗与赞颂式的爱情诗不同，在诗中，诗人与被追求者几乎是平等的，对方不是高不可攀的仙女，而是现实生活中的恋人。诗人同意中人对话，以自己心中的火花去点燃恋人心中的火花。龙沙的第三类爱情诗是感伤式的，《待你到垂暮之年》是其代表。全诗充满感伤忧郁的情调，抒情色彩强烈。龙沙的三类爱情诗展示了他的技巧日臻圆熟，诗歌描写的层次有所增加，表达的方式越来越曲折。如最后一首诗以晚年回忆早年求爱的场面，构成画面的对比，意味无穷。更重要的是，感伤情调的爱情诗开了滥觞，为后来的诗人提供了典范。总之，龙沙的爱情诗无论内容还是形式，都突破了以往的爱情诗的窠臼，令人耳目一新。他敢于将自己的情思表白出来，即使这种爱情是柏拉图式的；而且有时用词十分大胆，但是并不流于香艳。这种内容在中世纪的诗歌中见所未见。在龙沙看来，爱情乃是人本来就具有的美好天性，用不着加以掩饰。他对爱情的追求已不同于骑士传奇中骑士对贵妇的百依百顺和绝对服从，而是体现了对人的本性的追求这种人文主义思想，其思想意义不可同日而语。

就抒情诗而言，七星诗社诗人的题材也大大扩展了。他们歌颂大自然的美景、乡村生活的美好、故乡的可爱，写出了许多优秀诗篇。龙沙对故乡的山川草木、良辰美景的咏唱，表达了他对生活的热爱之情。《当我有二三十个月》慨叹大自然的山水、树林、岩洞是永存的，不因韶光的流逝而衰老。《美丽的山楂树》歌颂了大自然草木的勃勃生机。《噢，贝勒里喷泉》把喷泉当作永恒的水仙。龙沙赞美了卢瓦尔河谷地带牛羊遍地、鱼儿出没，一派安宁悠闲的景象。贝洛的《四月》淋漓尽致地歌颂了大地的富庶和春天的美丽。巴伊夫的《春天颂》将阳春和爱情联系在一起，传达出生活的美好。杜贝莱的《黑夜在她的花园里》描画是人文主义思想的一个重要方面，因此，七星诗社诗人对大自然和生活的赞美，已不同于中世纪诗人偶尔对大自然景象的描绘，而是具有深刻的内涵。在某种程度上，这些诗篇也不同于古罗马诗人的田园牧歌。因为七星诗社诗人抒发了他们对生活、对人生的热爱。龙沙在这方面最有代表性。他在诗中写道，夏天有丰富的水果，可以躺在岸边和岩洞里边吃边倾听淙淙的流水声，"我喜爱夏天，" "我喜爱一派荒野景象的花园，我喜爱岸边潺潺的流水……我爱谈情说爱，我爱对女人聊天，我爱书写炽热的情话，我爱舞会、跳舞、假面具、音乐、竖琴"。他同死神做斗争，由于充分享受过生活，他不怕死神来临。特别要指出的是，龙沙晚年的抒情诗升华了一步，《斥加斯丁森林的樵夫》哀叹故乡森林被出卖砍伐，把森林当作有生命的存在，感慨世间事物变化无常，情真意切。七星诗社展现了生活的乐趣，抒发了乐观的情调，这种思想是以往的诗歌中不曾出现过的。

对故乡的眷恋之情是杜贝莱诗歌的主题之一。《罗马怀古集》和《怀念集》（1558）有不少这一题材的佳作。《法兰西，艺术、军队、法律的母亲》抒写自己在异国像一只羔羊，被恶狼包围。《像尤利西斯，壮游者多么幸福》思念故乡"小村的烟突冒出缕缕青烟"，断定故居"胜过罗马宫殿那傲立的屋檐；／我爱精细石板，胜过大理石块，／台伯河并不如卢瓦尔河秀美，／帕拉丹峰不如小利雷村[1]苍翠，／海风不如安茹故乡温柔可爱"。杜贝莱对故乡的

1　这个村是杜贝莱的家乡。

眷念，令人想起15世纪诗人夏尔·德·奥尔良的一首谣曲《我朝法兰西的土地遥望》，这首诗抒写诗人归国前的焦急心情，表白诗人厌恶战争、渴望和平的愿望。两位诗人思念故土的感情是相同的，只不过夏尔·德·奥尔良作为一个大贵族，抒发的是政治家的胸怀，而杜贝莱的思念更为细腻，他顾及的是家乡的一草一木，具体真切，感人至深。由于罗马的现实使他深感失望，他才思念起家乡，"他把自己的诗歌变成自己心灵的回声；他让自己的内心迸发出真实的、深刻的、真正体验过的诗歌的一股泉水"。[1] "杜贝莱显示了受到生活伤害的人痛苦的一面。"[2]杜贝莱善于表白自己的内心感受，他写道："我将触动我心灵的一切真实地写下来。"所以评论家认为："他是16世纪的所有诗人中最能表达个人思想的，也就是把自己放进作品中最多的一个。"[3]

　　除了抒情诗以外，七星诗社诗人还写过史诗和政治题材的诗歌。龙沙的史诗《法兰西亚德》没有写完，以失败告终。他关于宗教战争也写过一些时事诗，将雄辩与抒情结合在一起，表达了忧心如焚的爱国精神。他写作的题材非常广泛，甚至还写过一首《黄金颂》，赞美新生的资本主义现象。杜贝莱在写作社会题材的诗歌上则是成绩斐然。《怀念集》中有不少讽刺诗，其中不少是精品。《我绝不写爱情》以愤怒的口吻指责罗马的现实："我不写荣誉，这里根本看不到：／我不写友谊，因为只感到伪善，／我不写美德，因为也无处可找，／我不写博学，在这些教士中间。"《步履稳健庄重》抨击罗马廷臣的道貌岸然，善于奉迎拍马，贪天之功为己功。《我看到这些主教》讥讽主教们善于装腔作势，希望看到教皇痰中带血，但是脸上却露出微笑，佯装已经放心。马罗的讽刺诗不及杜贝莱的讽刺诗写得尖锐犀利，杜贝莱善于通过现象看到本质，刻画出被讽刺者的丑恶嘴脸。"杜贝莱比龙沙更能向我们袒露自己的内心，而且他是一个更尖锐、更深入地描写现实的画家，也许因为他遭受的痛苦更多。"[4]另一个评论家说："这样，在袒露主观不幸之后，他的诗歌变成对客观世界的揭露。"[5]有的评论家进一步认为："他找到了认识他的时代的某

1　亨利·沙马尔：《若阿基姆·杜贝莱》，转自《怀念集》，拉鲁斯古典丛书，1987年，第169页。

2　《法国文学史》，第1卷，社会出版社，1971年，第511页。

3　法盖：《16世纪》，转引自《怀念集》，拉鲁斯古典丛书，1987年，第168页。

4　《法国文学史》，第1卷，第512页。

5　弗烈德里克·布瓦耶：《若阿基姆·杜贝莱》，转引自《怀念集》，拉鲁斯古典丛书，第171页。

些基本因素。"[1]这些评价不仅指出了杜贝莱的讽刺诗的价值，而且涉及七星诗社所取得的成就。

综上所述，七星诗社在爱情诗、抒情诗、讽刺诗的创作上都取得了令人注目的成就。主要是因为七星诗社的诗人们具有人文主义思想，以不同于前人的观点去对待这些题材。他们视爱情为人与生俱来的天性，认识到人自身的价值，对生活持乐观的态度，赞美大自然和它的恩赐，眷恋故土，向往和追求古代的文明，憎恨丑恶的事物。人文主义思想使他们写出了内容崭新的诗作。他们对内心的挖掘更深入了，对现实的观察更深刻了，从而留下了传世之作。

第三节　诗歌形式上的建树

七星诗社在诗歌形式上也有不少探索，历来为人们所称道。《保卫和发扬法兰西语言》指出："对于力图写出堪称不朽的诗歌的人来说，流畅自然是不够的。"因此，七星诗社诗人在诗歌形式上不断地进行试验。

首先是亚历山大体的倡导。亚历山大体即十二音节一行的诗体。这种诗体是在中世纪出现的，13世纪的诗人吕特伯夫曾经指出过这种诗体的力量和灵活性，但是在14世纪和15世纪这种诗体被人遗忘了。龙沙最早认识到亚历山大体的优点，他说："亚历山大体在我们语言中的位置，正如英雄诗体在希腊文和拉丁文当中的位置。"龙沙从四音节到十一音节的诗行都尝试过，也写出了成功的诗篇，可是，他运用得最多的是亚历山大体。由于他的倡导，七星诗社的其他诗人也都大量写作亚历山大体的诗歌。龙沙的史诗《法兰西亚德》是十音节诗，评论家认为，它的失败与十音节诗有关。由于十二音节非常适合法语诗歌的要求，因为十二音节可以分为2个六音节，当中做一停顿；也可以分成3个四音节或4个三音节，或1个六音节和2个三音节，灵活多变，所以后来亚历山大体能够成为法国诗歌的主要形式。在这一点上，龙沙和七星诗社的功绩是不可抹杀的。

龙沙在诗歌音韵上已经提出注意声音的和谐，他要把"诗歌和竖琴结合在一起"，也就是说，诗歌要能用乐器伴奏来演唱；他乐意看到他的诗能谱成音乐。因此，他对韵律提出新的要求，主张要交替用韵，每一诗节的音步和用韵

1　亨利·韦伯：《16世纪法国的诗歌创作》，转引自《怀念集》，拉鲁斯古典丛书，第171页。

要整齐，以获得节奏美。他不断扩大诗歌的音乐手段，正是由此而找到了十二音节诗体。

七星诗社大力提倡十四行诗，并且取得出色的成绩。十四行诗是意大利的诗人创造的，彼特拉克就擅长十四行诗。16世纪上半叶，马罗和圣日莱将十四行诗引入法国。十四行诗进入法国以后，形式上有了变化。原先在意大利，十四行诗是不分节的。法国人则将十四行诗分为四节，即"4433"的格式。押韵方式为"abba abba ccd eed"，后面6行也可以改为"ccd ede"。龙沙和杜贝莱十分喜爱这种诗体，尤其是杜贝莱，他可以称为十四行诗的大师。十四行诗是一种短小而要求严格的诗体，但杜贝莱运用起来却得心应手。他的十四行诗，诗句形式多变，他善用跨行、倒装、中间停顿；韵律丰富；用词准确，议论雄辩有力；讲究词语的重复（如"只有罗马才能够同罗马相像，只有罗马才能够使罗马惊慌""罗马是罗马唯一的纪念建筑"），以产生特殊的意象；他喜爱排比句，如《我绝不写爱情》一连用了14个"我绝不"，非常有力；时而用一个明晰的画面去描绘壮美与衰败，时而用细节的罗列表达事务的烦琐，对比突出，手法多样；结尾常用一个判语、一个警句，或一个引人回味的画面，而开首往往直截了当，叙述本题，或用比兴的手法，借神话比喻自己的想法，前后判然有别，给人鲜明的印象。杜贝莱将十四行诗的技巧提高到极高的水平。由于杜贝莱和龙沙的成功运用，十四行诗成为后世诗人酷爱的诗体之一。

七星诗社虽然在理论和创作上取得了这样大的成绩，然而随后它却被埋没了200年。17世纪和18世纪的评论家把它打入另册，直到19世纪，浪漫派才恢复了它的地位，尤其是圣伯夫首先发难，重新评价了七星诗社，它的本来面目才大白于天下。出现这一文学现象原因何在？文学史家朗松将其归咎于龙沙语言的过时，他还认为龙沙不是道德家和心理分析家，未能使17世纪的读者克服龙沙过时的语言的障碍和对这种语言的厌恶。另外，他认为龙沙过于博学和学究气，不肯运用通俗语言。朗松的看法显然并不全面，无法得出完整的答案。窃以为，七星诗社被忘却200多年的事实，主要原因不在这里。须知，七星诗社主要创作抒情诗（包括爱情诗），但是，古典主义崇尚的是理性，排斥感情；而启蒙时代也是标举理性，注重哲理思维，所以这两个世纪的爱情诗、抒情诗不受重视，七星诗社也就受到轻视。只有重视情感的浪漫派才有可能拨开云雾，恢复七星诗社的真正地位。

第四章　诗歌占领文坛
——17 世纪法国诗歌概况

17世纪法国诗歌处于一个转换时期，换句话说，进入一个重要的发展阶段。16世纪是法国近代诗歌的发端，除了抒情诗、讽刺诗和叙事诗的创作以外，已经出现了诗剧。不过诗剧还很不成熟。到了17世纪，诗剧获得充分发展，达到了高峰。而且出现了寓言诗的新形式，也达到十分完美的境地。由于诗歌的盛行，连理论著作也用诗体写成。总的说来，诗歌在17世纪占据了主导地位，散文处于从属地位。

第一节　巴洛克诗歌

17世纪初期，诗歌占领了文坛。20世纪以前的评论家历来对这一时期的诗歌创作评价不高，但是20世纪以来，评论家给以重新评价，而且把这一时期的诗歌称为巴洛克诗歌。一般认为，巴洛克诗歌从1580年至1630年，约有半个世纪之久。也有评论家把巴洛克诗歌的发展下限定到17世纪60年代[1]。不管怎样，巴洛克诗歌称雄于文坛的时间相当长。总的说来，巴洛克诗歌起着承上启下的作用。17世纪法国文学专家安东尼·亚当认为：17世纪初期的诗人"保存了文艺复兴的美学理论，远远超过人们所认为的那样"。[2] 巴洛克诗人泰奥菲勒·德·维奥在1620年左右这样写道："我乐于在诗中模仿马莱布的柔情和龙沙的热烈。"可见他毫不避讳自己与龙沙的联系。尽管马莱布对七星诗社诗人颇多指责，然而从总体看来，七星诗社的创作仍然直接影响了巴洛克诗人，完全割断两者的联系是不恰当的。至于巴洛克诗歌对17世纪后来的文学的影响，

1　让·卢塞：《法国巴洛克时代的文学》，何塞·柯蒂出版社，1953年，第233页。

2　安东尼·亚当：《17世纪法国文学史》，第1卷，多马·蒙克雷斯蒂安出版社，1948年，第331页。

则表现在这里：高乃依的早期创作被认为明显受到巴洛克文学的影响，甚至在拉辛的创作中也可以看到这种痕迹。

巴洛克（baroque）一词来源于西班牙文"barrueco"，在16世纪用在首饰行业中，指的是"一颗不圆的珍珠"。1694年出版的法国学士院编纂的词典中这样写道："巴洛克，形容词。指的是不圆的珍珠。一串巴洛克珍珠项链。"直至1718年版的词典才写明"巴洛克"一词有"不规则的、古怪的、不一致的"含义。17世纪的词典学家用"巴洛克"这个词指代过度怪诞的、精巧的、滑稽的东西。后世把16世纪的建筑称为具有巴洛克风格的造型艺术，这种艺术以富丽繁复、精巧细腻为其特点。巴洛克文学的风格与此相仿，所以得名。

法国巴洛克文学的特点是：第一，认为世界正在建设之中，什么都没有确定下来；宇宙不是一劳永逸地定型的，而是不断地发展。巴洛克艺术反对停滞，它认为一切都在改变之中。它对大自然非常敏感，认为季节的更替是不断变化的、可以感觉到的标志。第二，人在这个变化的世界中，具有很大的行动自由；人可以对抗外界力量，并有获胜的机会。人不受命运的支配，相反，人能主宰命运。爱情不至于强烈到可以控制人的一切行动。第三，巴洛克作家反对绝对观念，不相信确定不变的真理，认为一切都从属于表面；重要的不是既存的，而是可能存在的。巴洛克的建筑结构就隐藏在装饰之下。巴洛克作家要求表现的充分自由，拒绝服从规则限制。第四，认为人处在一个复杂多样的世界中，对这种丰富性十分敏感；人受自然美景所吸引，要感受生活的乐趣；甚至欣赏繁复的东西。第五，巴洛克作家颂扬意中人的美貌和精神美，反对颂扬丑，但乐于描绘某些人体缺陷；他们重视古怪的、荒唐的、非同寻常的东西，喜欢玩弄文字游戏和俏皮话，精于隐喻和反衬。由此看来，巴洛克文学发展了一种新的美学趣味和倾向，它适应了社会的愿望和需要，这个社会已不再满足于固有的价值体系。因此，巴洛克文学所传达的信息和所提出的解决办法，深深植根于生活之中。

法国的巴洛克诗人主要有阿格里帕·多比涅（Agrippad'Aubigné，1552—1630）、让·德·斯蓬德（Jean de Sponde，1557—1595）、弗朗索瓦·德·马莱布（François de Malherbe，1555—1628）、弗朗索瓦·梅纳尔（François Maynard，1582—1646）、拉康（Racan，1589—1670）、泰奥菲勒·德·维

奥（Théophile de Viau，1590 — 1626）、圣阿芒（Saint-Amant，1594—1661）和特里斯坦·莱尔米特（Tristan L'Hermite，约1601—1655）等。

多比涅写有《惨景集》（1616），这是一部长诗，描写宗教战争带来的浩劫，痛斥了天主教徒的暴行。《惨景集》被看作"一部真正的史诗，有时堪称与但丁的《神曲》，或者与弥尔顿的《失乐园》相媲美"。[1]雨果得益于多比涅甚多，他认为在《惨景集》中"一切都活跃着，一切都充满着灵魂"。《惨景集》一共分七卷，内容浩瀚，具有巴洛克诗歌的繁杂特点，它涉及人的处境、大自然、世界的奥秘和来世的命运，像一幅幅壁画呈现在读者面前。在艺术上，它的语言也雄浑有力，节奏鲜明，用韵大胆，预示了浪漫派的特点。他还善用象征手法，如把战乱中的法国比作受难的母亲，把交战的天主教徒和新教徒比作两兄弟，重创了养育他们的母亲。多比涅被认为是"我们具有巴洛克趣味的文学最典型的代表"。[2]

后世十分看重斯蓬德这个诗人，因为发现他善于描绘人的复杂心理，《如果人总有一死》指出充满相克相生的自然现象，表示"高傲的生命藐视死亡"，呼吁人们要好好生活。他的诗色彩斑斓，充满激情。梅纳尔和拉康是马莱布的弟子。前者喜作颂歌、短节诗、十四行诗和讽刺诗。诗歌节奏多变、和谐，熔诙谐与典雅于一炉。名诗《老美人》忆念早年的恋人，带着平静的忧郁，并保留说服情人的希望，表达了细致的心理。十四行诗《我多爱这森林》《我在荒漠生活》表达对污浊的现实的厌恶和对自然的喜爱。《一个新富》嘲讽了暴发户，是少见的现实主义诗篇。拉康进一步发展了陶醉于田园生活中的思想（《归隐之歌》），这一内容正是巴洛克文学所喜爱的题材。维奥和圣阿芒也擅长写自然景色的绚丽多彩和变化莫测，从中找出它所包含的社会内容。如《阿尔卑斯山之冬》写白雪遮盖人间的罪行，而对白雪的描写异常独特：在诗人的目光中，雪花因为闪光而成为火的元素，它像白银，品级仅次于黄金。特里斯坦·莱尔米特能刻画出景色与情人耽于幻想的脑际之间微妙的感应（《两个情侣的漫步》）。有的法国评论家认为保尔·斯卡龙（Paul Scarron，1610—1660）也属于巴洛克诗人。他发表过《台风或巨人与神的战斗》（1644）、《乔装打扮的维吉尔》（1648—1652）和《滑稽故事》（1651

---

1 拉加德、米沙尔：《16世纪》，博尔达斯出版社，1982年，第175页。
2 拉加德、米沙尔：《16世纪》，博尔达斯出版社，1982年，第175页。

—1657）。他的诗作以滑稽戏谑为特征，这种滑稽戏谑力图表现出世界的复杂性和多样性，同时揭示出它的矛盾。这种表现形式以滑稽的风格表现崇高的题材，以高雅的方式叙述平凡的主题，揭示出一个人的愿望和他的实际状况之间的巨大距离，写出自夸勇敢和无比怯懦的天渊之别。斯卡龙的笔触是现实主义的，他借用维吉尔的史诗，把古代英雄写成只关心物质利益的法国资产者。他利用这种时代的差别去写人物，制造出引人发笑的效果。

最重要的巴洛克诗人无疑是马莱布。他是个承前启后的诗人：他的早期创作属于巴洛克诗歌，其后他改变了诗风，成为古典主义的前驱。就诗歌创作而言，他也是17世纪初期最重要的诗人。他的早期诗作以《圣彼得的眼泪》（1587）为代表。这首诗是反对宗教改革的，但内容并不是最令人感兴趣的部分。这首诗叙事的委婉曲折，对夸张、对比、大段插入描绘、浓墨重彩的爱好，意象的堆积，大自然的人格化，字句的复杂交织，还有对和谐的敏感，都表现出巴洛克文学的特点。试看结尾的这几行诗：

清晨出门的时候，她用一只手
拿着一瓶憔悴和枯萎的花，
用另一只手倒掉花一瓶，
又用浓雾和风雨织成的纱巾
蒙住她的金发，她的脸上显出
心灵在忍受剧烈痛苦的情景。

表情达意的曲里拐弯，描绘的夸张，清晨的鲜亮与憔悴的花儿、脸色的对比，色彩的浓重，意象的重叠，自然的人格化，字句组织的繁复，都集中地表现在这几句诗中。这些特点不仅反映了马莱布早期诗作的特征，而且还多少在他后来的诗歌中保留下来，尽管他竭力摆脱早年的诗歌趣味，但是仍然留下了这种痕迹。

马莱布是一个诗歌革新家。他的诗歌主张主要反映在对16世纪后期诗人德波特的评论上，还有在他的弟子们的转述之中。其一，是他关于语言的主张：七星诗社丰富语言的方法都被他摈弃，他反对语言外省化，反对用古字、技术用语、复合字、演化字，认为这些词汇低级，意义模糊。他要让语言纯洁化。应该说七星诗社的主张是起过历史性作用的，但是，在后来的诗歌创作中，也出现了一些用语混杂、胡乱创造的现象，不利于诗歌创作。马莱布的主张虽然使诗歌的语言有所贫乏化，但是却使它更注重锤炼、单纯而有力，导向了古典主义的语言。此外，他还不能容忍打破语法规范，反对滥用修辞，主张思想表达要符合逻辑。总之，他要求语言明晰、纯粹、和谐。其二，在诗歌创作上，他反对七星诗社所主张的跨行、元音重复，亚历山大体只允许中间停顿，用韵严格，反对用同一词族的词来押韵；反对含义不增加的凑音步；反对一系列单音字出现；反对声音不和谐。他还规定了诗节的长短：亚历山大体是6行一诗节，十音节诗是 10 行一诗节。他的节奏变化少于龙沙，但是精粹得多。他要求诗人成为一个诗句的工匠："一个出色的九柱戏能手"，一个"出色的音节安排者"。

马莱布身体力行，他的诗歌创作确实是少而精。他的名作《劝慰杜佩里埃先生》感情真挚，说理委婉而透彻，韵律和谐，用词精确，是一首杰出的悼亡诗。他还善于写圣诗。马莱布的诗作虽然不多，但是影响很大。布瓦洛在《诗的艺术》中写道："马莱布终于来了，在法国，他首先让人意识到正确的韵律，指出一个词位置准确的作用……"马莱布在诗歌史上的作用体现在以下几个方面：第一，他提出诗歌要做到次序井然，明晰和用词严格，表达倾向于冷漠，诗歌要说理。这些观点符合时代的倾向和法国人的气质。第二，古典主义得益于马莱布的观点，他使法国诗歌向纯粹、简洁、和谐和庄重发展。他的诗歌富有理性精神，同古典主义文学直接相通。无论从精神特点，还是形式方面，他都直接影响了古典主义作家。他的作用超过了同时代的其他诗人。第三，他的影响超出了17世纪，凡是追求精粹的诗人都把他奉为楷模。波德莱尔就赞赏过他的诗句"匀称、韵律和谐"，可令人长久地赞赏。

第二节　古典主义诗剧

古典主义悲剧都是诗剧，莫里哀的不少喜剧也是诗剧。用诗的形式来写悲剧和喜剧是从16世纪开始的，至17世纪发展到成熟阶段。从诗歌发展史的角度来看，古典主义悲剧和喜剧的创作是一个重要阶段。

从内容来说，古典主义悲剧和喜剧发展了16世纪戏剧表达时代精神的传统。16世纪戏剧家罗贝尔·加尼耶（Robert Garnier，1544—1590）善于通过古代题材，反映对宗教战争的态度，表达渴求和平的民族愿望。古典主义诗剧更进一步，宣扬理性精神，为法国封建王朝的确立和巩固服务。17世纪的法国崇奉笛卡尔的哲学。笛卡尔在《方法论》（1637）中指出："第一个原则是绝对只接受我明显地认为如此这般的事物是真实的；也就是说，要小心避免仓促从事和既定的想法，不多不少只理解如下的判断：那些非常明晰、非常清楚地呈现在我的脑际，以致我没有任何时间怀疑的事物。第二个原则是把困难一个个区分开来，尽可能细致地审视每一个部分，以便能最好地加以解决。第三个原则是从最简单和最容易认识的事物开始，井井有条地引导我的思想，逐渐地、循序渐进地上升到最复杂的认识，甚至设想出那些本来彼此不分先后的事物的次序。最后一个原则是在各方面都进行完整的计算和普遍的查阅，以致我自信毫无遗漏。"[1]笛卡尔的方法论分为四个阶段：通过直觉和推理揭示真理；运用分析，透过复杂的事物找到普遍的真理；从孤立的因素出发，重新构造出复杂的事物；运用验证以弥补可能遗忘的东西。总之，他主张的是理性。笛卡尔还著有《心灵情感论》（1649），他主张意志可以直接改变人的情感，"如果恐惧使人逃走，那么意志可以使人止步"。笛卡尔的这一理论直接影响了高乃依等剧作家的创作。高乃依的悲剧宣扬理性和荣誉观念高于爱情和情感，拉辛的悲剧贬斥情欲横流、排斥理性的思想和行动，莫里哀的喜剧也以理性作为衡量一切的准则。古典主义戏剧体现了这种时代精神，它所起到的政治影响是以往的文学不曾有过的。就文学与政治的紧密关系来说，它也远胜于16世纪文学和以往的诗歌。古典主义诗剧受制于封建王朝的约束，也受到封建王朝的保护，它的繁荣与此不无联系。这种现象在法国文学史上是独一无二的。

众所周知，古典主义悲剧和喜剧都崇尚典雅的风格，用诗体来写作往往能够做到这一点。尤其是古典主义悲剧，不论是皮埃尔·高乃依（Pierre Corneille，1606—1684）的悲剧，还是让·拉辛（Jean Racine，1639—1699）的悲剧，都具有庄重、典雅的风格。高乃依的悲剧多一点雄健，而拉辛的悲剧多一点柔情，但是他们有相通之处，这就是他们都具有雅致的特点。诗体同典雅有密切的关系，因为诗歌语言精练，而且出于押韵的需要，表达较之散文要委婉曲折一些。诗体悲剧比起散文悲剧，在情调上自然要高雅一些。至于莫里哀（Molière，1622—1673）的诗体喜剧，也同样具有较多的典雅的韵味。例如

1　转引自拉加德、米沙尔：《17世纪》，博尔达斯出版社，1970年，第84—85页。

《伪君子》，这是一部诗体喜剧，它同散文体喜剧《吝啬鬼》相比，无疑要显得更为典雅。后者则更加"俗"一点，闹剧的气氛更为浓郁。莫里哀在选择诗体还是散文体写喜剧时，是考虑到题材的特点的。例如《太太学堂》《唐璜》《恨世者》等，从题材上来说，写的是贵族阶级和上层人物的生活，他用的是诗体。而《司卡班的诡计》《没病装病》《乔治·唐丹》等，写的是第三等级的人物，用的是散文体。由于体裁不同，戏剧效果也不同。

古典主义悲剧和喜剧都是用亚历山大体来写作的。它们的成功使得这种诗体占据了举足轻重的地位。由于亚历山大诗体能容纳较多的思想，所以用在戏剧上有更多的优点。又由于写诗的需要，在诗行停顿的安排上，古典主义诗剧打破了马莱布只允许中间停顿的要求，音节有各种各样的变化：6加6、3加3再加6、6加3再加3，等等的音节变化，甚至前6个音节有1加2再1加2的安排。古典主义戏剧家把亚历山大体的音节变化推到了新的高度。可以说这一诗体在古典主义戏剧家手里被运用得得心应手，达到了尽善尽美的境地。尤其是拉辛，"他使这种诗歌语言简化，使它颤动，给予它优美的变化，既不使它失去准确性，也不使它失去瑰丽，从而把它推至完美境地。"[1]一部诗剧大约有2000行左右，一般两行一韵。从这方面来说，押韵方式不是很丰富的。因为古典主义戏剧家追求的不是花哨和多变化，而是简明、统一：如果追求各种各样的押韵方式，那么2000行诗的押韵变化就过于繁复了。对观众来说，也很难领会到这种复杂的押韵方式。相反，两行一韵对于听觉来说，倒是让人能清晰地感觉到的。法国诗歌由于语言的关系，同我国诗歌有很大区别。我国的诗歌往往一韵到底，而法国诗歌很少有一韵到底的，古典诗歌尤其如此。因为法语韵多，所以总要避免一韵到底，而是追求不断换韵。因此两行一韵不是意味着一韵到底，而是两行换韵；同韵必须隔开尽量远的距离，不让人有重复韵律之感，才符合作诗的要求。

古典主义诗剧只容许2000行诗左右，完全是从演出需要提出的要求。太长的话，一部诗剧就很难在一个晚上演完。从诗歌体裁来看，2000行诗是相当精练的。在中世纪，英雄史诗一般都写得相当长。《罗兰之歌》是其中最精练的。骑士传奇同样写得很长，往往都有数千行。相比而言，古典主义诗剧就显得十分简短。从诗体作品来说，这是一种进步。英雄史诗谈不上什么精粹，

1　让·卢斯洛：《法国诗歌史》，法国大学出版社，1976年，第50页。

而是过于冗长烦琐，传世之作凤毛麟角。骑士传奇稍好一些，但是同样不够精练，可读性仍然很差。如此看来，古典主义诗剧在形式上有一个很大的发展。这是一个质的飞跃。古典主义诗剧往往是完美的艺术品：它们不仅达到精练的标准，而且诗句优美。高乃依的代表作《熙德》就获得了"像《熙德》一样美"的赞誉，这句颂词不仅指剧本的内容而言，还指它的语言美已达到了令人叹为观止的地步。高乃依的语言具有雄辩有力的阳刚之美，代表了古典主义的崇高风格。他的诗句达到了前人所没有达到的遒劲有力的气势。拉辛的语言则具有柔情缱绻、细腻动人之美，代表了古典主义的雅致风韵。他开创了一种独到的抒写心理的诗歌语言。高乃依和拉辛把诗体悲剧推到了顶峰，后人难以企及，恐怕只有雨果才能与他们比肩。至于莫里哀，同样是语言大师，他的诗体喜剧语言流畅，毫无雕琢痕迹，既接近日常语言，又是从日常语言中提炼出来的。他更是把喜剧提高到空前绝后的境地。总之，古典主义戏剧家取得了重大的成就，把诗歌创作提高到一个崭新的高度。

第三节　寓言诗

　　17世纪的寓言诗有独特的创造和成就。寓言诗在中世纪已经出现，女诗人皮桑就写作寓言诗，但步其后尘者甚少。直至让·德·拉封丹（Jean de La Fontaine，1621—1695）异军突起，才改变了这种局面。拉封丹把寓言诗的写作推至顶峰，影响及至全欧。他对寓言诗的贡献表现在如下几个方面：

　　首先，拉封丹大大扩展了寓言诗反映社会生活的功能。他的《寓言诗》反映了17世纪下半叶法国封建社会的面貌：国王的专制和蛮横霸道，贵族阶级的骄奢淫逸，平民百姓的无权受压，农民生活的水深火热，都得到了深刻的再现。除了莫里哀的喜剧以外，17世纪作家之中，还没有谁像他那样广泛而深刻地反映社会生活。社会人生百态像一幕幕活剧那样出现在他的寓言诗中。动物以其本性成为各色人等的象征：狮子象征国王，猛兽象征贵族和大人物，弱小动物象征下层等级。在后期作品中，各个阶层的人物出现得更加频繁。古代和东方的寓言往往只注重从日常生活中总结出来的经验教训和道德箴言，很少抨击不公正的社会现象。拉封丹的寓言诗摆脱了这种窠臼，他在继承传统的基础上，把目光投向整个社会。越到后来，这种倾向就越是明显。法国评论家指出："道德结论自然而然向社会或政治问题扩展，往后他给予当代社会的讽刺以更多的位置。"[1]他提出的结论往往非常犀利，例如："强者的理由总是最好的理由""根据你有权势还是地位低微，法庭判决会让你清白或有罪。"诗歌的道德教训变得更为复杂，有时是双重的，甚至是三重的，他对世界的看法越到后来越具有哲学意味。这就从根本上拓展了寓言诗这种短小体裁的文学形式的内容，大大改造了寓言诗。圣伯夫说："寓言在拉封丹那里只是一种天才喜爱的形式，这个天才比这类诗体要广阔得多。"[2]他的《寓言诗》地位的重要，原因大半在此。

还应特别指出的是，拉封丹是17世纪的作家中，从现实题材和事件中汲取素材最多的作家之一。他非常熟悉诉讼、贸易、打猎、宫廷礼仪等方面的情况，在寓言诗中有大量的描述。有的寓言诗看来是明显针对当时的事件的，如东印度公司的破产事件和圣会争夺人心的活动。还有二十多首寓言诗是影射王朝的政策的，如西班牙王位继承问题，争夺弗朗什—孔泰这块领地，与荷兰、英国和瑞典三国联盟的对抗等。当时路易十四全力以赴的大事，都在寓言诗中得到了反映。这是拉封丹对寓言诗社会功能扩展的一个重要方面。

其次，拉封丹在形式上也有不少重要的创造。一是他把对话作为一个重要的艺术手段来使用，一篇寓言诗的大半篇幅往往由对话组成，对话的作用能起到改变呆板的叙述方式，并且把寓言诗写成具有戏剧色彩的场面，勾画出各种人物的心态、口吻和性格。《橡树和芦苇》通过对话塑造了两个活生生的形象，橡树代表傲慢和虚情假意的强者，芦苇代表具有凛然不可侵犯的气概的弱者，整首诗写得像一首小小的独幕剧。这是一首长诗。短诗同样以对话组成。《知了和蚂蚁》的后半节诗就全部是对话。一个是为了借贷而低声下气，另一个不但不借，反而讽刺挖苦。两者都形神毕肖。对话在以往的寓言中很少运用，而在拉封丹的手里却运用到炉火纯青的地步，这无疑是他的一大成就。二是他的诗歌形式灵活多变，他的寓言诗有不少是整齐的亚历山大体或十音节诗，但更多的是由各种音节的诗行组成的"自由体"诗歌。《患瘟疫的野兽》基本上由十二音节和八音节的诗行组成，但有一行诗是三音节。《知了和蚂蚁》基本上由六音节诗组成，但有一行诗也是三音节。《一个蒙古人的

1 拉加德、米沙尔：《17世纪》，第213页。
2 拉加德、米沙尔：《17世纪》，第213页。

梦》基本上由十二音节诗组成，但有四行诗是八音节。如此等等，不一而足。拉封丹的寓言诗极其灵活，又极其和谐，创造出美妙的节奏效果，后人难以模仿。三是他的寓言诗描绘了大自然的美丽，富于抒情色彩。人们认为拉封丹长期做过森林水泽的管理，生活在大自然中，所以能领略到大自然的美。《百灵鸟和她的小鸟和麦田主人》描画了一幅出色的农村风景画，诗人将大自然的优美和庄稼的成熟、生物的繁殖和谐地结合起来，让人看到大自然万物生长的一个剖面：到处生机勃勃，活跃紧张，大自然的美就寓于其中，这是一幅充满诗情画意的写生。在寓言诗中，往往出现的是诗人最熟悉的香槟省和法兰西岛的风光，他用简洁的语言勾勒出一种氛围，意蕴无穷："水波像最美的晴光一样潋滟""季节的和风使草色青青。"在古典主义作家中，拉封丹是难得的一位描绘乡村生活风光的诗人；在历来的寓言作家中，他也是独无仅有的一位。此外，拉封丹在语言方面造诣也非常高，他的语言富丽多彩，古语、上层阶级的语言、民间语言、村言土语等都熔于一炉；他已经注意到语言的性格化。他的诗歌朗朗上口，有"口语化诗歌"之称，几百年来一直是家喻户晓、雅俗共赏的。

最后，拉封丹在继承和借鉴方面有成功的经验。他的寓言诗的题材大半取自前人，这是一种"模仿"。但是，他并不拘泥于已有的题材。他说："我的模仿绝不是盲从。"对拉封丹来说，模仿只不过是一种方式，为的是实现美的创造。他始终保持"毫不犹豫和毫不害怕地放进自己的东西"的自由，"修饰、扩大、改变情节和环境，有时是主要事件和后续事件……创造这个故事的人会非常困难，认不出是自己的作品"。他的寓言诗也遵循这样的准则。他的创作有如下几个方面引人注目：第一，他对原有寓言加以大大扩充，但他不像皮尔派那样做长篇的铺叙，他去掉无用的细节，加强戏剧性，突出结尾；他往往将前人的两篇寓言合为一篇。第二，原有的题材只提供给他叙述的因素，而他把表述做得更为生动、更为完整，有时还改变了环境，或者改变了寓言的含意，从中得出更加深刻的道德教训。第三，为了把寓言诗写成一幕喜剧，他使人物具有个性和人格，在对话中表现出微妙的心理。他像拉辛一样，描绘柔情、嫉妒、野心、母爱；他像莫里哀一样，描绘虚荣心、伪善、欺骗、忘恩负义、吝啬；他像散文家拉布吕耶尔一样，描绘大人物的自负、小人物的胆怯。第四，为了达到真实，他不惜进行修改；为了使叙述显得更加生动有趣，诗人有时也现身说法。这里试举一例，看看拉封丹的创造性表现在哪里。伊索寓言《老人和死神》这样写道：一天，一个老人砍伐完木柴，把柴捆扛到背上，长途跋涉往回走。他走累了，放下重负，召唤死神。死神出现了，问他为什么要叫唤。老人回答："为的是让你去掉我的负担。"这则寓言说明，凡是人都留恋生活，即使他是不幸的。拉封丹（《故事诗》序）则是这样写的：

一个穷樵夫，全身被枝叶盖住，
不堪柴捆重负和岁月的磨难，
呻吟叹息，弯腰曲背，步履维艰，
吃力地走回烟火熏黑的茅屋。
他终于痛苦不堪和力气用尽，
放下了柴禾，寻思自己的不幸。
自从来到人间，可曾享过欢乐？
比他更穷的人，世上可曾有过？
往往没有面包，从来没有休息，
他的妻子，他的儿女，捐税、兵痞、债主、徭役，各种重压，
完整地构成一幅穷人的图画。
他呼唤死神。死神应声便来到，
问樵夫要做什么事。
樵夫说："为的是帮助我
再背上这柴禾；请你不要延迟。"

死亡能将一切医治；
但不要做任何改变：
与其受苦，也不愿死，
这就是人们的箴言。

很明显，拉封丹的寓言诗内容要丰富得多。这首诗深刻地反映了农民的悲惨生活，具有鲜明的时代色彩和入木三分的揭露意义。但是，布瓦洛并不理解拉封丹的用意，认为他写得啰嗦，将这首诗重新写过：

一个穷苦樵夫，满头苍苍白发，
背着沉重柴禾，浑身汗水淋淋，
气喘吁吁，筋疲力尽，充满不幸。
他终于不堪痛苦，把柴禾放下，
极不愿意重新忍受这种重压，
希望见到死神，千百次来吆喝。
死神终于来了，大声说："干什么？"
"谁呀？我呀，"他这时说，马上改错，
"请帮我背上这柴禾。"

两相比较，后一首诗便显得苍白无力，毫无新意。而拉封丹的寓言诗更显得不同凡响。

17世纪的法国诗歌最后还应提到尼古拉·布瓦洛（Nicolas Boileau，1636—1711）。他用诗体写成的《诗的艺术》不仅为古典主义制定了法规，而且还提出了写作艺术的标准：他认为形式必须从属于思想，思想则从属于理性；他反对浮夸虚饰，主张自然；他要求明晰、纯净；作诗要苦吟、锤炼。这些标准也是古典主义诗歌所遵循的原则。他早年写作的《讽刺诗》（1666—1716）富有现实主义的批判精神和生活气息。如《巴黎生活的烦难》写出了这个大都会的热闹、烦嚣，笔调隽永、幽默、风趣。有的讽刺诗揶揄人心不古、傲慢无知，还不如兽类。他的《诗简》（1674—1677）有写给国王的，有写给别的诗人的，有关于道德和文学问题的，有描写乡村风光的。《唱经台》（1674—1683）是一种"滑稽史诗"，描写平庸可笑的人物、懒惰的议事司铎和下层人物的争吵，但是用华丽的笔调和史诗手法写成，还使用了寓意手法。内容和形式、讽刺的现实主义手法和风格的浮华之间的对比，造成了一种滑稽感。伏尔泰从他的《诗简》和《唱经台》中得到不少启发，《亨利亚德》就几乎亦步亦趋地模仿《唱经台》，到了令人发笑的地步。

第五章　沙漠与绿洲
——18 世纪法国诗歌

　　当今的法国评论家众口一词地把 18 世纪的法国诗歌领域称为"一片沙漠"。

　　"对于喜爱诗歌的现代人来说，法国的18世纪是一片沙漠。"[1] "人们有权把安德烈·谢尼埃出现之前的时期称为'法国诗歌沙漠'。"[2] "概括地标志了这个时期的特征的表述方式，就是'诗歌的沙漠'。"[3] "由于不能摆脱影响，又不能革新灵感，18世纪呈现出诗歌沙漠的景象。"[4] "启蒙时代经历了一次真正的诗歌危机。"[5] "直至安德烈·谢尼埃之前，我们根本碰不到一个伟大的诗歌天才。"[6] "诗歌从来不像18世纪那样有着更为凶恶的敌人。诗人和散文家联合起来扼杀它。……18世纪面向一片非诗意化的原野。"[7] 上引数例足以说明评论家的一致看法。18世纪的法国诗歌创作是不是非常贫乏呢？倒也不是。这一世纪的诗歌创作还是数量众多的，至少有如下几个种类。

　　史诗，如：伏尔泰（Voltaire，1694—1778）的《亨利亚德》（1728）。

　　描绘性诗歌，如：圣朗贝尔（Saint-Lambert，1716—1803）的《季节》（1769），鲁谢（Roucher，1745—1794）的《月份》（1779），德利尔

1　布吕奈尔等：《法国文学史》，第1卷，第363页。

2　让·卢斯洛：《法国诗歌史》，第57页。

3　莫里斯·纳陀：《法国诗歌选》，《18世纪》，转引自《18世纪法国诗歌》，拉鲁斯古典丛书，1985年，第153页。

4　乔治·蓬皮杜：《法国诗歌选》。

5　拉加德、米沙尔：《18世纪》，博尔达斯出版社，1972年，第353页。

6　亨利·勒梅特尔：《法国文学史》，第2卷，博尔达斯——拉封出版社，1972年，第473页。

7　保尔·古特：《法国文学史》，转引自《18世纪法国诗歌》，拉鲁斯古典丛书，1985年，第154页。

（Delille，1738—1813）的《花园》（1780）。

颂歌，如：让—巴蒂斯特·卢梭（Jean-Baptiste Rousseau，1671—1741）、勒弗朗·德·蓬皮尼昂（Lefranc de Pompignan，1709—1784）、勒布伦（Lebrun，1729—1807）、吉贝尔（Gilbert，1751—1780）的作品。

哀歌，如：贝尔蒂斯（Bertis，1715 — 1794）、莱奥纳尔（Léonard，1744 — 1793）、帕尔尼（Parny，1753—1814）、米勒瓦（Millevoye，1782 — 1816）的作品。

寓言诗，如弗洛里昂（Florian，1755—1794）的作品。

神话诗歌，如马尔菲拉特（Malfilatre，1732—1767）的作品。

荒诞与诙谐诗歌，如格雷塞（Gresset，1709—1777）的《维尔—维尔》（1734），等等。

但是，所有这些诗歌或者充满说教气息，或者内容贫乏、肤浅，它们多半拘泥于形式，显得过时；感情的表达冲不破樊篱，而且找不到合适的表达语言。其中大部分作品已经被人们忘却了，只有个别作品还能在诗选中找到。从今天的观点看来，伏尔泰是他们之中最重要的诗人。他运用过各种诗体来表达他的思想和感情。除了史诗《亨利亚德》以外，他还写过诗体悲剧多部，以及大量的颂歌、书信体诗和短节诗。《亨利亚德》是他的青年时期的作品，分为十歌，描述亨利四世登基前的宗教纷争，诗人对待历史十分自由，哲学议论占有重要位置。史诗讽刺宗教狂热，宣扬容忍，批判封建制度。但是这部史诗过分模仿维吉尔、塔索等诗人的作品，而且滥用寓意、梦幻、神奇现象和预言，读来丝毫不能感动人。虽然这部史诗当时获得了成功，如今却被认为是一部失败的作品。伏尔泰的悲剧受到拉辛的影响，较重要的有《查伊尔》（1732）等，他认为古典主义戏剧缺乏情节，便寻找各种手段去丰富剧情，如喜欢异国题材：《查伊尔》在耶路撒冷进行，《中国孤儿》取材于中国故事。他还采用恐怖的场面、奇特的显现。但是他的诗句却缺乏高乃依的雄浑有力和拉辛的和谐，他过于强调偶然因素，从而破坏了悲剧激动人心的魅力。他也不善于描绘女性心灵，而是以情节的曲折去弥补心理分析的不足，以人为的场面效果来引起观众激动。评论家认为，总的说来，"诗歌并不真正符合伏尔泰的气质：他不得不屈从于严格的规则，而不能充分发挥他的热情"。[1]他最有活力的诗歌

---

1 布吕奈尔等：《法国文学史》，第1卷，第332页。

作品是较为轻灵活泼的一种，也就是符合他的机智幽默的气质的一种：讽刺诗、短诗。他的爱情短诗写得委婉、俏皮。他的讽刺诗则写得十分诙谐、犀利，例如他在讥讽死对头、诗人勒弗朗·德·蓬皮尼昂的《虚荣心》（1760）中写道：

> 你知道耶律米为什么
> 一生之中哭得那么多？
> 因为他是一个预言家，
> 知道勒弗朗会出卖他。

《可怜的家伙》（1758）讽刺的是反对启蒙哲学思想的报人弗雷龙：

> 那一天，在深谷之中，
> 一条蛇咬了弗雷龙。
> 你知道出了什么事？
> 那条蛇却倒地而死！

18世纪的法国诗歌为什么会出现这种一片沙漠的景象呢？这个问题使人不由得要进行一番认真的思考。

首先，在18世纪初，文学创作的观念产生了变化。诗歌创作受到了批评家的种种攻击，他们提出要以散文来代替诗歌创作。在17世纪末、18世纪初的"古今之争"中的崇今派是这种主张的发难者。其中的乌达尔·德·拉木特试图创作一首散文颂歌，以证明散文优越于诗歌。在他看来，诗歌语言只不过是一种艰难的、无用的，甚至危险的"杂技"。他说："由于说话的目的只是让人听见，因此强加这样一种约束就好像是不合理的：这种约束往往有碍于让人听见的意图，而且需要更多的时间把自己的思想硬插进去，因为必须按照自己思想的本来次序普普通通地道出，才能创作出好作品。"[1]他曾经用散文来改写拉辛的一部悲剧的第一幕，以显示散文的优越性，结果当然是失败的。他的朋友、批评家封特奈尔也响应他说："如果人们终于发现……仅仅为了取悦耳朵而约束自己的语言，甚至弄到自己想说的话说不出来，有时还会说出别的话来，那是很幼稚的，到这一步要做何感想呢？"[2]德·蓬斯神父宣

1　转引自拉加德、米沙尔：《18世纪》，第353页。

2　《论诗》，转引自拉加德、米沙尔：《18世纪》，第353页。

称："我认为，诗艺是一种无聊的艺术，如果人们同意摈弃它，不仅我们一无所失，而且我们还会所得甚多。"[1]他们的观点是不如写作散文。乌达尔·德·拉木尔认为："如果人们把拉辛的悲剧改写成散文，那么它们丝毫不会失去这些美。"[2]他确实改写过拉辛的《米特里达特》的第一场。他认为这样改写拉辛的悲剧的美原封不动，其实他的改写是大煞风景，拉辛悲剧的美都消失不见了。这种观点并不是独一无二的。伏尔泰在《评波利厄克特》中也说过，要衡量诗歌的好坏，就必须把它们改写成散文。认为诗歌语言是一种无用的装饰，那是十分幼稚可笑的；同样，以散文代替诗歌不仅徒劳无益，而且直接导致了诗歌的式微。但可悲的是，18世纪散文的发展确实取得了优势，从而导致诗歌创作的不景气。18世纪中叶，一些批评家已经意识到诗歌的这种境况，狄德罗在《论诗体戏剧》中写道："一个民族越是文明，它的风俗便越是缺少诗意……诗歌需要某种巨大的、野蛮的和粗野的东西。……什么时候能看到诗人出现？那是在经历了灾难和巨大的不幸之后，疲乏不堪的人民开始喘口气的时候。于是想象力在可怕的景象震动之下，给那些没有见过这些景象的人描绘出闻所未闻的事物。"他设想过一种诗歌解放的理论，但是他想用一种辞藻热烈的散文来创造这种新诗，而且他没有写过一部诗歌作品。他把诗人的狂热和哲学家的才能看作对立的东西，因为哲学家是理智的，极其明晰的，而且能压抑情感和敏感。卢梭也主张散文可以用声音的变化来表达激情（卢梭，《论语言的起源》第一章）。同样，伏尔泰并没有意识到诗歌需要另一种语言，却自以为是一个杰出的诗人。同18世纪的诗歌出现散文化的倾向并行发展的是，这一时期的散文具有诗意化的特点。

其次，18世纪是宣扬理性的时代，启蒙作家往往都是哲学家，他们更善于用哲学头脑去思索，他们的作品也往往是他们的哲学思想的通俗化。这种现象就导致了议论的增加和诗意的消失。18世纪启蒙作家宣扬的理性与17世纪作家崇奉的理性有所不同。后者是一种精神的、道德的、法律的准则，它以封建国家利益或者家庭荣誉观念为指归。前者以资产阶级的政治、经济、道德、法律等方面的理想为核心，作为批判封建制度的思想武器。因此，它是包容更广的一种思想体系，触及社会生活的各个领域。在文学创作中，古典主义作家

1　转引自拉加德、米沙尔：《18世纪》，第353页。

2　转引自亨利·勒梅特尔：《法国文学史》，第2卷，第474页。

并没有也不需要用理性去代替感情的抒发。而在启蒙作家那里，已发展到用理性去代替感情的阐发。达朗贝在《百科全书引言》中说："这种哲学精神，今日如此流行，它要达到无所不见的地步，它丝毫不作假设；如今它已经一直渗透到文艺领域。有人认为这对文艺的发展是有害的，我们很难回避这一点。"伏尔泰在一首诗中也有意无意地认识到这个事实："在理性制约下，被压抑的美感使我们的心感到平淡无味。"在《论史诗》中，他指出真正的诗人要善于在一种"理智的热情"中进行创作。他觉得"法国人没有史诗头脑"。"在所有民族中，法国人最缺乏诗意。"在世纪之初，不是没有批评家指出感情抒发对诗歌创作的重要性。费纳龙在《致学士院的信》（1714）中就指出过："必须抓住心灵，使它面向一首诗的正当目标。"对费纳龙来说，诗歌只有作为沟通心灵的语言，才能生存下去。他认为从马莱布开始，诗歌创作已变成一种纯粹的技巧卖弄，走向僵化。同样，杜博斯在《关于诗歌和绘画的批评性思考》（1719）中，也有相似的见解。狄德罗也认识到感情对诗歌的作用。《百科全书》中的"天才"条目如果不是他撰写的，至少也是受他的启发写成的。这一条目写道："力量和丰沛，难以形容的粗犷，不规则，崇高，动人，这些就是天才表现在艺术中的品格。"可是，18世纪的诗人却缺乏这些条件。

最后，18世纪的诗歌创作墨守成规，极力模仿 17 世纪的诗歌，少有创造。有的评论家把这种现象称为"学院派"倾向。这种倾向是"由于普遍模仿古典典范，绝对崇尚规则与准则，对题材、样式和形式的老一套僵化的结果"。[1]这种学院派倾向是一种假古典主义，它在形式模仿中凝固了，停滞不前。这种倾向一直延续到19世纪浪漫主义兴盛时期。以伏尔泰为例，他在文学上的保守性特别表现在诗歌创作方面。他遵守古典主义悲剧的规则，认为这些规则是"美"的，并用诗体来写悲剧，其结果不是有助于悲剧的延续发展，而是加速悲剧的衰落。他试图写作史诗，模仿古人，形式上毫无创造，便遭到失败。《论人》是一首议论诗，受到蒲伯的启发，今天看来充满说教意味。他的哲理诗在形式上没有什么创造性，并不成功，原因在于他没有摆脱前人的窠臼。其他诗人的诗作也多半是颂歌、宗教题材诗歌、圣诗、田园诗、神话题材诗歌等，因袭陈规，缺乏创造。从内容上来说，这些诗人的作品不大涉及重大的社会问题，相反，大多抒发个人情感、宗教观念、不着人间烟火的神话故

---

1 亨利·勒梅特尔：《法国文学史》，第2卷，第476页。

事、田园情趣，视野狭隘，内容浅薄，谈不上有多大的社会意义。比起17世纪的诗歌，18世纪的诗歌明显地后退了一步。就以善写寓言诗的弗洛里昂来说，他写过一些不错的寓言诗，但都是涉及一般的道德问题，缺乏深刻犀利的社会讽刺，较之拉封丹的寓言诗自然略逊一筹。他只是步拉封丹的后尘，根本无法与拉封丹比肩。

从上述三点看来，18世纪的法国诗歌未能取得重大建树就不是偶然的了。但是在18世纪末，情况有了变化。在这片诗歌沙漠中，终于出现了一片绿洲。这片绿洲就是安德烈·谢尼埃（André Chénier，1762—1794）的诗歌创作。这位诗人只活了短短的32岁。他在生前仅仅发表了几篇不起眼的诗歌。他的全部诗作直至1819年才得以问世。1815年，他的弟弟马利—约瑟夫去世了，由后人整理他家的遗产，这才发现了安德烈·谢尼埃的全部诗歌手稿。他的全部诗稿问世引起了很大的反响，自此以后，他被确认为一位诗歌天才。

安德烈·谢尼埃提出了自己的一套诗歌主张，这些主张包含在《致勒布仑的书简诗》[1]（1785）、《论艺术的完美与衰落的原因》，尤其是在《创造》一诗中，他的观点有如下几个方面：

第一，他主张诗歌要继承古代文学的传统，诗人要利用古希腊罗马诗人的经验，要毫不犹豫地"掠夺古代作家的财富"，模仿他们的作品的内容和形式，感情和表现方式，无须理会别人指责这是抄袭。他受到古希腊文化的深刻影响，熟读古希腊作家的作品；他母亲有希腊人的血统。从时代风气的影响来看，当时掀起了对考古的兴趣热，在文艺上，新古典主义流行一时，对古希腊罗马艺术的爱好方兴未艾。这些就是谢尼埃热衷于古代传统的社会背景和个人原因。但他并非泥古不化，他认为要将创造与这种"剽窃"结合起来，这种结合要天衣无缝。诗人要通过不断吸收"内在营养"，把他借取的各种材料熔于一炉。他的见解令人想起拉封丹的话："我的模仿绝不是盲从。"谢尼埃也明白表示："盲从的模仿者刚生即灭！"显然，他的模仿说并不是要全盘照搬古代诗人的作品，他认为模仿要走新的道路；正如17世纪的古典主义作家主要是借取古人的题材，他在古人那里寻找的是形式美的典范。他特别看重的是古代诗歌的音乐美和雕塑美。为此，他注意语言的美，认为"语言拥有难以驯服的障碍，它在抗拒，只肯屈服在灵巧的手下"。

1　其内容主要是论述自己的作品。

第二，他主张要创造出跟时代合拍的新作品。他认为当今的诗人不应该再满足于按照维吉尔和荷马的轨迹进行创作。古人在他们的作品中也是从他们的时代吸取灵感的，德谟克利特的狭窄世界如今已经变成牛顿的广阔宇宙，因此必须革新文学创作的材料，从古人那里学习到表现世界的方式。他的名言是："为了描绘我们的思想，请借取他们的色彩；用他们诗歌的火焰，点燃我们的火炬；要以新思想写出古朴的诗句。"尤其是最后一句，表达了他的一个重要见解。"新思想"是什么呢？诗人认为他周围的世界都是他的作品的题材，他在"不断地一再翻阅他的心灵和生活"。这就是说，诗人既要面对物质世界，也要转向心灵世界。这个物质世界是社会生活和时代的变化，它既包括个人的生活经历，又涉及当时的大事。至于心灵世界，则是指发掘人的情感和内心，由此形成了他的诗歌对抒情性的重视。他在诗中说：热情是"伟大的品性，噢，天才之母"。他又说："诗艺只创造诗句，唯有心灵才创造诗人。"他描绘创作中的诗人是这样的："一个真正的魔鬼压抑着他，主宰着他，使他热情澎湃，他不知道这样的折磨；他思索，他想象。一种意想不到的语言在他的头脑中产生，同他的想法一起出现，拥抱着他，跟随着他。天才孕育的形象和字句，整个宇宙都在里面活动着，呼吸着，这是广阔的、崇高的源泉，永不枯竭，急迫地在诗人的头脑中如潮般奔腾。"这些话充分道出了诗人对激情的重视。浓郁的抒情性是他的诗歌的一个极其重要的特点，也是他与18世纪其他诗人的重要分水岭。他的同行缺乏的正是这一点。他的诗歌之所以熠熠生辉，主要原因也在这里。同时这也是他与19世纪诗人相通的一个重要特征。

第三，作为现代诗人，谢尼埃对科学的发展十分重视。他认为科学的题材不至于严肃到不能入诗。"所有艺术都是结合的，人类科学不同时扩展到诗歌的领域，就不能扩大它的帝国范围。艺术要征服宇宙是多么漫长的工作啊！"他对科学的重视无疑是受到启蒙作家的影响。百科全书派对科学成果的普及和宣传，对诗人起了重要作用。诗人要发现掩藏在科学的严格真实之中的美，他要展开幻想的翅膀："我常常用布封的翅膀武装起来，在牛顿的火炬照亮下，同卢克莱修一起飞越地球之上伸展的蓝带。""为了穿越天空，请抓住风和闪电的翅膀，抓住有火焰长发的彗星的跳跃。从我的心灵蹦出急促的诗句，要对天神诉说。"他认为思想平庸的诗人才会感到表达科学新天地的困难，这时诗歌的大门便会向他们关闭。

综上所述，谢尼埃的诗歌主张比18世纪的其他诗人向前迈进了一步。他并没有完全脱离18世纪，尊重古代传统和模仿的意识在他的头脑中还相当强烈。但是他并不囿于模仿，而是同时注意有所创造。他比18世纪的其他诗人视野更为广阔。最重要的是他意识到诗的本质在于表达诗人的内心感情，从而使得19世纪的诗歌获得充分发展的天地。

安德烈·谢尼埃的诗歌创作十分丰富，大致可以分为三个阶段。

第一阶段是从1783年至1787年，其诗作收入《田园诗》中。这部诗集贯彻他的模仿理论，是一幅幅小型的风俗画，如《年轻的洛克丽爱娜》《塔兰托少女》《尼埃尔》等。其中《塔兰托少女》是一首优秀的短诗，以细节的精细和感情的真挚而令人触目。诗人深深地感受到一个妙龄少女的夭折的可悲命运多么令人忧伤，尤其引起诗人的内心感应："而林神、泉水之神和山岳之神／一齐捶胸顿足，拖着丧服长衣，／围着她的棺椁不断唉声叹气。"异国题材、鲜艳色彩、情感强烈，使这首诗带有浓厚的浪漫情调。《田园诗》中还有一些长诗，属于叙事抒情诗。《盲诗人》写的是荷马这个民间的行吟诗人，向人们讲述他的不幸经历和神话传说。《年轻的病人》叙述一个母亲祈求阿波罗怜悯她的儿子，这个孩子在失恋之中。母亲终于把少妇带到儿子跟前，治愈了儿子的心病。《乞丐》写一个乞丐曾经救过豪富的利库斯，利库斯终于认出恩人的故事。这些诗歌都大量穿插了神话和古代传说。

第二阶段是谢尼埃到伦敦当大使馆秘书的时期（1787—1789）。他在伦敦十分苦闷，远离朋友，考虑写作长篇诗歌，同时受到当时科学发现的巨大震动，动手写作科学题材诗歌：《赫耳墨斯》和《美洲》，《创造》一诗可以看作是这两首诗的序言。这两首科学题材的长诗都未写完。《赫耳墨斯》分为三部分。第一歌写物质的产生、地球的形成、动物的出现和四季的变化。第二歌写人类从野蛮状态到社会产生的进步以及宗教的起源。第三歌写社会：政治，道德，科学发明，人类的未来，永久和平。《美洲》原来打算要写到12000行。诗人试图再现种种探险，直到美洲的发现，他要写出新大陆的气候、环境、风俗、习惯和文化，浪漫虚构无疑会使这首长诗具有史诗的特点。

第三阶段是大革命时期（1789—1794）。谢尼埃在伦敦密切注视着大革命的进程。他受到新思想的鼓舞，离开了外交岗位，同朋友们组织了"八九社"，于1790年发表了《关于真正的敌人致法国人民书》。但是，谢尼埃的思想属于稳健派，他不赞成过激的革命行动，反对雅各宾派专政。处决路易十六以后，他被看成可疑人物，1794年3月7日遭到逮捕。在监狱里，他写出了《颂歌集》和《讽刺诗》。这时期写的诗歌可以分为两类诗：爱情诗和讽刺诗。《致法妮》是一组爱情诗。法妮指勒库特夫人，她是诗人在凡尔赛认识的。在这些爱情诗中，他已经摆脱以前在《哀歌集》中的模仿痕迹，带上朦胧的忧郁色彩，咏唱自己的缱绻情怀。讽刺诗是他"在绞刑架下，我再试弹我的琴弦"而写成的，带上了阴沉的悲剧色彩。他要磨快"讽刺诗的锐利雕刻刀"，给那些滥杀无辜的"卑劣罪人"以永不磨灭的伤痕，他指责朋友们的怯懦以及那些意气消沉或者无忧无虑的囚犯。所有激动着他的感情，从反抗到绝望，从倨傲到讽刺，都以坦直而有力的口吻表达出来。

首先，他重新给诗歌注入了个人抒发情感的灵魂。以《年轻的女囚》为例，表面上他是在同情同狱的一个女囚、美丽的艾梅·德·库瓦尼，即德·弗勒里公爵夫人。其实，她比他更为幸运，没有上断头台。谢尼埃把一首哀诗写成了一首对生活和希望的颂歌。尤其是他在诗中灌注了自己的切身感受：对女囚命运的同情和哀叹，也是对自己面临死亡的厄运的感叹：

> 我美丽如麦穗，而年轻如葡萄，
>
> 不管眼前多少祸患，多少烦恼，
>
> 我还不愿摒弃生命。

不愿摒弃生命是这首诗反复吟唱的主旋律。诗人对女囚命运的感叹是真挚的、动人的，他对自己命运的真情流露也是真实的、感人的。同样，《塔兰托少女》对溺死的少女的哀叹，也表达了诗人对青春的赞美，甚至有一种面临厄运的预感。浓郁的抒情色彩是谢尼埃的诗歌放射异彩的一大特点。

其次，谢尼埃的诗歌富于雕塑美和音乐美。他像古希腊诗人一样，欣赏艺术作品优美的动作和造型美的姿态。他指出："必须描绘一尊天神塑像的行走姿势，她们一只手扶住花篮，顶在头上，另一只手提着长裙的裙裾……还有其他姿态，是从石雕、石像和古代绘画中抽取出来的。"他的一些诗歌就是围绕着一种姿态、一种手势写成的，具有一种视觉的美。如他描写拉皮泰族人和半人半马怪物的搏斗，这是一种活生生的浮雕。站在船头的米尔托和睡着的狄亚娜，旁边坐着她的狗，这幅画面具有雕塑美。他的诗色彩并不斑斓，而是常常向描写对象投以时而明亮时而柔和的光，更具雕塑美。谢尼埃还十分注意诗句的和谐。他喜欢古希腊诗歌的柔美、响亮的音节，将古代诗人的音乐美移植到法语之中。他最喜欢的是柔和纯洁的节奏。他常常运用大胆的跨行、句首字和富有表现力的停顿，使得亚历山大诗行变得灵活，适于表达各种各样优美的动作。他的某些最优秀的诗歌是真正的歌曲，具有拨动人们心弦的力量。

　　再有，谢尼埃的诗歌具有不少浪漫派诗歌的因素。他在乡村的宁静中感受到一种柔和的忧郁："一本书捧在手，在小树林里穿行，／毫无遗憾、担心和愿望，享受／宁静，什么也比不上这种乐趣。／柔和的忧郁啊！"黄昏的山谷也产生这样使人惆怅的心绪："傍晚时分，从偏僻的山洞出来，／他在山坡上漫步徜徉，／望见天空落日余晖色彩万千，／远方群峰之上，晴日已不见。"（《田野的宁静》）这些诗句使人想起拉马丁的《山谷》《黄昏》等诗和忧郁的情调。大自然紧密地同他的感情联结在一起："噢，天空，大地，海洋，草坪，山岳，河岸，／鲜花，簌簌响的树林，山谷，荒僻的岩洞，／请时常记起她，请永远记着她。"《尼埃尔》中的这几行诗使人想起拉马丁的《湖》情景交融的写法。谢尼埃对神话和传说的运用，使人想起雨果的《历代传说》。他的讽刺诗同巴比埃的《讽刺诗集》和雨果的《惩罚集》息息相通。巴那斯派就把他视作先驱，试看这几句诗："肚腹宽大，布满斑点的老虎，／凶猛的豹子，目光灼灼的眼睛""岩石的声响重复他们的歌曲，／喑哑的长鼓，响亮的铙钹，／弯曲的双簧管和双重的响板。"（《酒神》）这些诗行使人想起勒贡特甚至波德莱尔的诗句。更不用说他的富有音乐节奏、哀歌式的叙事抒情诗直接影响了维尼、雨果（《东方集》）和缪塞（《五月之夜》）。诚然，谢尼埃的诗歌创作也存在一些缺憾。他有时过于模仿古人，还不善于融化借取的材料，给人一种精细的镶嵌画的印象（如《年轻的病人》）。他也有当时诗人的弊病：滥用神话题材，笔调往往有点程式化和造作，个别句子有矫饰、平淡之嫌。过于相信迂回说法，隐喻过于崇高，这些缺点使他的哀歌显得有点过时，与其他 18 世纪诗人区别不大。他写诗还过于随便：他写得过多，有时不够精练，也不太注意题材的选择，形式也有不够严谨之处。他的早逝使这个天才还未达到成熟的阶段。

然而，谢尼埃仍然是"哲学家世纪的天生诗人"。[1]法国诗人亨利·德·雷尼埃认为法国诗史有三位鼎足而立的诗人，他们是龙沙、谢尼埃和雨果。就19世纪上半叶以前的法国诗歌而言，这个评语还是有一定的正确性的。

1　卡斯泰等：《法国文学史》，阿歇特出版社，1974年，第507页。

第六章　法国浪漫派诗歌的特点和贡献

　　法国浪漫派文学在欧洲浪漫主义运动中占据着十分特殊的地位。虽然它出现在英国和德国的浪漫派文学之后。但是，它在各个领域都有重大建树，无论是在理论、诗歌、戏剧、小说方面，还是在音乐、绘画方面，都涌现出了世界一流的杰作，这是任何一个欧洲国家无法比拟的。法国浪漫派的成就极其辉煌，硕果累累。仅从诗歌的角度对法国浪漫派文学进行评析，即可以一斑而窥其全貌。

　　从某种程度上说，"诗歌是浪漫主义的灵魂"[1]。在法国，诗歌历来起着举足轻重的作用，对浪漫派文学来说尤其如此。因为诗歌这种文学样式本来就注重情感抒发，与浪漫派文学的特点最为合拍，所以，从诗歌的成就能看出浪漫派的主要贡献。在欧洲各国中，法国浪漫派诗人是极为活跃的，优秀诗人数量也多。法国浪漫主义运动的真正兴起约在 1820 年左右，正是诗人率先打响了第一炮，浪漫派诗歌几乎能囊括这一流派的思想倾向和艺术特点。法国浪漫派诗人多半也是戏剧家和小说家，评析他们的诗歌创作，必然也会牵涉到他们的创作特点。总之，诗歌是法国浪漫主义文学获得最充分发展的形式，是它的主干部分和灵魂。

　　法国浪漫派诗歌大致分为两个时期：1820—1830 年为第一时期，即所谓"发表宣言时期"；1830—1850 年左右为第二时期。诚然，法国浪漫派的起源要追溯到1800年左右——斯塔尔夫人（Mme de Stael，1766—1817）在这一年发表了她的《论文学》（1800）和《论德意志》（1810），在理论上举起浪漫主义的大旗；夏多布里昂（Chateaubriand，1768—1848）1801 年发表中篇小说《阿塔拉》，1802 年发表《基督教真谛》（1802），其中收入短篇小说

1　多米尼克·兰塞：《19世纪法国文学》，法国大学出版社，1982年，第18页。

《勒内》，在小说和散文方面最先提供了浪漫派文学的样品。可是，法国浪漫派文学在1810年至1820年之间，出现一段青黄不接时期。因此，19世纪头20年只能看作浪漫派的准备阶段，或发现时期。[1]

"Romanzesco"一词于1611年在意大利人柯特格拉弗的作品中出现；而"romantic"一词从1650年起在英国开始运用，指的是骑士传奇和塞尔特的传说。但直到一个多世纪以后，"浪漫的"这个形容词才有现代的含义。就法国来说，1674年赖默在翻译拉潘神父的《论亚里士多德的诗艺》时，用过这个形容词。直至18世纪下半叶，卢梭在《孤独漫步者的遐想》中提到："比耶纳的湖岸比日内瓦湖岸更荒凉，更浪漫。"勒图纳在1776年为莎士比亚剧作译本而作的序言中也使用了"浪漫主义的景色"这样的表述。1801年，梅尔锡在《新词》中区分了"romanesque"和"romantique"，认为前者"虚假而古怪"，他更喜欢后者，因为"它能感觉到，但不能言传"。塞南古在小说《奥贝曼》（1804）中提到"浪漫的"一词，指的是音乐引起的忧郁、思乡感。他甚至用了"浪漫主义"一词，指的是浪漫品质。斯塔尔夫人在《论德意志》中提出了著名的论断："我在这里将古典诗歌看作古人的诗歌，把浪漫诗歌看作多少属于骑士传统的诗歌。"她在第二卷第十章中又说："浪漫主义这个词新近引入德国，专指这类诗歌：行吟诗人的诗篇是它的根源，它来自骑士制度和基督教……"[2]至此，浪漫主义一词作为一个新流派的概念出现在法国。

法国浪漫派诗歌的特点有如下几个方面。

首先，它是在激烈的斗争中产生的，显得生机勃勃。众所周知，法国浪漫派同伪古典主义进行过激烈的较量，1830年2月25日《欧那尼》上演，两派进入"短兵相接的搏斗"，浪漫派最终获胜。当时的《箴言报》把这场斗争称为"文学内战"。这场内战是17世纪末"古今之争"的延续。当时，古典主义还处于兴盛时期，提倡反映新时代的主张尽管正确，却无法占据上风。时至19世纪初，古典主义的一套仍有市场。"除了意大利，在任何地方，希腊拉丁文学的传统自文艺复兴以来没有这样强有力地统治着诗歌和戏剧领域；在任何地方，古典主义理论没有这样深入和有力地扎根于它在17世纪形成的国家之中；

1　布吕奈尔等：《法国文学史》，第2卷，第392—393页，第398页。
2　多米尼克·兰塞：《19世纪法国文学》，第18页。

在任何地方，理性主义没有这样强加于整个文学，包括诗歌和散文之中。"[1]
但是，阻力愈大，脱颖而出的浪漫派诗歌便愈是生机蓬勃。拉马丁的《沉思集》（1820）及其续集，维尼的《古今诗集》（1826）、雨果的《颂歌集》（1822）、《新颂歌集》（1824）、《东方集》（1829）均引起强烈反响。理论著述的冲击同样有力。斯丹达尔的《拉辛与莎士比亚》（1825）宣称："浪漫主义是向人民提供符合他们习俗和信仰的当前状况、能够给予他们最大愉快的文学作品。"雨果的《〈克伦威尔〉序》是浪漫主义的宣言书，它明确指出："要给予新人民以新的艺术。当今这个法兰西，这个19世纪的法兰西，米拉波给了它自由，拿破仑给了它强大的法兰西，一方面赞赏极其适合于路易十四君主制的文学，另一方面善于拥有体现个性和民族精神的文学。"

此外，艾米尔·戴尚在《法国研究和外国研究》中大声疾呼："在我们的古典诗人未曾辉煌过的文学样式中，才会有更多的荣耀。我们应该既恭敬又慎重地离开他们的道路，而且要达到与他们比肩，唯有尽量不去模仿他们才能办到。"[2]另外，圣伯夫的《16世纪诗歌概述》（1828）重新评介了文艺复兴时期的诗人，扭转了古典主义对七星诗社的贬抑，重新焕发出16世纪抒情诗的光彩，从另一个侧面向伪古典主义展开攻击。当时，浪漫派结成了松散的团体：1820年戴尚家的沙龙，1823年诺蒂埃主持的文社，1827年以雨果为核心的第二文社，再加上1824年《寰球报》的创立，将浪漫派文人团结在一起，以形成与伪古典主义相抗衡的力量。法国浪漫派与伪古典主义的斗争，是新与旧的对立，它们壁垒分明。然而，正因如此，法国浪漫派需要拥有强大的实力才能战而胜之，所以，一旦取胜，法国浪漫派文学就形成繁荣兴盛的局面。

其次，法国浪漫派诗人提出了一整套明确的创作纲领。古典主义制定了各种文学规范，将文学类型做了高低之分，尤其把理性视作圭臬。伪古典主义进一步认为：美在一切时代、一切国家都是一样的，艺术趣味不变，正如理性不会随气候变化一样；古人在美和鉴赏力方面提供了最完美的典范，今人应当竭力获得同样的美和鉴赏力；只能模仿古人，才能达到或超过他们的水平；不仅要模仿古希腊罗马文学，而且要模仿古典主义文学。针对这些束缚文学发展的清规戒律，雨果提出了文学创作的自由："艺术中的自由，社会中的自由，这

1　保尔·梵第根：《欧洲文学中的浪漫主义》，阿尔班·米歇尔出版社，1969年，第162页。

2　转引自《欧洲浪漫主义》：第1卷，新拉鲁斯古典丛书，1972年，第54页。

就是一切思想一贯的人和富有逻辑的人应该迈出同样稳健的步伐走向的双重目标……文学自由是政治自由的产物。这个原则是本世纪的原则。"他直截了当地称浪漫主义为"文学上的自由主义"（《欧那尼》序）。提倡文艺创作自由，首先要摆脱古典主义的种种束缚。浪漫派诗人反对一味模仿古人的教条，雨果指出：模仿精神被别人誉为各流派的福泽，而在他[1]看来，总是艺术的灾祸……哪怕你是拉辛的回响或者是莎士比亚的返照，你总不过是声回响，是个返照（《克伦威尔》序）。斯塔尔夫人认为模仿性作品"不管多么完美，极少是为大众喜爱的，因为它们目前丝毫没有民族性"[2]。浪漫派认为，美是相对的，随着气候、民族、风俗而变化，鉴赏力也一样，它只不过是对一定时期、一定地区被视作美的东西的艺术感受力。浪漫派诗人进而反对古典主义的清规戒律。他们反对"三一律"，认为这样写不符合生活真实。他们把正剧看成不同于古典主义悲喜剧的新剧种，主张把各种戏剧因素混合在一起。诗歌创作也应如此，例如古典主义不屑一顾的谣曲，浪漫派就认为同其他诗体具有一样的价值。狄德罗早就说过："规则使艺术变成一种陈规。"[3]诚然，各种流派都有一定的规则，这些规则体现了流派有固有的因素。浪漫派也有自身的规则，他们只是反对古典主义的规则，以摆脱古典主义的窠臼。浪漫派提出自然和真实的准则，作为自身创作的标准。表面看来，古典主义也运用这个概念，其实含义不同。古典主义把这两个概念理解为庄重典雅，用以反对绮丽繁复的巴洛克风格。而在浪漫主义者那里，自然有多种含义。这既包括大自然，也包括人的原始本性；这既包括现实生活的真实，也包括人的丰富情感。浪漫派注重人与大自然的融合，这是它的一个重要准则。斯塔尔夫人认为："人本身包含着一些感觉、一些隐秘的力量，能同白天、黑夜、风景相应和，正是这种我们本身跟宇宙的神奇联系，给予诗歌真正的伟大。"[4]夏多布里昂认为对大自然的描绘"丰富了现代诗神"[5]，法国诗人莫里斯·德·纪兰要求"把大自然深入到人的心灵中"[6]。正是基于这种认识，在浪漫派笔下，大自然得到从

---

1 此处指雨果。

2 转引自《欧洲浪漫主义》：第1卷，第54页。

3 转引自保尔·梵第根：《欧洲文学中的浪漫主义》，第99页。

4 转引自《欧洲浪漫主义》，第1卷，第187、171、179页。

5 转引自《欧洲浪漫主义》，第1卷，第187、171、179页。

6 转引自《欧洲浪漫主义》，第1卷，第187、171、179页。

未有过的色彩斑斓的描绘，而且这种描绘又跟人的内心活动紧密地结合起来。浪漫派反对理性，标举情感，崇尚想象，同这一点也有密切联系。浪漫派指责伪古典主义把理性当作普遍的和抽象的真理，把崇尚理性作为唯一原则，排斥人心的冲动和情感的宣泄。布瓦洛提出"要热爱理性"，缪塞则断言"必须胡言乱语"。伪古典主义不让敏感、想象超过理性，认为理性是人的根本，而敏感、想象是由肉体派生的，在心灵之外。塞南古则说："唯有浪漫主义能满足深沉的心灵和真正敏感的需要。"[1]拉马丁也指出："诗歌特别要表现内心、个人、思索和沉重感……表现心灵最神秘的印象……具有的深刻、真实、真诚的回声。这将是人本身，不再是人的影像，而是真诚的完整的人。"[2]雨果认为，"诗歌就是一切事物内在的东西"，又说"除了感情以外，诗几乎就不存在了"（《秋叶集》序）。因此，有的评论家认为，"浪漫派开辟了一种激动美学"[3]，把情感推崇到至尊的地位，是浪漫派最重要的特点之一，也是它在文学创作上最重大的建树之一。文艺复兴时期的诗人已注意到情感抒发，但并没有深入挖掘人的灵魂。浪漫派则对人的内心世界进行了较深入的探索。它给未来的文学开辟了一条新路，既影响到现实主义内部的内倾性作家，又为象征派提供了不少样品。波德莱尔说过："浪漫主义恰恰不在于选择主题，也不在于准确的真实，而在于感觉方式。浪漫派不是在外部去寻找这种方式。而仅仅是在内部才能找到它。"[4]波德莱尔在浪漫主义作品中感受最深的，就是浪漫派对内心情感的发掘，他正是沿着这条道路走下去的。 与崇高情感密切相关的是注重想象。想象被浪漫派看成"才具的王后"。追求奇特而瑰丽的想象是浪漫派另一个重要特征。浪漫派要求复活中世纪，靠的是丰富而奇特的想象；它向往东方国家或异国情调，也大半依仗奔放而绚丽的想象；它从宗教题材中汲取养料，用热烈而幽远的想象来铺陈；它从神话中撷取题材，用美丽而奇谲的想象加以补充。文学创作离不开想象，这是人所共知的。只不过浪漫派更为强调作家这种主观能动性，他们认为在客观事物和作品中间起中介作用的

1　布吕奈尔等：《法国文学史》，第2卷，第397页。

2　保尔·梵第根：《法国浪漫主义》，法国大学出版社，1968年，第31页。

3　转引自玛丽—路易斯·阿斯特、弗朗索瓦丝·柯尔梅兹：《法国诗歌》，博尔达斯出版社，1982年，第47页。

4　转引自玛丽—路易斯·阿斯特、弗朗索瓦丝·柯尔梅兹：《法国诗歌》，博尔达斯出版社，1982年，第47页。

是想象。同时，想象还能帮助诗人深入到描绘的对象之中，还能促进作家自我深化，把握人的内心情感变化。"想象是创造力"，能虚构出一个境界来，即使这在现实生活中不可能存在。例如，维尼认为艺术真实与现实真实有区别，他主张"观察人性的真实"。[1]浪漫派充分发挥了人的想象力，为文学创作开辟了广阔驰骋的领域。

最后，法国浪漫派诗人存在不同政治倾向，但能共处于一体中。其中一种诗人站在没落贵族的立场上，另一种则具有资产阶级自由派观点，他们的诗歌在内容和情调上也反映出不同倾向。例如，拉马丁的早期诗歌，维尼的诗作，甚至雨果早期的某些作品，都表现了贵族的情趣。尤其是维尼，他的诗歌是对贵族不可挽回的灭亡命运的挽歌。以往，人们指责这种倾向的诗作，认为是没落颓废，逆时代潮流而动。无可讳言，维尼的思想是不合时代潮流的。然而，从艺术上来看，他的诗歌如《狼之死》《号角》等具有悲壮的风格，显示出一种深沉、哀婉的艺术美，仍然有较高的艺术价值。重要的是，这些政治思想倾向不同的浪漫派诗人和平共处于一个营垒中，他们一致对外，反对伪古典主义；他们的文艺观点则大体一致。因此，用积极浪漫主义与消极浪漫主义这两个标签去对待这两种不同政治倾向的诗人，就不太合适了。不妥之处在于贬低了有贵族倾向的诗人。究其实，像维尼这样留恋旧制度的诗人，1830年以后，在政治上并没有什么反对的举措。相反，他对浪漫派的兴起和确立起过很大的作用。他的两部诗集发表在20年代，《昂克尔元帅夫人》（1831）和《查铁敦》（1835）为浪漫派戏剧呐喊助威，他还翻译过莎士比亚的几部剧本，获得成功。他的地位恐怕不能以消极一词来盖棺论定。至于拉马丁，他在1830年革命以后，已经改变了政治态度，站在资产阶级一边。虽然他在1848年2月革命后担任了临时政府的外交部部长，执掌实际大权，站在工人的对立面，然而，这时期他的思想观点跟雨果处在同一阵营之中。因此，他的诗歌创作也不能列入消极一类。

如果说，浪漫派诗人在艺术观点上有过什么分歧的话，倒不是发生在拉马丁、维尼和雨果之间，而是在戈蒂埃和其他浪漫派诗人之间，戈蒂埃是"为艺术而艺术"的倡导者，他主张"不要有思考、废话和思想，而是要事实、事

---

1 《〈散—马尔斯〉序》，见《19世纪法国小说序言选》，10／18丛书，伽利玛出版社，1971年，第116页。

实、始终是事实"。[1]他在《〈莫班小姐〉序》中进一步阐述了为艺术而艺术的观点。他追求的仅仅是形式美。他的观点受到雨果和波德莱尔的驳斥,雨果提出艺术要为了人类进步。不过他们的分歧并没有引起争论,双方基本上相安无事。总之,法国浪漫派诗人是团结一致的,他们的不同只表现在艺术风格各异之上。雨果、拉马丁、维尼、缪塞、奈瓦尔等一流浪漫派诗人各有特色。雨果是个"全能"诗人,无论抒情诗、讽刺诗还是史诗,都写出了杰作,他的风格雄浑、豪迈、气贯长虹又热烈奔放。拉马丁擅长抒情诗和诗体小说,他的风格真诚、委婉,善于情景交融。维尼的诗歌富有哲理,风格悲怆动人。缪塞善用对话体,能彻底袒露他那颗痛苦的心灵,风格洒脱轻灵。奈瓦尔不同于上述诗人,他多半写作短小精悍的抒情诗,风格诡怪奇异,悲怆哀怨。他们的诗歌百花竞放,争妍斗艳,蔚为奇观。

将浪漫派诗歌放在法国诗歌发展的长河中考察,就不难看出它做出了重大的贡献。

首先,浪漫派诗人打开了人的内心世界,开始揭示人的心灵深层次的思想。浪漫派诗人发现了自我。由于否认丑恶的现实,浪漫派诗人转向探索自身的内心王国。德国哲学家费希特说出了浪漫派诗人的共同心声:"把你的目光从你周围的一切转移开,朝向你的内心王国吧:这就是哲学向它的信徒们指出的第一个要求。在你身外的事物,没有什么是重要的;你本身才是唯一的问题。"[2]在向自己的内心深渊探视时,诗人们发现了一种精神与行为的关系准则。他们越探索这种准则,便越被这激动人的现象所迷惑,越看到这种现象具有神秘的能力,它好像具有触手一样伸向四面八方,化解了人与人之间不可逃避的界限,直至将自然和现实生活相沟通。这个自我,在浪漫派看来,就像绝对的存在那样,是人和世界相通这个新视野的源泉。这里有着无限广阔的空间,它同外部世界一样是一个内宇宙。于是,古典主义者笔下那种坚如磐石的、完美的、自我满足的人,由一种复杂的、多变的、反抗社会和现实的、忍受着持续不平衡心理的人所代替。浪漫派诗人描绘出人的各种不同的精神面貌,拒绝古典主义宣扬的缺乏复杂人性的平板面具。

浪漫派诗人着重探索了这几种精神状态:忧郁、失恋痛苦、梦幻境界。斯

1　转引自玛丽—路易斯·阿斯特、弗朗索瓦丝·柯尔梅兹:《法国诗歌》,第51页。
2　转引自《欧洲浪漫主义》,第1卷,第37页。

塔尔夫人说过："忧郁的诗歌是跟哲理最协调的诗歌。忧郁较之其他心灵状态能更深地进入人的性格和命运。"[1]这个论断一语中的，道出了浪漫派诗人缘何这样偏爱于描写忧郁思绪。夏多布里昂在《勒内》中刻画了忧郁的典型——世纪病的现象。塞南古在《奥贝曼》中写道："这种忧郁的快感，这种充满奥秘、使人心依靠自身的痛苦生存、在自身毁灭的情感中相爱的魅力，人心最持久的享受，来自哪里呢？"（第24封信）缪塞这个"被浪漫主义宠坏的孩子"，内心总是被一种"太迟来到一个太老的世界上"的想法纠缠不休。拉马丁面对黄昏、秋天和山谷，感到无尽无休的忧愁。维尼深深陷于凭吊古战场的悲哀之中。这种忧郁感是诗人对自身处境的一种分析和感受，它跟政治理想的破灭带来的失望有关，跟宗教信仰的危机引起的恐慌相连，跟金钱统治一切激起的厌恶有联系。它表达了被历次革命、战争、社会动乱或者经济危机扰乱了的世界所带来的苦恼和不安。引人注目的是，忧郁加强了抒情诗的韵味和诗意。文艺复兴时期的爱情诗圣手龙沙的名作《致爱伦娜十四行诗》，就以其感伤情调风靡了一代代读者。浪漫派诗人发展了这种倾向。拉马丁的《湖》是一首爱情哀歌，忧郁的情调笼罩全诗。缪塞的《四夜组诗》袒露了自己的失恋痛苦，忧郁充满字里行间。雨果的《奥林匹欧之愁》似在回忆往昔美好的经历，其实是哀叹自己爱情生活的不幸，他们的忧愁如胸中块垒，不吐不快。总之，浪漫派的爱情诗离不开一个愁字。相较起来，浪漫派诗人剖析了自己失恋的种种痛苦，对爱情诗是一大发展。在浪漫派诗人看来，通过爱情，一切都成为活生生的。诗人受到神圣感情的召唤，写出能翻天覆地的种种热情。在兴奋达到顶点时，他仿佛感到跟宇宙融合了。由于爱情的力量，他感到大自然和人类都发生了变化。爱情所占据的心灵，越过空间和时间，成为一个具有魔法的天地，一个重新找到的乐园。但是，由于失恋的诗人找不到能满足他心愿的理想女人，这就导致了浪漫派诗人的矛盾状态：一方面他抱着对理想境界的憧憬，另一方面现实世界又给他不可或缺的信念带来失望；从这矛盾的两极便喷发出最动人和最深沉的诗篇。

　　浪漫派诗歌同20世纪直接相通的是描写了梦境。浪漫派诗人在俯向"心灵之井"时，发现了极为奇异的花朵。沉入梦境有助于怪诞情景的出现，这时候的精神摆脱了理性的控制。诗人在竭力理解看不见的事物，他的心灵呈现出千

1　布吕奈尔等：《法国文学史》，第2卷，第398页。

姿百态的现象。诺蒂埃、缪塞描写了梦境，奈瓦尔更进一步，描绘了蒙眬入睡状态、梦与现实的交叉，等等，为20世纪的现代派开辟了道路。奈尔瓦说："梦是第二生命……自我换了一种形式，将存在进行的工作继续下去……精神世界在我们面前打开了。"[1]浪漫派发现，现实世界遮盖着精神世界，他们力求理解这个精神世界，这就要求探索丰富的心理现象。睡眠割断了人同可感知世界的接触，它穿越到现实所控制的精神中去。梦打开了对精神的洞察之门，使精神能自由自在地活动，还原出本来面目。梦能深入人的心灵，呈现心灵的底蕴，人的命运就刻写在上面。梦把它反映出来，即使这只能通过现实在白天呈现的形象来表达。况且，梦摆脱了时间和地点的羁绊，过去、现在、将来同时呈现出来，具有"普遍存在"的特性。往往会有一个奇异的现象：梦中人面对这些纷然杂呈的意象，感到一种朦胧的旧印象，一种似曾相识的奇怪感觉。虽然这是个陌生的地方，做梦的人却好像回到家里一样；这个被遗忘的地方，他似乎早已认识；这个来到他面前的人，就是他自己，就是酷似他的人，在他生平每一个重大时刻都会再现。或者这是一个女人，是他在舞台上每天晚上见到的那个人，撩动过他的心魄。这样，现实和梦混合在一起；梦的魔力迈向现实，或者说，生活在内心之光照耀下变形了，升华了，在做梦的人注视下，毫无束缚地倾注出来了。

其次，浪漫派诗人在诗歌的题材、语言和形式方面有较大的开拓和创新。法国浪漫派诗人重新发掘了中古时代的历史，大量歌咏了东方国家的风俗人情，改造了《圣经》和神话故事，大大拓展了诗歌描绘的领域，这些方面已不必赘述。值得一提的是他们对下层人民的关注，应该说，这是前人较少接触或根本不写的题材。尤其是雨果，他以极大的同情心描绘了穷人的生活，多次着墨穷人在政治或其他社会不公正中成为牺牲品的事件。他还捍卫过受迫害的巴黎公社成员。雨果要成为他的世纪的"响亮回声"。毫无疑问，浪漫派诗人是出于人道主义精神去同情和描写穷人的。

法国浪漫派诗人们大都在语言上下过一番功夫。既然他们要描绘丰富的内心情感，那么就必须找到一种适合于表现这些情感的语言。雨果指出：语言是不会固定不变的。人类的智慧始终在向前发展，或者可以说始终在运动，而语言是跟人类的智慧亦步亦趋的。……每个时代有相应的思想，同样，也应

1　转引自玛丽—路易斯·阿斯特、弗朗索瓦丝·柯尔梅兹：《法国诗歌》，第170页。

该有与这些思想相应的词汇。语言好像大海，始终波动不停（《〈克伦威尔〉序》）。在浪漫派诗人笔下，词汇得到革新，变得丰富多彩。他们从中世纪和16世纪的典籍中找到一些词汇，恢复了某些词失去的含意；意大利、西班牙、东方的地方色彩通过外来词汇来渲染；民间或技术方面的词汇获得了高贵的诗意；运用富有色彩的形容词和确切的词；具象语言代替了抽象语言。亚历山大诗体变得灵活了，经常运用跨行写法；允许元音重复和半句诗停顿，韵律自由多变，等等。诗歌形式随着内容也有多种变化，往往长短不一，谣曲、对话体、马来体等形式多种多样，特别是改造了古代的史诗，写成短小精悍的小史诗。像雨果的《历代传说》。把人类的历史写成一篇篇小史诗，既有根据《圣经》改写的诗篇，又有根据神话改编的故事，同时写到当代的穷人生活。诗人舍弃了古代史诗的冗长拖沓。继承了它的浪漫、神秘的格调，自成一格。此外，还出现了诗体小说（受拜伦影响）。尤其要提到散文诗的出现，如：拉布的《一个悲观者的照相簿》（1835），莫里斯·德·盖兰的《半人半马怪物》（1840），阿洛伊修斯·贝特朗的《黑夜的加斯帕》（1842）。这种新诗体的出现扩展了诗歌形式，是富有价值的创造。这种形式的诗歌语言既宽广自由又非常浓缩，句子富有节奏；结句就像平静而充满激情的一曲旋律，经过精心选择，和谐、紧凑、言简意赅。散文诗经过波德莱尔、兰波等诗人的推广，变得更加流行，在20世纪获得充分发展。

毫无疑问，浪漫主义思潮受到德国古典哲学的直接影响。德国古典哲学与浪漫派的文学观点是一脉相通的，它对人的精神现象的剖析启发了浪漫派诗人，或者说，德国古典哲学强调的非理性的唯心主义是浪漫派思潮的哲学基础。各国浪漫派作家从不同角度接受了这些哲学观点，法国浪漫派诗人也不例外，他们强调表现人的主观情感，崇尚想象，试图剖析人的种种精神现象，这一切都来源于德国古典哲学。不管这些探索存在着多少不足，探索者们在文学创作上体现出的另辟蹊径、勇于创新的精神都是值得充分肯定的，法国浪漫派诗人取得的辉煌成就已经证明了这一点。

第七章 浪漫派诗歌的第一声号角
——阿尔封斯·德·拉马丁的诗歌创作

  1820年，阿尔封斯·德·拉马丁（Alphonse de Lamartine，1790—1869）的《沉思集》问世，标志着法国浪漫派诗歌的开端。不仅当时人们这样认为，过了一个半世纪，当代人仍然没有必要改变这个判断。这个外省人，在巴黎不为人知，与所有的文学团体没有来往，这本诗集也只有短短的二十四首诗，它究竟给文坛带来了什么新东西？

  自从夏多布里昂和斯塔尔夫人在理论上提出了浪漫派的主张以来，法国文坛并没有出现真正像样的浪漫派作品。1819年，革新文学创作的呼声已为大多数文学团体和外省的科学院所接受。著名的图卢兹百花诗赛科学院提出了这样一个竞赛题目：《所谓"浪漫主义"的文学特征是什么，它能给古典文学带来什么源泉？》。浪漫主义这个名词的内容还相当模糊，人们感到有必要判明和了解这个外来的概念，它可能是别种东西，不是古典主义这种文学形式的扩大。同年，这个科学院在接纳年轻诗人苏梅时，在其接受仪式上的讲话中指出了年轻作家的任务：他们应该从激情中汲取才能，以了解激情和反映各种情绪，从而启迪和迸发情感的诗歌，去代替理智所主宰的冷冰冰的诗歌。

  但是，这些希望出现新变化的人，也担心这种新文学的某些方面。他们不愿意看到它像夏尔·诺蒂埃试图引进的拜伦式的"吸血鬼迷信"，或者像大街上流行的民间情节剧。他们期望循序渐进，一步步得到已经建立的文学团体和固守传统的科学院的认可。因此，像文社一样的团体组织起来了。1820年，雨果和他的两个哥哥以及几个朋友创办了《文学保守者》杂志，在他的朋友戴尚的沙龙里聚集了第一个文社的成员，雨果则是文社最积极的鼓动者。成员中有维尼、亨利·德·拉图什、苏梅、儒勒·德·勒塞吉埃等。不过，他们的政治观点和文学观点都很不一致。雨果基本上持"骑墙"态度。杰作等待了多年迟迟不出现，使得理论上的争论变得空泛无用。

文坛终于迎来了《沉思集》，这部诗集获得了巨大的成功。因为它正好适应了读者的要求，以至于《沉思集》的诗歌形式很快得到确认，人们以为未来的诗歌可能与拉马丁的作品相类似。拉马丁的诗形式较为朴素，没有任何矫揉造作，而且直接表达心灵的忧思，这种诗歌带上淡淡的宗教精神，情感激荡而纯粹；另外，大自然得到充分的描绘，并同内心激动的细微变化相结合，这些特点正适应了时代的气氛和读者的口味。

一个时期以来，评论家普遍认为，拉马丁的抒情诗并没有带来多少革新，因此，从诗歌内容来看，他仍然属于新古典主义的范围。但是，《沉思集》主要抒发的是爱情，这一题材在七星诗社之后被冷落了200多年。17世纪古典主义文学热衷于悲剧、喜剧和寓言诗创作，"太阳王"路易十四喜爱崇高、悲壮、宏阔的文学形式，篇幅较短小的爱情诗似乎不登大雅之堂，同当时严谨、庄重的宫廷气派和华瞻瑰丽的时代潮流不相合拍；而18世纪是理性思维的时代，文学家往往同时是哲学家，从事爱情诗创作的人寥若晨星。只有随着浪漫主义的兴起，注重宣泄感情的主张占据文坛，爱情诗才焕发出光彩。《沉思集》正是占了时代风气之先。

《沉思集》中的爱情诗同以往的爱情诗相比，还是有很大发展的。这种发展主要来自拉马丁对自我感情的抒发更为大胆、更为丰沛、更为热烈。朗松的评价是有代表性的，他说，《沉思集》"无论语言、诗句还是题材，都没有什么新颖的东西。新颖的是这种感情的极端自发性和真诚"。[1]另一部文学史写道："如果说拉马丁使诗歌有了生气，或者不如说改变了诗歌，那么正是因为他在自己的作品中注入了自己的生活……给文学作品注入了广阔的创造气息。"[2]拉马丁的爱情诗的创新之处就在于：他能直抒胸臆，把心灵中的所思所想袒露出来。龙沙的爱情诗往往是自我表白，还没有做到心灵的抒发。而拉马丁的爱情诗正如他自己所说的，是"心灵的叹息"，是爱情破灭后痛苦的心发出的哀诉，因而是"心灵的诗篇"，是"被自己的呜咽摇荡的心的表白"。按拉马丁看来，"诗歌尤其是内心的、个人的、沉思的和沉重的……这是人本

1　居斯塔夫·朗松：《法国文学史》，阿歇特出版社，1903年，第936页。
2　亨利·勒梅特尔：《法国文学史》，第3卷，第59页。

身……是真诚的完整的人"，他的诗要表现"感情最隐秘和最难以捕捉的细微之处"。《沉思集》就是这种诗歌主张的体现。

　　拉马丁的爱情诗来自他和朱丽·沙尔的爱情经历。1816年秋，拉马丁在南方的"埃克斯温泉"治疗神经紊乱症，遇到一个生肺病的少妇朱丽·沙尔，她又叫艾尔薇。她是一个著名物理学家的妻子，这位物理学家比她大近40岁。在布尔谢湖边，拉马丁和朱丽产生了爱情。朱丽有不少关系，使拉马丁能接触政界。他们打算来年夏天在埃克斯重逢。可是拉马丁只能独自去赴会了，因为朱丽重病沉疴，离不开巴黎，不幸在12月辞世。拉马丁独自来到布尔谢湖边，意识到他的恋人即将离世，触景生情，萌生出要把这短暂的爱情记录下来，以资永久纪念的想法，于是写出了《湖》及其他诗篇。《沉思集》、《新沉思集》（1823）大半写的是他怀念朱丽的爱情诗。

　　《湖》是拉马丁最优秀的一首诗，也是他的爱情诗的代表作。诗人将爱情比作航船，同湖的背景相吻合，用形象的比喻表白自己要挽留住爱情的航船的心声，感情强烈而富有诗意。随后，他把湖光山色拟人化，诗人的内心与景致沟通，达到情景交融。他进一步将个人感情与幻觉相交织，创造出一种神奇的气氛。诗中插入了恋人的深情呼喊："时间啊，暂停飞逝！美妙的时刻，／暂停奔流不息！／让我们回味转瞬即逝的欢乐，／在那美好日子！"她的咏唱把一个理想恋人的形象呈现出来。《湖》虽然是首爱情诗，却包含着哲理沉思。面对不可捉摸的命运，诗人感到极大的困惑和不安，他不禁同无生命的山崖洞穴做比较，提出了诘问："永恒、虚无、往昔——黑洞洞的深渊，／你们吞没光阴，派做什么用途？／说呀：你们夺走我们迷醉缱绻，／何时物归原主！"拉马丁认为，诗歌"是悟性最崇高的观念和心灵最神秘表现的深刻、真实和真诚的回声"。把爱情诗和哲理思考结合起来，便在思想意境上拓展了爱情诗的视野。评论家认为："拉马丁找到了非常深沉的人性和非常动人的真诚语调，以致使《湖》成为人面对命运感到不安、追求幸福的冲动和渴望永恒的短暂爱情的不朽诗篇。"[1]《湖》这首诗包含了拉马丁爱情诗的各种优点。

　　拉马丁的抒情诗的第二个内容是描绘大自然。七星诗社开拓了描写大自然的新路，而拉马丁的描绘则另有特点。七星诗社诗人歌颂大自然的美丽，以此表达人生的乐趣。拉马丁则不同，大自然与诗人是情感相通的，是有灵性的。

1　拉加德、米沙尔：《19世纪》，博尔达斯出版社，1969年，第88页。

《湖》这首诗就与大自然的描写紧密结合在一起，大自然的山石草木成了诗人活生生的见证人，整首诗是诗人向"湖"做倾心诉说。诗人在诗的结尾喊出："愿飒飒响的风，叹息着的芦花，／愿你芬芳空气的一阵阵清香，／愿能听、能见、能吸的一切讲话：／他俩热恋一场！"拉马丁在《沉思集》的序中说："我是第一个这样做的人：把巴那斯山上的诗歌请下来，并且不是用老生常谈的七弦琴，而是把心灵和大自然的无数颤动所感奋和激动的人心纤维本身，献给人们称之为缪斯的女神。"拉马丁的《湖》写的正是他见景生情后的咏叹。通过与大自然景色的结合来挖掘人的心灵，是浪漫派诗歌的特征之一，《湖》提供了一个范例。《秋》描画枯叶飘落的瑟瑟秋景，"在自然行将衰亡的秋日"，诗人愿将苦酒一饮而尽，他也感到自己行将就木，"灵魂正消失空中，／像忧郁动听的乐声徐徐飘荡"。《山谷》是一首描写自然景色的佳作。诗中写道："这是那幽暗山谷的狭窄小径：／从两边山腰垂下茂密的树木，／在我的额角投下交织的阴影，／给我的全身覆盖宁静与静穆。／两条小溪掩藏在成拱绿荫下，／蜿蜒曲折勾画出山谷的形状。"诗人回忆这幅自然美景，并不是作为一个对线条、景物、色彩十分敏感的艺术家，而是作为一个被忧思折磨的人，他在竭力恢复内心平静，诗人的内心和景色在进行着交流。《黄昏》这样描写："黄昏回复寂静之中。／坐在无人的岩石上，／我的目光紧跟天穹／那冉冉上升的月亮。／金星正在天桥升起；／在我脚旁，爱情之星／以神秘的闪光熠熠／染白地毯般的草坪。"在这幅美丽的夜景中，诗人心里想的是："把宁静与爱情带回／我耗尽的心灵之中，／正如那夜露的珠泪，／在旭日初升时消融。"他从黄昏中寻求心境的平静。拉马丁描写大自然的诗歌中，有的则像田园牧歌，如《新沉思集》的《序曲》："孩子，我爱像他们在原野步步跟随／直到黄昏迷了路的羔羊一只只；／又像他们混在雪白的羊毛中返回／洗衣的流水里。"《诗与宗教和谐集》（1830）中有一首长诗《密利或家乡》，充满了怀念故乡一草一木的深厚感情："为什么要说出这个名字——家乡？／我的心在他乡的荣华中震惊；／它从远方震响我激动的心房，像个朋友熟悉的脚步和声音。"在长篇叙事诗《若瑟兰》（1836）中，有一节写到劳动的景象："一种劳作结束，另一种马上开始。／到处大地都向播种张开手臂；／在灯芯草的篮子里满把抓起，／女人抛洒种子，像粉末的云霓。"这些诗篇颇有16世纪诗人怀念家乡的名篇的韵味，所不同的是，大自然是诗人在感情遇到挫折，或者不满于现实时所找到的一种寄托，它是诗人心境的一种写照。

无论抒写爱情，还是描绘大自然，拉马丁的诗都笼罩着忧郁的情调。《湖》表达诗人爱情失落的苦楚、百般折磨人的愁闷、孤身独处的失落意识。《山谷》写道："我的心厌弃一切，希求也淡漠"，他认为自己的生命像泉水一样流淌，"无声无息，不留名字，一去不返"。在《秋》中，诗人向残败的秋景致意，他爱迈着迷惘的脚步，踏上冷僻小径；他感到人生混杂着玉液琼浆与胆汁。在《孤独》一诗中，诗人抒写自己爱"在夕阳下，忧郁地独坐消闲"，遥望晚景，"面对这幅美景，我淡漠的心灵／既感不到魅力，也感不到冲动，／我凝望大地，仿佛游荡的幽灵：／活人的太阳再不能使死人热烘烘"。诗人放眼四望，"哪儿幸福都不在等待我"。他呼吁"像树叶一样把我带走吧，狂飙！"《黄昏》描画了无限美妙的晚景，诗人感到内中隐藏着宇宙的神圣秘密，阴魂似乎出没其间，眼看黑夜来临，把一切都吞没。在这些诗篇中，希望与哀伤相混杂，欢乐与痛苦相混同，幸福与悲哀相连接，怀念与诀别相并存，总之，忧郁情调贯穿其中。这种忧郁情调的产生有个人原因和社会原因。个人方面，拉马丁出身于外省贵族。他的父亲是一个大家庭的小儿子，因此只分到密利的一幢房子。他小时候生活在外省。1803—1807年在贝莱的耶稣会士举办的中学里读书。拉马丁早年（1814年第一次复辟时期）入过伍，时间很短，毫无作为；政治上的变动使他产生忧虑。后来他得了病，心绪不佳。他很想发财和成名。他想行动独立，但不能实现，仍然是个默默无闻的人和经济拮据的小贵族，因此而产生愁闷、自暴自弃和其他感伤情绪。而从社会范围来说，忧伤情绪正是浪漫派文人的共同倾向。浪漫派先驱夏多布里昂在《基督教真谛》中早就描绘过中世纪哥特式教堂的壮丽和神秘，以及废墟令人忧郁的魅力。收在此书中的中篇《阿塔拉》叙述了一个缠绵悱恻的爱情悲剧，另一个短篇《勒内》则塑造了一个世纪病的典型，小说主人公怀有不可治愈的忧郁症，他的内心如同被风追的片片枯叶，无限悲凉。勒内是第一个世纪病的典型，随后，塞南古的《奥贝曼》的同名主人公，贡斯当的《阿道尔夫》的同名主人公，缪塞的《一个世纪儿的忏悔》的主人公奥克塔夫都是勒内的精神兄弟。如何分析这种忧郁情调呢？浪漫派先驱斯塔尔夫人指出："忧郁的诗歌是最能与哲理相一致的诗歌。忧郁较之其他心灵状态更深入地进入人的性格的命运。"这位批评家强调了忧郁这种感情的几个优点：最能与哲理相一致，更深地进入

法国诗歌史

人的性格和命运。换句话说，忧郁如能与哲理相结合，就不至于过分虚空；忧郁要反映诗人的性格和命运。斯塔尔夫人注重的是忧郁蕴含的内容，它既要有个人特点，又要反映有普遍意义的哲理。斯塔尔夫人的论述深得忧郁在诗篇中的奥妙。拉马丁熟读过夏多布里昂和斯塔尔夫人的作品，无疑受到他们的影响，他在《诗歌的命运》中这样评论过斯塔尔夫人："一个精力过旺的人，爱活动，有热情，很大胆……仿佛有一种磁性的本能，她把一切在自身感到一种抗拒……奴性和平庸的情感正在孕育之中的东西吸引过来。"可见他对斯塔尔夫人十分推崇，熟读她的著作。总之，在拉马丁诗作中的忧郁，是打上了他个人气质的忧郁，也是具有特殊魅力的忧郁，正如他在1849年《沉思集》再版序中所说的："我不再模仿别人，我为自身表达。这不再是一种艺术，这是因自身的呜咽而摇晃不定的心的松弛……这些诗句是呻吟或心灵的呐喊。我赋予这种呻吟或呐喊以韵律。"这就是赋予忧郁的情调以诗的形式。

　　1830年革命给了拉马丁很大震动，他的政治观点起了变化，转向了资产阶级自由派。他的诗歌视野也早就出现了变化，"拉马丁的灵感从早先的狭窄的抒情，逐渐地扩展，力图囊括和浓缩对世界的经验"。[1]早在《苏格拉底之死》（1824）和《哈罗尔德朝圣的绝唱》（1825）中，他已经把诗歌导向了哲理。诗歌题材的扩大主要表现在他的两部叙事长诗里：《若瑟兰》和《天使谪凡》（1838）。叙事长诗或者说诗体小说是英国大诗人拜伦的创造，在文学史上具有重要意义。而在法国诗史上，这种体裁的作品大约只有拉马丁尝试过，就这点来说，这两部叙事长诗是有一定价值的。

　　相对而言，《若瑟兰》更为成功一些。这部叙事长诗以法国大革命时期为背景。主人公若瑟兰把父亲留下的遗产给了他的姐妹，决心去当教士。他在神学院时正好是雅各宾党专政的恐怖时期。他逃到阿尔卑斯山的岩洞里躲藏起来，并收留了一个受了致命伤的逃亡者。一天，他发现这个逃亡者留下的孩子是个女儿身，她名叫洛朗丝。他的友谊变成了圣洁的爱情。随后他们分手，有一次，他重新见到洛朗丝，她已经堕落了。后来，有人叫他去为一个垂危的女子赦罪，她就是洛朗丝。他在照料传染病人中死去。若瑟兰这个人物据说是根据杜蒙神父的经历写成的，但神学院、教士的故乡、岩洞、瓦尔内日村子等充满了诗人的个人回忆；自然景色的描绘也是真实的；洛朗丝

1　布吕奈尔等：《法国文学史》，第2卷，第421页。

身上可以看到诗人早年认识的意大利姑娘朱丽亚和朱丽·沙尔的影子。全诗的抒情色彩十分浓郁。《若瑟兰》富于传奇色彩，故事曲折，诗句流畅，因此很能吸引读者。从内容来看，有两点是值得注意的。其一是拉马丁对法国大革命中雅各宾党专政的不满，这跟他后来撰写的《吉伦特党史》（1847）对吉伦特党人的赞扬是一致的，他主张实行较为平稳的措施。其二是他对社会问题的关注，在第九章中，他赞美了田野上的劳动景象，并指出要脚踏实地来解决社会问题。

《天使谪凡》带有神话色彩，因而具有史诗性质。故事讲的是，天使塞达尔对该隐的后代达伊达产生了爱情，他因而被贬至人间，经历人间的种种磨难。他在沙漠失去了女伴，在火刑堆上差点被烧死，经过9次变形才恢复原形。叙事诗有一些出色的篇章：塞达尔和达伊达在空中飞行、大洪水之前的地球景象、对黎巴嫩雪松的赞美，男女主人公穿越原始森林的逃遁。但是这部史诗的基本线索过于平淡，与现实也没有什么联系，因此遭到读者的冷淡对待。

总的说来，拉马丁的叙事诗创作成就不大，关键在于他并没有拜伦那种广阔的视野，也不像拜伦那样犀利地抨击不合理的社会现象。他基本上仍然是个抒情诗人，不是一个出色的史诗诗人或讽刺诗人。叙事诗和史诗只有到了雨果手上，才有了新的变化和创造，确立了新的形式。

拉马丁的诗歌在艺术上有两点值得一提，那就是他的诗歌的音乐性和象征性。第一点他的同时代人已经注意到了，而第二点是后人的发现。

拉马丁的诗歌以流畅明丽和音节和谐闻名于世。虽然他声称他的诗歌往往"一气呵成"，其实大半经过长期孕育和仔细修改。他的诗显得浑然天成，流丽柔美，明晰易懂，绝无晦涩之处，也无佶屈聱牙的词句。画面形象清晰，诗节衔接紧凑而自然。例如，《湖》的音乐美也是有代表性的。这首诗每一节的前三行用的是亚历山大体，即十二音节，第四句为半亚历山大体，即6个音节。但朱丽的话改为第一、三行是亚历山大体，第二、四行是9个音节。整首诗的形式一改以往的写法（即全部用亚历山大体），而且多变化，显得形式较为丰富而不呆板。至于音韵，则像歌一样回环往复。为了表达痛苦，节奏是摇摆、单纯的。诗人有意采用小舌音（颤音）的反复押韵，其中有"our、oir、re、ere、ore、eur、ure、ir、ire"，一共有十次之多，全诗共十六节，可见运用之频繁；小舌音发出柔和的颤声，起到如怨如诉的效果，极为和谐动听。拉马丁在给诗歌下定义时这样说："这些半亚历山大体立足于声音之上，然后使声音更快地迸发出来，诗歌结尾押同一韵，就像回声响起，韵的整齐对称，事实上与隐藏在我们本性之中追求精神对称的难以形容的本能相协调，而且很可能是一种宇宙中神圣次序和内在固有的节奏的反拨。"可见他对诗句的长短、韵律的安排是非常重视的，认为诗歌的声音效果与人的精神世界以及宇宙的结构是吻合的。因此，在他的诗中，水波的运动、黄昏的平静、太阳的起落都用节奏表现出来。在他的笔下，声音的和谐是富有启示性的。"明晰的"元音表现光和欢乐；"微弱的"元音表现暗影和衰竭。而"柔和的"辅音令人想起呼唤的柔情、和风的轻柔或者看不见的运动的缓慢。诗歌的动听流转与意象的明晰相一致。最后，拉马丁喜欢使用重复出现的词句或意象。如在《孤独》的开头，"夜的女王驾驭雾气腾腾的月亮"这一句诗的意象显示诗人的忧愁，而在末尾，"清晨的轻车"则把诗人的热情和希望具体化。与这个世界上不能带给人任何欢乐的太阳相对照的是，能给他所梦想的东西的"真正的太阳"，诗人由此强调他的心灵状态的发展。有时，这种重复相隔很短，突现出主要景物，赞美一种感情，如《湖》的最后一节就是这样的。总之，拉马丁创造出一种能表现最亲切和最难以捕捉的情感变化的诗句。

拉马丁描绘的景致同原来的景物并不相同，他笔下的景物不仅仅是背景，他的具体描绘也不仅仅是一种装饰，它们都是被选择出来给读者以启示的。例如他对水的描绘：河流代表流逝的时间和消逝的生活；不动的湖代表永恒；大海代表时间的无限或变化多端的命运；易碎的小舟代表个人生存；岸是冒险的终点、休憩或死亡，拍打岸边的水波表现温存或接吻。拉马丁常常运用光的意象：星星代表神圣的存在，天主的手指引导着它们，它们激发人们祈祷和沉思，就像大自然这个神庙的明灯一样。月亮代表忧愁、回忆，有时它的柔和显得多情，激发人去追求爱情。太阳给人生命，是神圣光辉的反映；天主是真正的太阳。白日是天主的目光，而光辉代表信念的真理、纯真和圣洁的爱。拉马丁的意象由于它们重新创造的感受和象征的价值而显得十分吸引人。它们让读者发现诗人主要关心的东西：天主、爱情、人类的命运。它们使诗人的视野具有个人特点。这两个方面是不可分割的，在诗人对无限的追求和他的视线的明亮之中，有着相通之处。

长期以来，拉马丁的诗歌被评论家越来越看得不那么重要，认为他的诗只有《湖》《孤独》《山谷》《秋》等几首诗还可以一读[1]。兰波就曾经认为他采用的是旧形式。有的评论家则认为他仍然是个"18世纪的诗人"。但今人发现，情况并不完全是这样。当代著名评论家乔治·普莱认为："拉马丁的无可奈何跟马拉美的乍看写作艰难并非有天渊之别。他们的痛苦是一样的。"[2]拉马丁所表达的人类不安超出了他个人的范畴，他渴求真理和幸福，被恶的问题所困扰。他在帕斯卡尔之后，在加缪之前，把流亡看作内在于人的生存条件。从形式上来看，拉马丁似乎并没有什么革新，但是由于他把音乐性和象征性带进了诗歌中，"这个用传统语言写作的诗人于是摆脱了新古典主义，表面看来，他的一切得之于此。……在他最优秀的诗歌中，大自然、欣赏它的人和通过诗人在自己身上激发的情感，感觉并想象出一幅景象的读者之间，获得了完美的融合。（马里尤斯·弗朗索瓦·吉亚尔，《拉马丁〈诗集〉导言》）"比较文学专家梵第根也认为，拉马丁在语言、文体、情感、句法等方面都没有什么革新，"但是，他的诗根据和谐表达的法则，把这些因素融合起来，谁也做不到这样，而且他的诗善于纯真地把艺术消失在激动后面"。[3]这些评价表明拉马丁的诗歌创作在今天仍有现实和借鉴意义。

1　蒂博岱：《1789年至今日的法国文学史》，德拉曼和布泰洛出版社，1936年。

2　《新法兰西评论》，1961年8月号。

3　保尔·梵第根：《法国浪漫主义》，第34页。

第八章　哲理诗的魅力
——阿尔弗雷德·德·维尼的诗歌创作

　　阿尔弗雷德·德·维尼（Alfred de Vigny，1797—1863）把自己的生平分为三个阶段，他在1832年的日记中说："首先是我受教育的时期；另一个是军旅生活和初试写诗的时期；第三个时期开始了，这将是我生平最有哲理意味的时期。"在法国浪漫派诗人中，维尼的诗歌是最具有哲理性的，这也是他的诗歌的最大特色。

　　维尼的诗作不算很多，前期诗作都收在《古今诗集》（1826）中，共有21首诗；后期诗作都收入《命运集》（死后于1864年出版），共有11首诗。他的诗大半是长诗。维尼生前不像拉马丁和雨果那样出名，甚至《命运集》得不到重视。圣伯夫认为这部诗集是"坚持住的衰退"的标志。勒贡特·德利尔赞赏《摩西》一诗，认为维尼是"现代复兴出色的先驱者"，但却认为维尼的后期创作是"这个才能卓著者明显地黯淡失色"。可是维尼对自己的名声并不在乎，他说："一个人可能遇到的最大不幸之一，就是出名。想出名是人在精神方面的弱点不可避免的标志。"（《1844年日记》）维尼对自己的诗作抱有信心，他是对的。卡斯泰指出："今天，观点改变了。我们觉得他青年时期的诗歌在许多方面是平庸的；我们的赞赏几乎全部落在《命运集》上。20世纪的人对于1830年左右浪漫派培育的雄辩和历史色彩或地方色彩并不感兴趣。波德莱尔，然后是象征派作家，教会我们在诗歌创作中观察一个秘密天地的构想，在这个天地中，优美的虚假没有位置。他们还教会我们观察诗歌语言中一种'炼金术'的产品，在这种'炼金术'中，雄辩的效果原则上不起什么作用。形式的精湛技巧，甚至造型美，在我们看来，多多少少是次要的优点；我们对一首诗的要求，首先是能驾驭和表达内心奥秘。我们在维尼的最美的诗中……

发现的就是这种不可估量的品质。"[1]卡斯泰所赞赏的，正是维尼对精神世界的挖掘，也就是他的诗歌哲理内涵的表达。

维尼的前期诗歌表达的是一种"神圣的孤独感"。《摩西》（1826）是维尼最喜欢的一首诗，因为它写了忧郁和孤独。这首诗借用了《圣经》题材：正当太阳沉睡在圣土上时，先知摩西爬上了尼波峰；山脚下有许多人在祈祷。先知对天主诉说他的痛苦、厌倦和孤独——这是他的崇高的代价；他谦卑地要求解除他的任务。天主满足了他的请求：摩西消失在云彩中，由约书亚来完成他繁重的任务。诗中四次重复摩西对天主所说的这句话："漫游何时能结束？／你还要我迈开步子走向何处？／难道我总是强有力而又孤单？／让我有个尘世之眠沉入梦幻。"这也是维尼从内心发出的纠缠不去的声音，是他面对人类的悲剧状况感到心态沉重的表示。维尼在谈到这首诗的意义时说："这个伟大的名字只用作历代的一个人的面具，而且这个人与其说是古代的，还不如说是现代的：他是个天才人物，厌倦了自己永远的独居，并且绝望地看到，随着自己变得伟大，他的孤独也变得更加深广，更加枯燥无味。他对自己的伟大感到疲倦了，他要求虚无。（《给卡米拉·莫努瓦尔的信》，1838年）"这段话指出了摩西这个形象的现代意义：摩西是忧郁和孤独的化身。另一首诗《埃洛亚》（1824）也借用《圣经》传说：埃洛亚是从耶稣的一滴眼泪里诞生的，她听人讲起最美的天使长路西法由于反抗天主而被逐出天堂的故事。她在怜悯心和好奇心的驱使下，在混沌的深处找到了这个被诅咒的天使，天使的声音和目光令她着迷。天使被埃洛亚的天真所动摇，他的眼泪感动了埃洛亚，最后他把埃洛亚带往深渊，原来这个诱惑者是撒旦。维尼试图把埃洛亚写成不幸的人类的安慰者。《号角》以史诗《罗兰之歌》的结尾部分罗兰英勇战死的情节为题材，但诗人渲染的是悲哀的意境："多少次我独自半夜待在暗处，／听到号声而微笑，更多是哀哭！""天呀！树林深处号角声多悲戚！"这是维尼对现实感到失望的一种情感流露。

维尼对《古今诗集》有过一个说明，他说："人们决不会同这些诗作争夺的唯一价值，就是它们在法国得了这类诗歌的风气之先：在这类诗歌中，哲理思想通过史诗或戏剧的形式搬演出来。"（《再版序言》）维尼对现实感到的绝望在《狼之死》（写于1838，发表于1843）中达到顶峰。诗人描写一头老狼

1　卡斯泰：《阿尔弗雷德·德·维尼》，阿蒂埃出版社，1967年，第163页。

为了给母狼和两只小狼做掩护，即使刀子插入它的身体，"它依然瞪着我们，然后再躺下，／一面舔着它满是鲜血的嘴巴，／并且不屑知道它怎么会丧生，／合上它的大眼，死时不哼一声"。诗人通过这个故事发挥道："我真替人惭愧，我们多么渺小！"维尼宣扬坚忍的精神，认为要像狼一样，"呻吟、哭泣、祈求，同样都是怯弱。／要尽力去做你那漫长的苦活，／走在命运决意召你去的路上，／然后默默受苦死去，像我一样"。《狼之死》写的是对现实社会毫不容情的藐视和拒绝同流合污。

同时，《命运集》表现了个人要面对的和克服的各种恶。这种恶首先是来自人的社会性：文明的堕落产生恶（《离群索居的人》）；恶习和不忠也产生罪恶。而神秘的恶更为深广，如《橄榄山》（1839）中的耶稣的恶。天主让他成为人，他感到在人的肉身下有一种失去了天主的不安，天主不再回答他："他跪在地下，额角触到地面；／然后望着天空喊道：'我的父亲！'／——但是天空漆黑，天主没有回答。"他的门徒也不再倾听他的话。耶稣成了一个被抛弃的人，他代表了人类。

从上述的几首诗看来，维尼赞美孤独的崇高，面对命运保持坚忍精神的伟大。表面上看，他是在替全人类着想。他在日记中反复这样强调。1832年，他在日记中写道："这就是人类生活：我想象一大群男男女女和孩子，他们陷入沉睡之中，一觉醒来成了囚犯。"他一再说："我热爱人类！我怜悯它：对我来说，大自然是一种布景，它的存在使人受不了，被称为人的这种转瞬即逝而又崇高的木偶就被抛在它上面。"他在日记中写道："我喜爱人类痛苦的庄严，这句诗包含了我全部哲理诗歌的意义。""人类的一切重大问题，都可能在诗歌的形式中得到讨论。我已经证明了这一点。"其实，维尼表达的不可能是全人类的痛苦，而只能是他个人或者他出身的阶级的感受。

维尼出生在一个被大革命摧毁的旧贵族之家。他的父亲的祖先一向在陆军中任职，他的母亲的祖先则在海军中任职。他继承了他们的傲气以及对旧贵族、对王室的依恋。他在1830年的日记中写道："他（指维尼的父亲）让我吻圣路易的十字架，在圣路易的诞辰日祈祷天主。他尽其可能让旧贵族具有的对波旁王室的爱在我孩子的心中植根；这种爱与孩子对家长的爱一模一样。"维尼家族在大革命前一共有十一个人，最后只剩下了一个残废者；维尼的母亲家也未能逃脱杀戮。因此，维尼家对大革命是敌视的。他很早就发现旧贵族被排斥在现代社会之外。他儿时在巴黎度过，眼看一些亲戚要忍受生活磨难之苦，便学会了内省。1807年，他进入依克斯寄宿学校，同学们看不起他的出身，嘲笑他像女孩子的外貌和细腻的性格，却嫉妒他的成绩，使他的心灵遭到创伤。复辟时期一开始，他充满了希望。1814年他入了伍，在禁卫军中任骑兵少尉，曾一度跟随路易十八流亡。百日时期以后，贵族连队解散，他编入步兵，军营生活十分单调，眼看无法扬名，他便退伍了。正是在这样的背景下，维尼开始了诗歌创作。贵族的没落感、高傲感、孤独感同他的生活经历紧密结合，成为他当时的主导思想，这种思想在他的前期创作中充分表现出来。维尼在1832年的日记中说："我性格中的冷漠、严厉，带上一点阴沉，并不是天生的。这是生活给予我的。被童年时代的教师和军队中的上级军官所践踏的敏感，仍然封闭在我心底最隐秘的角落里。"1830年革命使他深感苦恼，虽然他并不赞成波利涅克的命令，也谴责查理十世毫不妥协的政策，但是他还依恋于正统的君主王朝，与旧日的禁卫军伙伴来往密切，对路易—菲利普的统治持保留态度。在他的小说创作中，他要写出"幻灭的史诗"，表现现代社会的"贱民"：贵族、有才能而不得志的作家、军官，等等，历史小说《散—马尔斯》（1826）就是献给被打败的贵族的；戏剧《斯泰洛》（1832）和《查铁敦》描写诗人的困苦，表现自我与社会约束和社会原则之间不可调和的悲剧；短篇小说集《军人的荣辱》（1835）则描写士兵的困苦。然而，他感到自己很难对抗现实，他在1833年的日记中说："《散—马尔斯》《斯泰洛》《军人的荣辱》是关于幻灭的史诗式的颂歌；但我要把社会和虚假的东西抛弃和踩在脚下，那只是幻想。"1834年，维尼在日记中又写道："我们被判决要死，我们被判决要生，这两种状况都是确定无疑的。我们被判决失去我们所爱的人，看到他们变成尸体，我们被判决不知道人类的过去和未来，却又总是想着未来！为什么做出这样的判决？我们永远不会知道。"于是，他的悲观绝望进一步发展了。1837年，维尼经历了他生活中最困难的时刻：先是母亲去世，继而他与女演员玛丽·多瓦尔曲折多变的关系终于破裂；在阅读了施特劳斯的《耶稣传》之后，他远离宗教信仰；他同文社的朋友们最终破裂了。就是在这样的思想状态下，他写出了《狼之死》、《参孙的愤怒》（1839）、《橄榄山》。维尼在他的诗歌中表达的是，他对时代和社会现实的发展深感失望的情绪，这种情绪糅合了旧贵族无可奈何花落去的悲观情调。他在《斯泰洛》中写道："个人从来没有错，错的总是社会秩序。"这句话表达了维尼对时代和社会的不满。

维尼平日从大自然中感受到的往往是孤独、寂寞。他在1835年的日记中写道："那一天，我登上了蒙马特尔高地。令我最心情忧郁的是，当你从高处俯瞰巴黎的时候，巴黎一片寂静。这个大城市，这个大都会，寂然无声，但有多少东西在那里自言自语啊，那里发出多少叫声啊！向上天发出多少诉怨啊！而一堆堆石头好像沉默无语。"在他的诗歌中，大自然成了他受伤的身体和心灵的避难地："如果你的心因生活重负而呻吟……""如果你的心像我的心被锁住……""如果你的身体因秘密的激情发抖……""大自然在死寂之中等待着你。"19世纪40年代维尼曾5次参加进入学士院的竞争，他也曾想在政坛上一露身手，但终于碰壁。他的悲观情绪一直笼罩在头上。因此他曾经说出这样的话："希望是我们最大的疯狂。""必须把希望消灭在人的心里。一种平静的绝望，没有愤怒的痉挛，没有对上天的指责，就是明智本身。"他在《命运》（1849）一诗中认为人从天主那里得不到任何东西，基督教扩大了人类的锁链，并不能真正解放人类。维尼在长时期内找不到出路，他呼喊："噢！逃脱吧，逃脱开人们，龟缩到几个优秀人物之中，他们是千千万万人之中的几个出类拔萃者！"（《日记》，1830）

维尼在诗歌中表现的孤独，无疑是对现实的一种消极对抗："面对哲学上的恶：沉默；面对社会上的恶：怜悯。"他在1850年12月21日写道："诗歌世界和思维劳动的世界，对我来说是我耕耘的栖身之地，我安睡在花丛和果实中，忘却了生活中的苦楚和深深的惆怅，尤其是内心痛苦，我将自己敏慧的、始终激动的大脑带毒药的尖刺反戳自身，不停地使自己痛苦。"他在1832年的日记中说："当我说孤独是神圣的时候，我不是将孤独理解为人与社会之间的分离和完全遗忘，而是理解为一种退隐，心灵能在这种退隐中沉思，享有自身的功能，并且聚集自身的力量，以产生某种伟大的东西。这种产物只能是从社会得到的印象的反映，尤其是这面镜子越是被隐退变得更加明亮，越是被思想着迷的爱之火和不懈的工作的热情变得更加纯粹，这种反映便越是显得格外辉煌。"这段话表明，维尼认为孤独是人不满于现实而退隐时通过沉思形成的一种思绪，这种思绪具有反映现实的内容，而且在一定条件下具有独特的反映作用。

无疑，维尼是从自己的生活经历中慢慢地形成一些感受，再从这些感受中产生哲理思想的。他认为："世界永远只以思想生存着。"他自庆是一个哲学家，认为艺术要为思想服务。他形象地指出诗歌是"思想的珍珠""无与伦比的钻石"（《牧人之屋》，1844）。他在日记中写道："唯有思想，纯粹的思想，思想的内部运作及其相互之间的作用，对我来说是真正的幸福。……我倾听思想穿过各种天体的范围、往昔的各种星座和未来布满星星的梦想的和谐脚步声。"维尼认为自己身上可以分成两个部分，一是戏剧家的"我"，它热切地生活着，痛苦地感受着，有力和不懈地行动着；另一个是哲学家的"我"，它轻视、判断、批评、分析着前一个我，并看着前者走路、嬉笑、哭泣，就像一个守护天使一样。这就是说，维尼对任何事物都要进行哲理思索，这种思索在他的创作中起着主导作用。维尼这样形容他的哲理思索的作用："思想就像圆规一样，它戳穿围绕着旋转的那一点，尽管它的第二条腿隔开一点画出一个圆圈。人抵挡不住他的工作，被圆规戳穿了；但是另一条腿画出的线为了未来人类的幸福，永远刻印在那里。"

维尼并不喜欢在诗歌中进行长篇说教式的议论，这样的哲理诗肯定不会获得成功。相反，他善于运用形象的手法来表达哲理。他同拉马丁一样，擅长使用象征手法。但维尼使用的象征手法跟拉马丁不同，他善于用具体意象来象征抽象观念，这一点与后来的象征派是相通的。他在小说和戏剧创作中也运用这种手法，但是在诗歌中运用得最为娴熟。他一般通过一个想象的或历史的故事来表现，这个故事总是具有象征意义。例如他用狼被猎人追逐、藐视死亡的故事来象征坚忍傲世的精神；这首诗把狼当作人来写，不以形容动物的专有名词写狼的嘴和腿；诗人用孩子来表示小狼，用"悲惨的美孀妇"来写母狼，用父亲来表示雄狼。这种拟人化具有象征意义。又如《参孙的愤怒》借用《圣经》故事来写诗人在爱情上的痛苦经验：达莉拉趁参孙睡熟之际，把他出卖给腓力斯人；参孙摇晃敌人在那里欢庆胜利的神庙的柱子，把3000个敌人连同他的情妇都埋葬在废墟里。达莉拉是"女人的可怕象征，这个忘恩负义的情妇把爱着她的情人出卖给他的敌人，供出他的意志或天才的秘密，出卖给他的对手"。《海上浮瓶》（1847）写的是一艘船即将沉没之际，船长将记录他在途中的发现的日记装在一只瓶子里，投入海中，经过许多曲折，一个渔夫把这只瓶子打捞上来。这个故事象征人的思想经历种种曲折，但总是要向进步发展的。《笛子》象征身体强加给灵魂的奴役。由于维尼的诗歌主题与描写的场面结合得非常紧密，所以他的叙事诗将生动性与哲理性熔于一炉。他说："我总是从思想深层出发。我让表现这种思想的故事围绕这个中心旋转，并且将所有光线集中其上。"维尼的诗句严谨有力，不乏警句式的诗行，这是同他的诗歌的哲理性和象征性分不开的。

在维尼看来，形式只不过是"一件合身的衣裳，它随着基本思想的作用而展开、弯曲或提起来；这座建筑的全部结构，以及线条的灵活，只不过用作思想的首饰"。这就是说，无论故事或象征的意象，都从属于思想，目的在于阐述思想。

从19世纪30年代末开始，维尼的思想出现了变化。他对七月王朝的看法有了改变，他一度谋求担任驻英国大使，1848年，他参加了议员竞选。这些活动表明他逐渐能够适应时代的发展，只不过拉马丁比他要转变得更快而已。随着政治观点的改变，他的诗歌创作也出现了变化，悲观主义的情绪被乐观进取的态度所代替。

他对未来和人类的进步寄予了希望。《牧人之屋》已透露了他的希望之光："太阳还没有升起——我们仍面对／黎明之前的第一抹晨光熹微。"在《海上浮瓶》中，他把人类未来的幸福寄托在认识和科学的发展上："科学，／这是头脑饮下的神圣药水，／是思维和经验的丰富宝库。……命运在我们的头脑中播下种子，／让我们像大雨般把知识洒落其上。"这首叙事诗的主人公——船长战斗到最后，他直到死前，始终不愿意把自己的成果遗留给一个不值得称道的社会；他想到人类的未来，要把他的信息传递给他们。维尼写道："一本书是一只投到大海里的瓶子，必须在瓶子上贴上这条标签：不失时机地抓住。"这句话可以用来给《海上浮瓶》做注解，诗人在这首诗中表达了他对科学和智慧在未来取得胜利充满信心。《纯粹精神》（1863）是一首热情的赞歌，它以18世纪启蒙哲学家的方式，歌颂了思想的创造力，认为生活的偶然性对此不起任何作用，诗人作为人类的光辉向导，第一个掌握了这种力量："纯粹精神，人世之王，你的统治来临。"所谓纯粹精神，指的是基于物质的独立精神，诗人和哲学家是这种精神的人间解释者。这些精华人物由于引导人类通往更光辉的日子而变得不朽。这种高昂的意识消除了他以往的悲观思想，他认识到贵族的败落没有什么，既然这属于智力的败落；军人的荣耀并没有什么，既然战争以后继之而来的是精神的统治；诗人的苦恼没有什么，如果他的天才有朝一日要大放光彩。这首诗是维尼在文学和哲学上的遗嘱，它表达了诗人对进步的充分信念。

与表达对未来的信心相关的是，维尼对丑恶事物加强了谴责。《旺达》（1845—1847）斥责了暴政和偏见；《野蛮人》涉及殖民问题；《神谕》（1850—1862）谈及议会；《笛子》谈论社会地位不平等。谈论这些问题说明维尼视野的扩大和对社会不平等现象的关切，但他的态度已不同于早期，不是对现实感到失望，而是认为这不过是人类发展过程中遇到的问题，人类的未来是美好的。他时常引用一句西班牙谚语："只有被匕首刺伤过的人才能成为最好的医生。"维尼经历过对现实抱绝望态度的阶段，所以他对人类的未来抱有的信心是发自肺腑的。

第九章　浪漫派的主将
——维克多·雨果的诗歌创作

　　维克多·雨果（Victor Hugo，1802—1885）是法国浪漫派诗歌的旗手，他的诗歌创作贯穿了他的一生。他不仅是法国，而且是欧洲浪漫派诗歌的重要代表。

　　雨果生于贝尚松。父亲是拿破仑手下的军官，后来做了将军。他的母亲则是一个保王派。雨果年轻时受到母亲较大的影响。15岁那年，雨果获得了法兰西科学院的诗歌奖，17岁又获得图卢兹的百花诗赛奖。1822年，他发表了第一部诗集《颂歌集》，获得路易十八的赏赐。随后他与青梅竹马的阿黛尔·富歇结婚。1824年出版《新颂歌集》，随之合成《颂歌与民谣集》（1826—1829）。这几部诗集在内容上并不新鲜，描述了想象的中世纪：打猎、比武、骑士的冒险、小领主的旧城堡、有雉堞的塔楼、侍从、吟游诗人。他借取了中世纪行吟诗人喜欢的形式，尤其是借鉴了司各特和夏尔·诺蒂埃的作品。不过有的诗作表现了高超的技巧。雨果已经掌握了诗艺的一切秘密：词汇丰富，形象鲜明，句法和节奏多变。1827年，雨果写出《〈克伦威尔〉序》，成为浪漫派的领袖。1829年，他发表《东方集》。当时，希腊解放战争震动了法国舆论，雨果由此转向了自由思想，并革新了自己的诗歌题材。他从未到过地中海东部，他从游记，特别是夏多布里昂的《从巴黎到耶路撒冷纪行》中汲取素材；他还从童年时在西班牙的回忆中提取材料，因为阿拉伯人曾在那里留下影响。描写战争场面的诗篇《卡那利斯》《纳瓦兰》《希腊孩子》内容十分动人，希腊的绚烂景色、格拉纳达的变幻莫测的天空、萨拉曼卡熙熙攘攘的生活描绘得相当出色，《奇英》一诗节奏多变，《月光》富有音乐感。雨果的早期诗歌创作至此画上了一个完满的句号。

　　30年代，雨果的抒情才能进一步发展。从1830年起，文学斗争的考验、家庭生活出现的波折、新的爱情的产生，使诗人进行沉思，他的诗歌表达得更加真诚，形式的考虑置于第二位，他接触到真正的抒情性。《秋叶集》（1831）被忧郁所主宰，表达"心灵内部的诗句"。诗人想起他的母亲，她的爱保护了他脆弱的生命（《这个世纪只有两岁》）；有时他思索岁月的流逝（《幸福究竟在哪里》），或者想到被剥夺者的命运（《在山上所听到的》）。但当接触到大自然时忧郁变得淡薄了，大自然唤醒了艺术家的敏感（《潘神》），随着诗人看到孩子们的欢乐，忧郁消失了（《当孩子出现》）。《晨暮曲》（1835）打上了烦恼的烙印。诗人的生活潜入了不安：他对朱丽叶·德鲁埃的爱情使他写出一些思绪阴沉的诗篇；他的宗教信念淡漠了；七月王朝没有履行给予自由的诺言，恢复了书刊检查，对思想的压制与日俱增。雨果力图探索未来：暮色苍茫，继之而来的是不是绝望的黑暗呢，还是希望的曙光？（《序曲》）。他以第一帝国的伟大同这个没有光荣的制度相对照（《铜柱颂》）。《心声集》（1837）发出三种声音：人的声音、大自然的声音、事件的声音。人在自由倾诉，他把诗集献给父亲，因为法国没有把他的名字刻在凯旋门上；他想到自己的孩子，后悔责备过他们（《给飞走的鸟儿》）。他回忆起绿树丛中的佛扬丁那些欢乐的日子（《给子爵欧仁·H》）。雨果歌唱郊区，向维吉尔询问大自然的秘密（《致维吉尔》）。他画出一幅具有象征意义的农家场面（《母牛》）。

最后，政治事件令人不安，诗人想表达对世纪和日常事件的思索，对凯旋门的竣工和查理十世的死发出感叹。《光与影集》（1840）对牵涉人类的问题表现出更大的兴趣。诗人谈论的仍然是童年、爱情、大自然。对他来说，孩子不仅是天真无邪和柔媚的，而且体现了生活的神秘和深邃；爱情就像一切人类活动那样是神圣的动力（《千条道路，一个目的》）；大自然是可爱的、庄严的、凶恶的、使人产生幻觉的，与心灵状态越来越相通，有时诗人对自然投以思索（《海洋之夜》），有时则相反，景物使他情思联翩（《奥林匹欧之愁》）。诗人不再满足于成为事物响亮的回声，他认为自己是未来的预言家，是引导人类前进的星星（《诗人的作用》）。他相信诗人首先有社会职责，他对人类的贫困和痛苦感到悲伤（《投向阁楼的一瞥》）。他对流浪的孩子的悲苦感到愤怒（《相遇》）。他还进行哲理思索，提出了死的问题（《在墓中》）和命运的问题（《印度之井》）。他的心灵中有三种声音，第一种声音对他的信仰动摇表示同情，第二种声音激励他热爱世间生物，第三种声音让他摆脱个人和暂时的东西，于是他感到"一种普遍的柔和的仁慈"（《智慧》）在自己身上唤醒了。

19世纪40年代雨果从事政治活动，1845年任贵族院议员。路易·波拿巴发动政变后，他流亡国外，从比利时来到英属的哲西岛，1855年移居盖纳西岛，直至1870年拿破仑三世垮台。流亡时期雨果生活在孤独之中，再加上政治上的经历和痛苦，激发了他的天才，使他写出了他最重要的几部作品。就诗歌而言，他发表了三部诗集。《惩罚集》（1853）是一部讽刺诗集，在一年中写成。诗集发表后，获得巨大成功，秘密传入法国。雨果几乎是在"愤怒缪斯"的口授下写出全部诗篇的。他抨击拿破仑三世的平庸，认为他在模仿拿破仑：新政权是对第一帝国的讽刺。这个篡夺的政权是从罪行中产生的。诗人把准备、执行和接受政变的人钉在耻辱柱上；他鞭挞利用暴政的高官和巩固自己财产和特权的大资产者。与此相对照的是无数受害者，他向12月4日的死难者致敬，想到那些囚犯、流放者和悲惨的劳动者。他主张要"保持伟大"，认为爱和宽容的伟大法则获得胜利的时刻就要来临了，他向进步和共和国欢呼。这部诗集有6000多行，为了避免单调，雨果采用了一切形式，从愤怒到预言，从直接谴责到画出一幅历史的壁画。首先是运用歌谣体的讽刺诗，这种讽刺诗在贝朗瑞手中已经充分运用过。他用《马尔布鲁》的曲调来写拿破仑三世的加冕（《加冕》）。让一个流浪的穷人说出没有面包、没有祖国的生活（《这个流亡者在想什么？》）。由于形式的轻巧，情调就显得不那么阴沉。但雨果往往将斥责掷向政敌的头上，除了拿破仑三世以外，他抨击的对象有圣阿尔诺、弗约、蒙塔朗贝、杜潘。他们的名字被轻蔑地一带而过，或者在一个韵脚中出现。愤怒的词汇变化万千，像机关枪一样密集地扫射。有的因杀人多被称作"强盗"，有的因肥胖被称作"青蛙"。诗集还描绘了巨幅的历史画面，以历史上的功勋去对照现今人物的卑劣；拿破仑大军（《赎罪》）和帝国二年的士兵（《绝对服从》）成为英雄。有时诗人描画纵情狂欢的台上人物的卑鄙（《晚上安歇》）。在诗集的最后一部分，诗人面向未来，他在夜色中看到了思想的光芒（《月亮》），在晨星中看到自由的信使（《晨星》），他听到了使暴政的城墙倒塌的号角（《吹吧，不断地吹》）。他着迷地望着未来的"崇高幻象"。

第二部重要诗集是《静观集》（1856）。雨果把这部作品看成他的经历的两个部分："二十五年包容在这两卷中……生活一滴一滴地通过事件和痛苦渗透进来，把这部书安放在他的心里。"1843年，他的大女儿莱奥波蒂娜和她的丈夫双双淹死在塞纳河口，在雨果心里留下不可磨灭的伤痕。诗人将这个日子看作他的经历的分界线。前面一部分组成《往昔》，后面一部分组成《今日》，各分三卷。第一卷《清晨》写的是诗人的青年时期，诗集回忆起他的中学时代、初恋的激动、最早的文学斗争、歌唱春天的美、面对美景产生梦想的快乐。第二卷《如花盛开的心灵》写的是爱情，所有的诗几乎都是对朱丽叶抒发的。诗人叙述他们最初的结合，在枫丹白露森林或比埃弗尔幽谷的漫步，他们的快乐和迷醉，他们共同经历的考验、误会、和解。有一天，他对她谈起旅行的印象，另一天，他给她写下梦到她的情景。第三卷《斗争和梦想》写的是怜悯心。雨果提供了现代社会中几个令人揪心的贫困例子，他描写一个可怜的小学教师的命运，鞭挞对善良人的迫害，揭露像瘟疫一样的战争和暴政，反对死刑。他从哲学观点去分析恶，描绘对恶人的惩罚，歌颂解答宇宙之谜的人。第四卷《给女儿的信》是一组悼诗。雨果思索自己在精神上受到的打击，时而抗议命运的残酷，时而激动地回忆起过去，时而服从神的意志。第五卷《行进中》写他的热情恢复了。被逐出国外的诗人摆脱他的忧愁，在思索中寻找新的生活理由。他在政治诗、散步印象和童年回忆中，抒写对大自然和人类状况的思索。第六卷《在无限的边缘》写的是信念。诗中充满了幽灵、天使、精灵，它们给诗人显示信息，这些信息有时是矛盾的，不安和希望相混合，但希望终于战胜了。诗人发出了预言，预告暴政的最后失败和普天下宽容的到来。《静观集》是雨果抒情诗的高峰。这部诗集题材广泛，首先，它是写童年的诗集。雨果歌唱童年的纯真，回忆起早年生活，他在阁楼里发现了《圣经》；他叙述同孙辈们谈话，勾起他们对世界产生好奇心的快乐；他回忆他死去的女儿，她是那么近又那么远。这也是写爱情的诗集：雨果描写爱情的欢乐、考验和迷醉，他写出感官的觉醒和快乐，他深信爱情是大自然的恩赐。这又是写痛苦的诗集：诗人抒写失去女儿的痛苦，但他并不自私地囿于自己的痛苦中，他揭露现代社会的弊病，对所有生物表示仁慈。他可怜马，因为马要套在车辕中；他爱蜘蛛和荨麻，"因为人们憎恶它们"。最后，这是写哲理思索的诗集：对痛苦的思索和观察社会贫困导致诗人进行哲理思考。他不再绝望，他认为宇宙是一个待解的谜；他确立自己的体系，建立一种宗教，从中吸取平静和信念。

第三部重要诗集《历代传说》（1859、1877、1883）是新型的史诗集。他从宗教书籍、神话和世界史中吸取题材，有时他参考英雄史诗，有时参考蒙古故事，有时参考关于东方文明的著作，以写出人类的史诗。莫勒里的词典给他提供了专有名词和历史概念。这部"在传说的门口听到的故事"，写的是"人类一代代完善，人从黑暗上升到理想，从人间地狱向天堂转化，作为今世生活权利和来世责任的自由，缓慢和充分地孕育"这一人类不断进步的过程。雨果从夏娃写到耶稣，人类由此产生。该隐的故事象征精神的觉醒；但以理和波阿斯的故事写的是耶和华赋予英雄神圣的任务；诗集写到罗马、伊斯兰教、穆罕默德、流浪骑士、斯堪的纳维亚的神话、西班牙、日耳曼和法国的传说。诗人描写东方的王权，中世纪末期的意大利。16世纪，文艺复兴促进了多神教的大胆精神的发扬，人类精神要征服宇宙，但这个世纪也出现了宗教裁判所和西班牙的暴政。随后写的是17世纪和现代，向人类传达了仁慈和信念。20世纪部分具有神话色彩。以上是《历代传说》第一卷的内容，包括了诗集最优秀的诗篇。这部诗集并不重视史实的准确，而是重视神话的象征性，但它描写了人类的上升过程，"人类迷宫的神秘之线，即进步"将所有诗篇联结起来。这个进步过程要遇到重重困难，因为恶对善进行着不断的战争；但是人类总是抬起头来，英雄们做出了业绩，人类还受到大自然和天主的保护。人类经过一个又一个世纪的发展，变得纯洁了，对自身认识得更加清楚，随后科学和爱完成了这种变化。在描写这部人类史诗时，雨果发挥了想象，他给予熙德想象的征战功勋，城市的名字给了一个国王，一口井的名字给了一座小山头，让查理曼大帝说出索邦学院，等等。雨果从现实生活中借取材料，加以改造，创造了一个新天地，他的才能在这个新天地里自由驰骋。

雨果在流亡期间还出版过一部诗集：《路与林歌集》（1865），诗人歌唱生之欢乐、爱情和大自然的乐趣。郊区和乡间的景致，散发出春天的气息。与此同时，他描绘了林神和年轻女子的娇媚。诗人善用双关语和讽刺，韵脚轻灵，尤其是十音节的诗句写得十分娴熟。

雨果晚年发表的诗集有：《祖父乐》（1877），写的是乔治和让娜给他的快乐，这部诗集使他传奇般的形象更添上天真和鲜艳的色彩；《教皇》（1878），这是反教会的一篇檄文；《精神四风集》（1881），将他才能的四个方面，即讽刺、抒情、史诗和戏剧诗结合起来。他的遗著中，较重要的有《撒旦的末日》《天主》《全琴集》等。前两篇是《历代传说》的延续，表达了诗人对宗教史和恶的认识。

雨果的诗歌创作取得了巨大成就。他是一个全才，无论抒情、讽刺、咏史、哲理沉思、戏剧体诗，他写来都得心应手。他是一个杰出的抒情诗人、讽刺诗人和史诗诗人：在这三个方面都超越了以往的诗人。

他的抒情诗题材广泛，并不局限于抒写爱情和个人生活，如父爱、孩子的可爱，等等；他对劳动和劳动者的尊严、对大自然的魅力和神秘都有深切的感受；他表达了对人类苦难的同情，对人类的命运做出哲理沉思；他对祖国和自由也做出发自肺腑的呼吁。总之，在思想的深度和广度上都超越了前人。作为讽刺诗人，雨果时而采用歌谣形式，以复调加强主题的力度，或者叙述皇帝的加冕，或者让流亡者诉苦；他时而用史诗场面的宏伟来对照眼前皇帝的卑下，时而他冷嘲热骂，或者轻描淡写扫上一笔，或者严词指责拿破仑三世的倒行逆施，时而他用预言的方式指出暴君的末日。雨果扩展了讽刺诗的手法。从篇幅上来看，有的是短篇讽刺诗，言简意深，有的是长诗，气度恢宏。至于史诗，自英雄史诗以来，史诗的形式几乎被淘汰了；龙沙和伏尔泰曾经尝试过，但都遭到失败。只有雨果创造了这种"小型史诗"，才获得了成功。雨果看到英雄史诗过于冗长的弊病，以小型的史诗来代替，这是完全正确的。他将一篇篇小型史诗联结起来，写出整部人类的历史，阐明一个主题，这又从观念上革新了以往史诗的内容，不能不说是他取得成功的另一个原因。雨果的史诗往往带有哲理沉思，对人类的未来充满希望，具有一定的思想深度，这是现代史诗所必须具备的一个条件。

雨果一生的诗歌创作都反对无病呻吟，而主张与社会现实密切相关。早年，他在《东方集》中，曾一度被"纯诗"所吸引，但很快就放弃了这种想法。他深信诗人具有一种人道主义的，甚至是宗教的任务，他主张"艺术为人类"，而不是艺术为艺术。他的诗歌保持着揭露社会黑暗和不平等现象，同情广大处在水深火热之中的下层人民，以及为正义而斗争的大无畏精神。

雨果的诗歌风格豪放阔大，洋洋洒洒，雄奇瑰丽，不拘一格。雨果的想象力非常丰富，评论家一致认为这是雨果最主要的才能。想象在雨果的早期作品中已经十分出色，而在他的成熟时期的作品中更是异彩纷呈。泰纳认为雨果的想象力属于视觉方面的。他的视觉的确非常敏锐，他能抓住一切机会将各种意象刻印在自己的脑子里。旅行的时候，他携带着笔记本，或者作画本；他写各种笔记，画下不同的草图，记录下所有吸引他的细节。在创作的时候，他的想象力便从获得的经验出发，各种细节毫不费力便提供给他具体的素材，使之变成活生生的作品。这种转换过程并不总是一样的。诗人通过一种形式去构思另一种形式。他把人群比作大海，把战场比作熔炉，把蜘蛛网比作银线花边，把浪涛比作一匹嘶叫的牝马。这种比喻往往引起感觉的回应，产生一种通感：一座坟墓是一个鸟巢，灵魂从中腾飞而出；钟声齐鸣是一个西班牙跳舞女郎，她在屋顶上摆动"充满魅力的音符的银围裙"。有时，一个场景唤醒了一个抽象的思想，具有象征的价值：一头乳房丰满的母牛令人想起丰腴的土地；一只钉在墙上的猫头鹰标本令人想起受迫害而死难的人。反过来，意象也能产生一种思想：溃败体现在一个"面孔惊惶的巨人"的表情中；悔恨具有一只眼，在黑暗中张开或者显示为下血雨；灵魂是一只蒸馏器，信念是一盆燃着的炭火，死神是一把镰刀。这种产生意象的方法是无穷无尽的，根据不同的情况而变化。雨果对事物的形式非常敏感，常常突出形状的相似：一只蜘蛛的身体辐射出蜘蛛网，它变成了太阳；弯月变成一把镰刀；满月变成圣体饼。他还常常对一种运动的景象产生想象：潮涨潮落像天平的摆动，扇子在手中的摇动像一只蝴蝶翅膀的扇动。他还表达出色彩的千变万化。

进一步，想象力把诗人带出了真实的世界，他笔下的一些场景将读者的脑子里不可能的东西变为现实，将难以形容的东西表达出来。雨果给予时间、宇宙、无限、虚无以可感的形式；他让马儿、狮子、驴子、大山、火山、星球、灵魂等发出声音；他把星球集合在一起表现出来。诗人对现实产生奇特的印象，有时，他目眩神迷，反映了深深的困扰，比如，在收录于《静观集》的《牧人与羊群》一诗中，他回忆起12月2日的受难者，以为月亮是一只砍下的头颅；有时，他陷入出神状态，给景色罩上神秘的光晕，一块岩石向前突出、浪涛的起伏使他想起一种巨大的对比，幻化成海洋庄严的全景：

> 那边，在我面前，老牧人在沉思，
> 守护着泡沫、潮水、海藻和礁石，
> 守护无休无止地激荡的浪涛，

这海岬—牧人头上戴乌云之帽，

支着手肘，在无限的喧哗中入神，

神圣的层云不断地翻滚升腾，

牧人望着月亮在胜利地升空，

这时暗影浮动，呼啸着的狂风

从四面八方席卷而来，吹散了

大海那阴沉沉的一绺绺羊毛。

突出的岩石变成了牧羊人，大海的波涛则是一绺绺羊毛。这幅海洋全景幻化成田野上的一幅牧羊图，别有情趣。在雨果晚年的诗集中，诗人经常将可见的和不可见的事物混合起来，他的视野对准着宇宙。他幻想两个世界的边缘，在天与地之间能够沟通，他描画往昔是一只失去操纵的汽船，进步是一只有翅膀的航船（《大海，长天》）；他钻进神圣奥秘的中心，听到耶和华在给生物命名，在天穹中散落着"暗淡的小熊星座那七颗巨星"；他倾听巨大的号角在吹响最后审判的到来。他以想象弥补未曾去过的国家，以及对消逝的时代的知识不足：东方国家的辉煌，亚洲独裁者的残忍，原始民族的野蛮，中世纪的粗犷雄伟，都得到绘声绘影的描写。他笔下的英雄能变得无比高大，播种者一扬手能直达星空。他爱用拟人化的手法，意志、良心、大钟、树木、旗帜、大炮、风、暴风雨、大山、共和国、崩溃、命运都能具有人的灵魂和心理。

雨果虽然有时也会抒发个人对细小的一事一物的情怀，但是，他的绝大部分诗歌都具有豪放博大、气贯长虹、全景观照的特点，即使是一首抒写思念之情的小诗，也会着眼于做父亲或做祖父的深沉胸襟。如《明天，天一亮》是一首怀念逝去的女儿之作，诗人沉浸在悲伤之中，感到"白日如同黑夜，忧伤得要断魂"。但诗中仍然出现"夕阳西下的万道金光""直下阿弗勒港的远帆"这样壮观的背景，在深切的哀思中透出诗人雄浑绮丽的感受力和视野宽广的特色。尤其在《历代传说》中，雨果的诗歌具有纪念碑式的壮丽宏伟气概。他对瑰丽的景色有特殊爱好，诗中这种景象就像是威武雄壮的话剧舞台。他用神奇之笔展示出伊甸园、东方之夜的灿烂和巨大的王宫餐厅。雨果还擅长描绘异乎寻常的事物：罗兰能力拔一棵橡树；独胆英雄能力战100名强盗，并获得胜利。就风格的雄奇刚健、宏大奇崛来说，在法国诗坛上，还没有哪一个诗人能与雨果相比。

雨果把对照原则也用于诗歌创作，形成了他的诗歌的鲜明特色之一。雨果总是以对照的形式去观照世界、表现世界。崇高与滑稽丑怪配对，黑暗与光明配对，罪行与无辜配对；冬天的阴沉、湿冷与夏天的光辉、明媚相对照。这是意象的对照或相反词语的组合。雨果还喜欢使用对比强烈的结句，例如《战后》：诗歌叙述诗人的父亲在西班牙的一次遭遇，他在战争之后的傍晚遇到一个西班牙的伤兵，伤兵问他要水喝，他出于同情心，将酒壶递给伤兵，不料伤兵向他开了一枪，打飞了他的帽子：

马儿吃了一惊，身子一个斜靠。
——还是给他喝吧，我的父亲说道。

这个结尾出人意料，诗人父亲的行为与西班牙伤兵的敌对行为截然相反，形成强烈的对比，产生了强有力的效果。《吹吧，不断地吹》利用《圣经》题材，描写约书亚绕着耶利哥的城墙吹起喇叭，那个国王不屑一顾，狂笑不止："到绕城第七次，城墙轰然倒塌。"前后对比十分强烈，产生了震颤人心的效果。《穷人》写的是一对渔民，食不果腹，养活不了5个小孩，但是他们的邻居死了，留下两个孩子。男人终于同意收养这两个孤儿，其实他的妻子已经把两个孩子领了过来："你瞧，"她拉开床幔，"他俩已睡觉"。最后一句诗把秘密揭开了，取得了感人至深的效果。这种例子在雨果诗作中俯拾皆是。

但这种写法有一个明显的危险：自动产生联想，夸张的对比，会变成一种嗜癖。不过要知道，对照是雨果的灵感的源泉。雨果以善恶二元论的方式去理解世界：善与恶的神灵处于不断的斗争中。他的诗歌作品就像戈蒂埃所说的那样，呈现出准确的和幻想的双重性，与此相对应的是事物的可见性与不可见性；但这种双重性是同一现实的两面，诗人通过对照，追求事物的统一性。这种观察、感觉和思考的方式，使得雨果丰富的作品千变万化：快乐的歌谣与阴暗的视野交替使用，最怪诞的奇想与雄辩或思索相交替。雨果的气质说明了他对各种类型的混杂具有浪漫主义的趣味，但是，他仍然按照古典主义的准则，将"庄重与柔和，快活与严肃"相结合。

雨果在修辞上善用同位语隐喻，构成了他的诗歌创作的另一个重要特点。雨果将同位语隐喻称作"鬼怪词语"，因为两个表面上完全不同的词组合在一起，会产生新的效果，有一种奇异的作用。法国评论家梅索尼克将同位语隐喻

称作"两个逻辑层次不同的词并列在一起，只形成一个意义群"。比如"欧洲
—巨人""心灵—牝狼""楼梯—黑暗"即是同位语隐喻。据统计，雨果在
1850年以前所写的诗歌中，平均约1200行诗才有一个同位语隐喻。在1850—
1860年创作的诗歌中，平均约120行诗便出现一个同位语隐喻；在1860—1878
年创作的诗歌中，平均约320行诗有一个同位语隐喻。因此，同位语隐喻是雨
果在1850年以后形成的诗歌语言的重要特点之一，亦即是他的诗歌创作迈向成
熟期的重要特点。还有一个现象值得注意，同位语隐喻在雨果的哲理诗、史诗
和政治讽刺诗中出现的绝对频率和相对频率均大于抒情诗。雨果的同位语隐
喻有不同的构成方法：有时，两个名词都是小写；有时一个大写一个小写，
并有前后之分；或者两个都是专有名词；一般两者并列，有时中间加"—"
这个符号，等等，不一而足。[1]同位语隐喻的作用是能够将抽象的东西变得具
体，如"思想—箭"；也能将具体的东西抽象化，如"航船—死神""太阳—
思想"。但更多的情况下是赋予具象以新的含义，如"恺撒—蝙蝠""熊—亨
利八世""狗—撒旦"。雨果在这种词的组合中，增加了新的含义，使人将恺
撒与蝙蝠，熊与亨利八世联系起来，这不仅仅是一种比喻，而是将两者等同起
来，结成一体。为了表达"人"这个概念，雨果创造了三四十个不同的同位语
隐喻，例如"蜘蛛—人""人—魔鬼""人—精神""人—神灵""人—太
阳""人—正义""人—奴隶""人—天主""人—灾难""人—火山"，等
等。人同动物、抽象概念、具体事物、社会和精神现象联系起来，毫无疑问，
在这些同位语隐喻中，人的概念大大丰富了，表达了各种各样的思想。同位语
隐喻的文学功能既然能把概念化的东西变得形象化，那么，它对于哲理诗、政
治讽刺诗、史诗一类体裁尤其有作用，它能丰富讽刺手法，使诗人表达的思想
具有更为深邃的含义；同时，它也使哲理诗、史诗避免概念化和枯燥乏味。
《惩罚集》和《历代传说》的成功在艺术上得益于同位语隐喻，这应该是没有
疑问的。同时，同位语隐喻挖掘了语言的组合能力，这在诗歌艺术，甚至语言
学上具有非常重要的意义。它与波德莱尔提出的通感，以及兰波提出的"语言
炼金术"是一脉相通的，因为这两位诗人都是在语言的组合功能上下工夫，他
们发现了语言本身蕴含的矿藏还远远尚未开发。诗歌创作要在艺术上往前发
展，必须从语言的组合上大力探索，雨果无疑在这方面着了先鞭。

---

[1] 韦晓琴：《雨果诗作中的同位语隐喻》，《法国研究》，1985年第4期。

雨果的语言丰富多彩，韵律运用自如。他自诩解放了诗歌语言，"给旧词典戴上了红帽子"。他拒绝区分"高贵"词汇和"粗俗"词汇，他一有机会便使用民间的、古旧的或技术词汇，而且用得非常得当。他往往喜欢堆积词汇，表达他的愤怒或激动。他特别喜爱用黑暗的、阴沉的、无边的、阴惨的、可怕的、恐怖的形容词及专有名词、外来语，以加强神秘莫测、诡奇怪异的浪漫色彩。雨果认为词语"是一个活人"，富有生命力，有几行诗表达了他对语言的看法：

> 字句撞击额头，像水撞击礁石；
> 它们在攒动，在我们思索的脑子
> 张开爪子或手，或者张开翅膀；
> 字句多幻想，忧郁，快乐，愁苦，阴郁，
> 柔和，黑沉沉，在我们身上来去；
> 字句宛若是心灵神秘的过客。

最后一句诗是雨果对语言在人的头脑中出现的形象说法：语言会匆匆而过，稍纵即逝；它的出现非常神秘，人们还无法理解。诗人的本领在于及时抓住它们。

雨果对韵律有一种敏感的本能。在他的作品中，韵律变成"奴隶—女皇"，有时下命令，有时服从。他善于以声音来制造效果：《帝国二年的士兵》写出了凯旋时军乐和混战的嘈杂声，在铜管乐之后，似乎听到了小提琴的颤声。雨果善于使用各种各样的音步和诗句，从单音节到亚历山大诗体。他对亚历山大诗体有特殊爱好，他的诗既有六音节一顿，也有三音节或四音节一顿或其他变化，制造出庄严、欢快、舒卷自如或急促紧张的各种效果，同生活的生动繁复相协调。有时他把亚历山大体同六音节诗或十音节诗并用，表现出高超的诗艺。贝吉在评论《惩罚集》时说："他擅长他的艺术。他懂得以字句制造出警钟声；以韵律制造出军乐声；以节奏制造出低音。"雨果的确能以文字制造出一切音响。

在浪漫派作家中，雨果也许是最注重艺术的一个。在他看来，诗歌创作既不是一种不受约束的倾诉，也不是一种神秘的下意识心理，而是一种系统的、严格的活动，他力求构思得好，写得好。他用排比句以加强力度（《在维尔吉

埃》的"既然"，《最后的话》的"毕竟"）；他以历史的顺序（《赎罪》）或地理的尺度（《天火》）来展现广阔的图画；他根据运动的升降来安排诗句的字数由少到多，再由多到少（《奇英》）；他使内容对等的两部分保持平衡（《绝对服从》），或者以一句诗、一段诗同其他部分对照（《穷人》《爱默里约》）；他从朴素到华丽，一步步发展，极尽渲染之能事（《晨星》《熟睡的波阿斯》）。为了适合各种情感的需要，他可以在同一首诗中，从快乐转到忧愁（《苔蕾丝家的节庆》），从叙述转到抒情的独语（《奥林匹欧之愁》），形式灵活多变。

但是，雨果毕竟有着浪漫派诗人的通病，这就是往往写得过于冗长，因而遭来后世的一些非议。最突出的要数纪德的话。纪德在回答谁是法国最伟大的诗人这个问题时说道："维克多·雨果，唉！"这句在肯定中表示了不够满足、无可奈何的回答，表达了相当一部分人对雨果的贬抑。克洛岱尔也表示过保留意见。然而，不能不承认，雨果"是法国诗人中最闻名遐迩的。广大读者在他身上热爱的是，人类基本情感雄辩的朴实的形象"（加埃唐·皮孔语）。雨果的国葬是空前的，他得到后世绝大多数诗人的赞赏，他的盛名至今不衰，就是一个最好的明证。

第十章　心灵痛苦的抒发
——阿尔弗雷德·德·缪塞的诗歌创作

阿尔弗雷德·德·缪塞（Alfred de Musset，1810—1857）被称为浪漫派"可怕的孩子"和"神童"，他具有过人的天赋，19岁就发表了第一部诗集，一举成名；从1830年到1840年左右，他接连出版诗集、小说和剧本，而且都写出了杰作。但是，由于他生活浪荡，酗酒成性，身体受到极大伤害，40年代创作力开始减退，1852年他进入学士院，然而1857年他便过早地逝世了。作为诗人，他成就卓著，能与拉马丁、维尼、雨果并列。

当今的法国评论家认为："就浪漫主义是表达惶乱、不安、生活与梦想之间的不平衡、感觉的欲望和理想的渴望、激情、真诚、幻想而言，缪塞是我国浪漫主义最具有特点的代表；人们甚至会自问，我们心目中浪漫主义的形象，首先是否为他的作品和他个人的全部反映呢？"[1]为什么法国的评论家会得出这样的结论呢？

缪塞的早期诗歌创作可以说集浪漫派诗歌技巧之大成。他表现出能灵活自如地运用韵律、节奏，想象奔放，感觉敏锐，人们认为他是在玩弄"语言的杂技"。他的第一部诗集《西班牙和意大利故事诗》（1830）汇集了各种各样的诗歌，描写了各种各样的浪漫主义题材，表现出他的聪颖和才能。集子中共有15首诗，故事的发生地点有的在西班牙和意大利，有的在瑞士和巴黎的大街。既有故事诗，也有诗剧、谣曲、短节诗、十四行诗、书简诗；强烈的、有罪的激情与爱情夭折后的诉怨和讥讽结合在一起；对中世纪的描绘与1830年的风俗场景并列。不仅当时浪漫主义的各种题材，而且浪漫主义的各种方法都集中在这部诗集里。诗句大胆地切断，产生特殊的效果；在两节诗之间跨行；违反古

1　保尔·梵第根：《缪塞》，阿蒂埃出版社，1969年，第141页。

典诗歌的节奏；在诗中放进最平板的散文因素；从普通散文中借取最随便的句法；相反，他的韵律非常丰富；经常使用感叹号、省略号和问号，这一切是为了使人惊讶，使人触目，以导致法国诗歌的极度解放。再有，诗中堆积着优美的描写，异国情调随处可见，地方色彩强烈。主人公的心灵里具有全部浪漫主义的火热激情：被朱亚娜欺骗的堂·帕埃兹，用武器和毒药向情敌和女人报了仇；卡玛尔戈唆使爱着她的神父杀死遗弃她的情人；破了产的达利不再相信波尔蒂亚的爱情。这些叙事诗的情节具有浓郁的浪漫色彩。

他的诗歌手法异常熟练，挥洒自如。维尼需要下苦功的地方，他在玩耍一样。在整部诗集里，他以玩世不恭的态度缓和阴部的情调；他以幽默的想象纠正悲剧的气氛。爱情使阿尼巴尔神父成为杀人犯和变节者，但他却得不到让他犯罪的女人；杀死皮吕斯的奥雷斯特，却要面对爱尔米奥娜的忘恩负义。受嘲弄的神父用开玩笑来结束这场"喜剧"，而且拿他"沾上血点的外套"来开玩笑。把讽刺和激情、信仰和怀疑紧密结合在一起，是缪塞的一大特点。

这部诗集明显受到拜伦的影响，但是，缪塞在心理观察上十分准确，批评家圣伯夫第一个注意到这一点。诗人以惊人的热情和洞察力正面触及心灵和爱情悲剧的问题，他以细腻的笔触写出了心灵的奥秘。例如，在《堂·帕埃兹》中，他写道："爱情，这世上的灾害，可憎的疯狂，／脆弱的联系将你同快乐捆绑，／你和痛苦有千丝万缕的联系，／一旦通过没有心肝的女人所视，／进入我的肚子，毒害我的心灵，／就像从伤口拔出一把利刃，／人们看到我受苦，我不像懦夫，／我要为此而死时，便要摆脱你。"诗人这样描写一个恋爱中的女人望眼欲穿的等待："噢！女人的心跳动得像这时候！／当她的心灵执着的唯一念头／不断消失和增长，面对她的愿望／如同抓不住的波涛一样退让。"再如《火中取栗》中卡玛尔戈的愤怒和她对爱情的思索，都是爱情失意的思绪流露。"在1830年，没有一个诗人通过想象的手段对恋爱的心灵投以这样锐利、这样有洞见力的目光。"[1]

在押韵的巧妙上，《咏月》堪称一绝。诗篇的第一节写道："在深褐色之夜，／染黄钟楼上面，／明月／像 i 上的一点。"诗人将挂在树梢上的月亮比作一个"i"字，近似文字游戏，韵律轻灵，情调飘忽，意境优美。在诗句的流畅和色彩的艳丽上，《威尼斯》可看作代表。这个水乡泽国，具有吸引人

---

1 保尔·梵第根：《缪塞》，第18页。

的浪漫环境，"有不止一个姑娘，／等待着风流少年，／望穿双眼""昏倒了的瓦尼娜／躺入薰香的床榻，／睡着还抱紧不分／她的情人；疯狂的娜尔西萨，／在冈朵拉船篷下，／忘怀地滥喝狂饮，／直至黎明。／而谁个在意大利／没有疯狂的种子？／谁个不保留绮丽／相爱之日？"三行七音节诗与一行四音节诗构成一个诗节，两行一韵，在流转快速的诗句和跳荡轻松的韵律中，插入几个多情女子的特写镜头，更显浪漫情调。这部诗集虽然语调活泼，口吻轻松，却只是为了掩盖诗人内心的激荡情感。诙谐而机敏的诗人大有孤寂之感。

在随后发表的诗歌中，以《罗拉》（1833）最为优秀，这首784行的长诗表达了世纪病的忧郁。雅克·罗拉19岁时失去了父母，三年后他花光了父母留给他的一小笔钱，服毒药自尽。罗拉没有宗教信仰，生活在一个"没有希望的世纪"中，他虽有雄心壮志，但由于生病和疑虑而无法实现。这首诗"以全新的愤懑表达了整整一代人的不安，这种不安成为缪塞的主要悲剧"。[1]存在于诗人心中的忧郁，在长篇小说《一个世纪儿的忏悔》（1836）中得到了更加具体的表现，后来，在《忧郁》（1841）一诗中又得到描写。这首十四行诗是缪塞在一次重病中写下的："我失去精力和生命，／还失去朋友和快乐；／我甚至失去了使得／别人信我有才的骄矜。"评论家认为这首诗的标题"以动人的真实描写了他的命运"。[2]圣伯夫认为在这首诗中缪塞表达了他的一代人热情的"高涨与失落""崇高与困苦"。

缪塞的前期诗歌创作基本上遵循着他的浪漫派兄长们的足迹前进，创造性不多。他的代表性作品产生于1835年以后，这就是他的第二阶段创作。

从1833年起，缪塞开始同浪漫派诗人疏远。他对古典主义诗人雷尼埃、高乃依、拉辛十分欣赏。他认为诗歌要反映人的内心搏动，这种观点预示了缪塞创作的新起点。早在1831年，他在写给哥哥的信中说："对艺术家来说，首要的是激动。每当我写诗时感到我所熟悉的某种心跳，我有把握，这首诗属于我所能孕育的上乘之作。"一年之后，他在《纳慕纳》（1831）一诗中又说："要知道这一点。／每当在书写时，是心在说话和叹息，／是心在结合。"《罗拉》抒发的是诗人内心的绝望，他已走到抒发内心痛苦的门口。缪塞同乔治·桑的一场恋爱加速了缪塞创作思想的转变。缪塞和乔治·桑认识是在1833

1　亨利·勒梅特尔：《法国文学史》，第2卷，拉鲁斯出版社，1968年，第64页。

2　亨利·勒梅特尔：《法国文学史》，第3卷，第86页。

年初，8月，他们成了一对情侣。12月，他们前往意大利旅游。1834年2月，缪塞得了重病，当他发现乔治·桑和年轻的意大利医生帕热洛的关系后，痛苦异常，3月底病愈后他离开了威尼斯。但他仍然同乔治·桑通信，她一度回到他身边。1835年3月，他们的关系终于最后破裂。5月，缪塞写出《五月之夜》，这是他同乔治·桑分手后的回响。在随后的两年半中，他相继写出《十二月之夜》《八月之夜》《十月之夜》，统称《四夜组诗》。其间写出的《致拉马丁》（1836）以及后来的《回忆》（1841）都还有这段爱情的回响。当然，后来写的几首诗也涉及缪塞的其他爱情经历。

这组诗歌的最大特点是把自己的内心赤裸裸地袒露出来。《五月之夜》抒写诗人的失恋痛苦时这样写道："最绝望的歌才是最优美的歌，我所知不朽的歌是呜咽泣血。"《十月之夜》也写道："人是个学徒，痛苦是他的老师，没有经历过痛苦，就一无所知""为了生活和感受，人需要哭泣；欢乐以折断的植物作为象征"。出于这样的认识，缪塞比拉马丁、雨果、维尼更了解精神痛苦。拉马丁的忧郁带有朦胧色彩，他的梦幻是温情的，而不是火热的，也没有心灵的混乱，不会因痛苦而失去理智；雨果在内心保持着不可动摇的信心，生活并不使他烦恼，只有死亡这个问题才使他深深不安；维尼在坚持不懈的原则支持下，内心和脑海里能忍受痛苦。而缪塞虽然表面上保持雄辩和轻巧的形式，却是不断地忍受痛苦，不断地同自我搏斗，或者在内心进行着善与恶、理想与放浪生活的斗争。他无能为力地看到自己的纯洁被毁灭，为此而呻吟。他明白，放浪形骸的生活和庸俗的爱情，赌博和酗酒，他本来以为没有什么了不起，这一切却毁了他虚弱的心脏和敏感的心灵。对缪塞来说，确实是痛苦出诗人。由此可以进一步了解，为什么不少评论家都认为，缪塞比任何一个同时代的诗人更加体现了浪漫派的灵魂。因为他的个性本质是浪漫的，他利用自己的这种气质和浪漫派艺术给他的全部自由去表现内心，而摒弃一切不能表达他的忧郁或痛苦的闲文。作为一个胜过别人，能直达内心本质的诗人，他蔑视一切艺术上的矫饰、一切寻求技巧或效果的手法。他信奉的是"呜咽泣血"，是"最绝望的歌"。可以说，一半浪漫派的作品都能以这两句诗作为座右铭，而只有缪塞在最大限度上符合这个要求。在缪塞笔下，他的痛苦确实是痛彻心扉的。《五月之夜》写道，那铿锵的词句像长剑一样，"他们在空中划出耀眼的光圈，/ 但光圈上总是带上鲜血点点"。这首诗借用了鹈鹕挖出自己的内脏去喂小鸟的故事，比喻诗人是如何表达痛苦的，确实写出了撕心裂肺的感受。《八月之夜》这样描写诗人内心的矛盾感觉："噢，缪斯！是生是死有什么关系？／我恋爱而苍白；我恋爱而苦痛；／我恋爱，为了一吻愿献出才赋；／我恋爱，愿在瘦削的脸上感觉出／一道不竭的泉水在喷涌。"诗人还在诗中这样表达："忍受过痛苦以后，还要再受痛苦；爱过以后，还需要不断地再爱。"诗人沉痛地喊出："对待自己的心就像锁住狗一样，使它变质直至眼里噙满泪水。"

在表达心灵痛苦时，缪塞进入了心理描写的领域。《十二月之夜》往往被认为"从心理角度来看无疑是最为独特的"一首诗。诗中写道："凡是我想入梦的地方，／凡是我想死的地方，／凡是我脚踏实地之处，／过来坐到我身旁的是，／一个不幸的人，身穿黑衣，／像我的兄弟，有我的面目。"这是诗人的重影，他的替身。这个诗人的幻觉，也是他内心的一种幻化和人格双重化。这个重影表现了诗人的心境，是他的心境的一种形象化再现。《十月之夜》写出了普鲁斯特称之为"心灵的间歇"的感受，诗人感到"我忍受过的痛苦像梦一样逝去""我想到曾经冒过生命危险的地方，以为看到那里有一个陌生面孔"，但是，在如今的幸福之中，他仍然感到被欺骗和分手的活生生的影像。这种微妙的感觉被诗人刻画得惟妙惟肖。《四夜组诗》采用诗人同缪斯对话的形式写成，缪斯其实可以看作诗人的另一种心态，是诗人在内心同自己对话的一个幻象，用以表达心中矛盾的、交织在一起的，因狂乱而变得纷乱的心绪，因此，这也是一种心理描写的方式。就诗歌表现人的心理活动而言，缪塞是浪漫派诗人中写得最为深入的一个。

缪塞这样深入地描写内心痛苦，是在他的一套诗歌主张指导下进行的。什么是艺术？什么是诗歌？诗歌创作的条件是什么？它的对象是什么？很少有诗人像缪塞那样持续和细致地提出这些问题。从他中学毕业后写给保尔·富歇的信直到在1842年写成的一首诗《读后》，他力图深化和确定诗歌的概念。1830年，当他加入文社的时候，他并不赞成雨果的信徒对领袖的崇拜。他有自己的想法，他说，在文艺复兴时期，可以想象有一些年轻人围绕在一个大师周围，但今天这样的团体已没有什么意义；艺术家要有独立精神："没有艺术，只有个人……在一个只有个人的世纪里，要封闭流派。"1836年，他赞赏画家德拉克洛瓦独自创作，不追求什么流派。他认为流派的思想威胁着艺术，没有什么比这更危险的了。因为当时的圣西门主义者在考虑组织艺术家团体。同时，缪塞也反对进行艺术技巧的争论，他认为关于艺术的争论丝毫不能使艺术前进一步，对形容词、音步的停顿等的讨论在他看来是很荒谬的，因为他憎恶"打油诗人、诗歌艺术家"，他们只会使"脑袋困惑"。其次，缪塞指责浪漫派诗人考虑政治和社会问题以及对丑的兴趣："只有肖像有权是丑的。"作家只有权寻找美；艺术家发挥想象的时候，为什么要创造妖怪呢？为什么把加西莫多和克洛德·弗罗洛放在菲比斯和爱丝梅拉达旁边呢？他在1836年9月至1837年2月发表的《杜普依和柯托奈的信》再次抨击了浪漫派的主张。他反对模仿；他提出，创新难道是来自生造的词、仇视迂回说法、滥用历史名词、选择某些流行的时期（如投石党时期或查理九世统治时期）、喜欢自杀或拜伦式的英雄、主张新基督教主义等方面吗？他认为这样只会使浪漫主义陷于增加形容词而已，这样的癖好显得十分可笑。他认为伟大的改革是要重新创造法国文学。

　　缪塞在反对囿于文学流派的同时，也反对艺术为某种政治观点服务。1831年，他在《幻想杂志》上写道："如果文学力图存在下去，它就必须猛烈抨击政治。否则，两者就会雷同。"当时大部分作家所主张的自由派政治观点，在他看来十分可笑，他讽刺圣西门主义者和傅立叶主义者的人道主义梦想，对社会发展持悲观态度，认为诗歌同这些梦想没有丝毫关系。诗人的任务就是写出好诗，尤其是写出真诚的诗；而绝对不是引导群众穿越现代政治曲折泥泞的小路，也不是引导他们向未来社会的道路前进。政治骚动和社会愿望都与诗歌的繁荣无关。1830年革命中，青年的行动热情使缪塞震惊。此后，当局完全不关心文学运动。他认为，民族的精华关心的是物质利益，而不是文学；这个世纪是反诗歌的，因此诗人放弃了他的时代，而沉迷在古代或意大利的文艺复兴时期。他希望法国有朝一日出现新贵族，理解和同情诗人，并创造出一种诗人所必需的典雅和细腻的氛围。由于缺乏总体的有利气氛，诗人就要为自己创造适于自己创作的气氛。虽然诗人远离政治和行动，但他不应与他的时代格格不入，相反，缪塞强调诗人应该成为时代灵魂的表述者。他在1833年发表的《谈谈现代艺术》中概述现代文学时，指出了两个方面。他认为一是存在"古典"文学，这就是浪漫派。由于它极其尊重希腊人"冷峻而庄严的"塑像，他们笔下的人物都穿着中世纪的奇装异服，这是些各个时代面目模糊的人，也就是说不属于任何时代的人，他们穿的是古代长袍。他认为无论拉马丁、雨果，还是维尼，都不在描绘他们时代的人。二是存在"现代"诗人。在现代心灵中，有着人所固有的烦恼、不安、激情，这能成为而且应该成为诗歌的素材。针对这些"古典"诗人，他提出要成为真正"现代的"诗人，像莎士比亚、拜伦那样，他们"从他们行走的大地中，从沾满他们鞋履的烂泥中，提炼出活生生的、带血的黏土，用他们的大手揉搓起来"。这就是要描绘他们时代所特有的内心情愫，真正的艺术家必须遵循这条道路。

缪塞认为在所有的现代人中，我们最了解的是自我。为了抓住活生生的现代人，抓住他的本性、他特有的激情，诗人就必须以自我为描绘对象，不是描绘他表现出来的普通的东西，而是他具有的特殊的、独特的、唯一的东西。这样，诗人必须同时代共呼吸，渗透到时代特有的精神之中；对他来说，不存在象牙之塔。为了描写人的心灵特点，必须堆积具体细节。纤毫毕现人的情感。如果说真正的诗歌就是写出诗人最内心的东西，那么痛苦就比平静的幸福更能使之迸发出来，这不是柔和的忧郁或朦胧的不安状态，就像拉马丁式的抒情最丰富的源泉所流露的那样，这是一种危机状态，在这种状态中，人通过强烈的痛苦表现出万般难受。缪塞说过："你打击心房吧，天才就在那里。"如果说灵感存在于心中，那么，由于享乐而变硬了的心，那里天才的声音已经窒息了，它便不再具有诗歌的素材。缪塞强调描写内心，并没有完全否定要与现实生活接触。在《八月之夜》中，诗人宣称，真正的灵感是在生活之中，为了歌唱，必须生活，而只有不断地爱才能真正地生活。

与抒发内心痛苦相联系的是，缪塞反对在诗歌中进行议论。他在《读后》中说："诗人的首要之点是必须不发议论。"就是说必须保持情感的原始自发性和非逻辑性，不以分析去解剖它，不以艺术的设计去伪造它；艺术不应经过思考，制造效果，以求外在的美，这样就会歪曲素材，使之平庸。对他来说，诗歌应是这样的：在最隐秘、最内在的激情处于震颤的时刻，最直接和最真诚的反映。因此，他要发现自己内心微妙的心理真实，他的雄辩表白如同心灵情感的喷射，他表达的虽是个人的激动，却能唤起读者的共鸣。诚然，抒发悲哀，夏多布里昂、拉马丁、雨果莫不如此，然而夏多布里昂是有意把自己写成忧郁而崇高的形象，这不是真正的夏多布里昂，而是他自己力图塑造成高大形象的夏多布里昂；拉马丁是在力图达到一种理想，铸造一个解脱人类苦难的虔诚心灵；雨果的诗往往令人意识到，这是凌驾于普通人之上的预言家。总之，他们在真诚方面是有所安排的，他们不让激情牵着自己走，或者说，他们的茫无所措只是表面的。而缪塞则不同，他的诗没有哲理，没有对理想的抒情，没有骄矜，没有誓言，没有豪言壮语。这是一个可怜人，不惮自惭形秽，不作违心之言。诗人像是在一条没有罗盘、没有船舵的船上还算清醒的舵手。诗歌表达的是痛苦的心声，充满平凡的令人心碎的真实，这是缪塞诗歌的可贵之处。泰纳在评论缪塞时说得好："还有比他更真实更生动的曲调吗？他至少从不说假话。他只说他的所感。他是在自言自语。他在向大家忏悔。"

缪塞这种不加修饰地袒露内心的诗歌创作，深得现代人的赞赏。"只有缪塞同奈瓦尔一样，是我们时代能与之相适应的浪漫派作家，而我们不用流露出宽容的微笑。但是，由于一种视角的奇怪的相反作用，我们喜欢他的地方，却正是他的时代藐视他的地方。"[1]这种看法是有原因的。首先，他的内心一方面骚动不安，另一方面又保持清醒，他是爱冲动的人，是善于解剖自己内心痛苦的诗人；同时他又不是完全失去理智，他懂得怎样使自己平静下来。其次，他的文学观点处于古典主义和浪漫派之间。在一个必须蔑视古人的时代，谁也不如他那样更好地确定古典悲剧的价值，汲取古典主义作家的优点，同时，他非常了解绘画和音乐。总之，他避免了浪漫派多少有点否定古人的弊端，尽管他过于避开政治和社会题材，使得他的诗歌内容比较狭隘，未能达到更高的成就。最后，当代人发现，在浪漫派作家中，缪塞的气质是现代的，同波德莱尔的气质奇异地相像，他总是直达本质，从这一形象跳到另一形象，事先毫无准备地表达敏感的心灵连续呈现的痛苦时刻，甚至"他比浪漫主义还要浪漫"：他不停地要表现自己的痛苦和生存的困难，对话变成他最拿手的表现方式，在他的心灵深处，戏剧是他的乐土。他的时代却蔑视他的才能这个最基本的方面。"那些还没有看过加缪及其《卡里古拉》的人，怎么会对幻想'用牙齿咬住月亮'的方塔齐奥那种十分严肃的疯狂感兴趣呢？"[2]

---

1 亨利·勒梅特尔：《法国文学史》，第2卷，第65页。
2 亨利·勒梅特尔：《法国文学史》，第2卷，第65页。

第十一章　现实主义诗歌的发展

对现实做出密切反映，给予尖锐抨击的诗歌在法国古已有之，但并未形成一股潮流。从法国大革命期间开始，这种情况有所改变，20世纪上半叶，由于民谣的兴起，这类诗歌获得迅速的发展。随之，出现了一批工人诗人，壮大了这支队伍。巴黎公社成立前后，现实主义诗歌蓬勃发展，达到了前所未有的高度。

法国大革命期间，随着群众革命热情的高涨，出现了一些众口传唱的歌曲和民谣，其中最著名的有《一切都会好》《卡玛纽勒》《自由帽》《马赛曲》《出征歌》等。

《一切都会好》（1790）按照一首轻快的舞曲编写而成，分五段歌词，共65句，基本上是十音节诗，每一段间以两行七音节诗。歌词这样写道：

一切都会好，一切都会好，

人民在这一天不断重复：

一切都会好，一切都会好，

尽管有叛乱，一切会美妙！

歌曲的情调非常高昂，充满了反封建斗争会取得胜利的乐观精神。这首歌明确表示："身居高位，我们把他打倒。地位低微，我们把他抬高。"道出了这场革命的实质是要打倒封建贵族，让第三等级当家做主。歌词指出，虽然"贵族如今表示认罪求饶"，但"武装的人民始终警惕高"。歌曲最后表示"决不怕枪林弹雨，法国人要传捷报"，表达了人民要取得胜利的决心。贵族把这首歌曲咒骂为"血腥的歌曲"。法国人民在举行集会和战斗中，往往高唱这首革命歌曲。

《卡玛纽勒》（1792）是一首抨击路易十六夫妇的歌曲。这位国王被推翻后，企图逃往国外，但半路被捉回，于是民间流传起这首歌曲。全诗由两句八音节诗和两句六音节诗组成。歌词这样写道：

> 维托太太曾经有话，
> 要把巴黎人都扼杀。
> 亏了人民炮手，
> 她行动出了丑。
> ……
> 维托先生曾经有话，
> 永远忠于他的国家，
> 但他言而无信，
> 绝不饶他的命。

维托先生和维托太太指的是路易十六夫妇，歌曲对他们的行为极尽挖苦，预示了国王不久就要进入坟墓。它还讽刺了外国干涉者和保王党人，声称无套裤汉同仇敌忾，要叫来犯者丧生。这首歌曲反映了法国人民要废除封建制度，保卫法国大革命的决心。

《自由帽》以跳跃、轻快的节奏和幽默、洒脱的情调，唱出了人民的心声。所谓"自由帽"是指一种红色小帽，头戴自由帽者表示拥护革命。歌词的最后两段这样写道：

> 这自由帽
> 使得节日锦上添花，
> 这自由帽
> 会保存得纯洁美好，
> 上帝！波旁王族多傻，
> 也不在他们的脑袋瓜
> 戴上这帽！
> 有了这帽，
> 保证法兰西的胜利，

有了这帽，

你的全胜响彻云霄。

憎恨你光荣的仇敌

都被赶出你的土地，

全靠这帽。

歌曲抨击了贵族令人"恶心讨嫌"的嘴脸，诙谐地指出人民有朝一日会把自由帽戴到教皇头上。自由帽能现出敌人的丑恶嘴脸，是革命的敌人所憎恨的对象，同时也成了革命和革命胜利的象征。

面对欧洲封建贵族的武装干涉，立法议会宣布"祖国在危急中"，各地纷纷组织志愿军开赴前线，在保卫革命果实的民族战争中，诞生了《马赛曲》和《出征歌》这样充满爱国主义精神的优秀歌曲。《马赛曲》（1792）的作者鲁热·德·利勒（Rouget de Lisle，1760—1836），是革命军中的一个工兵上尉。1792年4月20日法国政府向干涉法国革命的奥地利宣战，4天之后，利勒在他的驻地斯特拉斯堡创作了这首歌的词和曲，名为《莱茵河军战歌》。一支500多人的马赛志愿军把它当作自己的战歌，在开赴前线时沿途歌唱，并带到巴黎，遂称为《马赛曲》。1792年10月，法国政府宣布它为共和国之歌，1879年被正式定为法国国歌。在法国大革命处于被扼杀的严重时刻，《马赛曲》以动人心魄的词句、斩钉截铁的号召和决心、高昂激越的音乐旋律，起到动员人民起来战斗，振奋革命精神的作用。歌词第一节这样唱道：

起来，祖国的孩子们，

光荣的日子已来到！

专制者在反对我们，

血腥的旗帜已举高！

田野里凶残的兵士

正在嚎叫，你可听见？

他们逼到我们跟前，

把我们的妻儿扼死。

拿起武器，公民们！组成连队！

前进！前进！

让污血把我们的田沟全淹平。

歌曲接着愤怒指责欧洲的封建国王们"胆敢威胁我们，要恢复古代的奴役"，卑劣的暴君要成为"我们的命运的主宰"；歌曲高唱："发抖吧，暴君！真卑鄙，千夫唾弃，万民指责……最后总要以血还血！"它号召"全民皆兵，奋起战斗"，因为法国人民热爱自由女神。《马赛曲》高歌的是爱国主义精神，而且曲调雄壮有力，能起到强烈的鼓动作用，所以它能获得法国人民的喜爱，历久不衰。它在法国大革命期间所起的作用是不可低估的，拿破仑曾经说过："《马赛曲》是共和国最伟大的将军，它创造的奇迹是不可思议的。"

《出征歌》（1794）的歌词作者是玛利—约瑟夫·谢尼（Marie-Joseph Chénier，1764—1811），歌词这样写道：

> 胜利在高歌，给我们打开城门，
> 自由指引我们方向，
> 从北方到南方，嘹亮的军号声，
> 把战斗的时刻吹响。
> 颤抖吧，法国的仇敌，
> 嗜血和高傲的君主！
> 至高的人民在奋起。
> 暴君们，快下到坟墓。
> 共和国在召唤我们，
> 善于取胜，敢于就义。
> 法国人要为它生存。
> 法国人应为它而死。

接着由母亲、两个老人、孩子、妻子、一个少女和三个战士表示决心。母亲说："我们给了你们生命，它不属于你们战士；祖国更是你们母亲，由它支配你们生死。"老人们说："等到你们回到茅屋，要带着伤口和功绩；待暴君被统统铲除，回来合上我们眼皮。"孩子说："为人民而死则长存。你们骁勇，我们一样。"妻子说："我们歌颂你们荣耀，身上怀着复仇后代。"少女说："为了有朝一日能同我们结合，公民们立下了誓愿……他们参加浴血战斗，为平等而流血负伤。"战士们宣誓："要把侵犯者都击溃。……埋葬那卑污的王国，法国人要给予世界和平与自由的生活！"各种人物轮番咏唱，激励战士们出征，战士们也立下了誓愿，他们的豪言壮语充分表达了法国人民誓死保卫祖国的决心。

法国大革命时期的歌曲开创了诗歌密切关注社会现实的优秀传统，它是一种政治性很强的战斗工具，在群众中有广泛影响，能起到动员人民参与重大行动的作用。它的出现实际上是发展了法国诗歌中的现实主义传统，对现实起到一种积极参与的作用。它使用刚健清新、高亢激越的语言，与以往抒情诗的柔美清淡、缠绵婉转的语言截然不同。在诗歌园地中，它应占有一席之地。

从第一帝国时期至第二帝国时期，歌谣继续得到发展。歌谣是穷人的投枪匕首，因为它是"处于半文盲的民众最好的传达思想的工具"[1]。这种创作歌谣的团体产生可以追溯至1733年，名为"地窖的晚餐社"。法国大革命时期，歌谣团体有了发展。如1796年成立的"讽刺民歌晚餐社"。1806年，成立了"现代地窖社"，这个团体随后有了发展，在外省成立不少分支。其间还有一个团体叫"开心话社"。复辟时期，歌谣团体如雨后春笋般出现："羊腿社""兔子社""群鸟社""真正的法国人社""光荣之友社"，等等。七月王朝时期，成立了"歌谣竞技场社"（1831）、"地窖的孩子们社"（1834）、"烟斗社"（1835）等歌谣团体。从事歌谣创作的往往是手工工人。工厂工人的劳动长达14—16小时，他们已没有闲暇和精力写作。而手工工人大半受过一定的教育，因生活困难才成为工人的。最著名的歌谣诗人是贝朗瑞，其他还有德布罗、莫罗、阿尔塔罗什等。

皮埃尔—让·德·贝朗瑞（Pierre-Jean de Béranger，1780—1857）的父亲是杂货铺会计，母亲给服装店当模特儿。父母婚后8个月即分居，贝朗瑞生在当裁缝的外祖父家。他从小在外省的姑母家寄养，曾当过排字工人。1796年到巴黎，在父亲开的小钱庄当职员，两年后父亲破产。1807年他参加"无忧社"，写出不少歌谣。1813年成为"地窖社"成员，随后又参加过其他歌谣团体。1815年发表《道德歌谣及其他》，1821年出版第二部《歌谣集》，随后是《新歌谣集》（1825）、《未发表的歌谣》（1828）、《最新歌谣》（1833）。1842年，他为自己的歌谣集写出序言，死后才发表。贝朗瑞死后举行了国葬，政府占据了他的遗体，但群众依然唱着他的歌谣为他送葬。他的遗著有《我的自传》（1857），《书信集》（1860）。贝朗瑞的歌谣创作主要在

1　皮埃尔·布罗雄：《贝朗瑞和他的时代》，社会出版社，1979年，第7页。

复辟王朝时期。1821年，当局曾对贝朗瑞进行起诉，开庭那天，民众将法庭挤得水泄不通，诗人被判处三个月监禁和500法郎罚金；在监狱里，探望者络绎不绝，赠送给他的食物多得要分发给其他犯人。1828年，当局再次起诉他，因他侮辱宗教、鼓动仇视政府、冒犯国王而判处他9个月监禁和10000法郎罚金。开庭那天，各家报纸都刊登了他的歌谣。贝朗瑞一直得到银行家拉菲特的支持，他被大学辞退后，拉菲特曾请他到银行里工作，被他婉拒了。

贝朗瑞提出："歌谣依靠从现时获取灵感而生存。"这个主张决定了他的歌谣针砭时弊的特点。他把歌谣定义为"人民感情的表现"，它"应该上升到胜利和不幸对人数最多的阶级所产生的快乐或忧愁印象的高度"。显而易见，他力图站在下层阶级一边，以人民的喜怒哀乐为指归。这种态度决定了他的歌谣抨击贵族和同情穷人的基本内容。

贝朗瑞的成名作是《伊弗托国王》（1813）。这首歌谣抨击了拿破仑的穷兵黩武政策。最明显的一段歌词用反话写道："他不想将国土扩展，他是一个随和邻邦。"贝朗瑞在《我的自传》中对这首歌谣有过一段解释："我对皇帝的天才的热情赞赏，从不令我视而不见帝国不断增长的专制。1814年，我只看到共和国教会我热爱的祖国的不幸。"这首歌谣影响巨大，以致路易十八曾经表示："必须多多宽容《伊弗托国王》的作者。"

抨击贵族和教会是贝朗瑞的歌谣的重要内容。《卡拉巴侯爵》讽刺了返回法国的旧贵族。"他那皮包骨的战马，把他从老远驮到我们家。"他自诩"使国王重新登上宝座"，他的家族"高过国王的世家"，他的小儿子要当上主教，大儿子要得到三枚十字勋章，他可以对省长直陈所思所想，要同教士平分什一税，要姑娘们"领受领主初夜权，这是荣耀美名传"。诗歌每一节的结尾都是"光荣归于卡拉巴侯爵"，他的恶行劣迹暴露无遗，但全都以反话道出。《白帽徽》斥责了贵族引狼入室的卖国罪行，以致让神圣同盟的军队践踏法国的国土。《各国人民的神圣同盟》是在"神圣同盟"军队于1818年10月撤出法国而谱写的一首歌谣。诗歌指责欧洲封建列强"竟把大火放到邻舍"，法国领土是"没有麦穗不被鲜血玷污"，法国人民"从重枷又转到非人桎梏"。诗人呼吁"各国人民，结成神圣同盟"，反对封建君主们的入侵。

同情贫苦人民是贝朗瑞的歌谣的另一个重要内容。《雅克》反映了农民的悲苦生活。诗歌以雅克的妻子的口吻道出，她看到收税的差官天不亮就来催税，便叫丈夫快快起床。她家有6个孩子，缺衣少食，收成不足，食品价格昂贵，雅克如要喝酒就只能把结婚戒指卖掉。最后，诗歌写道：

差官进门，我多担心！
你一言不发，多苍白！
昨天你喊痛，多悲哀，
平时受罪却不呻吟。
她空叫唤；他已死掉。
对劳苦得力竭的人，
死亡倒是一只软枕。
好心人，请为她祈祷。

《雅克》与拉封丹的《死神与樵夫》有相似之处，但《雅克》在手法上有变化。它通过农民的妻子的独白来展现一幅穷人的图画，而且选择了差官马上要来收税，封掉财产这一严重时刻。诗歌写得生动具体，增加了令人同情的效果。此外，贝朗瑞还创作了一些缅怀拿破仑的诗歌，如《两个精兵》《人民的怀念》。贝朗瑞的歌谣也接受了空想社会主义，对人类未来做出遐想。《疯子》赞扬圣西门："光荣属于这种狂人：他使人类美梦如画！"

贝朗瑞的歌谣立即传到国外，获得广泛欢迎。歌德认为："贝朗瑞经常让我想起贺拉斯和哈菲兹，他们两人都超越了时代，把他们的讽刺和诙谐指向风俗的腐败，这是他们的文学题材。贝朗瑞就其处境来说，占据同样的地位。"别林斯基指出："贝朗瑞是法国诗坛之王"，"政治在他那里是诗歌，诗歌——则是政治；生活在他那里是诗歌，诗歌——则是生活"。纪德认为："最近我浏览了贝朗瑞的《歌谣集》，找不到任何我觉得平庸、庸俗和令人讨厌的东西。"一个世纪以后，布拉桑步他的后尘，同样取得了成功。

当时受到贝朗瑞影响的歌谣诗人首先要提到埃米尔·德布罗（émile Debraux，1796—1831），他出身贫民，一生穷困潦倒，受到追捕、审讯和监禁，得肺病而死。作品有《民族歌谣》（1826）、《歌谣全集》（1836）。他是著名的《郁金香芳芳》的作者，这首歌写一个士兵热衷美酒与爱情，但更重视荣誉，随时准备为正义事业而战斗。德布罗被看作"拿破仑传说的真正作者"，名篇有《圣赫勒拿岛》等。他认为拿破仑是大革命时代的将军，是与通过外国刺刀返回王位的波旁王室相对抗的象征。德布罗抨击复辟王朝的歌谣也写得十分成功。《新兵》描写一个斜白眼、腿长短不一的18岁青年居然被征入伍，为了两个女王争夺谁有秀足这一荒唐理由而去打仗。歌谣最后写道：

朋友，请不要怀疑我，
尽管刚才在开玩笑，
我会为祖国去肉搏，
不会怕死，临阵逃掉。
当我听到有人念叨
要与和平幸福对抗，
我总是准备好唱道：
你可曾经历过打仗！

什么是爱国精神，从这一段话里可以得到解答。诗歌对复辟王朝政府的战争政策作了犀利的谴责。此外，《关于滥用自由写给大臣的信》以一个保王党人的口吻叙述人民如何反对封建复辟。《小迷迷儿》讽刺统治阶层的裙带风。《出版自由》抨击对作家的迫害。

其次是埃热齐普·莫罗（Hégésippe Moreau，1810—1838）。他是一个穷中学教师和女仆的私生子，受到社会歧视。这个孤儿在慈善机构的抚养下，得到坚实的教育。他当过印刷工人、学监，随后流浪。最后，走投无路的诗人住进救济所，死时只有28岁。《外省诗人》抨击王政复辟。《国王万岁》以"自由万岁"去回击保王派的"国王万岁"。《1832年6月5至6日》悼念在这次人民起义中的牺牲者。《盗贼》指责高利贷者、军火商本是盗贼，却成了"有议员资格的陪审员"。

阿尔塔罗什（Altaroche，1811—1884）是律师之子，七月革命后来到巴黎，1832年进入讽刺日报《喧声报》，1834年成为该报总编辑。1848年革命后成为家乡的议员，经常投票支持右翼。1850年任奥台翁剧院院长，直到第二帝国时期。他的作品有《政治歌谣集》（1835—1838）。他最有特点的诗作是《大，胖而蠢》，描画了路易—菲利浦的丑恶形象：

大，胖而蠢，

这四个字是他肖像：

从头到脚，量个尺寸，

大家眼里，他的长相

大，胖而蠢！

这位国王头像梨子，肚子像圆桶，他的愚蠢、贪婪之态呼之欲出。歌谣进一步揭露他穷兵黩武，财政收支成问题。《无产者》对比了无产者与有闲者的不公平生活：穷人要被征兵，富人能拿钱来替赎；穷人无法反对捐税；甚至穷人死后只能用担架送到墓地。诗歌写道，总有一天人民会起来反抗。此外，《人民在挨饿》《穷人的税》也揭露了社会的不平等。

19世纪上半叶涌现了一批工人诗人，他们逐渐发展成熟，从中产生了像鲍狄埃这样杰出的无产阶级诗人。下半叶的政治事件和巴黎公社使工人诗歌发展到一个高峰，为20世纪无产阶级文学的繁荣提供了典范。

马里耶·埃莱奥诺尔·马居（Marie éléonore Magu，1788—1860）是个纺织工人，目力不济，生活贫困。他的诗在报纸上发表后，声名大振。他获得了房子和年金。他的诗抒发了工人的痛苦，对社会状况发出不平之鸣。《童年回忆》写得十分亲切真实：

童年时代真正是幸福的时光；

一只苹果，一次亲吻，小狗蹦跳，

每天一再跌倒，母亲终日惊惶，

额头鼓起了肿块却哈哈大笑；

不怕白霜满地，双脚总是潮湿，

两只木鞋丢失在泥泞的沟堑，

敢冒千种危险，哪怕咳嗽、寒热；

为了掏鸟窝，衣服都撕成碎片。

诗歌转而写到母亲，她很年轻就去世了，为了生计，茅屋只得被卖掉，"我再也不能端坐在我家门槛"。这是一首通过回忆往昔，展示穷人生活，形式相当完整的抒情诗。

夏尔·蓬西（Charles Poncy，1821—1891）是土伦的泥瓦匠，他除了描绘自己的工人生活以外，还描写大自然和大海。乔治·桑认为他"把蛮荒自然的巨幅描绘同思想和人类感情结合起来"。皮埃尔·杜邦（Pierre Dupont，1821—1870）参加过1848年革命，写出《工人之歌》，描绘了法国人民的悲惨生活。

最重要的工人诗人自然是欧仁·鲍狄埃（Eugène Pottier，1816—1887）。他的父亲是制作木箱的工人。他13岁便辍学做工，坚持自学。1830年他写出处女作《自由万岁》，次年发表诗集《少年诗神》，反对暴政，鼓吹自由。其后他当过小学的管理员、纸店伙计、印染厂的绘图工。他接受过巴贝夫、傅立叶的思想。1848年革命中，他参加了巷战。他在诗社和聚会上朗读诗作，他的许多诗歌被谱成歌曲，广泛流传。40年代他的创作进入成熟时期。1848年出版了《工场之歌》《共和之歌》两部诗集。1870年加入第一国际。普法战争时，他担任了国民自卫军的一名指挥官。随后他成为公社委员，英勇战斗，直至公社失败。1871年6月写出《国际歌》。7月，全家流亡到英国，1873年转至美国，达7年之久，在这期间写出《巴黎公社》《美国工人致法国工人》等几首重要长诗。1880年回国，创作出大量诗歌。《革命歌集》（1887）主要搜集了19世纪80年代的创作。他留下了250多首诗。至死他都坚持自己的崇高信念。

鲍狄埃在世界无产阶级诗歌史上占有重要地位。他的代表作是《国际歌》。这首诗以通俗和形象的语言，阐明了无产阶级斗争的理由和目标，体现了《共产党宣言》中论述的马克思主义，因而它不仅仅是对巴黎公社失败的反思，而且是对工人斗争事业的概括，它极大地鼓舞了全世界的无产阶级去争取实现自己的解放。诗歌开宗明义就提出响亮的号召：

> 起来，饥寒交迫的奴隶，
> 起来，全世界受苦的人！
> 满腔的热血已经沸腾，
> 要为真理而斗争！
> 旧世界打个落花流水，
> 奴隶们起来，起来！
> 不要说我们一无所有，
> 我们要做天下的主人！

第三、四句原为"真理的火山隆隆作响，／岩浆终于作冲天狂喷"，用的是诗歌的形象语言，表示无产阶级的斗争方兴未艾。"饥寒交迫的"和"受苦的"两个形容词把无产者的地位和悲惨状况说得明明白白，也道出了无产者为什么要起来斗争的必要性。第五句显示了无产阶级斗争的气势和巨大规模，这场斗争要引起翻天覆地的变化。无产阶级的目标是要做天下的主人。第一节已经将无产阶级斗争的主旨和盘托出，并浓缩为最精练又最形象化的语言。由皮埃尔·狄盖特（Pierre Degeyter，1848—1932）谱曲所采用的歌词接着选取了原诗最重要的词句。歌曲指出："从来就没有什么救世主，／也不靠神仙皇帝。／要创造人类的幸福，／全靠我们自己。"自己解放自己的思想体现了马克思主义的观点，起到号召和鼓舞工人不断斗争的作用。复唱部分的"英特纳雄耐尔"本义是共产国际，也是"共产主义"的代名词，它将无产阶级斗争的目标进一步点明了。《国际歌》是政治诗的一朵奇葩，它在一首不长的诗中将一种学说阐述得这样清楚、这样鲜明，以致深入人心，成为千百万劳动者的神圣之歌，这简直是绝无仅有的文学现象。

鲍狄埃对资本主义的揭露也是入木三分的。《该拆掉的老房子》把资本主义社会形容为一所外强中干的老房子，里面的主人是银行老板、投机商、财主，还有穷人、卫兵，眼下到了要拆掉它的时候了！在《吃人的野兽》中，诗人把议员、董事、老板比作猛兽。《吃人肉者》抨击了这个社会镇压劳动者的司法制度，如同压榨劳动者灵与肉的工厂。《美国工人致法国工人》更是一篇展示资本主义罪恶的檄文：这个世界是剥削者的天堂，劳动者的地狱。

鲍狄埃对劳动者的描绘也有其独到之处。《铁匠的梦》通过梦的形式，塑造了精神并未压垮、从失败中奋起的劳动者的高大形象。《赤脚的孩子》描写一个八岁的童工，他的父亲早就死在矿上，这个"受压榨的对象"，活着毫无生趣。《常春藤在行动》把劳动者的斗争喻作常春藤，它默默地、顽强地在掀倒象征资本主义的城堡的墙壁："经过雨露阳光一天天的滋养，／手指尖利的常春藤苗壮成长，／在已开始裂缝的砌墙石块上，／把它的卷须伸向四面八方。"

作为政治诗人，鲍狄埃在他优秀的诗歌中，能以鲜明的意象去表达战斗的思想，取得了显著的成绩。他的成就把工人诗歌创作推向新的高度，其中的佳作足以同其他法国诗人媲美。然而，也要看到，他的不少诗作往往流于概念化，成为思想的直接传声筒，不免削弱了艺术力量，这也是工人诗人们的通病，这种弱点说明工人诗歌还未发展到成熟阶段。

参加过巴黎公社活动的诗人还有两个值得一提，他们是克莱芒和路易丝·米歇尔。

让·巴蒂斯特·克莱芒（Jean Baptiste Clément，1836—1903）放弃了优裕的家庭生活条件，从事各种艰苦劳动，19世纪60年代写出《面包之歌》和《未来之歌》。1867年他被迫移居比利时，写出《樱桃时节》；回国后创办《棍棒报》，被捕入狱。1870年9月出狱后他参加国民自卫军，随后成为公社委员；公社失败后写出《浴血的一周》。1871年8月，他来到英国，继续写诗，《"滚到墙上去"上尉》等揭露了敌人的疯狂罪行。1880年他回国加入工人党。1885年出版《歌集》，在序言中表示要让"人民看见自己的贫困，关心自己的利益"，以"促使解决重大社会问题的时刻早日来到"。

他最著名的诗歌《樱桃时节》在收进《歌集》时变成了缅怀公社之作，"樱桃时节"于是成了公社短暂岁月的代称：

> 我永远怀念樱桃时节，
> 为了那些过去的日子，
> 我的心在啼血！
> 即使命运女神降临，
> 也难使我的痛苦泯灭。

诗歌以樱桃这一美丽的意象去代表巴黎公社，充分寄托了诗人对公社的深切情怀和美好记忆；含蓄是诗歌创作的重要手法，这首诗正是运用了这一技巧，使得诗人的思念具有意在言外的内涵。诗歌采用了民歌形式，也增强了魂牵梦萦的执着思念和回还往复地歌咏的艺术魅力。

路易丝·米歇尔（Louise Michel，1830—1905）是个私生女，由一对律师夫妇收养，受过良好教育。她从师范学校毕业后回到家乡的农村小学教书。1856年，她来到巴黎，接受布朗基主义，曾参加谋杀拿破仑三世的活动。普法战争期间，她参加过起义巷战，后来被编入国民自卫军第六十一营。随后，她参加公社的战斗，公社失败后，她前往自首，救出母亲，从此开始了长期的监禁和流放生活，其间写出《红石竹花》。1880年她从新喀里多尼亚岛回到巴黎。1883年因参加失业者的示威游行而入狱三年，在狱中写出诗集《生活历程》《故事与传说》和小说《人类细菌》等。她还写过《回忆录》和《公社》，记录了她坎坷的一生和对公社的回忆。

《红石竹花》的创作过程是，她得知战友费烈被处死后，撕开自己的围巾，做成一朵表示革命和共和的红石竹花，并写出一首诗赠给费烈。诗歌的第二部分写道：

> 如果我葬在黑墓穴之下，
> 弟兄们，我最后的希望
> 是请将盛开的红石竹花
> 投在你们的姊妹身上
> 在帝国行将崩溃之日，
> 人民正处于觉醒，
> 红石竹花，你的笑意
> 告诉我们，万象要更新。
>
> 今天，在阴森森的牢房，
> 你即将吐蕊开花，
> 在阴沉的囚徒身旁怒放，
> 请告诉他，我们爱着他。

这首诗和《樱桃时节》有异曲同工之妙。女诗人以红石竹花象征革命和革命的希望，意象优美，情深意长。它表达了她对战友的热烈情怀和对革命事业的坚定信念。石竹花的红色和墓穴与牢房的黑色形成鲜明的对照，与阴沉的囚徒和苍白的胜利者也形成鲜明的对照，它在黑暗的年代里熠熠放光。红石竹花成为女诗人的代言人，它的怒放表明人们对革命者的爱戴，也预示着希望总会实现。诗歌的乐观主义精神压倒了革命失败带来的灰暗色彩和死亡威胁的凶焰。

第十二章　诗美的探索与追求
——巴那斯派的地位和贡献

巴那斯派是19世纪法国诗坛上一支相当活跃的力量，但是，由于它的成就不及象征派，或者说，被象征派的光辉所淹没，所以长期以来它的地位和贡献不被人们所重视。其实，巴那斯派是浪漫派和象征派之间的桥梁，起着承上启下的作用，它的成就是不可忽视的。概而言之，它对诗美进行过认真的探索，在诗歌形式上的创造为后世诗人开辟了一条新路。

巴那斯派的名称来自它的领袖的一个观点：勒贡特·德利尔认为诗歌应该登上希腊众神的所在地巴那斯山；在他之前，拉马丁曾经指出，诗歌要走下巴那斯山；德利尔的观点是针对这位浪漫派的重要诗人而发的，他的观点与当时流行的看法迥异，令人刮目相看，由他发起的这场诗歌创作运动便获得了巴那斯派之名。

诚然，巴那斯派能不能算作一个诗歌流派还有争论。但是不管怎样，在它的旗帜下毕竟聚集了一批重要诗人。这些年轻诗人在1860—1865年之间，团结在《幻想杂志》《进步杂志》和《艺术》杂志周围。1866年，一本题为《现代巴那斯》的诗歌选集问世了，里面收有37位诗人的作品，其中有戈蒂埃、德利尔、科佩、普吕多姆，甚至有波德莱尔、魏尔伦、马拉美的诗歌。接着，在1871年和1876年相继出版了两本续集，分别收入了50位和63位诗人的作品，大部分都是新名字，队伍不可谓不庞大。这些诗人虽然聚集在"现代巴那斯"的旗帜下，其实有鱼目混珠之嫌，有的诗人显然不能算作巴那斯派诗人，这是一目了然的。年轻的巴那斯派诗人一直在寻找一位领袖，起先物色的是戈蒂埃，然后依次是邦维尔、波德莱尔，最后才找到勒贡特·德利尔。他们每周在他的家里聚会，谈诗说文，此外，在支持巴那斯派的出版商阿尔封斯·勒梅尔的家里，每天从下午4点钟到6点钟，也举行"巴那斯派会议"。

巴那斯派的先驱是泰奥菲勒·戈蒂埃（Théophile Gautier，1811—1872），领袖是勒贡特·德利尔（Leconte de Lisle，1818—1894），朗松指出："雨果不在[1]；勒贡特·德利尔先生发表了他的两部出色诗集之后，成为法国诗歌不可否认的大师。"[2]其他重要诗人有泰奥多尔·德·邦维尔（Théodore de Banville，1823—1891）、苏利·普吕多姆（Sully Prudhomme，1839—1907）、弗朗索瓦·科佩（François Coppée，1842—1908）和何塞—马里亚·德·埃雷迪亚（José-Maria de Heredia，1842—1905）。

戈蒂埃是最早不满于浪漫派某些诗人滥用感情抒发的弊端，他力求创作出一种更加"纯粹的"和更加严格的诗歌。作为新闻记者，他看到日常生活的不稳定，为了逃避这种现象，他企图创作一种超越时间限制的诗歌，以逃避命运的捉弄。他是一个艺术鉴赏家和旅行家，他从西班牙和地中海东部沿岸国家看到了许多令人难忘的景象，写入了自己的诗中，他的代表诗集《珐琅与雕玉》（1852）就像书名所表明的那样，是一种"橱窗"，里面摆满了美妙的诗歌小玩意儿，以语言的出色首饰工的全部耐心进行精雕细作。《〈莫班小姐〉序》把创造形式美放到了首位，反对文学有任何功利目的；他认为艺术不是一种方法，而是一种目的，与政治和道德没有任何关系。他尤其重视创作的质量，把美看作是对不成形物质的一种征服，这种搏斗愈是艰难，作品就愈是能持久。他在1856年12月14日的《艺术家》上撰文说："我们相信艺术的自主；对我们来说，艺术不是方法，而是目的；凡是不把创造美作为己任的艺术家，在我们看来都不是艺术家；我们从来都不理解将思想和形式相分离……一种美好的形式就是一种美好的思想，因为什么也没有表达的形式会是什么呢？"[3]他把作品——形式——美当作同一种东西。《诗艺》一诗反映了他追求完美技巧和艺术永恒的观点："一切消逝——唯有健壮／有力的艺术能永恒；／那胸像／在城邦之后仍留存""连天神也诀别人生；／但完美无缺的诗行／能永存，／比青铜器活得更长。"戈蒂埃非常注意形象和画面的描画，例如《春天最初的

1　当时雨果流亡在国外。

2　转引自阿尔贝·卡拉涅：《法国为艺术而艺术的理论》，日内瓦重印版，1979年，第137页。

3　阿尔贝·卡拉涅：《法国为艺术而艺术的理论》，第137页。

微笑》把春天拟人化，他把大自然打扮了一番。《嘉尔曼》把这个吉卜赛女郎写成一个"挑逗人的、泼辣的维纳斯"。《烟》是一幅农家的写照，诗人在结尾笔锋一转，"一只拨出烟的塞钻，／旋转出蓝色的细丝，／从关闭陋室的内墙，／给天主捎去了消息"。《鸽子》升空"似脱线的项链"，诗人的心灵像鸽子一样，是"一团团白色的迷梦／拍打翅膀从天而降，／晨光熹微便振翼凌空"。一幅幅画面色彩鲜明，立体感强。形式轻灵，诗句洒脱。他的艺术观点和创作直接影响了巴那斯派的诗人。

作为一个诗歌流派，巴那斯派有自己的诗歌主张，这些主张主要由德利尔提出来，他的大部分观点集中反映在《〈古代诗集〉序》中，概括起来有如下几个方面：

第一，他反对浪漫派毫无遏止的感情抒发，主张客观和冷漠。他认为自己在诗歌创作中，"个人的激动只留下很少的痕迹……在心灵烦恼和同样带有苦味的愉悦的披露中，有着廉价的虚荣心和亵渎"。他反对表达内心的激动、烦恼和快乐，"个人题材及其重复得太滥的各种变化，已经使人索然寡味了；冷漠名正言顺地随之而来"。他认为应该尽快抛弃前一条路，踏入后面一条困难而危险的道路。

第二，他反对诗歌反映社会现实，主张诗歌同政治、社会问题分隔开来："不管当代的政治激情多么活跃，这是属于行动者的事；思辨的劳动与此格格不入。这就解释了我的这些研究的客观性和中立性。"他还指出："诗歌成为艺术以后，便不再孕育英雄行为；它不再产生社会功效；"诗人"既同实际生活，也同理想生活的基本概念格格不入；他本能地蔑视民众，就像对最聪明的人无动于衷一样"；诗人不遵循共同的道德原则，没有信奉的哲学，"乐于对人和世界彻底的无知"。他对当代生活的平庸的仇视，使他远离自以为是时代的解释者或作为向导的作家。另一方面，他认为荷马、埃斯库罗斯和索福克勒斯"代表充满活力、充分发展、和谐一致的诗歌"，随后衰落和野蛮便侵入了人类的头脑。但丁、莎士比亚和弥尔顿虽有天才，但他们的语言和观点是"粗俗不文的"，雕塑到菲狄亚斯和利齐普便中止了，米开朗琪罗并没有丰富什么。古希腊以来，只存在几个强有力的人物和几部伟大作品。为此，他把描写古代和动物世界作为己任。至今，创作的源泉"不仅被搅浑和污染了，而且它已经彻底枯竭。必须在别的地方汲水"。

因此，他主张描写古代的、异国的题材。

第三，他认为艺术必须同科学结合起来，艺术可以从科学那里借取方法和理想："由于智力探索的不一致，艺术和科学长期以来被分割开来，现在应该趋向于紧密地结合，如果不需要混合起来的话。"这样做的原因是，"我们是博学的一代"，对科学的追求，使诗人也将自己的创作与生物学结合起来。诗人可以描写自然科学的发现，比较各种宗教的历史，发掘古代史的题材。艺术显现了蕴含在外界自然中的理想，而科学则是对自然的理性研究和显豁的阐述。但是艺术已经失去了推理的自发性，或者说已经用尽了这种自发性；科学则使艺术重新想起被遗忘的传统，并使之复活。

第四，他极力推崇诗美的创造，注重形式的探索。他认为"艺术家的职责在于几乎是不懈地、认真地追求最能表现他的感情、思想或者看法的形式、风格、描绘方法"。他的新研究在于考虑"被忽视或者很少为人所知的形式"。[1]他所指的是，诗歌要写得凝练、简洁，词汇要用得准确，意象要鲜明、突出，诗句要和谐、动听。他在《〈当代诗人研究〉序》中指出："美不是真的仆人，因为它包含着神圣的和人的真理。它是各种精神渠道殊途同归的顶峰。"[2]他在诗中写道："唯有美存在下去，不变，永恒。／死亡能使颤抖的世界消失，／但美光华四射，一切在它身上再生，／世界在它雪白的脚下匍匐在地"（《古代诗集》）。因此他只想知道他所研究的诗人是否善于"实现美"。由此出发，他抨击贝朗瑞的作品，认为后代将不会理解"这些颂歌——歌曲所激起的好奇而令人感动的热情，这些诗歌既不是颂歌，也不是歌曲"[3]。他同样严厉批评拉马丁，认为拉马丁"缺乏对艺术的爱和虔诚的尊敬"，他只不过是"19世纪诗歌爱好者之中，作品最多、最雄辩、最有抒情性、最不同寻常的一个"[4]。德利尔赞赏维尼，认为他忠实于"美的宗教"。德利尔也赞赏波德莱尔，认为他真正热爱美。

可以看出，德利尔受到戈蒂埃"为艺术而艺术"的深刻影响，他比戈蒂埃

1 转引自阿尔贝·卡拉涅：《法国为艺术而艺术的理论》，第137页。
2 同上，第294页。
3 转自罗杰·法约尔：《批评》，阿尔芒·柯林出版社，1978年，第1184页。
4 同上，第1180页。

有过之而无不及，他不像戈蒂埃那样，属于浪漫派，同浪漫派有千丝万缕的关系。如上所述，德利尔明确贬斥不少浪漫派诗人的创作，公开提出以客观冷漠的态度代替热烈的感情抒发，以简洁精练的形式代替长篇的抒写，尤其把诗美的创造视为诗歌的首要任务；在这同时，德利尔排斥诗歌的思想内容，割断诗歌同现实生活的直接关系，转向古代和异国生活以及动物的描写。这不仅是理论主张的急剧变化，而且是诗风的重大转变。德利尔对现实生活的回避同他的经历有密切关系。他生于海外的留尼汪岛，青少年时期都在那里度过，直至1837年才到法国去攻读法律，1845年定居于巴黎。这时期他同傅立叶派的报纸《法朗吉》等接上了关系，在这份报纸上发表诗歌。他对空想社会主义的热情，一直延续到1851年。1848年4月，他还对一个朋友说："我们还要战斗，但这是为了我们的神圣理想而战斗。"[1]1848年革命期间，他站在工人一边，参加街垒战斗，在监狱中度过了48小时。1850年他仍然像雨果一样，为失败的事业奔走。但雨果随后继续站在共和派一边，而德利尔却感到灰心绝望，像波德莱尔一样，退出了政治舞台，从"政治冒险家变为客观的艺术家"[2]。他对政治生活的厌弃，是他投入古代、异国和自然界的主要原因。这同福楼拜在发表《包法利夫人》以后遭到"有伤风化"的指控以后，转向古代迦太基题材的研究，很有类似之处，不过福楼拜并没有放弃对现实生活的关注，而德利尔则是彻底远离现实生活。对现实生活、道德原则和思想内容的摈斥，是同他对形式至上的追求密不可分的。德利尔对现实社会问题毫不关注，并不意味着他早年的生活经历对他的创作毫无影响。他的世界观明显受到实证主义的影响，他对科学的重视就属于实证主义的观点。实证主义的代表之一埃尔奈斯特·勒南大力推崇科学，把科学置于宗教的地位。他的观点同德利尔对科学的重视有直接联系。

巴那斯派诗人在上述理论的指导下，取得了令人注目的成就。大体而言，表现在如下几个方面。

第一，巴那斯派诗人，尤其是德利尔十分注重对题材的深入研究，注意搜集考古、历史和文化方面的材料。为了写作《古诗集》（1852）和《蛮族诗集》（1862），他阅读了印度的史诗和重要典籍，研究了古希腊的传说和哲学

1　《法国文学史》，第5卷，社会出版社，1977年，第139、141页。
2　《法国文学史》，第5卷，社会出版社，1977年，第139、141页。

以及埃及、波斯、古代的意大利、中世纪的西班牙、北欧、赤道地区、马来群岛等地的文化风俗。但他的描绘跟浪漫派对中世纪和异国情调的描写不同，浪漫派并不注重细节的真实，大多只凭想象去描写，而德利尔却力求真实。在这一点上，他同福楼拜是一脉相通的。只不过福楼拜是在小说上注重细节真实，而德利尔是在诗歌方面注重真实。因此，他能真实地写出婆罗门教神祇的传说，再现特洛伊和希腊之间充满戏剧性冲突的场面（《尼俄柏》《海伦》），复活已经消失的文明和异国风光（《该隐》《黑豹》《丛林》）。埃雷迪亚的《锦幡集》（1893）也描绘已经消失的文明和遥远的国度，从古希腊一直写到现代之初，带领读者游历各个大陆。他更重视写出某种文明的灵魂，某个历史场面的壮伟（《特雷比亚河》），掘金者金色的梦（《掘金者》），某个艺术家的天才（《米开朗琪罗》），意在发掘出更深沉的东西。

第二，巴那斯派诗人具有敏锐而精细的目光，语言的运用精确简练，善于描画静物，已经开始注意诗歌的色彩、音乐性和雕塑美。在这方面，德利尔最为成功。例如，《米罗的维纳斯像》这样写道：

> 冷漠的美妙，噢，令人羡慕的象征，
> 你宁静安详有如大海一样，
> 你不变的胸脯不会发出呜咽声，
> 人的哭泣绝不会使你黯然无光。

诗人从美的象征——维纳斯像中看到的是冷漠、宁静这种静态的无动于衷的美，富有哲理意味，语言准确，生动传神，很有艺术魅力。《正午》写道：

> 正午，炎夏之王，在平原上扩散，
> 从高高的蓝天落下万道银光，
> 万籁俱寂。空气憋闷，光焰闪闪；
> 大地在火炮包裹中沉入梦乡。

这首诗写出了夏天炎日暑气逼人，而又璀璨壮丽的景象，是巴那斯派描写大自然的代表作。诗歌从夏日威力无穷联想到人间的烦嚣，心情悲切，充满了虚空之感，流露出诗人的悲观情绪。德利尔描绘动物的诗篇也脍炙人口：《大象》描写大象笨重地行进，在沙漠中掀起尘土，它们皮肤皲裂，"像岁月蚕食、毁坏的树干"。它们头似岩石，汗气升腾，闭目赶路，向往着阴凉的榕树林。这首诗画出了沙漠的一幅奇景。《美洲豹的梦》写出了美洲丛林中的猛兽因困倦而沉入梦乡，梦见自己扑倒一头公牛，"在惊惶、哀号的公牛肚内乱掏"。这几首诗色彩斑斓，声韵铿锵。有人统计，关于金光银光的描写在《古代诗集》中达到全部诗行的21%，在《蛮族诗集》中达到11%，在《悲诗集》中达到14%，在《晚期诗集》中达到15%，[1]其他色彩在德利尔的诗集中达到更高的比例。至于声音，可以在他的诗歌中找出上千个有声响的意象。在节奏和用韵方面，德利尔是十分严格的，他的亚历山大体诗句总是在当中停顿，跨行诗句极少。上面几首诗的雕塑美同样很明显，无论古代塑像还是动物，都富有立体感，栩栩如生。邦维尔的《雕塑家》写的是雕塑家"仔细寻觅一块完美的大理石，凿出彩瓶一只"，这位雕塑家所下的功夫，也正是巴那斯派诗人所下的功夫。邦维尔的《女像柱集》（1842）和《钟乳石集》（1846）从书名上就可以看出诗人描绘的题材了。由于注意诗句的锤炼，有的巴那斯派诗人喜欢苦吟。德利尔不断修改自己的诗作，写诗速度极慢。他在1846年写成的202行诗，到1858年只剩下90行，而在发表时则只有55行。他一生作诗只有200多首。同样，他的弟子埃雷迪亚也是精益求精，他一生只有一部诗集：《锦幡集》，共收118首十四行诗。他着意于寻找激动人心的细节和富有启发的字眼，有时以声音取胜，有时以罕见服人，他的诗韵律丰富，节奏灵活，最后一行诗往往以奇特的意象煞尾，给人以朦胧的梦幻和无限的意境："他们或者俯向白帆快船船首，／遥望那一片无人知晓的天空，／从大洋深处升起崭新的星斗。"他被看作十四行诗的能工巧匠；在他的作品中，"人们找到巴那斯派美学最完美、最精彩的作品"。[2]

第三，对人的内心的挖掘、对哲理的思考、对科学题材的热衷都有所加强。普吕多姆的诗歌在这方面最有代表性。他在综合工科学校学习过，这段经历培养了他对方法、次序的感受力以及对事物精确的看法。《破裂的花瓶》细腻而形象地写出了爱情失意的微妙感受。诗人把爱情比作易裂的花瓶："情人的手往往如此，／碰伤心灵，留下痕迹；／随后心儿自行开裂，／爱情之花凋谢而死。"《眼睛》将写实与写虚交织起来，把眼睛与星星的闪光联结在一

1　皮埃尔·弗洛特：《勒贡特·德利尔》，阿蒂埃—布瓦万出版社，1954年，第134页。
2　多米尼克·兰塞：《19世纪法国诗歌》，法国大学出版社，1977年，第68页。

起，以传达一种神秘的意境："黑夜比白天更柔情，／迷惑了无数的眼睛；／满天繁星闪烁不停，／眼睛却充满了阴影。"诗人认为，宇宙中的一切都是生命体，只要给予它们灵性，就能得出新的含义。朗松认为"这些精美的诗歌陈述了难以形容的、细腻的、微小的印象，显示出难以描述的精神力量"。[1] 普吕多姆写过长篇哲理诗《正义》（1878）和《幸福》（1888），诗人在宇宙中寻找正义。他看到的却是斗争、仇恨、饥饿；诗人最后在人的良心中找到了正义。诗人认为无论感觉、思想还是科学，都不能给人幸福；幸福仅仅存在于牺牲之中。普吕多姆关注科学的发现、自然史的种种假设和物理学。《绝顶》（1876）叙述了三位气球驾驶员乘"绝顶号"气球从巴黎起飞，进行科学观察，气球升至8600米，几小时后坠毁，只有一个幸存者。诗人认为这次科学试验是忠于科学的象征，代表"上升的人类"的史诗："死在世代的眼光仰望的地方，／那里，思索、梦想的头颅在瞻仰！"科学题材在18世纪末叶的诗人安德烈·谢尼埃的诗歌中已经得到抒写，随着19世纪自然科学的迅速发展，科学题材自然而然获得诗人的重视，普吕多姆的创作就是一个代表。然而，19世纪以科学题材入诗的作品毕竟不多，巴那斯派的创作在这方面还是有贡献的。

第四，后期的巴那斯派诗人出现了散文化的倾向。德利尔原本是反对浪漫派的鸿篇巨制的，可是，后期的巴那斯派诗人并未能坚持他关于诗要写得简洁的主张。普吕多姆的长诗同样具有浪漫派诗人那种滔滔不绝的倾向，尤其是他的哲理和科学题材的长诗具有散文化的特点。另一个巴那斯派诗人科佩的诗集《平凡的人》（1872）以小市民及其日常生活为题材，往往打破传统格式，像浪漫派诗歌那样段落很长，并有意写出散文化的诗句。如《小市民》一诗共64行，前面60行不分段落，两行一韵。全诗像聊家常一样娓娓道来，诗人介绍一对小市民老夫妻的安居生活，就像一首押韵的散文诗。

既然巴那斯派做出了如此的建树，为什么它在诗歌发展史上的地位既不及浪漫派，又不及象征派呢？诗歌毕竟需要激情，勒贡特·德利尔就缺乏这种冲动的激情。巴那斯派诗歌由于过分客观，缺乏激动人心的艺术魅力。"德利尔不会描绘运动和变化。"[2] 即使是历史题材，他们也缺乏雨果在《历代传说》中那种大胆恣肆、敏锐深刻和天才的闪光，总之，缺乏那种雄伟的气势和史诗

1　居斯塔夫·朗松：《法国文学史》，第1046页。
2　多米尼克·兰塞：《19世纪法国诗歌》，第64页。

般的气魄。他们的诗歌充其量只是艺术的小玩意或者像精致的首饰，正如邦维尔在一首诗中所说："这些首饰匠中，戈蒂埃／是王子，而勒贡特·德利尔／在他的工匠间里炼金子。"（《36首快乐的谣曲》）这些首饰美则美矣，然而却缺乏宏大的规模和深刻的内涵。就其哲理而言，似乎还提炼不够，缺乏广度和深度，远远不如象征派诗人的哲理性。至于艺术手法，巴那斯派诗人并没有多少革新和创造，换言之，他们还没有找到崭新的诗歌表现形式，而这正是波德莱尔及其后继者的巨大贡献所在。

尽管如此，巴那斯派还是通向20世纪诗歌的一座桥梁，它在诗美（形式方面）上的追求和探索是影响深远的，这是促使法国诗歌进一步发展的重要一步。它在形式的精粹完美，重视色彩、音韵和雕塑美等方面与象征派有异曲同工之妙，起到相辅相成的作用。它在散文体诗歌方面的尝试更是直接开创了20世纪诗歌的新形式。凡此种种，都是功不可没的。

第十三章　夏尔·波德莱尔的诗歌创新

夏尔·波德莱尔（Charles Baudelaire，1821—1867）在法国诗歌乃至欧美诗坛上的地位是划时代的。

正如法国一位评论家所说："波德莱尔在生前受到种种攻讦，但在1867年之后，继之而来的是赞颂的合唱。"[1]他是颓废派的偶像，象征派的大师，被兰波称为"真正的上帝"，被安德烈·布勒东视作"道德观上的第一位超现实主义者"，保尔·瓦莱里把他看成法国"最重要的"诗人，诗人皮埃尔·让·茹弗将他称作"圣人"，英国诗人托马斯·斯特尔纳斯·艾略特把他说成"现代和一切国家最伟大的诗人"[2]。1945年，法国作家让·柯克多写道："他的目光逐渐地落到我们身上，就像星光照射到我们一样。"[3]当代评论家雨果·弗里德里希指出："随着波德莱尔的出现，法国诗歌具有欧洲的规模。从它此后对德国、英国、意大利和西班牙的影响来看，可以证实这一点。再者，波德莱尔的作品在法国促使不同于浪漫派的诗歌流派产生，这些流派真有更大得多的创新性，渗透在兰波、魏尔伦、马拉美的作品中。"[4]确实，波德莱尔的影响是巨大的，他不仅对后来的文学创作产生了深远影响，而且他的作品越出了国界，给欧美的文学创作带来深刻的启迪。他的作用是法国浪漫派诗歌所无法比拟的，他的贡献在法国文学史上是空前的。究其原因，主要是波德莱尔对诗歌的内容和艺术手法进行过极为大胆而有效的创新，这种创新不仅对诗歌而

1　布吕奈尔等：《法国文学史》，第478、483页。

2　布吕奈尔等：《法国文学史》，第478、483页。

3　雨果·弗里德里希：《现代诗歌的结构》，德诺埃尔—贡蒂埃出版社，1976年，第40、39页。

4　雨果·弗里德里希：《现代诗歌的结构》，德诺埃尔—贡蒂埃出版社，1976年，第40、39页。

言，而且对文艺理论和文学创作都有十分重大的意义。

夏尔·波德莱尔的创新首先表现在诗歌内容——描写对象上，以此所折射出来的美学观点具有崭新的意义。

19世纪文学继承了以往文学的一个优秀传统，就是暴露社会的黑暗面，主要是社会的不平等现象。这种不平等现象包括的悬殊贫富差异、不合理的等级制度、残酷的剥削现象等。随着资本主义的确立，以巴黎为代表的大城市日益成为贫富两极分化的典型，大城市出现的各种弊病变本加厉，丑恶的社会现象比比皆是。一些优秀的作家已经注意到这种现象。通过塑造不同的人物形象，巴尔扎克和雨果将巴黎的黑暗腐朽一一呈现。如伏特冷是个江洋大盗，他的不择手段有一套令人毛骨悚然的哲学观，然而这却是社会所信奉的金科玉律。他的言行触及社会的丑恶本质。雨果笔下的克洛德副主教（《巴黎圣母院》）、泰纳迪埃（《悲惨世界》）、女公爵（《笑面人》），均属于"心灵丑"的人物形象，他们的歹毒心肠反映了社会的丑恶面。巴尔扎克、雨果、欧仁·苏等一批作家，已经描写到巴黎社会是如何藏污纳垢的，尤其是下层社会，在妓女、小偷、恶棍麇集的场所和贫民窟，扮演着一幕幕惨剧，那里充斥着龌龊、贫贱、低劣的丑恶事物，不堪入目。不过，这些作家所描绘的仅仅是邪恶的人物，或者是这些人物活动的场所和背景，并没有专门以丑恶事物为唯一的描写对象。他们触及丑恶事物，只是以此来衬托上层社会五光十色、灯红酒绿的景象。

波德莱尔则不同，巴黎这个大城市在他眼中只呈现出丑恶的东西。他笔下的巴黎风光是阴暗而神秘的："熙熙攘攘的都市，充满梦影的都市，／幽灵在大白天拉行人的衣袖！／到处都有宛如树液一样的神秘，／在强有力的巨人的细小脉管里涌流。（《七个老头子》）"在这样的背景中出现的人物，有的眼中出现恶意；有的目光宛如凛冽的寒霜；有的像跛行的走兽，脊梁和腿完全成直角，他仇恨世界，仿佛在用他的破鞋践踏无数死者；有的像来自地狱，幽灵一般向茫茫的目标走去；这些面目可憎的怪人，使诗人"逃回家中，关紧大门，心中惶惶，／像生病，像冻僵，精神发烧而混乱"。至于街上的老太婆，她们也是弯腰曲背的怪物，"蹒跚而行，忍受无情北风鞭打／……她们碎步疾走，全像木偶一样；／仿佛受伤野兽，拖着步子行走（《小老太婆》）"她们显然是被社会抛弃的穷人。波德莱尔尤其注意的是受到命运捉弄的盲人："他们的眼睛失去神圣的光辉，／老是仰面朝天，如向远方凝望，／从没见到他们像在梦想一样，／把他们沉重的头向路面低垂。（《盲人们》）"他对盲人的观察是十分细致而独到的。诗人还注意到坐在绿呢赌桌四周的老妓女，她们"尽是无唇的面庞，无血色的嘴唇，无齿的齿龈"（《赌博》）。在以往的诗歌中，描绘穷人的先例并不多见。雨果是其中的佼佼者。但是，雨果表现的是下层人民的穷困，而波德莱尔则着意于穷人和残废者形体的丑，通过这种丑来表现社会生长的痛疽现象。在《腐尸》中，最不堪入目的丑大概是横陈街头的女尸了：

> 苍蝇在糜烂的肚子上嗡嗡叫，
>
> 黑压压的无数蛆虫，
>
> 从肚子爬出来，像稠脓一道道，
>
> 沿着这臭皮囊流动。

这首诗从丑的角度来看，可以说超过了中世纪末期的诗人维庸的名作《绞刑犯谣曲》了，后者描写的绞刑犯尸体在风中摇荡，受到风吹雨打，太阳暴晒，乌鸦啄食，令人骇异。然而波德莱尔笔下的腐尸则更丑，甚至到了令人恶心的地步。《绞刑犯谣曲》还能以版画表现出来，不失为可以观赏的画面；《腐尸》则难以入画，因为这幅景象实在太难给视觉以美感了。但是，正如《绞刑犯谣曲》反映了英法百年战争之后满目疮痍的社会现实一样，《腐尸》完全可以看作这个藏污纳垢的社会的缩影。这具女尸是诗人幻想中的产物，其写法似乎模仿七星诗社领袖龙沙的作品《致爱伦娜爱情诗第43首》，诗人向意中人表白自己的爱情：诗人保存着意中人"爱的形姿和爱的神髓"。大雕塑家罗丹从中看出，诗人"对着这可怕的形象，设想这就是他拜倒的情人，这种骇人的对照构成绝妙的诗篇"。[1]这是就狭义方面来理解这首诗的。诗人的想象含有象征意义，这意义远远大于具体的形象本身。我们可以将腐尸看作社会的机体，它在诗人眼中幻化成一具实在的东西，它已经腐烂，发出恶臭，蛆虫乱爬。诗人对现实的厌弃，通过这一形象跃然纸上。波德莱尔对巴黎这个大城市的腐朽现象的描绘，比较集中地反映在这首诗中。《七个老头子》《小老太婆》《盲人们》以较为写实的手法，表现巴黎社会的丑恶，而《腐尸》则是以

---

1 罗丹：《罗丹艺术论》，人民美术出版社，1978年，第24页。

想象的、象征的手法来表现巴黎的腐朽，因此，这首诗更具有概括性。它发表后受到舆论界的重视，同时也遭到卫道士的攻讦，就绝不是偶然的。

波德莱尔描写丑和丑恶的事物，具有重要的美学意义。以往的诗人和作家，一般都是把美或美好的事物作为描绘和赞颂的对象，而贬斥丑恶事物的。波德莱尔则相反，他不认为丑恶事物就是绝对的丑，而是认为丑中有美。波德莱尔与浪漫派和"为艺术而艺术"的支持者的决裂，特别反映在如何描绘和看待"自然"以及它带来的各种诗歌题材上。浪漫派认为大自然和人性中充满了和谐、优美，即使有某些丑恶现象，它们仍然呈现出美来，或者是雄壮美，或者是纤巧美，如完美的首饰一样。但在波德莱尔看来，自然既不美，也不迷人。他认为"自然是丑恶的"，[1]自然事物是"可厌恶的""平庸的"；孤独的漫步者面对大森林的美不会感动，也不会击节叹赏。他感到自然的景色是丑的，"邪恶"的，这里是发出恶臭的腐尸，那里是形迹可疑的街道，这里是破旧垂死的东西，那里是肮脏不堪的、令人不快的事物。诗人以粗俗的有毒的自然，以犯罪的渊薮和沉沦的场所来代替美好的、优雅的自然。他认为罪恶"天生是自然的""相反，美德是人为的、超自然的""它毫不费力、自然而然地命定而成；善总是人为的产物"。[2]波德莱尔进一步认为，人类无法逃避沉沦，人生活在丑恶的现实中，没有任何得救的希望。恶存在于人的心中，就像丑存在于世界的中心一样。愿望、激情、情感，一切都被一种天生的麻风病毒害了。波德莱尔对世界和人类的看法是悲观的，这是他的美学观的出发点。然而他并不否认美的存在："美，一是由永恒的、不变的因素组成的，这种因素的数量极难确定；二是由相对的、因时因地而定的因素组成的，这种因素是时代、时尚、伦理、激情，或兼而有之。第二种因素就像有趣的、令人心痒的、令人开胃的神圣点心的外表一样。如果没有它，第一种因素就会不易理解，微不足道，不适用于人性。我怀疑凡是美的样品会不包括这两种因素。"[3]波德莱尔关于美的观念包容极广，既有社会因素，也有时代因素；既有人的因素，也有情感因素；既是现时的，又是永恒的。可是，在诗歌中怎样表现美呢？他

1　波德莱尔：《1859年画展》，《波德莱尔全集》，第2卷，伽利玛出版社，1975年，第181、183页。

2　波德莱尔：《现代生活的绘画》，《波德莱尔全集》，第2卷，第715、685页。

3　波德莱尔：《现代生活的绘画》，《波德莱尔全集》，第2卷，第715、685页。

认为应该写丑，从中"发掘恶中之美"，"在我看来，这是令人愉快的，尤其是这个任务越难完成，就越令人高兴"。[1]他还要表现"恶中的精神骚动"。对此他有过解释，他说："雄壮的美最完美的典型是撒旦——按照弥尔顿的方式来写。"[2]撒旦在弥尔顿的笔下是反抗上帝的英雄，但它是恶的精灵，因此弥尔顿从恶中发掘出了美。波德莱尔分析道："这种古怪的事物确实值得注意：就是将美这种难以捕捉的因素引入在于表现人的灵与肉固有的丑的作品之中。"[3]这就是说，除了社会中、自然中存在的丑以外，还要描写人内心精神的丑。波德莱尔在描绘人的精神状态时往往运用丑恶的意象。以《忧郁之四》这首诗为例，诗中出现的意象全部是丑的：锅盖、黑光、潮湿的牢狱、胆怯的蝙蝠、腐烂的天花板、铁窗护条、卑污的蜘蛛、蛛网、游荡的鬼怪、长列柩车、黑旗。这些令人恶心的、丑陋的、具有不祥意味的意象纷至沓来，充塞全诗，它们显示了"精神的骚动"。

　　总的说来，波德莱尔以丑为美，化丑为美，这在美学上具有创新意义。以往的作家也有写丑的，最早可以追溯到维庸的《绞刑犯谣曲》和《制盔女之歌》。但是，不管是中世纪的诗人，还是近代作家，他们写丑一般说来并没有从美学上去考虑。雨果可能是例外，不过他是从美丑对照的角度去写丑的；当然他也认识到丑中有美。然而波德莱尔更进一步，他明确意识到从丑中可以提炼出美，丑就是美。这种美学观点是现代文学，尤其是20世纪现代派文学遵循的原则之一。

　　波德莱尔在诗歌中展示了个人的苦闷心理，写出了小资产阶级青年的悲惨命运。在诗歌中表现青年的这种心态，对文学来说是别开生面的。浪漫派在小说中塑造了世纪病的典型，而浪漫派诗歌只表现了爱情的失意，精神的孤独，政治上的失落感，在挖掘人的深层意识方面还仅仅是开始。波德莱尔则从更高的意义上来理解自己对忧郁的描绘，他说："忧愁可以说是美有名的伴侣，以致我不能设想（我的头脑会是一面受魔法蛊惑的镜子吗？），美的典型中不存在不幸。"[4]因此，波德莱尔的描绘具有更加深刻的现实意义和美学价值。

1　波德莱尔：《〈恶之花〉序初稿》，《波德莱尔全集》，第1卷，第181、183页。
2　波德莱尔：《进发篇》，《波德莱尔全集》，第1卷，第658页。
3　波德莱尔：《笑的本质》，《波德莱尔全集》，第2卷，第526页。
4　波德莱尔：《进发篇》，《波德莱尔全集》，第2卷，第658页。

《恶之花》共分为六部分（增补诗除外），第一部分《忧郁与理想》是诗集的主体，共有85首诗，占了大半篇幅（《恶之花》共有157首诗）。这一部分正如标题所显示的，写的是忧郁和理想的斗争，但忧郁显然占了优势，理想十分微弱。可以说，不仅这一部分，而且贯穿于整部诗集的是对巨大的精神压抑的描写，而高潮落在第一部分收尾的5首诗上：《破钟》（原名也是《忧郁》）和《忧郁之一至四》。这5首诗的主题是写忧郁。毫无疑问，忧郁是《恶之花》要表达的最强音。从整部诗集来看，诗人写的是人在社会中的压抑处境。第二部分《巴黎景象》紧接着第一部分的叙述，描写诗人在各种不堪入目的城景中，找不到摆脱自己痛苦的地方。第三部分《酒》进一步描写诗人企图沉醉在酒中，摆脱精神苦闷，可是枉然。第四部分《恶之花》写诗人深入到罪恶中去体验生活，以求解脱，但是仍然达不到目的。在第五部分《反抗》中，诗人对天主发出反抗的呼喊，但天主毫不理睬。第六部分《死亡》，表现的是诗人只有一条路，就是寻找死亡。从诗集的内容来看，波德莱尔是在力图表现人的苦闷的精神状态。在《恶之花》中，诗人除了使用忧郁这个词外，还用了不少同义词和近义词，如无聊、烦恼、痛苦、晦气、悔恨，等等。诗人把自己的精神状态——忧郁——形容为破钟那样，嘶哑的声音活像要咽气的伤兵（《破钟》）。他还把这种心境比作阴雨连绵的冬季，笼罩着阴暗、寒冷、亡魂、墓地、死气、雾（《忧郁之一》）。诗人说自己像活了1000年那样疲倦和厌倦，脑子像大坟场、万人冢（《忧郁之二》）。诗人百无聊赖，对万物厌弃，像个活尸一样，血管里流着忘川的绿水，而不是血液。最重要的一首诗《忧郁之四》描绘精神痛苦的各种感觉：疯狂、暴跳、发出吼叫、像鬼怪游荡、呻吟哀号。这个社会就像低垂沉重的天幕，人的脑壳深处像被蛛网封住一样，在这个牢笼里，希望乱碰乱撞，找不到出路。最后精神爆发危机，如同送葬一般，十分悲哀。烦恼得胜，在诗人的脑壳插上了黑旗。总之，忧郁像魔鬼一样纠缠着他。忧郁苦闷的精神状态是对现实生活，对"人类状况"不满而产生的病态情感，正如有的评论家所说，是诗歌中出现的一种世纪病。拉马丁、维尼、缪塞等也描绘自己的精神不安，但是，拉马丁表现的是慵倦的忧愁和爱情的失意，维尼表现的是时代的失落感和个人的厄运，缪塞表现的是失恋的巨大痛苦，都不同于波德莱尔的精神苦闷。还需要指出，在波德莱尔笔下，忧郁与理想构成一对矛盾：在现实生活中，理想事物和希望只是短暂存在的。而忧郁却是长期的，与时间同在的。他认为时间是人的大敌，它吞噬生命，延长忧郁，拒绝接受幸福的幻觉。因此，人待在极其尖锐的忧郁与理想的共处一体中："我是伤疤，又是匕首！／我是耳光，又是脸皮！／我是车轮，又是四肢，[1]／是受害者和刽子手！"（《自惩者》）波德莱尔认为有才华的人就像落在甲板上的信天翁一样，这云天之王"出没于风暴中，嘲笑弓箭手"，而一旦流落在甲板上，"它巨人的翅膀却妨碍它行走"。（《信天翁》）有才能的诗人处于这浊世上是无能为力的，因为日常生活的卑污平庸窒息了诗人的才具，他无法发挥自己的才能，施展自己的才干。诗人并不是没有理想追求，他也想"远远地飞离这种致病的瘴气"，认为抛弃这迷雾般的生活压抑人和使人产生的巨大忧郁"真是幸福无穷"（《飞天》）。诗人幻想在异国的宁静中生活，但这种对旅居热带小岛的回忆宛如前生（《前生》）；他在黄昏的和谐中感受到优美的舞曲旋律，可是这种音乐最后却变成了怨诉（《黄昏的和声》）。总之，波德莱尔的精神苦闷反映了小资产阶级青年一代自身命运不济，寻找不到出路，而陷于悲观绝望的心境。1850年，《恶之花》在《家庭杂志》预告出版时，曾做广告说明该书"在于表现现代青年的激动和忧愁"。1851年，《议会信使报》也认为该书"在于勾画现代青年的精神骚动史"。[2]这两则说明正确表达了《恶之花》反映的内容的精神实质。

　　这种精神状态是诗人身世经历的产物。他的一生是一系列悲剧的组合。波德莱尔6岁丧父，母亲改嫁给一个名叫奥皮克的军官。波德莱尔不满于母亲的改嫁，与继父关系一直不好，奥皮克是个极为严厉和狭隘的人，使这个敏感的孩子陷入深深的忧郁之中。无论在里昂的王家中学住读，还是在巴黎的路易大帝中学就读时，波德莱尔都忍受着忧愁和孤独之苦。他上大学之后，在巴黎过着放纵的生活，以示反抗家庭的管束。为此，他的继父和母亲硬要他到印度去旅行（1841年），摆脱这种不正常的生活。但波德莱尔只航行到留尼汪岛。由于思乡而半途返回。回到巴黎后，他要求并获得了父亲的遗产，过着花花公子的生活，很快就把遗产挥霍得所剩无几。1844年，他在继父和母亲的干预下，受到法律的约束，每月只有可怜巴巴的一点生活费（200法郎），迫使他自食其力，另谋生路。他拿起了笔杆，写作文艺评论和诗歌。以文为生十分艰苦，

1　指古代的一种酷刑，即把受刑者的四肢打断，再放在车轮上。
2　波德莱尔：《〈恶之花〉说明》，《波德莱尔全集》，第1卷，第793页。

波德莱尔一直生活在拮据之中。忧虑、债务、从青年时代起就染上的疾病的复发，这些都摧残着他的肉体和精神。《恶之花》就打上了这种浪荡的、悲苦的、艰难的生活悲剧的烙印。波德莱尔从不隐瞒，这部诗集写的就是他的生活、他的梦想、他的反感、他的欢乐和他的痛苦。他在1866年给昂赛尔的信中说："在这部残酷的作品里，我放进了我整个的心，我所有的温情，我的全部宗教（经过乔装打扮），我的所有仇恨。"[1]需要指出的是，波德莱尔在1848年间曾经一度热衷于政治。他在日记体的《我袒露的心》中写道："1848年我的迷醉。这种迷醉属于什么性质呢？这是复仇的兴趣。这是要毁坏的自然而然的乐趣。"他又说："六月的恐怖行动。人民的狂热和资产阶级的疯狂。对犯罪的天然热爱。我对政变的愤慨。我多么想开枪啊！又是一个波拿巴家族的人！多么令人羞耻啊！拿破仑三世就是这样。"[2]他曾同《公安报》合作过两期。拿破仑三世发动政变使他精神深受震动。此后，他对共和派的各种意识形态和社会现实冷嘲热讽。米歇尔·布托尔指出，他认为当时的民众起着"说情者"的作用，他在这面镜子中企图认出自己。[3]就在同一时期，即1846年，他曾经把《恶之花》起名为《累斯博斯女人》；1848年11月，又改为《地狱的边缘》。这个书名具有社会主义派别使用的含义：傅立叶把"社会开端和工业处于不幸的年代"称之为"地狱边缘的时期"。当时有个记者写道："今日，我们看到一部诗集《地狱的边缘》宣布要出版。无疑这是一些具有社会主义思想的诗歌。"[4]所谓社会主义思想，可以理解为对社会的不满，具有反抗情绪。这种不满和反抗情绪是当时的小资产阶级青年的心态流露。《恶之花》表现的正是小资产阶级青年的这种苦闷情绪。

波德莱尔首先在诗歌创作中提出了通感理论，把文学和其他艺术沟通起来，大大丰富了艺术表现手法，为现代派的出现开辟了道路，这是他的一大功绩。

追根溯源，通感理论最早可以上溯至柏拉图。他看出可感的、物质的现实只不过是思想的反映，亦即精神的反映。就近代来说，在哲学上最先论述通感

1　转自吕夫：《波德莱尔》，阿蒂埃出版社，1966年，第102页。

2　波德莱尔：《波德莱尔全集》，第1卷，第679页。

3　《法国文学史》，第5卷，社会出版社，1977年，第153页。

4　《法国文学史》，第5卷，社会出版社，1977年，第155页。

的也许是瑞典哲学家斯威登堡。他认为"内心的人生活在他的小形态之下的天空中""天空是一个巨大的人"。他还认为物质世界和精神世界之间存在一个互有联系的体系。据此，人可以了解宇宙，也能在自己心中发现宇宙在精神领域的隶属物；人的内心是一个内宇宙。在法国，夏尔·傅立叶也曾研究过通感理论。他认为自然界所包括的三个领域，即矿物界、植物界和动物界，存在相通之处，因为这三种物质界牵涉到更抽象的概念（如爱情、真理……），傅立叶称之为激情。例如他把鹿看成真理的象征，因为这种动物额角高耸，超出其他动物之上，而真理的本质在于克服错误，凌驾一切之上。爱伦·坡和霍夫曼信奉的神秘激情也包含了通感理论的因素。巴尔扎克根据斯威登堡的观点，提出世界是个"统一体"的想法。波德莱尔从前人的一鳞半爪的叙述中，总结出通感理论，他认为这是"各种官能中最科学的，因为唯有它包含了普遍的相似，或者说，这就是一种神秘的宗教称之为'通感'的东西"。[1]

"通感"这个词出自波德莱尔的同名十四行诗。这首诗具有纲领性的意义，因为它包含了波德莱尔诗艺的要点。在《通感》中，波德莱尔把诗人看作自然界和人之间的媒介者。诗人能理解自然，因为自然同人相似（树木是活的柱子，发出含含糊糊的语言）。诗人在自己的各种感觉中看到宇宙的统一，而这些感觉只是宇宙的可感反映。波德莱尔区分了两种现实：自然的，即物质的现实，这只是表面；精神的，即内在的现实，他认为这是宇宙起源的基因。通过象征——由自然提供的物质的、具体的符号，也是具有抽象意义的负载者——诗人能够理解更高的、精神的现实。他认为诗人本质上是明智的，注定能破译这些象征符号：人要不断穿越象征的森林，力图理解其中的含义。

波德莱尔由此指出不同感觉之间有通感："香味、颜色和声音在交相呼应。"他在一篇艺术评论中写道："一切形态、运动、数量、色彩、香气，无论在自然界还是在精神界，都是富有含义的，相互作用的，相互转换的，相通的，"一切都建立在"普遍相通的、永不竭尽的资源"之上。这段话可以作为上述这句有名的诗的补充。这句诗扼要地，但完整而形象地提出了一切感觉相通的观点。《通感》主要从香味出发来阐发这一理论：某些香气同触感相似（"嫩如孩子肌肤"）；这些香味随之又可以从声音得到理解（"柔和像双簧管"）；最后融入视觉之中（"翠绿好似草原"）。不同感觉互相交应，因为

---

1 转引自兰塞：《波德莱尔的〈恶之花〉》，纳唐出版社，1988年，第41页。

它们全都趋向同一道德概念：纯粹。无论孩子肌肤、双簧管，还是草原，都突出了纯洁，它们使人想起爱情的殿堂。接着诗人以腐蚀的、丰富的、得意扬扬的香气与前面几种香气相对照，这些香气令人想到龙涎香、麝香、安息香、乳香，即包括整个异国情调的世界。这些香气的质地能无限扩张（"具有无限事物那种扩张力量"），它们不断升腾，引导诗人幻想更高的现实。于是香气扩张变成入迷状态，感官的沉醉导致精神的入迷，因为这些香味"在歌唱着头脑和感官的热狂"。至此，通感达到了最高潮，这是狂热的头脑和感官作用的结果。

　　波德莱尔还认为诗歌应该同别的艺术相通。他从版画（卡洛、戈雅、韦尔奈）到雕塑（《面具》《骷髅舞》），再到音乐和绘画，写出这些艺术形式之间相通的关系。在《灯塔》一诗中，他写到鲁本斯、达·芬奇、伦勃朗、米开朗琪罗、戈雅和德拉克洛瓦，他们的画和作品在诗人眼里呈现出光怪陆离的意象。波德莱尔认为绘画和诗歌是相通的。他说："如果各种艺术不致力于力求互相代替，至少要力求互相借用新的力量。"他又说："画家把音阶引进了绘画中。"[1]艺术家从此可以用声音和色彩等手段去表达感情。

　　总之，波德莱尔认为可感知的形式乃是理想现实的表现和象征。诗人有一种"痛苦的秘密"，就是内心隐藏着一种愿望，要升华到最高的境界，这种境界能使诗人"翱翔于生活之上""毫不费力地理解生活"（《飞天》）。《恶之花》提供了大量通感的实例。如《黄昏的和声》写华尔兹旋舞引起各种嗅觉、视觉和听觉之间的交流和互相作用；《遨游》描写了色彩、光线与香味的混合；《头发》从头发的清香联想到炎热的非洲和"无精打采的亚洲"，将香、色、音结合起来；《首饰》写叮当响的首饰"发出尖声嘲笑"，等等，不胜枚举。波德莱尔在一篇序言草稿中写过这样三句话：

　　　　但愿法国诗歌拥有一种神秘的、不为人熟知的韵律学，就像拉丁语和英语那样；

　　　　但愿诗歌的句子能模仿（由此它接触到音乐艺术和数学）水平线、直升线、直降线；但愿它能笔直升上天空，毫不气喘，或者以地心吸力的速度下降到地狱；但愿它能沿着螺旋形前进，画出抛物线，

1　波德莱尔：《1859 年画展》，《波德莱尔全集》，第2卷，第183页。

法国诗歌史

或者画出构成一系列重叠角的曲线；

  愿诗歌同绘画艺术、烹调术和美容术结合起来，因为有可能表达一切甜蜜或愁苦、惊呆或恐惧的感觉，只要将某一名词与某一相同或相反的形容词组合起来。[1]

  在这三句话中，波德莱尔阐明了一个十分重要的思想：词与词之间的某种组合，会产生奇异的现象；他在寻求达到通感的途径。在他看来，诗歌存在一种新的韵律学，根据这种规则写出来的诗句，能像线条一样变化无穷，但这种诗句必须同别的艺术结合起来，才能产生效果。他认为没有什么比这种"以不同方式组合的词取得的效果"更惊人、更神秘的了。于是他得出这个著名的说法："只要人愿意，灵感总会来的，但它不一定在人愿意有灵感的时候就一定来到——从语言和写作中，就像玩魔术一样，会获得引起联想的魔法。"[2]这种"联想的魔法"就是通感手法。波德莱尔属于这样的艺术家，他孜孜以求的是"发现艺术家赖以创作的隐蔽的法则，并从这种研究中得出一系列原则，这些原则的神圣目的就是诗歌创作的必然性。"通感就是波德莱尔找到的诗歌创作的隐蔽法则，它像打开了一扇门，使艺术家能够深入到艺术的更高级的殿堂。因此，雨果说他"创造了新的战栗"（《1859年10月6日给波德莱尔的信》），邦维尔称他为"最完全、最绝对意义上的新诗人"（《当代画廊》，1867），于依思芒斯认为他"做到了表达无法表达的东西……表达衰竭的精神和忧郁的心灵最易逃逸的、最紊乱的病态"（《反乎常理》，1884）。这些评价高度赞扬了波德莱尔运用通感所取得的重大成就。

  与通感相关的是象征手法。波德莱尔以象征手法来描绘抽象的精神现象，大大丰富了文学的表现手法，更重要的是，他进一步深化了对人的内心世界的描绘，使文学朝内倾性方向的发展极大地深入了一步。

  波德莱尔主张运用"艺术包含的一切手段"[3]，这句话强调的并非指已有的，或不为人们所熟悉的技巧。

  象征手法就是波德莱尔所力求创造的，丰富艺术表现力的主要手段之一。以《忧郁之四》这首诗为例，诗人是怎样表达和描绘忧郁这种精神心理状态的

---

1 波德莱尔：《〈恶之花〉序初稿》，《波德莱尔全集》，第1卷，第183页。

2 波德莱尔：《迸发篇》，《波德莱尔全集》，第1卷，第658页。

3 转引自吕夫：《波德莱尔》，第124页。

呢？这是一种难以捉摸的、十分抽象的、只可意会难以言传的心态。波德莱尔别出心裁地用各种意象来表现这种心态。他在诗中运用了大量的意象。第一个意象：他把天空写成锅盖扣在地平线上，这就立即造成一种压抑感；既然是锅盖，那就不会发出白光，而只能是黑光。这里写的既是自然，又是脑壳（圆锅形）和精神；黑光同忧郁的精神感受密切相连，因为黑同阴郁的、悲伤的、沉闷的概念是相通的。第二和第三个意象：诗人把大地形容为一座牢房，而把人的希望写成一只蝙蝠，关在这牢房中，无法飞出去，只能困顿在里面。第四个意象：写雨水如同铁窗护条，与前面的牢房意象相呼应。第五个意象：一群无声的、卑污的蜘蛛在脑壳深处结网，网能产生封闭的感觉，加强忧郁之感。第六个意象：大钟吼叫起来，像游荡的鬼怪在呻吟哀号。大钟可看作对精神紧张的形容。第七个意象：一长列枢车没有鼓乐作为前导，从诗人的心灵上缓慢经过。丧仪车队是哀伤的象征，且是没有鼓乐相伴的枢车，更显悲哀，写出了诗人心灵的悲戚感，沉重而深切。第八和第九个意象：希望因战败而哭泣，而烦恼得意地插上了胜利的黑旗，不是插在地上，是插在诗人低垂的脑壳上，多么残忍专制！这幅图画又多么凄惨！这一连串意象从各个角度来描绘忧郁，使难以捉摸的情感获得了具象的形态，以实写虚，以有形写无形，但又不是实实在在的有形，这能使读者再发挥想象，加以思索，去理解作者的良苦用心。这些意象所起的作用不是一般的、简单的比喻或图解，它们的含义是丰富的、复杂的、深邃的，具有哲理性，这就是象征手法。

值得注意的是，这些意象往往采用了拟人化或寓意化的手法。希望本是抽象概念，但在诗中时而化为蝙蝠，时而干脆就是"人"，因战败而哭泣。烦恼也是抽象概念，在诗中则化为"人"，残忍而专制。心境是一种难以捉摸的抽象情绪，在诗中变为蜘蛛。波德莱尔认为拟人化或寓意化"这种非常有趣的样式，笨拙的画家给我们堆积得令人蔑视，其实却真正是诗歌最原始的和最自然的形式之一"。[1] 在波德莱尔笔下，时间、爱情、美、死亡、偶然、羞耻、愤怒、仇恨、错误、罪恶、呜咽、复仇、寒热、光明、黑夜、骄傲、永恒、友爱、不朽、不洁、能力、人道、乐趣、德行、悔恨、工作、忠诚、愚笨、放浪、痛苦、岁月、怀念、虚无……都拟人化了，"对我来说，一切都拟人化"（《天鹅》）。有时这些抽象名词罗列在一起，有时整首诗都由拟人化的意象

1 转引自吕夫：《波德莱尔》，第128页。

组成。《恶之花》中，抽象名词随处可见，由于拟人化或寓意化而改变了抽象名词本身的功能，使之变得具体、丰富，具有新的含义，这种手法使《恶之花》具有独特的光彩，显得深邃、隽永，别具一格，奇特而不荒唐，新颖而能令人接受。诗人说过："美总是古怪的。我不想说，它是故意而冷冰冰地显得古怪，因为在这种情况下，它会是一个摆脱了生活轨迹的妖怪。我是说它总是包含着一点古怪的意味，这种古怪是自然的，不是故意的，是下意识的，正是这种古怪使之成为特别的美，这是它的标志，它的特点。"[1]《恶之花》就具有这种奇特的美。

大部分诗人都是从大自然去寻找意象的，波德莱尔则相反，他很少从大自然中去寻求意象，而是常常颠倒这种比喻次序。例如，"低垂沉重的天幕像锅盖"，不是锅盖像天空，而是天空像锅盖；"大地变成了一座潮湿的牢房"，雨水"宛如一座大监狱的铁窗那样"，都是意象颠倒运用的例证。这种手法的美学效果是令人惊奇，显得别致，以奇取胜。它能产生一种压抑感，因为在这种比喻中，由大变小，而且这是锅盖倒扣；牢狱则代表着不自由，读者很容易获得一种局促、憋闷、不舒服的感觉。波德莱尔寻找的意象往往都是邪恶的、有害的、难看的事物，具有一种"冷光"，给人阴冷、幽冥的感觉。

为了捕捉住大量的意象，就需要诗人发挥想象。波德莱尔说："正是想象教会人懂得色彩、轮廓、声音和香气的道德含义。……在灵魂深处，它创作了一个新世界，它产生崭新的感受。由于它创造了世界（完全可以这样说，我相信即使是从宗教意义去理解），它统治着世界也就是正确的了。没有想象力的斗士，该怎么说他呢？他可能是一个出色的战士，但是，如果他指挥军队，他就不会取得征战的胜利。……想象是真实的母后。"[2]波德莱尔将想象看作各种才能的母后，认为是天才的主要品质，就是因为只有通过想象，才能把抽象的精神现象和各种概念以具体的意象传达出来。波德莱尔所谓的想象是有其特定含义的，不同于以往对想象的一般要求。他在阅读英国作家卡特琳·克劳的作品时，已经注意到想象力（fancy）和创造性的想象（constructive imagination）之分。卡特琳·克劳的观点来自黑格尔（einbildungskraft, phantasie）。这种创造性的想象被波德莱尔看作艺术家的最高才能，因为它能

1 波德莱尔：《1855年的世界博览会》，《波德莱尔全集》，第2卷，第578页。
2 波德莱尔：《1859年画展》，《波德莱尔全集》，第2卷，第183页。

揭示出生活的奥秘。

波德莱尔在散文诗的运用和推广方面的功绩也是不可埋没的。散文诗是在 19 世纪上半叶出现的文学样式。先是阿洛伊修斯·贝特朗（Aloysius Bertrand，1807—1841）发表《黑夜的加斯帕》（1842），尤其是莫里斯·德·盖兰（Maurice de Guérin，1810—1839）的《半人半马怪物》（1840）和《女祭司》（1861），对散文诗的体裁有所建树。他们的散文诗富有音乐节奏和诗意。贝特朗对波德莱尔的影响是不可否认的。波德莱尔说过："我们当中，哪一位在他雄心勃勃的时期，没有梦想过创作这样一种散文的奇迹呢？这种散文是诗意的，有音乐性的，没有诗韵和节奏，相当灵活，对比相当强烈，以致能适应心灵的抒情冲动，适应梦想的起伏和意识的跳跃。"[1]从1857年起，他准备发表一部散文诗集，此后在一些杂志上能见到他的散文诗。由于生活拮据，他生前未能如愿，出版这部散文诗集。《巴黎的忧郁》在他去世后才问世（1869），共有50篇。他力求在这部散文诗集中"致力于描绘现代生活，或者不如说描绘一种更抽象的现代生活，用的是（贝特朗）擅长的以描绘极其古怪别致的古代生活的方法"。[2]

《巴黎的忧郁》实际上是将《恶之花》中的诗篇改写成散文，为此，有的评论家认为他的散文诗"未能找到表现新现实的道路"，而且散文诗不适应他的气质和美学观，所以是走入了一条死胡同。这种评价未免过于武断。另外有些评论家则指出，波德莱尔的散文诗的形式解放是"不可否认的"[3]，尽管这种解放不像人们所说的那样大。他的具有抒情性的散文诗，如《双重房间》《凌晨一点钟》等，虽然没有韵律，但并非像诗人所说的那样没有节奏，它们是富有音乐性的。有的评论家指出，波德莱尔"创造了一种新的语言，其中方法的自由跟内心需要的种种要求是协调一致的"。[4]波德莱尔创作散文诗绝不是一种失败的尝试，它的价值和意义表现在如下几个方面。

第一，波德莱尔可以说是散文诗创作的先驱，尽管在他之前已经有人写作过散文诗，但是，无论贝特朗还是盖兰，他们的尝试还仅仅是开始，并没有产

1　波德莱尔：《波德莱尔全集》，第1卷，第275页。

2　波德莱尔：《波德莱尔全集》，第1卷，第275页。

3　布吕奈尔等：《法国文学史》，第483页。

4　卡斯泰等：《法国文学史》，第733页。

生多少影响，当时散文诗还是一个处女地。而波德莱尔的散文诗发表后，却起了很大的作用，在他之后的诗人，纷纷仿效，散文诗终于成为一种新的文学样式。"散文诗就现代意义来说，在很短的时间里就获得了高尚文学的证书。波德莱尔把散文诗从贝特朗和盖兰工作过的实验室里解放出来。"[1]从散文诗这一发展过程来看，波德莱尔的前驱者作用是毋庸置疑的。

第二，波德莱尔给散文诗规定了大致的格式，或者说提出了他的一些写作主张，在他之前还没有人这样做过。波德莱尔认为散文诗是一种具有诗意和音乐性的散文。他感到，"节奏是美的观念发展所必不可少的，而美是诗歌最重要和最高尚的目的。可是，人为的节奏是思想及其表现的细致发展所不可克服的障碍；这种发展以真实为其目标。因为真实可能是短篇小说的目标，而且是构想一篇完美的短篇小说的理由和最好的工具"。[2]波德莱尔认为真实适用于短篇，而节奏适用于诗歌，怎样把两者调和起来呢？于是他找到了散文诗，将真实和美、诗歌和写实、永恒和日常、可怕和滑稽、温柔和仇恨统一起来。波德莱尔进而指出，散文诗的内容写的是心灵的抒情冲动，梦想的起伏变化和意识的跳跃，也就是说要发掘内心世界。当然，波德莱尔不是不要描绘现实世界，他认为散文诗要表现巴黎这个大城市的风貌，发挥讽刺的功能。他说过："（《巴黎的忧郁》）仍然是《恶之花》，不过有更多的自由，更多的细节和更多的讽刺。"[3]总之，波德莱尔认为散文诗是介于诗与小说的一种文学体裁，能将诗的节奏美、音乐美与小说反映真实的自由结合起来，兼有两者之长。

最后，波德莱尔的散文诗取得了相当大的成就，具有较高的艺术性。《巴黎的忧郁》虽然是《恶之花》的改写，但并没有受到诗歌的约束，这种改写是相当自由的，绝不是《恶之花》的重复。试以同名的《遨游》为例，《恶之花》中的《遨游》其实是一首情诗，表达了诗人寻找甜美生活的理想；诗中描绘的国度多半指水乡泽国的荷兰。而散文诗《遨游》却改变了内容，这不是一篇抒写爱情理想的文字，而是写一个理想的地方，一个虚无缥缈之境。这些散文诗充满了柔和的诗意，写得十分随便，毫无拘束，十分自由。但又十分精

1　波德莱尔：《〈巴黎的忧郁〉说明》，《波德莱尔全集》，第1卷，第1295页。

2　波德莱尔：《关于爱伦·坡的新评论》，《波德莱尔全集》，第2卷，第329—330页。

3　波德莱尔：《通信集》，第2卷，伽利玛出版社，1973年，第615页。

粹，短的只有一二百字，长的也不过两千多字，浓缩精练，意味深长。至于内容，既有抒发自己的感慨，也有描绘某个社会场景，既有城市风貌的写照，又有对月亮的吟哦，既有人物刻画，又有动物描写，不一而足。大多是平铺直叙的散文，也有的写成一篇短短的对话。这种内容和形式的多种多样为日后的散文诗提供了典范。

波德莱尔在诗歌创作上的创新欲望是非常强烈的。他从一开始诗歌创作，就明确意识到要理解艺术的"现代性"。他在评论画家康斯坦丁·吉斯的作品时，特别提出了这一点。他说，吉斯"在寻找这种东西，我们可以称之为'现代性'；因为要表达题中之意，没有更好的字眼了。对他来说，就是要从时尚中抽取出历史性所包含的诗意内容，从暂时性中抽取出永恒来"。[1]这句话的意思是，要从现实生活中具有历史性内容的事物，抽取出反映现代本质的诗意的东西，也就是从现时事物中抽取出具有永恒价值的东西。这种现代性，必然不同于传统性，它包含了现时的本质，同时能传至将来。用当代小说家和评论家雷蒙·让的话来说，"现代性就是对处于某个历史阶段的世界和社会所具有的美学意识"。[2]现代性是一种美学观点，波德莱尔用它来指导艺术和诗歌就具有高屋建瓴之势，站在了革新传统的高度上。

波德莱尔深知，为了达到现代性，就要从诗歌观念和艺术手法上进行创新，就要以丑为美，化丑为美，挖掘人的精神心理状态，以通感和象征手法来代替传统的诗歌创作技巧。为了达到这一步，波德莱尔十分注意语言的锤炼，挖掘语言的宝藏。他明白美存在于字句和诗歌语言的意象之中，"波德莱尔第一次在我们诗歌史上实践了真正的语言'炼金术'，由此打开了诗歌现代性的纪元"。[3]波德莱尔为《恶之花》起草的《结束语》中这样写道："噢，你啊，请证明我履行了手续，／就像一个完美的化学家和圣人。／因为我抽出了每种事物的本质，／你给了我泥土，我炼出了黄金。"这是波德莱尔对自己锤字炼句的形象说法。波德莱尔在语言上所下的功夫是惊人的，正如他所说："我整个一生都用来学习构造句子。"[4]这句话足以证明他对语言的重视。他

1 波德莱尔：《现代生活的绘画》，《波德莱尔全集》，第2卷，第694页。

2 《法国文学史》，第5卷，社会出版社，1977年，第155页。

3 转引自兰塞：《波德莱尔的〈恶之花〉》，第7—8页。

4 波德莱尔：《通信集》，第2卷，第307页。

在评论爱伦·坡的时候说："他认为，不会捕捉住难以捉摸的东西的人，就不是诗人；只有能主宰自己的记忆、字句、记录自己感情的人才是诗人。"他从爱伦·坡的作品中得出的结论是，要寻找现代的表现方法，去表现现代的内容。

同语言精粹相关的是，波德莱尔反对写长诗，亦即反对浪漫派滔滔不绝的诗歌。布瓦洛在《诗的艺术》中曾经写道："一首没有瑕疵的十四行诗，抵得上一首长诗。"这句诗可以用作波德莱尔的座右铭。波德莱尔在翻译爱伦·坡作品时就感到，一首拖沓的长诗等于一场大灾难。他在一封信中这样表述："凡是超过人们对诗歌的注意力的长度，就不算一首诗。"[1]波德莱尔曾经分析过为什么大海会永远使人愉悦：因为大海给人广阔无边和运动的感觉。对人来说，六七法里的距离就够得上无限了；但这是缩小了的无限；12—14法里运动着的液体，足以给人最美的享受。同样，对波德莱尔说来，十四行诗就可以容纳无限。他的美学是缩小了的无限。

总而言之，波德莱尔在诗歌创作上的现代意识，是导致他提出一系列新观点，找到诗歌语言的奥秘，取得杰出成就的主要原因。概括说来，他的观点是：不能单从丑的表面形态去看待丑，这使得他改变了对丑的观念；诗歌不能仅仅满足于表现外界现实，还要挖掘人的内心世界，这使得他用象征、通感等新手段去表现抽象的情感和观念。在这种现代意识的指导下，他才敢于突破传统。福楼拜在给他的信中说得很正确："你找到了使浪漫派年轻的方法。你迥异于任何人（这是所有优点中的第一位）。风格的独创取决于创作。你的句子塞满了思想，以致都要爆裂开来。"[2]兰波更进一步指出："波德莱尔是第一个通灵人，诗王。"[3]"通灵人"是兰波从前人那里发掘出来的一个字眼，指的是敢于突破传统，找到现代诗歌表现手法的诗人。波德莱尔确实是找到了现代诗歌的奥秘和开启现代文艺大门的钥匙。因此，他被尊称为现代派的鼻祖实在是当之无愧的。

1　波德莱尔：《通信集》，第1卷，第676页。
2　波德莱尔：《〈恶之花〉说明》，《波德莱尔全集》，第1卷，第845页。
3　兰波：《兰波全集》，伽利玛出版社，1983年，第253页。

第十四章　通灵人的语言炼金术
——阿尔蒂·兰波的诗歌创作

　　阿蒂尔·兰波（Arthur Rimbaud，1854—1891）是法国诗歌史上一颗光辉夺目的流星：他涉足诗坛的时间是短暂的，就像流星一样从天空中一划而过，然而，他的诗作光彩四射，留下的痕迹永不磨灭。兰波的诗歌创作活动实际上只有六年左右，从1870年开始，至1876年便辍笔了。他留下70多首诗和两部散文诗集（共40多篇），作品数量很少。可是，它们大半是艺术珍品，各种诗选都大量收入，足见其艺术上取得的杰出的成就。

　　从诗歌发展史的角度来看，阿蒂尔·兰波无疑是波德莱尔的继承者。他把从波德莱尔开始的诗歌创新大大推进了一步：他在诗歌创作中运用了波德莱尔创造的通感和象征手法，并进一步提出了"通灵人"和"语言炼金术"的观点，在理论和实践上发展了波德莱尔的论述，取得了令人瞩目的成绩。

　　兰波同波德莱尔一样，先是从接受浪漫派的创作开始文学活动的；由于兰波生活在19世纪下半叶，起初他还受到了巴那斯派的影响。

　　兰波诗才早熟，他在中学念拉丁语时，便热衷于维吉尔的诗。不久，拉丁诗歌的韵律学对他已经不存在什么秘密。1868年，他14岁时，曾经给接受第一次圣餐的皇太子寄过一封用拉丁语写成的诗简，皇太子的师傅通过学校领导向他致谢。1869年，他的三首诗在《中学教育通报》上发表，使教师们惊讶不已；其中一首还得了科学院的一等奖。他的法文诗大约也在同时期开始写作，其中《孤儿们的新年礼物》发表在1870年1月2日的《大众杂志》上。1870年，乔治·伊藏巴尔担任他的修辞课老师，对他的诗歌创作起了指导作用。伊藏巴尔让他阅读当代诗人的作品。"兰波一下子便发现了艺术的一切秘密；他模仿雨果或巴那斯派，技艺高超。"[1]兰波这时还不到16岁，是一个名副其实的神童。《感觉》《奥菲莉娅》明显受到浪漫派和巴那斯派的影响，他曾将这两首诗寄给巴那斯派诗人邦维尔，希望能刊载在《现代巴那斯》上。《奥菲莉娅》以莎士比亚的著名悲剧《哈姆雷特》中的同名人物为对象，写她淹死后平躺在水面上，"像巨大的百合花"，她的痴情越过1000多年，"在晚风中低吟她的情歌"，好似"一首神秘的歌从金色繁星上飘落"；她为了追求爱情和自由发了疯，"迎着夜晚灿烂的星光，你来寻找鲜花，一一摘下"，幻觉使她失足落水。这首诗从题材到形式，都可以看到浪漫派和巴那斯派对中古事物的爱好倾向。诗歌写得富有抒情意味。《感觉》一诗表达了他在田野漫步的幸福感受："麦芒轻轻刺痒，踏着细草嫩木，／我沉思凝想，脚上感到凉浸浸。"这时，"无限的爱情会涌上我的心灵"。兰波把浪漫派的直抒胸臆和巴那斯派的严谨形式统一起来。这两首诗写得感情真挚，清新自然，毫不造作，但多少带有一点少年老成的味道，总体却显得非常纯朴可爱。因此，几乎所有的诗选都不会遗漏这两首诗。

兰波思想上也十分早熟。他的心中早已孕育着对现实的不满和反抗的情绪。原因是多方面的：他的家庭生活很不幸，父亲在兰波出生后不久便到克里木打仗，他与傲岸不驯的妻子合不来，1860年夫妻关系彻底破裂。兰波的母亲带着一子一女住到商业小城沙尔维尔。母亲的不肯通融经常引起母子冲突。兰波的叛逆性格很早就形成了。他生活在社会底层中，对周围庸俗的商业习气十分憎恨，在诗中以无情的讽刺去鞭挞城市的资产者："炎热压抑得资产者气喘吁吁，／每星期四，人人都要嫉妒中伤。(《致音乐》)"对社会生活的不满使他很早就接触社会主义者的著作，阅读圣西门、普鲁东、路易·布朗的作品。他在诗歌中呼吁圣鞠斯特出现，责备拿破仑，认为他延迟了社会主义的到来。普法战争爆发后，他放弃通过业士学位考试，卖掉了值钱的书，买了一张到莫翁的火车票，却一直乘到巴黎。巴黎在戒严，兰波因欠了13法郎的车票而被拘留，直至他的老师伊藏巴尔汇款并来信，他才得以返回。可是10天后，他又逃离了家，步行来到比利时，他希望在那里从事新闻工作。他来到布鲁塞尔，但无法实现自己的打算。伊藏巴尔的朋友在那里迎接他，让他回到杜埃，伊藏巴尔已在那里等待他。在这次旅行中，他写下《山谷沉睡者》等10多首

1　卡斯泰等：《法国文学史》，第742页。

诗。两次逃走不成，只能等待时机。于是他在藏书丰富的市图书馆大量阅读社会主义者的著作、18世纪作家的作品和秘术著述。这些作品更加孕育了他的反抗情绪。1871年2月25日，兰波卖掉了自己的表，乘火车来到巴黎。巴黎正值围城期间，而且十分寒冷，他只能在大街小巷游荡。半个月后，他步行回到沙尔维尔。回家后，他写了一份《共产主义政体草案》，曾向朋友们朗读过，但未保存下来。少年的兰波企图寻找生活的出路，他从同情生活在底层的人们，发展到社会主义者对社会出路的探索。但是，他并没有找到真正的信仰和出路。

从1870年9月至1871年5月，兰波创作的诗歌都带上了同情被压迫者和下层人民以及反叛的痕迹。《铁匠》通过一个铁匠，向路易十八叙述1792年人民攻入杜依勒里宫的情景："噢！人民不再是妓女。只三步路／我们大家便把巴士底狱化为齑粉。"《恺撒的癫狂》描写皇帝大言不惭地说："我轻轻地吹一下自由，就像吹灭一支蜡烛一样！"可是"自由再生了！"《山谷沉睡者》为战争的受难者鸣不平：在风景如画的山谷中，"一个年轻士兵，嘴张开，没戴帽，／脖子没在鲜嫩的蓝色水田芥中""芬芳也不能使他的鼻孔起伏，／他躺在阳光下，手放在平静胸部。／两个红色窟窿洞穿他的右半身。"《惊呆的孩子》描写五个可怜的孩子围在面包房的气窗上取暖，冻饿而死的悲惨景象，抨击了社会的不正义和贫困现象。看到市图书馆的职员们端坐在那里，不由得使他指责这些生活安定、永远坐着的人（《坐着的人》）。兰波对宗教也颇有微词。《穷人在教堂》以嘲讽的笔调描绘穷人在教堂祈祷，他们"像挨打的狗一样幸福、屈辱"，向天主"投以可笑而执着的祈祷文"。《第一次领圣餐》通过一个女孩的口说出："我非常年幼，而基督已玷污我的呼吸，／他使我的厌恶一直升到喉咙口""我的心、我的身体通过你的拥抱／布满了耶稣发臭的吻！"上述两首诗对天主教表示了大不敬，认为做祷告只是一种受屈辱的幸福，领圣餐是受到了耶稣的亵渎。巴黎公社期间，他同情地指出："疯狂的愤怒""把我推向巴黎的战斗，那么多的劳动者死在那里。"[1]公社失败后，他描写这个城市遭受的灾难。

兰波对社会的不满有如下几个特点。第一，他是坦率大胆，无所顾忌的。他把自己看到的种种令人愤慨的景象记录下来，不管是流落街头、身无分文的

1 兰波：《兰波全集》，第248页。

孩子，还是被战争夺去生命的年轻士兵，他都直抒胸臆，爱憎分明，显示了一种大无畏的气概。第二，这种不满和反叛是在社会主义者的著作感染下爆发出来的，建立在人道主义的基础上。他看到了社会的不平等现象，认识到反动的势力尽管貌似强大，但人民一旦起来，便会在一朝一夕之间土崩瓦解。第三，兰波毕竟还很年轻，他的不满和反抗仍然具有自发的、朦胧的性质。他的逃学、他的离家出走，往往出于年少气盛，不甘于待在社会底层，以改变自己的命运。这种反抗的基础并不牢固。其实他并没有明确的思想和政治纲领，即使他写过一份《共产主义政体草案》，但可以推测，这与科学共产主义不可相提并论，大半是朦胧的社会主义思想的草图。从兰波的早期诗作可以看出，他对社会的不满和反抗大多从自己的所见所闻出发，不成系统，因而这种不满和反抗多少带有盲目性。一旦他找不到出路，或者在社会上胡闯乱撞而碰壁，便会改变初衷，走一条更为实际的道路。兰波的弃文从商更足以证明这一点。

兰波在接受浪漫派和巴那斯派的影响的同时，他的诗歌主张和创作已经出现了新的变化。尤其是他阅读了波德莱尔的《恶之花》，从中受到极大的启发。但是他并不满足于《恶之花》的描写和所运用的艺术手法，而力求寻找新的突破。

兰波的新诗艺是在两封信中提出的：1871年5月13日，他给伊藏巴尔写了一封信，陈述他的诗歌主张；5月15日，他又给友人德姆尼去信，进一步阐述自己的诗歌观点。[1]这两封信以"通灵人书信"的称谓闻名于诗史。在这两封信中，兰波对诗人的作用，对诗歌所要表达的内容，对诗歌的艺术手法，均发表了前人未曾探索过的见解。归纳起来有如下几个方面。

首先是通灵人的观点。兰波在信中一再指出："我要做一个诗人，并且努力使我成为通灵人"；"必须做通灵人，必须使自己成为通灵人。""通灵人"一词早就有人使用了。最早可见于16世纪出版的法译《圣经》，是指受到神明启示，独具超自然的洞察力，能够预卜未来的人。在《旧约·撒母耳记》中，先知撒母耳被称为先见，即通灵人（Voyant），他是沟通天主与选民的媒介，受天主的启示，通晓未来，而且洞察常人心中秘密。在古希伯来人的思想中，通灵人与神灵的意思相通，但与诗歌创作没有任何联系。古罗马作家

1　谢费尔、埃格尔格：《通灵人书信：介绍和注释》，德罗兹出版社，1975年；李夏裔：《简析关于"通灵人"的两封信》，《法国研究》，1988年，第2期。

贺拉斯和奥维德开始把诗人和通灵人等同起来，因为他们认为，两者的洞察力均源于同样的神启，诗人也有预卜未知的天赋和承担圣事的义务。及至19世纪，法国诗人开始重视这种通灵论，尤其是戈蒂埃，他在兰波写"通灵人书信"的前三年，发表了回忆波德莱尔的一篇文章，此文后来用作《恶之花》的前言。戈蒂埃以波德莱尔为例，阐述了他的通灵论。他认为，波德莱尔以通感发现了存在于各种事物之间的类比关系，这一独特的认知能力无疑就是通灵的表现。波德莱尔正如"斯威登堡所说的那样，具有极高水平的灵性的天赋。他也拥有通感的禀赋……也就是说，他能通过某种隐秘的直觉，发现别人视而不见的关系，并以此借助于只有通灵人才能掌握的，令人出乎意料的类比，将表面上相距极远、极不相容的对象联系起来"。在一篇悼念诗人奈瓦尔的文章中，戈蒂埃论及《奥菲莉娅》时认为，"我们长达几小时，听这位转变为通灵人的诗人向我们展现奇妙的启示"。兰波很有可能读过戈蒂埃回忆波德莱尔的那篇文章。除了戈蒂埃，奈瓦尔和雨果也谈到通灵的概念。奈瓦尔认为，通灵是指深谙宇宙的奥妙，而诗人不仅是洞观者，也是创造者。他认为自己属于先知和通灵人的行列，并以此为荣。在雨果那里，通灵人指思想家、神父、先知、诗人、梦幻者。他在《静观集》序言中写道："诗人只有付出努力才会成为通灵人。"他又说："最伟大的通灵人也许是肉眼的失明者。眼睛闭上，灵魂却睁开了。荷马看得清，弥尔顿能凝视。"[1]兰波显然了解到前人关于通灵人的观点，因为他在信中认为，雨果、戈蒂埃、勒贡特·德利尔、邦维尔、波德莱尔、魏尔伦等都是通灵人，总之，早期的浪漫派、第二代浪漫派、巴那斯派以及新流派诗人都是通灵人，尽管其中有的人受到形式的束缚和气质的拖累。

兰波无疑吸收了前人的一些观点，例如，他认为诗人是先知，其使命是引导人们走向未来；诗人异乎寻常的明晰，得之于他拥有全面的知识；诗人发现了人类的命运；诗人了解到事物之间的通感关系。总之，诗人也是先知。然而，兰波把通灵人的含义扩大了。兰波认为诗人是"盗火者"，他像普罗米修斯一样，肩负着人类的命运："他必须让人感觉到，触摸到，聆听到他的创造""诗人一定可以提供更多的东西——比他的思想，比他的走向进步的记录还要多！不正常状态一旦转而成为正常，一旦被所有人吸收，诗人便将真正成

---

[1] 《1871年5月13日给伊藏巴尔的信》和《1871年5月15日给保尔·德姆尼的信》，《兰波全集》，第248—254页。

为一个进步的促进者！"兰波指出这是诗人的公民责任。这也是兰波对通灵人提出的要求。为了做一个真正的通灵人，就必须探寻自身的精神世界。他指出："立意写诗的人，首先必须研究的是对他自身的全面认识，他应该探寻自己的灵魂，审视它，考验它，认识它。"剖视自己，挖掘自己的心灵状态，向人的内宇宙做出深入的探索，这就是兰波向诗人、向通灵人提出的又一项根本任务。兰波认为浪漫派对情感的绘写只是做到了"不自觉的通灵人"，像缪塞那样只会抒写失恋痛苦的诗人，是相当幼稚和可厌的。由于雨果对内心的探索要深入一些，因而他的作品"有几分通灵"。兰波十分赞赏巴那斯派对不可见、不可闻的事物的追求，认为他们才是真正的通灵人。这种不可见、不可闻的事物被兰波看成是前人的未知领域，他要探索并全面了解这种未知状态。这是新时代向诗人提出的新任务，也是兰波等诗人突破前人的樊篱，迈出具有决定性一步的标志之一。诚然，兰波探索内心世界的方式未必都是正确的。一方面，他说，要"通过长期的、广泛的、理智的过程"，使自己成为通灵人，这无疑是切实可行的办法。另一方面，兰波又提出要"打乱所有的感官""他探索自己，他用尽自身的一切毒素，以求保留精髓。在不可言传的痛苦折磨下，他需要保持全部信念，全部超凡的力量，他要成为一切人中最伟大的病人，最伟大的罪人，最伟大的被诅咒的人——最崇高的博学之士——因为他深入到了未知"。就是说，他要运用一切手段，哪怕成为罪人、被诅咒的人（他冠以"伟大的"形容词）。兰波的意思是指通过酗酒、吸毒（抽大麻）等不正常的手段，去打乱人的感官，以取得异乎寻常的感受，达到迷狂状态，再把这些感受和状态记录下来。兰波是以波德莱尔在《人造天堂》中阐述的办法为楷模，应该说这是不足为训的。

但是，总的说来，通灵人的提法较为集中地表达了兰波的诗歌主张，将自波德莱尔甚至浪漫派以来的诗歌理论和艺术手法浓缩为一个词语表达出来，体现了诗歌发展的新潮流和新趋向。

其次，兰波在表现手法和艺术形式方面提出了新的思路。他明确提出："让我们先向诗人们要求新——观念和形式的新。所有的能手自以为很快就能满足这样的要求——远非如此！"什么是观念的新？兰波在信中提出了"我即他人"的新观点。兰波认为袭上身来的创作激情来自别的地方，因为我即他人，而同时，他又把这种异化现象变成创作动力的跳板。通过这种描写，诗人

"将发现奇异的、不可测度的、令人厌恶的、美妙的事物"，这是一个全新的世界。在诗歌中，怎样表现人的异化呢？在第一封信中，他说："木材突然变成了提琴，那有什么办法，可是那些头脑简单的人却不明白个中道理，对此他们全然无知，可是却对这种描写吹毛求疵。"在第二封信中，兰波举例说："如果铜醒来变成了铜号，那完全不是它的错。"兰波在这里说的是物的变异现象，或者说是人在社会中的异化现象。兰波的观察确实是独到的、深刻的。与此相联系的是，兰波对笛卡尔的"我思则我在"做出了新的阐释，他说："说我在思考，那是错误的。应该说：人们在思考我。"法国当代评论家让—皮埃尔·理查从这句话中看到的是"新的'我思则我在'的怪论……它构成了兰波全部经历的钥匙"。[1]另一位法国评论家乔治·布莱在《爆发的诗歌》中补充说："兰波的这第一个'我思则我在'，归根结底，导致将自我思索的我看作这样一个人：这个人的存在由于运用了超人的创造思维而中止了，但他无法设想这种思维。不过，还有截然相反的第二个兰波的'我思则我在'。这就形成这样一个人：他非但不把自身看作'被思维的人'或'被创造的人'，相反，把自身看作自我思考的人，同时又看作自我创造的人。"[2]这两位法国评论家的分析，是把兰波的话看作他对自己思想异化的阐述。兰塞认为："异化和通灵是兰波新诗学这种心理创作怪论的两个方面。"[3]这个论断是十分正确的。

至于新形式，兰波一方面汲取波德莱尔的通感理论，他要使用一种"宇宙语言"："这种语言综合了芳香、声音、色彩，既包括一切，可以把思想与思想联结起来，又引出思想，这种语言将使心灵与心灵呼应相通。"然而，另一方面，兰波并不满足于波德莱尔的通感手法，他认为波德莱尔"被人赞不绝口的形式也是偏狭平庸的：创造未知要求新形式"。兰波既然要创造一种"宇宙语言"，并预言这个新时代即将到来，那么，他必然要在语言上下功夫。在《通灵人书信》中，他并没有明确说出他使用的是何种语言，这要到他写作《地狱一季》中才有交代，这就是"语言炼金术"。这种语言炼金术一是通过正常的理性的安排，发现通感现象，将不同层次的思想沟通起来；这种语言不仅是意识沟通的工具或简单的思想再现，而且要把字句和意象混合起

1　转引自多米尼克·兰塞：《兰波：诗与散文》，纳唐出版社，1985年，第7页。

2　转引自多米尼克·兰塞：《兰波：诗与散文》，纳唐出版社，1985年，第7页。

3　托多罗夫语，转引自多米尼克·兰塞：《兰波：诗与散文》，第16页。

来，以显示人的精神状态，最大限度地表达人的心境。"我想说出字面上的和一切的含义。"另一方面，这种语言炼金术又要"打乱一切感官"，兰波的语言往往看来彼此没有联系，他"在荷尔德林之后，把精神分裂症的语体当作典范，遗留给20世纪的诗歌"。[1]可是这种"诗歌语言的不连贯，构成了断断续续的自然，它只是以整体显现出来的"。[2]有时，这种语言的不连贯仅仅是从声音去考虑的，例如："人们把残忍的花称为心和姐妹。"把心和姐妹放在一起，仅仅因为是这两个词的元音相同（coeurs，soeurs），"不同的元音和辅音之间的亲缘关系决定了音响的位置，以致这样创造的意象的含义不再具有任何逻辑的协调关系"。[3]而且这种不连贯或者彼此之间毫无关系，却能"最终在词与词之间流通，并且通过整首诗创造出一种充满活力的整体形式"。[4]此外，兰波还在《通灵人书信》中指责"主观的诗"，认为"永远是极其枯燥无味的东西"，这种诗指的是浪漫派滔滔不绝的情感爆发。兰波主张一种"客观的诗"，这种诗就是表达通灵人的冷静观察，同时描绘我和他人的精神异化的新诗，而完全不同于巴那斯派所主张的客观、冷漠地对待现实世界。对兰波来说，写作客观的诗，意味着认识到描写的对象和获得经验的我之间的分离，并且通过写作，去重新征服这迷乱而具有根本意义的"他人"。兰波的诗不同于巴那斯派的美学，是将真正处于世界和历史中的我作为对象来描绘的。

总的说来，兰波的新诗艺有如下两个特点：第一，兰波不满足于浪漫派、巴那斯派和波德莱尔在诗歌创作上成就，他力求探索一条诗歌发展的新道路。第二，兰波提出通灵人观点和语言炼金术的方法，目的是为了"锻造一种更加灵活、更能适应创作冲动的工具"。[5]这些方法有的是成功的，确实深化了前人，尤其是波德莱尔开创的通感和象征手法，而有些则发展了波德莱尔为滥觞的不正当手段，为的是追求以非理性语言所取得的艺术效果。

兰波在提出自己的新诗艺的同时，也进行了诗歌创作实践。以《醉船》和《元音》所取得的成绩最为引人注目，这两首诗都写于1871年。

《醉船》充分体现了兰波关于通灵人的观点。第二帝国的崩溃，普法战争

1 罗兰·巴特：《文学的零度》，瑟伊出版社，1980年，第16页。

2 雨果·弗里德里希：《现代诗歌的结构》，第122页。

3 让—皮埃尔·理查：《诗歌与深度》，瑟伊出版社，1955年，第249页。

4 加埃唐·皮孔：《世界文学史》，伽利玛出版社，1958年。

5 《马克思恩格斯全集》，第42卷，人民出版社，1982年，第161页。

的残酷景象，巴黎公社遭到无情的镇压，色当战役的惨败，这些事件在兰波的思想中引起了强烈反响，他的不满和反抗情绪转化为沮丧、厌恶、苦闷，促使他去探寻一个新世界，而不是去徒劳地鞭挞这个社会的腐败和丑恶。他要去探索这个未知世界，这是波德莱尔还没有踏出的一步。兰波在生活中得不到自由，便幻想在诗歌中得到自由。《醉船》开篇描写这条醉船如何摆脱一切羁绊，顺流而下，"无情之河"让醉船随意漂泊天涯。醉船要摆脱的是庸俗丑恶的现实，航向自由的天地。醉船见到的景象不时呈现恐怖场面：风暴将海水灌进船舱，把舵和四爪锚冲得七零八落；太阳被神秘的恐怖沾黑了；醉船摇荡着满船纷争；它又被飓风掷到飞鸟不到的太空里；7月用棍棒把青天打落在炽热的漏斗中；醉船感到50法里处的强烈震动，留恋着有古老护墙的欧洲；醉船所向往的欧洲之水，"只是黑而冷一水坑"。醉船浸透了波浪的颓丧萎靡，最后无法航行。在醉船漫游的这个世界中，一切都是变幻无常、脆弱易衰的。随着时间的推移，令人炫目的幻景过去了，摆脱缆绳的安全自由也慢慢消失。醉船感到一切都令人愁闷、悲哀、昏沉，它愿龙骨折断，葬身大海。看来，它必须返回旧地，忍受屈辱，否则就彻底毁灭。醉船的经历表明追求自由碰了壁，它在新世界中找不到理想和归宿。这个新世界，实际上仍然是现实的某种变形，它就像一场噩梦一样，从四面八方向醉船袭来，不断增强它的压抑感和毁灭感。但是，它对未来还抱有幻想和希望：

> 我见过恒星群岛！有的岛上
> 说谵语的天穹向航行者开启：
> 你是否在这无底黑夜安睡和流亡，
> 百万金鸟，啊，未来的活力？

"百万金鸟"何所指？有人认为指征服力与创造力，有人认为指电。不管实指还是虚指，都代表了有巨大能量的美好事物和理想，这是诗人对未来社会的向往。

"醉船"的意象是人的异化写照。"我即他人"也可译为"我即另一个"，这另一个可以指人，也可以指物。醉船即物，它是作者的化身，人在这里被物化了。卡夫卡在《变形记》中描写"我"如何在环境的压抑下，心态逐渐变化，终于变成甲虫的过程；《醉船》则不同，诗歌开篇第一句"正当我从无情之河顺流而下"，已经完成了这个异化过程：我早就变成了一条醉船。诗人把醉船写成有思维的人，用醉船说话的口吻自我表白。这样一省略，一般读者会忽略了人的异化这一实质。其实，醉船乃是诗人心态的物化。兰波的描写正好表现了"人的本质以非人的方式同自身对立的对象化"。[1]将船作为人或人类命运的象征，前人已经写过。雨果有一首《大海，长天》，把科学的发展所解放的人类比作一艘未来的航船，这是人类命运的象征。巴那斯派诗人莱昂·迪埃克斯则写过一首《孤独老人》，诗中的航船是诗人的象征。《醉船》显然受到这两首诗的影响。[2]但是，人的异化的内容则是兰波所独有的。他只借鉴了前人的某些象征手法，却纳入了崭新的思想。《醉船》的思想内容已经远远超出了表达个人苦闷、寻求出路的狭隘含义，而是深刻地写出了资本主义社会人的异化这个重要的社会现象。推算起来，兰波在诗歌中表现人的异化，要比卡夫卡早了40多年。从这一点上来说，《醉船》的重要性是不言而喻的。

《元音》是一首不同寻常、非常别致的十四行诗。兰波将视觉与听觉、嗅觉连通起来，将元音字母赋予色彩和各种形象的象征：A是黑色，E是白色，I是红色，U是绿色，O是蓝色；A又是闪光苍蝇毛茸茸的黑紧身衣，幽暗的海湾，E又是蒸汽和帐篷的纯真冰川的冰凌，白衣国王，小白花，I又是咯出的血，愤怒或忏悔中的笑声，U又是周期，海的振幅，坟场的平安，O又是喇叭的尖音，像希腊文最后一个字母奥美加眼睛中的光线。兰波从元音字母中看到别人看不到的东西，从中窥见色、香、声俱全的形态。他把一些似乎毫无关系的事物并列在一起，等同于同一种东西，造成一种神秘的、幽深的、奇特的意境。这种并列是诗人在特定条件下形成的幻觉。可以看出，《元音》中的通感和象征手法与波德莱尔所运用的同类手法不一样。波德莱尔的通感和象征手法更具理性，往往能寻找出主客体之间的类比因素，例如蜘蛛网与牢房的铁窗护条，至少有某些可以引起人们联想和比较的东西。但是，在《元音》中，A与黑色、与苍蝇的外表（黑紧身衣）及海湾之间很难令人设想它们之间的联系，只能说，这是毫无理性的、不可推理的。其他元音字母同样找不到与象征物之间的任何联系。这是任意的、臆想的、武断的类比。但是有一点，"我创造了元音字母的色彩"（《地狱的一季》中的《谵妄》）：元音字母与色彩之间有

1　兰波：《兰波全集》，第917—919页。
2　布吕奈尔等：《法国文学史》，第533页。

通感。同样，《醉船》中这类通感手法比比皆是，例如："爱情愁苦的橙红色霉斑在发酵""会唱歌的磷黄色与蓝色的苏醒"，等等，都找不到理性的思维特点。就这一点来说，兰波把波德莱尔首创的通感手法推进了一步。兰波力图创造一种"有朝一日触及一切感官的诗歌语言"。兰波的"语言炼金术"在《元音》《醉船》等诗中得到了充分的试验。

"语言炼金术"在兰波的散文诗中得到更加自由、更加酣畅的运用。兰波自己出版过一本散文诗集《地狱的一季》（1873），另一部散文诗集《彩图集》是魏尔伦于1886年为兰波出版的。

兰波的散文诗在内容和形式上都有重大的突破，因而在法国诗歌发展史上占有相当重要的地位。

《地狱的一季》的写作过程反映了这部散文诗集的内容与倾向，1872年12月，兰波离开了他的同伴魏尔伦，从伦敦返回。在此期间，他看望过生病的魏尔伦，然后回到罗什的家里，开始写作自传体的散文诗。5月，他重新回到魏尔伦身边。7月20日，在布鲁塞尔，魏尔伦在酒醉中向他开了两枪。兰波受了轻伤，而魏尔伦却因此入狱。至此，这两位诗人的交往以失败告终。兰波感到空前的失望、怅惘，灰心丧气，身心疲劳。8月，他在罗什完成了《地狱的一季》。这部作品既是把他所经历的可诅咒的生活记录下来，又是表现这场危机结束以后，对展现在他面前的未来所抱有的一线希望。所谓地狱，就是指他同魏尔伦度过的"季节"里发生的不光彩的事和种种幻想。诗人对自己的错误感到羞耻，他要写出诗意的幻觉："我写下沉默、黑夜，我记录不可表达的东西，我确定头晕目眩的感觉。"他感受到如同在地狱所忍受的折磨："我渴死了，我感到窒息，我无法喊叫。这是地狱，永恒的痛苦！看火焰升得多么高！我燃烧得多么旺。"他描写自己为了找到美运用幻觉的尝试，他感到世界离他而去。随后，"令人安慰的季节"到来了，诗人对理想产生了冲动，他赞赏仁慈、纯洁，向美致敬，歌唱幸福和永恒，要通过工作获得平衡。野心勃勃的梦想消失了，让位于完成日常工作的默默无闻的英雄行为："我尝试过创造新的花朵、新的星球、新的肉体、新的语言。我以为获得了异乎寻常的能耐。"总之，《地狱的一季》描绘了诗人对生活和创作的探索历程，写出了自己的精神苦闷和失败的感受，但他对生活还没有绝望，而是抱着朦胧的期待。

《彩图集》表达了兰波力求创造一个新世界的强烈愿望，这个世界同现实没有任何表面的相似。以诗集中描绘的城市来说，这绝不是真实的都市。这些巨大的城市在深渊之上建造了天桥，映入眼帘的是，有时出现起伏的峰峦，有时是一片田野，有时具有异国情调，有时聚集成奇妙的交响乐。城市文明随着桥的增加而扩大。这个世界的人在所有的海洋上建造了"水晶大街"，到处呈现奇异的景象："从金色台阶——四周是丝带，灰罗纱，绿色天鹅绒，仿佛阳光下的青铜那样泛黑的水晶盘——我看见毛地黄在银丝、眼睛和头发织成的地毯上绽开。"诗人带着迷醉，活动在这个世界中："我拉紧钟与钟之间的绳子；拉紧窗户之间的花叶边饰；拉紧星星之间的金链；我跳起舞来。"在这41幅彩图中，诗人描绘了这个新世界41幅光彩夺目的图画，这是41下转瞬即逝的闪光。一切就如同《黎明》中所描绘的，好像不可抓住的晨曦，它使夜晚的梦境和诗人的幻觉消散，诗人看到这"未知领域"从他手中逃脱，而他本以为终于抓住了它："大道上方，靠近一座桂树林，我用她成堆的面纱围住树林，我有点感到她无边的躯体。黎明和孩子跌入树林下面。我醒来时已经是中午了。"这个新世界和未知领域同样是南柯一梦，诗人追求不到。只要将兰波的这两部散文诗集和波德莱尔的《巴黎的忧郁》相比较，就可以发现巨大的不同。兰波在他的散文诗中，充分运用了通灵人的语言炼金术，在内容和语言上有了不少新的探索。

首先，波德莱尔在《巴黎的忧郁》中描绘的是一个真实的世界，而在兰波笔下，这是一个虚幻的世界。《洪水之后》的情景究竟发生在阿尔卑斯山呢，还是在普通的小村庄？读者很难确定。诗篇提到的"在蓝胡子家里"使人想到了童话。诗集中果然就有童话一篇，里面的王子把后宫的美女全部杀死。正如上文所介绍的，诗集中的城市也是虚无缥缈、难以捉摸的。城中的桥上，"搭着破旧房舍"，桥的护栏摇摇欲坠。城市耸立在高山之中，火山喷发着烈焰，周围生活着巨人。城堡由白骨堆成。兰波所描写的世界，或者是他的梦境中出现的图景，或者是他的幻觉，或者是他的想象，或者是童话和虚构织成的画面。总之，这不是真实的世界。兰波的描写反映了他一方面对未来还保持着朦胧的希望，另一方面也表明了他对现实世界的失望。现实生活、同魏尔伦的交往，给予他的都是幻想的破灭。他过着不正常的生活，他没有正当的职业，以维持生计。他这种流浪和漂泊的生涯快要走到了尽头。文学创作也不能带给他有效的收益，甚至可以说毫无经济收益，因为他只出版了一本薄薄的散文诗集，而且第一版500册都销不出去。生活的浪荡和失败，导致了他寄存的一点希望也是极不可靠的。生活的不确定性、不可靠性和失败的经历，使兰波沉醉在虚构的世界中。

其次，兰波创造了一种新的诗歌语言，这种语言跟一般的日常语言不同，时而它充满了古怪奇特的意象，如"在大海和北极花织成的丝绸上，血淋淋的肉造成的旗帜""愁惨的大洋把天空蒙上阴森之极的黑烟。天空弯曲下来，倒退和下落，一片片浓雾形成可怕的带子，从沥青荒原那边，头盔、车轮、小船、马臀笔直地溃逃"，这些意象在现实世界中并不存在，它们组合在一起令人意料不及。时而，兰波的语言具有难以捉摸的节奏，只是由于词汇的光怪陆离，形式的紧凑简洁，声音的和谐美妙，给人以新奇的印象。这些散文诗的描写上天入地、色彩斑驳、意象纷呈、无奇不有。有的散文诗还不到10行，如《启程》《王权》《献给理智》，写得极为精粹。不少段落音节铿锵，朗朗上口，如："噢，棕榈树！金刚钻！——爱情，力量！——比一切欢乐和光荣更加崇高！——无论如何，处处一样，——魔鬼，上帝，——这个人的青春：我！"兰波这位通灵人的语言炼金术打破了传统的语言组合规律，有时会创造出令人意想不到的效果。这种新的语言必然带有多种含义，这种"模糊的，富有特点的手法，标志着兰波的全部手段和全部美学"。[1]更进一步说，这也是20世纪文学语言之现代性所在。正如法国评论家亨利·米勒所说，学会阅读兰波的语言，就要学会阅读"心灵的语言。在这方面，既没有字母表，也没有语法学家可遵循。唯有打开他的心扉，将一切文学的臆想都置诸脑后……用别的词语表现出来"。[2]

最后，《彩图集》第一次出现了自由诗，一共有两首：《海洋风景》和《演变》。自由诗的理论是在19世纪最后20年中提出的，倡导者是勒内·吉尔（René Ghil, 1862—1925）和居斯塔夫·卡恩（Gustave Kahn, 1859—1936），然而最先实践的是兰波。《海洋风景》写的是大地与海洋的混沌；《演变》写的是人类通过科学和技术，朝着人的解放迈进。这两首自由诗的词句和意象构成的"犁地"和《演变》的"运输"，在兰波的语汇中是劳动和漂流的准确缩影。从形式上看，这两首诗一短一长，但都是以自身的节奏、词语的对称结

1　安德烈·布勒东语，转引自卡斯泰等：《法国文学史》，第746页。
2　布吕奈尔等：《法国文学史》，第533页。

构、音调的起伏变化而具有浓郁的诗意。短的诗行只有三个音节，长的则可以达到20个音节，长短句的结合显示出思想的自由洒脱和形式的舒缓自如。这两首自由诗引起人们的注意绝不是偶然的。

兰波在诗歌创作上的成就深刻地影响了后世。象征派诗人纷纷模仿他的自由诗。超现实主义者把他看作先驱，认为他"革新了诗歌，堪称我们道路上的瞭望岗"[1]。克洛岱尔赞赏兰波的"钻石般的散文"，"阅读《彩图集》，几个月后，又阅读《地狱的一季》，对我来说，是决定性的大事"。兰波无疑是象征派和20世纪现代主义文学的先驱。

1　转引自亨利·勒梅特尔：《法国文学史》，第3卷，第589页。

第十五章　心灵咏叹与音乐性的结合
——保尔·魏尔伦的诗歌创作

作为象征派的先驱之一，保尔·魏尔伦（Paul Verlaine，1844—1896）的主要贡献在于：他对内心情感的抒发能捕捉住一个个精选的印象与场景；他尤其注重诗歌的音乐节奏与和谐。他把抒情诗的创作提高到一个崭新的高度。1894年，勒贡特·德利尔逝世后，他被尊称为"诗王"，而且受到国外的注目，他在英国、荷兰、比利时朗诵诗歌，与诗歌爱好者见面，受到热烈欢迎。他的影响进一步扩大了波德莱尔在国际上造成的法国诗歌的声誉，促进了象征派诗歌在国际上的传播。

保尔·魏尔伦对内心感情的抒发具有独特的手法。在他以前的诗人，大多从各个角度来表达内心的感受，很少集中到某一点去抒发内心情绪。魏尔伦则不同，他往往选取一幅"精选的风景"，也就是一个精选的场面，用以描绘或表现心灵的一种感受和情绪。他对心灵的挖掘更为细致，写出了更为微妙的内心思绪。

他早期的诗歌已经露出了这种探索的端倪。可以举出《忧郁诗章》（1866）中的《秋歌》，这首诗共三节，写的是秋天的萧瑟情景在诗人心中勾起的忧愁：萧瑟的秋天和幽咽的提琴声刺伤了他的心；闷人的气氛和忧郁的钟声使诗人回忆起往昔，他悲伤得泪流如雨；诗人在阴冷的风中疾走，深感生活漂泊无定。这首诗写的虽然是一幅秋景，但诗人不像前人如拉马丁那样花费大量篇幅去描绘秋色，他只写印象。大自然的忧郁情调与心灵的忧郁相连，或者说魏尔伦以秋景去衬托和象征心境，他的立足点是心情，而不是景致。这与浪漫派和巴那斯派都不一样，尽管这时魏尔伦受到巴那斯派的影响。例如，勒贡特·德利尔的《正午》完全写的是夏日景象，诗人面对这幅景象是冷漠的，无动于衷的，内心感情丝毫不流露出来。而魏尔伦则不一样，例如，《佳节集》（1869）中的《月光》写的是一幅"精选的风景"：月光下的男女戴着假面具，穿着奇装异服，在翩翩起舞，及时行乐；月光惨淡而华丽，鸟儿已经入梦，喷泉似在啜泣。这幅夜景其实是内心的景致，是心灵的精神状态。在这幅场景中，悲哀是主调，人们虽然跳舞弹琴，但掩盖不住这种心情。诗中的景色虽富有诗意，却又令人忧愁：一种无以名之的不安在树下回荡。狂欢之中一望而知隐含着悲愁。《美好的歌》（1870）中的《皎洁月光》也是一样，诗中出现的是一幅与恋人在月下的漫步图，在这幅场景中，皎洁的月光照亮了树林，树冠枝叶交叠，回荡着唧啾的鸟鸣。纯洁的鸟鸣和交叠的树枝象征着一对订过婚的青年男女的幸福心境。月夜往往给人一种如梦般的感受，使人有一种幽远、柔和、朦胧的印象，诗人对婚后的生活是向往的，却又感到迷茫、不可捉摸、欢喜与忧虑相交织，这种复杂的心情通过这幅风景表达了出来。及至发展到《无言的情歌》（1874），这种"精选的风景"的写法便达到成熟阶段。名诗《泪洒在我的心头》写的是凄清的雨，也是落在心中的泪，雨和泪交织在一起，无法分清。可以说，雨的凄清是人的感情产物，这已经不能用情景交融来概括，与其说这是在写景，还不如说这写的是心情，景只是一种象征物，这样的交织形成了一首绝妙的情感奏鸣曲或小咏叹调。魏尔伦完全革新了诗中景致的概念，他不再把风景当作某种感情的背景，就像浪漫派诗人所做的那样，也不把风景当作一种纯美学效果的装饰，就像巴那斯派诗人时常所做的那样，而是以此作为最敏锐、最美妙的表现感觉的空间，目的在于抒写心灵感受。《明智集》（1880）是魏尔伦作品的高峰，"它表达了最深沉的内心生活"。这时的魏尔伦认为"诗歌应该道出心灵的神秘状态、我们命运的惨剧、在我们内心善与恶的冲突"[1]，他对内心的挖掘更为精微细腻。

他的诗歌描绘的内心感受往往是刹那间的、难以捕捉的。波德莱尔也善于捕捉这种感受，用具体的意象去象征抽象的精神现象和心绪。不过，波德莱尔常常用各种各样的意象，即从各种不同的角度去象征和表现人的心灵状态，而魏尔伦则仅仅以一种场景去象征或绘写心灵状态。这种变化表明魏尔伦采用的手法更为集中、更为细腻，有时更为鲜明。波德莱尔的象征往往令人目不暇接，难以集中到一点上去感受，他的象征物往往是奇特的、丑陋的，而魏尔伦

1　亨利·勒梅特尔：《法国文学》，第2卷，第159页。

的象征则总是运用人们习以为常的事物，如月光、雨、狂欢场面、绿色的自然景物，等等，读者在不知不觉中接受了他的感情抒发，而意识不到他在运用象征手法，这是魏尔伦的高明之处。可以看到，魏尔伦运用的象征物往往是美好的、优美的，给人以美的享受。这是魏尔伦跟波德莱尔的美学观不同而带来的结果。他在《诗艺》中指出，要"远远躲开致命的讽刺、无情的机智、邪恶的笑"，这就从内容上和波德莱尔划清了界线。诚然，他又认为"灰色的诗歌最为可贵"，这指的是诗歌要写忧郁；但是，"这是面纱后面的秀目，这是中午烈日的颤动，这是秋高气爽的空中，蓝莹莹的明亮的星宿"。这种忧郁的意境仍然是优美的，他的象征总是富有诗意。

魏尔伦的这种特色是逐步形成的。在他的第一部诗集《忧郁诗章》中，魏尔伦受到多方面的影响，他像同时代的其他诗人一样，受到雨果的熏陶；从提到阿尔卡依奥斯和俄尔菲，以及从沙鸡和芦苇的代替说法中，可以看到勒贡特·德利尔的影响；戈蒂埃的《阿尔贝图斯》和《莫班小姐》的影响是明显的；他还受到贝尔特朗等人的影响。在《序诗》和《尾诗》中，他带着强烈的倾向肯定了冷漠的主张、美的独立性、藐视激情和灵感、绝对相信注重形式的努力。凡此种种，都表明他处在初学者的阶段，还没有完全找到自己的风格和特色。他基本上遵循的是巴那斯派的观点，但是，在有的诗中，他的笔下不知不觉地出现了一些崭新的东西，其中包括感觉的细腻和象征场面的单一，这是以往的诗歌中未曾有过的。在以后的诗集中，这种特色慢慢地形成和变得鲜明起来。魏尔伦的变化明显地发生在《美好的歌》之后。普法战争以后，他同勒贡特·德利尔和大部分巴那斯派的年轻朋友决裂了，而同另一批文人和画家来往。这些文人和画家强烈感到巴那斯派的观点过于造作和冷冰冰，要求艺术和诗歌表现现代生活，描绘大城市、火车站、仓库及其居民的动荡生活，在同他们的接触中，魏尔伦深受其影响。《无言的情歌》断然与巴那斯派的美学观决裂，运用了新的表现手法。从此，魏尔伦形成了自己的创作特色和独树一帜的风格。

魏尔伦的诗歌抒发的是忧郁的情怀、爱情的喜悦、留恋以往幸福的悔恨心情、对过去不检行为的否定、自己的精神转变，等等，基本上都离不开个人的所思所想、心理变化和精神觉醒，一般不涉及重大的社会政治问题。他的诗歌创作范围局限在个人生活方面，而且是在精神生活方面。他是一个纯粹的抒情诗人。他不像浪漫派作家那样，现身说法，滔滔不绝地抒发情怀，而是委婉地表达，正如克洛岱尔所说："不是作者在说话，而是心灵在说话。"他说过："我的孩子们，艺术绝对是成为自己。"这就是要求诗人表达自身最深沉的意愿。魏尔伦不断地悔恨，热烈地追求失去的纯真，追求表现"幼稚的灵敏的心"，小时候的无所顾忌，甚至一心想变成婴儿，受到别人的宠爱和温存，他需要平静的幸福，渴望无私的爱，这种"说知心话的抒情性"，在诗人和读者之间建立起心灵的亲切交流，它以一种纯洁、清新、奇迹般地保留下来的天真吸引着读者。瓦莱里曾对此发表过评论："这种天真是一种有条理的原始状态，这种原始状态是原始人从来没有过的，它属于一个非常灵活、非常自觉的艺术家的品质……还没有什么艺术比这种艺术更加灵活，它使人要避开另一种艺术，而不是要超过它。"[1] 魏尔伦的诗歌的抒情性确实具有这种纯真状态的特点和魅力。

魏尔伦不像兰波，将诗歌的创新建立在"我"体验过的怪诞中；"我"毫不犹豫地要奔向"不为人知的领域"。在魏尔伦的诗中，没有突如其来的痛苦，也没有强烈色彩的语言。"我"不是"另一个"。他不以异化和语言的神奇组合来吸引人。诗人不远游到别的现实中，他宁可让世界各种各样的现实接触自己，渗透自己，这些现实包括人、物体、风景，其价值不在本身意义，更多是在音响中；其力量不在强度，更多是在旋律中。魏尔伦充分把自我分散和消融在无人称和时间的模糊之中（回忆和悔恨）或空间的模糊之中（雨、雾、黎明、暮色）。很少有诗人像他那样把"我"这种美妙但不安的情感消融在景物之中。魏尔伦正是以此革新了象征的含义。魏尔伦不仅仅运用语言的象征去表明：在表面现象和能指后面，隐藏着一种意义和本质。在他的诗中，能指和所指，象征和现实结合为不可分割的整体。他的心灵消融在现实的背景中，换句话说，整幅风景赋予心灵以内在力度。无人称的感受或描绘性的追忆，在魏尔伦的象征手法中是相辅相成的。

音乐性是魏尔伦最看重的诗歌要素。他在《诗艺》中一再说："音乐性先于一切准则，""依然和永远是音乐性！"诗歌的产生原本是跟音乐结合在一起的，一般而言，诗歌是富有音乐节奏的。但是，魏尔伦所说的音乐性指的是要发掘诗句的内在音响节奏，从而加强诗歌的抒情性。魏尔伦诗歌的音乐性可

1 转引自拉加德、米沙尔：《19世纪》，博尔达斯出版社，1969年，第504页。

以从下列几个方面加以说明。

首先，运用奇数音节，"奇数音节便得宠"（《诗艺》）。奇数音节确实是诗人所喜爱的工具之一：三个、五个、七个，尤其是九个富有特点的音节，还有十一个、十三个音节，是魏尔伦爱用的音节。这些轻巧、灵活、与雄辩格格不入的节奏，同亚历山大音节（即十二音节）有时接近，有时距离较远，能迫使读者去抓住更加流动、更加复杂的节奏。同时，他灵活地应用亚历山大体，使之具有音乐性。传统的亚历山大体有四个停顿，魏尔伦往往使之三分，即具有三个停顿。他做出大胆的断行和跨行。保尔·克洛岱尔认为，这种诗句"不是由音节组成的，它们是由节奏赋予生命的。这不再是硬分开的、有逻辑性的整体，这是一种气息，精神的呼吸；不再有音步，只有一种起伏，只有一系列的鼓胀与松弛"。[1]这段评语道出了魏尔伦的诗句的节奏魅力。

其次，丰富多彩的押韵方法。魏尔伦从来不写自由诗，他主张诗歌要押韵。他曾经押难找的韵，随后摆脱了阴阳韵交替使用的规则。他喜欢叠韵，如《泪洒在我的心头》，第一句"下雨"的动词（pleure）同"心"（eoeur）这个名词是叠韵；第五句的"雨"（pluie）同"声音"（bruit）也是叠韵；第十句的"心"同动词"烦恼"（s'écoeure）是叠韵。他注意到元音的作用，如《秋歌》中有大量开与闭发声的元音 O（sanglot, long, violon, automne），在短句中显得无尽无休一般，产生单调、孤独之感；流动感极强的辅音"L"的运用（sanglot, long, violon, blessant, langueur），产生慵倦柔和之感，与复合元音（coeur, langueur, heure, pleur）彼此呼应；鼻音（long, violons, mon）起的作用是缓和、减轻战栗。这一切把节奏减慢，形成沉思和不安的情调。有时，魏尔伦的押韵方式别出心裁，《泪洒在我的心头》中每节诗的第一、三、四句押同一韵，这种押韵法在以往的诗中似乎找不到，由于韵脚的频繁出现而具有节奏感。其中第一、四句不仅同韵，而且同词。按理说，这是违反法语诗歌押韵规则的，但在这里却能起到加强音响力度的效果，像回声一样，相隔两行之后重新响起，衬托出感情回环不已。发展到后来，魏尔伦着意选择有启示性的韵，寻找诗行内部的韵律。《啊，我的心绪多低沉》的特点是运用重复的词与诗句，创作出幽怨情调和音乐节奏。第一行有两个"低沉"，第二行有两个"由于"，第四和第五行有三个"虽然"，第九行有两个"我的

1 转引自拉加德、米沙尔：《19世纪》，博尔达斯出版社，1969年，第505页。

心"，第十和第十一行有两个"有可能吗"，第十二行有两个"流徙"。另外，第三、四行和第七、八行重复。法国有首古老的情歌，其中一句是："我的心，我的心多么痛苦！"魏尔伦汲取了这种重复的手法，创造出一种哀怨之情萦回不去，排解不开的情调。但重复的词与句排列位置不断变化，使得这种重复不显得单调，而像咏叹调一样，主旋律不断出现。与此相应，押韵方式也是重复之中有变化：第一、二、五、六句押同一韵，而且第一、五与第二、六句押同一字的韵；全诗是两行一韵。这种押韵方式无非是要取得和谐之中有变化的效果。《我不知道为什么》是一首由长短不一的诗行组成的格律诗，但押韵方式颇多变化。六行的诗节押韵方式完全一样，而五行的诗节韵脚则有变化，正是同中有异，和谐之中有变化。这首诗流转自如，起伏跌宕，音韵协调，末尾以两个"为什么"的发问结束，不作回答，像余音缭绕，让人思索。总之，韵律成为他用来细腻地表达感觉的多种音乐因素中的一种。

最后，灵活多变的诗行。魏尔伦喜欢长短结合的诗行，这种句子具有舒缓的节奏，能创造一种单纯明晰的境界。长短相间，既复杂多变又流动自如，读来抑扬顿挫，节奏轻快，这是一种内在的音乐性。他尤其喜欢短句，短句具有明快、跳跃的节奏。他的大部分名作都是以短句写成的。《秋歌》以四音节四音节三音节和四音节四音节三音节共六行组成一个诗节，《皎洁月光》四个音节一行，《泪洒在我的心头》七个音节一行，《天空在屋顶上面》以七个音节和四个音节的诗行组成，《感伤的对话》十个音节一行。这些短句组成的诗歌都具有节奏明快的特点。但有时魏尔伦也会写出十五音节的诗行，如《我不知道为什么》由七个音节、九个音节和十五个音节三种奇数音节的诗句组成，形成宝塔式的结构，朗读起来自然而然产生曲折多变的音响变化。

魏尔伦的诗歌以自然流畅见长，舒卷自如，不见斧凿痕迹，正如法国小说家兼批评家勒米·德·古尔蒙所说的："保尔·魏尔伦的诗歌，包括形式和思想，都是自然产生的；这是'失蜡浇铸'；它要么存在，要么不存在。显不出半点痕迹。"批评家卡斯泰主编的文学史指出："魏尔伦是一个非常自觉的艺术家。"也就是说，魏尔伦非常注重诗歌的艺术性。

魏尔伦在《诗艺》中写道："抓住雄辩，拧断它的头颈！"他反对在诗歌中进行议论，认为议论和抒情是相悖的。他提倡"没有装腔作势或滞涩"，这就是说诗歌要写得自然、流畅、优美。在魏尔伦笔下，象征手法运用得非常自然，丝毫不令人感到牵强附会或难以理解。以《泪洒在我的心头》为例，整首诗采用反复吟唱的手法。第一节用冷雨来形容眼泪，但这不是真实的泪，而是心里的泪。开头两句诗表达得十分曲折，含义和意境都非常耐人寻味。诗人接着问道，这究竟是什么样的悲伤呢？但第二节诗人并没有回答这个问题，而是回过头来写雨的凄清，强调这是对于烦恼的心灵而言的。换言之，雨的凄清是人的感情产物。第三节才回答第一节的问题，泪落得无缘无故，因为彼此并不负心。至此，诗歌诉说的对象才明朗化：这是对妻子说话，希望言归于好。第四节诗把自己的悲哀深化，认为自己对造成这种局面一无所知，他既没有外遇，又没有心头怨恨，但这反而是最深的悲哀。这浅浅的哲理是自责还是另有所指？诗人让读者发挥想象去推测。这首诗的象征物——雨——同诗人的心境结合得非常紧密，非常妥帖，而且诗意浓郁，表达酣畅，一唱三叹，回肠荡气，诗节之间衔接自然。这种天衣无缝的技巧，使得《泪洒在我的心头》成为法国诗歌中的一首名作。

细加推究，可以发现，这首诗还有一种朦胧的含义，诗人欲说还休，并没有把所有的心里话和盘托出。魏尔伦在《诗艺》中就指出过朦胧作为一种艺术手段的重要性："要朦胧"，为此，要做到"模糊和准确彼此相连"。这是一种新的艺术趣味，一种新的艺术主张。它同象征派的创作实践紧密相连。这里还可以举出另一首诗《感伤的对话》。这首诗写的是两个幽灵从古老的公园一直漫步到野燕麦地里的情景。这对情人或夫妻是正当盛年夭折，还是有什么不幸落在他们头上，或是天年已尽？这些诗人都没有交代，读者只是从他们的对话中得知他们旧日有过一段欢情。在寒冷而偏僻的公园一隅，传来他们几乎不可闻的说话声，读者难以分清哪个是男哪个是女，但他们的对话足以反映他们爱情的美好。其中一个对旧情无限怀念，并抱着旧梦重温的希望；另一个则更现实些，认为希望已经破灭。他们的对话终于在夜色中消失。凄清、冷峻、哀怨，构成这首诗的情调。魏尔伦写这首诗时还不到25岁，他对爱情抱有如此悲凉的态度，确实令人吃惊！也许是1867年他所爱的表姐艾莉萨去世使他产生如此幽怨的悲哀。他曾热情地描绘过她："金发，脸颊粉红，侧面却庄重，爱幻想，有着美丽的蓝眼睛，""流金鸣响般的声音，音色像天使。"可是她与别人结了婚，难产而死。魏尔伦得知噩耗后，开始过量地喝苦艾酒。《感伤的对话》写的是他和表姐幽灵的对话。只能说，魏尔伦的构思似乎同这段经历有关，他的感伤情调是由此而产生的。朦胧、模糊和准确相互连接，就是这首诗诗意隽永的所在。

魏尔伦的优秀诗作除了上述的特点外，往往总是通过诗画结合来达到抒情表意的目的。早在《佳节集》中，他就把诗与画相结合，"因为我们还需要色调，仅仅是色调，不是颜色！啊！只有色调才能联结梦与梦幻，笛子和号角！"（《诗艺》）以《月光》为例，这首诗写的是月光下的一场假面舞会，它象征着心灵的精神状态。诗中的景色虽富有诗意，却又令人忧愁：月光惨淡，喷泉在哭泣，鸟儿入梦，水柱在飘洒。狂欢之中隐含着不安和悲愁。形成这种悲愁气氛主要靠的是色彩效果：黝黑的夜晚，古怪的假面具，五颜六色的服装，惨淡而美丽的月色，尤其是这月色，既融汇人们的歌声，又使自然界的一切沉醉，它弥漫在空间，迷蒙虚幻。整幅画面以暗色调为主，明暗对比强烈。他的诗很像马奈的画：这个画家在画笔的点涂中能自由重建空间和图案。魏尔伦的诗总是构成一连串"印象"，半明半暗中聚合着精致的菘蓝色。他对色彩极为敏感，他说过："在我身上，眼睛，尤其是眼睛，非常早熟。我盯着看一切，任何东西的外形都逃不脱我的注视。我不断地追逐形式、色彩、阴影。"在《无言的情歌》和《明智集》中，这种从印象派画家那里吸取来的方法继续得到运用。以《天空在屋顶上面》为例，这首诗写于1873年布鲁塞尔的监狱里。由于他用手枪向兰波开了两枪，为此被判了两年监禁，他内心充满了矛盾，导致他后来转向宗教。这首诗的头两节是这样写的：

> 天空在屋顶上面，
> 多蓝多静！
> 棕榈在屋顶上面，
> 摇曳不定。
> 钟在可见的天空
> 悠悠长鸣。
> 鸟在可见的树丛
> 低回呻吟。

诗人通过狭窄的天窗仰望到一块天空和微风摇曳着的棕榈树。重复"在屋顶上面"，而且以此押韵，有意违反一般的诗律，读者从中感受到诗人内心的困苦并想到狱中人视野的可怜巴巴。但这片蓝天和这些绿叶令他感到愉悦，他的目光在这自由的天地驰骋，仿佛第一次看到它们那样赏心悦目。"天空、蓝、静"，这些词虽然常用，在这里却富有诗意，构成一幅平凡的美景：突出的是生活平静的乐趣，这同监狱的沉寂恰成对比。外面的生活虽然平静，却是自由安乐的；监狱的生活纵然也平静，却令人孤寂烦闷。从这幅画面中，引发了诗人的思索，他发现自由生活的真正可贵，他的心不由得掀起痛苦的波澜，怀念起自由、纯洁的生活和平静、安宁的幸福。在第二节，屋顶和树好像被遗忘了，重复"可见的"，反映了诗人欣喜惊讶的心情。他的视觉和听觉结合起来，悠扬的钟声和如怨如诉的鸟鸣，促使诗人由一时的惊喜逐渐回到忧郁的心境。"低回呻吟"的鸟鸣恐怕是诗人的心绪在起作用，实际上欢快的鸟鸣声听起来却变成愁苦的了。这是用鸟鸣来写心态，当中省略了说明和交代，让人慢慢去意会。在这首诗中，诗与画相结合，将视觉与听觉联结起来，从而产生浓郁的诗意。

魏尔伦的优秀诗作吸收了波德莱尔的成功经验，写得都非常精练。不仅每首诗篇幅短小，而且诗作数量不多。可是，他晚年却写得过多，而且有散文化倾向，佳作显然减少了。他还在不断探索，如分解句子、改变句子和诗律的形式，但都没有获得成功。他晚年生活在困顿之中，他的酗酒习惯愈演愈烈。尽管他声誉日隆，出国演讲，撰写了《一个鳏夫的回忆》（1886），《我的收容所》（1892），《我的监狱》（1893），《忏悔录》（1895）等回忆录，仍然入不敷出。他成了一个流浪汉，于1896年1月死在一个冰冷的房间里。

第十六章　象征派诗歌的发展过程和理论主张

象征主义是曾经起过巨大作用的文学思潮，它的发源地是法国，随后波及欧洲和世界各国。它从产生、发展到衰落，延续了大半个世纪。它影响之深，流行范围之广，对文学创作所起的作用之大，在世界文学史上是不多见的。象征主义不仅在诗歌创作上获得重大成就，而且在小说和戏剧领域产生过重要的作品。这里只论述象征派诗歌的发展过程和理论主张。

第一节　象征派的发展过程

当人们论及19世纪法国诗歌中的象征主义时，时而指出这是一个广阔的诗歌潮流，它覆盖了19世纪下半叶，时而指出这是一个文学流派，它约于1885—1900年间流行一时；或者不如说这是一群诗人，他们因有共同的愿望和相同的写诗观点而结合起来。因此，有必要区分象征主义思潮和象征派，以便尽可能消除某些误会。在法国，提起象征主义诗人，可以从奈瓦尔一直列举到马拉美（20世纪还不算在内）；至于象征派，则被认为分成一系列短暂的团体：颓废派、自由诗派、工具派，等等。为了全面介绍象征派，有必要多做一些说明。

第一代　从1822年起，雨果就宣称："诗歌就是一切事物中所有的私人成分。"他还确认在真实世界之下有一个理想世界的存在。后来，他力图洞穿世界的奥秘，用诗歌语言来显示这种奥秘。象征主义的真正启示者是热拉尔·德·奈瓦尔（Gérard de Nerval，1808—1855）和波德莱尔。前者通过他对超现实的体验和对梦的描绘，拓展了描写领域。他的诗集有《幻想集》，里面常常出现神秘的咒语般的句子。他力图寻找梦与生活之间的联系，在《奥蕾莉亚》中，他认为梦有助于理解人间事件隐蔽的含义，"洞穿把我们与不可见世界分隔开来的象牙和金子构成的门"。他还认为但丁、斯威登堡等是伟大的幻想家，因为他们探索了黑暗。波德莱尔则通过他的通感理论，提出了象征主义的一些原则主张，并在实践中取得重大成就，为象征主义的产生铺平了道路。

第二代 1868年，洛特雷阿蒙（Lautréamont，1846—1870；他的真名是伊齐多尔·杜卡斯）发表《马尔多罗之歌》。他生于蒙得维的亚，但在法国念中学；他前往巴黎准备报考综合工艺学校。散文诗集《马尔多罗之歌》是他用笔名德·洛特雷阿蒙伯爵发表的，当时不为人知；随后他还发表过一部《诗集》（1870）。后死于肺病。1920年以后，他的作品受到超现实主义者的赞赏。《马尔多罗之歌》描写的形象马尔多罗体现了诗人的贫困和苦闷。他"苍白、伛偻"，面孔"刻上了过早出现的皱纹"，造化"使他的眼睛带着热病的刺目火焰闪闪发光"。他具有不同寻常的洞察力，但这种明晰事理本身却摧毁了他的幻想，他深受其苦。同时，在他身上显现出落在人类头上的各种形式的苦难，以及折磨人类的天灾人祸：战争、火灾、海难和疾病。他受到自己无知的折磨，因痛苦和恶习造成创伤而泄气，于是沉溺在绝望中。绝望像"酒一样使他沉醉"；他像拜伦式的英雄，但是他更加激烈地反抗天主。马尔多罗成为一种可怕的象征。他不再体现人的悲剧，而更像人身牛头怪物或者可怕的怪兽。这个幽灵般的骑士像罪恶一样周游全球。他像罪恶一样，具有最令人意想不到的形态：他的意志一转，便能立刻变形，成为章鱼或鹰，阴沟的蟋蟀或黑天鹅。他的复仇狂热以疯狂的行动或难以想象的暴烈诅咒表现出来。这部散文诗集发表在波德莱尔的《巴黎的忧郁》之后，而发表在兰波的散文诗集之前，以象征的形式表达了诗人近乎精神错乱的苦闷情绪以及世纪病对他的可怕纠缠。洛特雷阿蒙对自然科学怀有兴趣。诗中大量矿物的出现象征诗人的孤立。85种动物名字的出现则象征人的生命力。在艺术上，这部诗集推动了诗歌形式的解放：抒情的诗节与幻想式的插曲交替使用，雄辩的语言和突如其来的意象交叉出现；可诅咒的主人公在每一页都在阐明第一歌的表白："我呀，我要让我的天才用于描绘残忍的快乐。"这种以一个主人公贯穿整部作品的写法，在散文诗中是一种创造。洛特雷阿蒙记录了潜意识，将不同作家的句子拼贴在一起，还运用了讽刺幽默手法。例如这一句："如果读者感到这个句子太长了，那么请他接受我的歉意。"又如这一句："一只猫头鹰笔直地飞行，它的爪子折断了，它越过玛德莱娜教堂的上空……一面大声叫喊：'大祸临头了。'"评论家布朗肖认为："在整部作品中，讽刺起着极大的作用，以致在其他作品中，无法找到相同的例子。"[1] 超现实主义者还从中看到自动写作法的大量运用。其中不少诗节都是在黑夜里进行的，而在曙光出现之前结束。布朗肖认为，这部散文诗集是"我国文学中打上睡眠烙印最多的作品"。[2]

第二代的先驱还包括魏尔伦和兰波。魏尔伦主张诗歌应具有富于暗示的音乐性，通过细微差异、误会和灵活的象征，写出近乎难以捉摸的半意识状态：梦境、思乡、不安或幸福。兰波更为大胆，他强调超现实，力图创造"能为所有感官接受的"语言，并同诗歌的传统形式决裂。他们的主张为象征派的出现提供了新的样品。还有一些不那么有名的诗人也为象征派的出现准备了条件，他们是夏尔·克罗斯（Charles Cros，1842—1888）、特里斯坦·科比埃尔（Tristan Corbière，1845—1875）、热尔曼·努沃（Germain Nouveau，1851—1920）等。克罗斯是个南方人。科学和诗歌同样吸引他，他尤其对留声机的制作感兴趣，他还是印象派画家的朋友，又懂得梵文和希伯来文。《檀香木匣》（1873）是部古怪的诗集。他的名声主要来自善于运用独白和幽默手法（《不倒翁》《熏咸鲱鱼》）。他的散文诗《寒冷的时刻》描写夜里的孤独和苦闷："独自在家而无法入睡是可怕的。似乎死神在人们头上飞翔，利用他们不可抗拒的睡眠，让人觉察不到，选择它的捕获物。"科比埃尔是个布列塔尼人，1871年定居巴黎，生活放荡。《黄色的爱情》（1873）写海员生活。他反对浪漫派的诗作，如拉马丁的哀歌、拜伦的狂热、雨果的人道抒情。他的诗歌堆积了讽刺、双关语、奇想、幽默，被加埃唐·皮孔称为一种"腹语术"。努沃是普罗旺斯人，又是一个画家。1873年他结识兰波，并跟随兰波到伦敦，他曾帮兰波抄写过部分《彩画集》。在魏尔伦影响下，他信了天主教，但他过的是流浪生活。遗作《瓦朗蒂娜》（1922）将幻想和温情熔于一炉。

1880年左右，诗歌界对巴那斯派的庄严和冷漠产生厌倦之情绪，出现了"世纪末"的病态情愫。诗人们否定主张进步的理论，抛弃当时的唯物主义倾向和自然主义。有的诗人在拉丁区和蒙马特尔高地流行的小酒店相聚，由此产生了"蓬头乱发者""黑猫""满不在乎者"（参加者有克罗斯、阿莱、魏尔伦、兰波、黎什潘、努沃）等团体，这些团体存在时间很短。魏尔伦的一句诗给他们的灵感定了调子："我是颓废末期的帝国。"他们不相信传统，却又不

1　转引自布吕奈尔等：《法国文学史》，第527页。

2　转引自布吕奈尔等：《法国文学史》，第527页。

能坚定地确信自己创造出新的诗艺。他们在随随便便中寻找精巧，分解诗句，在常见的手法、文字游戏、天真的民间复调中夹入灵活的探索。这些年轻诗人对波德莱尔的敏感表现很感兴趣：烦恼、对大自然和平庸事物感到恐惧、具有贵族般的讲究。持传统观点的批评家把他们称为"颓废派"，这个名称后来成为他们引以为自豪的一个词。他们的作品表达了朦胧的厌倦和突如其来的神经质。这是一种颓废精神。1883年，魏尔伦在杂志《吕泰斯》上撰文推崇科比埃尔、兰波和马拉美。与此同时，莫里斯·罗利奈的诗集《神经官能症》获得了成功，这本诗集今日已被人遗忘。保尔·布尔热在《现代哲学论集》（1881—1883）中描绘了"面对这个世界的弊病普遍感到恶心"的"孤独和古怪的神经官能症"，将波德莱尔看作兄弟和大师、咏唱秋末的歌手，能激起"我们身上难以形容的肉感的忧愁"。小说家于依思芒斯的作品《反乎常理》（1884）塑造了一个颓废的典型。他力图从《恶之花》中抽出"颓废的理论"，认为"颓废的语言"与颓废的社会是并列的。

这种颓废情绪产生了一个诗人儒勒·拉福格（Jules Laforgue，1860—1887）。他生于蒙得维的亚，六岁时回到法国，随后父母又离去，留下他和哥哥在一起。他的父母都是布列塔尼人。他幼年丧母，1875年全家来到巴黎。他在巴黎结束学业，但两次都未通过中学毕业会考。1881年他到柏林为皇太后朗读法国书报，接触到叔本华、哈特曼的作品，发展了他的悲观主义。他不相信世界和女人，喜欢自省，思索人生的无情可笑。1886年回到巴黎，次年因肺病死去。他留下三本诗集：《悲歌集》（1885）、《月亮圣母的模仿》（1886）、《大地的呜咽》（1901）和一本故事集《道德传说集》（1907）。拉福格的诗作蕴含着一种调侃人生的情调，如《外省月亮的悲歌》这样写道："啊！美丽的满月当空，／像财富般肥胖臃肿！／远处响起归营钟声，／匆匆走过副官先生；／对面演奏羽管键琴，／一只猫在广场穿行。"对月亮的比喻，意象的奇怪组合，都十分俏皮、幽默。又如《死者遗忘悲歌》写道："你们在啤酒杯里抽烟，／你们在雇用牧歌，／那边雄鸡啼声上云天，／可怜的死者被赶出城郭！"行文具有一种滑稽意味。诗人认为他的作品《大地的呜咽》就像"一个1880年的巴黎人的历史和日记，这个巴黎人在受苦、怀疑，达到虚无。背景是在巴黎，塞纳河上的落日、骤雨、泥泞的路面、路灯，用的是艺术家的语言，经过发掘，有现代气息，不考虑趣味习惯，不担心生硬、狂热、淫荡、滑稽"。诗歌写道:"巴黎在煤气灯中喧哗。时钟像丧钟／敲响一点。唱吧!跳吧!生活短暂,／一切皆空——请看天上,月亮沉入梦幻,／像没有人类的时代一样冰冷。"拉福格要写作一些"怪诞的诗歌,它们只有一个目的:不惜一切创新"(《1883年5月给玛丽亚的信》)。拉福格也写作自由诗,《冬天来临》表达了他嘲弄怪想、忧愁和纠缠着他的痛苦,如这首诗的第二节这样写道:"情感封锁!东方邮船公司!……／噢!下雨!噢!夜幕降临,／噢!风!……／万圣节,圣诞节和新年,／噢!毛毛雨中,我所有的壁炉!……"1886年,他在英国籍妻子的协助下翻译惠特曼的诗,对他写作自由诗无疑是个启发。从艺术上看,拉福格的诗句常常肢解开来,大量跨行,取消多余的字(如"我"),用人所共知的两个音组相结合来创造新词,将最罕见的词和粗俗的词混合起来,将陈词滥调和新词结合起来,以表达思想的无序:诗人的思想既无法摆脱苦恼,也无法严肃思索。

这批"颓废派"诗人中还有勒内·吉尔、居斯塔夫·卡恩、维埃莱—格里范(Viélé-Griffin, 1864—1937)。有一些杂志支持他们:《颓废者》(1886—1889)、《浪潮》(1886年4月)、《司卡班》(1886年9月)、《颓废》(1886年10月)等。

颓废派随即被象征派所代替,《颓废者》也被新杂志代替:居斯塔夫·卡恩于1886年创办的《象征主义者》《羽笔》(1889)、《法兰西的默居尔》(1890)、《白色杂志》(1891)。《象征主义者》聚集了莫雷亚斯、阿雅贝尔、拉福格、巴雷斯、于依思芒斯、马拉美、魏尔伦、维兹瓦等。1886年创办的"七星诗社"聚集了一批法国诗人和比利时诗人,其中有斯图亚尔·梅里尔和梅特林克。比利时的象征派诗人还有马克斯·埃尔斯坎普和埃米尔·维尔哈伦。梅特林克著有《温室》(1889)。埃尔斯坎普受马拉美影响,作品有《多米尼加》(1892)、《六首穷人的诗》《小彩画集》(1898)等。维尔哈伦是比利时最有名的象征派诗人,他的作品有《佛兰德尔女人》(1883)、《妄想的农村》(1893)、《触手般扩展的城市》(1895)、《整个佛兰德尔》(1907—1912)等。1886年9月,让·莫雷亚斯(Jean Moréas, 1856—1910)在《费加罗报》上发表《象征主义宣言》。这篇宣言说:"一种新的表现形式已经等待多时,它是必要的,不可避免的。这种表现形式长期酝酿,刚刚孵化出来。……我们已经建议命名为象征主义,作为唯一能够合理地确指目前艺术中创造精神的倾向。这一命名有可能保持下去。"同年，勒内·吉尔发表了《语言论》，前面冠以马拉美的一篇《前言》。至此，象征派提出了自己的理论。1891年，新闻记者儒勒·于雷发表的一篇调查，使广大读者了解到他们的倾向。1898年马拉美的逝世标志着象征派的发展告一段落。

早在1891年，发表过《象征主义宣言》的莫雷亚斯又发表了一篇《罗曼派宣言》，宣布象征主义已经寿终正寝，他主张要模仿七星诗社和17世纪诗人。这一"新古典主义"汇合"地中海"诗派，后者的代言人是夏尔·莫拉斯，他是乡土诗人、诺贝尔奖获得者米斯特拉尔的赞赏者。

但是，象征派并未因此而销声匿迹。相反，马拉美的一些信徒或弟子开始了新的活动，20世纪上半叶，后期象征派在国际上方兴未艾的象征主义潮流的推动下，再次出现了繁荣局面。

20世纪前后站在象征派旗帜下的诗人有阿尔贝·萨曼（Albert Samain，1858—1900）、亨利·德·雷尼埃（Henri de Régnier, 1864—1936）、保尔·福尔（Paul Fort, 1872—1960）、弗朗西斯·雅姆（Francis Jammes，1868—1938）等。阿尔贝·萨曼在巴黎市政厅当小职员，他参加颓废派诗人的圈子，1893年发表的《在公主的花园里》已有个人风格，流露了一颗孤独的灵魂的忧郁。在《公主》一诗中，他展示了象征派喜爱的"心灵景致"，对公主慵倦地躺在椅边的场景的描绘，其实是诗人心境的象征，诗歌开宗明义就指出："我的心灵是个穿礼服的公主娘娘。"这首诗以娓娓道来的语言使读者进入梦想境界，具有出色的启示力量。《瓶肚上》（1898）具有古朴色彩，堆积了许多画面。《金马车》（1901）将个人抒情与风景描绘结合在一起，在怀念凡尔赛宫和华托的油画如烟雾般的魅力中，诗人的敏感找到了通感。

亨利·德·雷尼埃生在一个贵族之家。二十岁时转向外交。随后又喜欢上文学，他是个精细的小说家，但由于他出色的诗作而以诗人留名后世。他的早期诗集受到维尼、雨果和苏利·普吕多姆的影响，从《插曲》（1888）起，写出了自己的风格。他用象征手法来表达自己的心灵状态，随后在《浪漫情调的旧诗》（1890）和《如梦一般》（1892）中，象征手法得到确立，而以《神圣的乡戏》（1897）达到顶峰。雷尼埃常常写作自由诗。后来，在他的岳父埃雷迪亚的影响下，他向写作更有造型美的诗歌发展，如《陶土勋章》（1900）。《水城集》（1902）以忧郁的情调表达他对凡尔赛宫和花园的井然有序的喜爱。后期诗集《长翅膀的便鞋》（1906）、《时间之镜》（1910）充满庄重、沉稳的抒情意味。雷尼埃的象征手法明白晓畅，大部分意象取自古希腊题材。由于他的诗歌严谨，而更接近古典传统和巴那斯派。

保尔·福尔在18岁时创办了"艺术剧院"，于1905年创办了一份象征主义的杂志《诗与散文》。他的诗具有浓郁的抒情性，从民间诗歌中汲取养料。他的诗歌总集以《法兰西谣曲》命名，从1897年开始，共发表了50多本。作为民族和民歌诗人，福尔歌唱法国的外省及其传说、传统、财富和魅力。他将往日的回忆和旅游、散步引起的新鲜印象和谐地结合起来。作为抒情诗人，他特别歌唱爱情、热情和人类友爱。他善于表达深沉的激动，同时又喜欢沉浸在幻想中。福尔在韵律上富有创新精神。为了在"韵律的技巧上确立节奏的优势地位"，他不是用诗句，而是用节奏鲜明的散文来表达，这种散文表面上是很自由的，其实遵守着亚历山大体诗句的结构和气韵："我是酒神还是潘神？我陶醉在时空中；我在黑夜的清凉中平息我的狂热。嘴巴向天空张开，星星在天空瑟瑟发抖。但愿天空注入我的心底。但愿我溶入天空之中。"

弗朗西斯·雅姆生在上比利牛斯省的图尔奈，童年时从未离开过故乡；在波尔多念完中学，他定居在奥尔泰兹，一住就是三十年。随后来到巴斯克地区的阿斯帕朗，直到逝世。两部诗集《从黎明三钟经到傍晚三钟经》（1898）、《报春花的葬礼》（1900）建立了他农民诗人的地位，他十分注意乡村生活的细小外貌。雅姆的诗歌背景十分平凡，写的是他的生活中的平凡伴侣。如他描写餐厅里有古老的大柜、不发声的杜鹃时钟、发出漆味的餐具橱，这些东西对他来说就像活生生的"小灵魂"。在山径上，来自比利牛斯的驴子经过时，向他投以亲切的目光，他跟它们一起向往天国。在他散步时，树木、植物、花朵都对他说话，他天真地接受它们的启示。诗人和大自然事物的对话是面对着慈父般的天主进行的。他向天主表白他的欢乐、苦恼和痛苦。雅姆力图以非常简朴的方法来表达，以便传达出他的感情的纯朴和新鲜。他说："我喜欢模仿福楼拜的风格或者勒贡特·德利尔的风格，像别人一样写些陈词滥调。我写过不自然的诗歌，把一切形式和韵律抛在一边，或者差不多抛在一边……我的风格是在结结巴巴地说话，但是我说出自己的真情实意。"

法国后期象征派的代表自然是保尔·瓦莱里。如果说法国象征派诗歌随着瓦莱里的逝世而宣告基本上结束的话，那么它所经历的时间是相当漫长的。

作为一个流派它是寿终正寝了（象征派戏剧则要延续到20世纪50年代），但是它的影响还长期存在下去。

第二节　象征派的理论主张

一般认为，象征主义是唯心主义作用于文学的一种表现。因此，从哲学上看，它的渊源可以上溯至柏拉图的理论，近一点则可以追溯到18世纪的天启论的代表斯威登堡、梅斯美、圣马丁。19世纪，唯心主义出现复兴，黑格尔、康德，尤其是叔本华的哲学产生了深远的影响；1889年，柏格森发表《论意识的直接材料》。象征派的理论主张就是以唯心主义为哲学基础的。象征派诗人梦想通过表面达到超验的现实。据他们看来，可感觉的世界只不过是精神世界的反映。他们认为在可感觉的世界后面，存在着一个非物质现实的隐蔽的网络，想象可以同这些非物质的现实接触，而诗歌的任务就在于使这些非物质的现实变得可以感觉。象征派认为，他们所表现的这个观念的世界就是艺术的世界，作诗其实就是取消物质，只保留现实对精神所起的作用。莫雷亚斯在《象征主义宣言》中说："象征主义诗歌力图使'观念'具有一种可感觉的形式，但这种形式不会是它的目的本身，它一方面用于表达观念，同时又受到约束。反过来，观念决不应该发现自身缺少外表可类比的华丽长袍。因为象征主义艺术的基本特征就在于决不要达到观念自身的浓缩。因此，在这种艺术中，大自然的画面，人的行动，一切具体现象都不会自动表现出来：这是一些可感觉的表面，它们用于表现重要观念具有的难以理解的亲密关系。"勒内·吉尔的《语言论》也指出："唯有观念是重要的，它分布在生活中。"象征派对观念的强调和重视，其实是力图挖掘人的内心，在这方面它与浪漫派是一脉相承，而不是相悖的，尽管象征派反对浪漫派的创作方法。人的内心和头脑中的想法往往是抽象的，难以捉摸的，因此，象征派进一步提出："如果我们是诗人，就是说我们掌握重大的秘密，我们把不可能触摸的东西还原出来，我们表达出不可表达的东西。"[1]因此，他们力图在材料之间寻找不同的感觉，正如在他们之前波德莱尔和兰波所做的那样，寻找神秘的通感，这种通感给他们提供开启宇

1　参见阿多雷·弗卢盖：《没落》，转引自亨利·勒梅特尔：《法国文学史》，第3卷，第59页。

宙的钥匙。

象征是他们表达通感的方法，也是他们最重要和最基本的艺术手段。象征派把诗歌看作形而上学的认识工具，力图通过语言的象征手法表达他们的发现。象征作为抽象观念的具体载体，构成观念世界和事物之间的桥梁。什么是象征？梁宗岱先生在《象征主义》一文中一语中的："借有形寓无形，借有限表无限，借刹那抓住永恒……正如一个蓓蕾蓄着炫熳芳菲的春信，一张落叶预奏那弥天漫地的秋声一样。所以它赋形的，蕴藏的，不是兴味索然的抽象观念，而是丰富、复杂、深邃、真实的灵境。"在象征派笔下，象征不是简单的比喻或图解，它们的含义是丰富的、复杂的，具有哲理性。这种象征手法与以往的象征的不同就在这里。象征派认为，人们往往只看到事物的表面，而看不到内里的东西，这种内里的东西换言之即绝对。圣保尔—卢说："我的愿望是避免相对，凝视绝对。"如果将绝对表现出来，就能发现人的精神处于更高一级的世界。例如，花的观念同具体的要枯萎的花含义是不同的，它表达了更高的、更丰富的哲理思想。正因为象征不是具体事物直接的、简单的再现，它就起着多种作用。一种是暗示作用。马拉美在《关于文学的发展》中说："至于内容，我相信青年诗人比之于仍然按照陈腐哲学家和陈腐修辞学家直接表现对象的方式去处理题材的巴那斯派，更接近于诗的理想。与直接表现对象相反，我认为必须去暗示。……指出对象无异于把诗的乐趣四去其三。诗写出来就是叫人一点一点地去猜想，这就是暗示……"暗示的结果必然是产生多种含义，它们互相照应。例如，马拉美的《另一把扇子》能令人产生写扇子、翅膀、诗歌等多种含义的猜测。象征手法的另一种作用是神秘性。仍然是马拉美做出了权威性的解释，他在同一篇访问记中说："巴那斯派诗人仅仅是全盘地把事物抓起来加以表现，所以他们缺乏神秘性，他们把相信他们是在创造——这种美妙的乐趣，都从精神上给剥夺了。……（暗示）就是这种神秘性的完美的应用，象征就是由这种神秘性构成的：一点一点地把对象暗示出来，用以表现一种心灵状态。"象征派认为神秘存在于我们身上和我们周围，它是现实的本质。暗示作用和神秘性导致的结果必然是使诗歌晦涩难解，令读者猜不透诗篇的真正含义。因此，象征派反对通俗化，他们认为诗歌是一项困难的和神圣的事业，它应该与群众保持距离。马拉美将诗歌语言和口语区分开来。他的诗是晦涩难懂的。他是这样解释的："晦涩或者是由于读者方面的力所不及，或者由于诗人的力所不及……有这样一个人，智力一般，文学修养的准备也不充分，如果他打开一本这样写成的书要加以欣赏，误解总是有的。事物都必须放到它们自己的位置上去看。诗永远应当是个谜……"在这种思想指导下，他的诗有时只是为了寻求声音的和谐组合，语言符号成了十分抽象的东西，诗人要寻找字句与要表达的事物之间的完美一致，而不在乎是否表达了什么思想，如《她纯粹的指甲》就是这样一首诗。这首诗完全以巧妙的字句与韵律的组合取得令人惊叹的效果，本身谈不上有什么意义。其他诗人如维兹瓦也指出：诗歌"对于那些不太喜欢美学享受，无法长时间献出自己全部心灵的人来说，当然是不可理解的"。诗句的晦涩难懂原因还出于过分追求字句、意象、音乐效果，不得不"削足适履"，忽略内容。

由此出发，象征派诗歌发展到追求所谓纯诗。早期的象征派诗人要求诗歌要具有音乐性。魏尔伦在《诗艺》中将音乐性放在诗歌创作原则的首位，随后象征派诗人都步他的后尘。莫雷亚斯在《象征主义宣言》中提出："昔日的格律变得更有活力；一种经过巧妙安排的无序；韵律像黄金和青铜的盾牌一样经过千锤百炼，有的韵律则具有玄妙的流动性；亚历山大诗体的停顿多变而又灵活；使用某些单数音节。"马拉美则提出要"在滞重紧密的诗句中间创造出某种流动感、灵活性"，亚历山大诗体要"变成一种更为自由、更为新颖、更加轻盈流畅的诗体"。兰波提出的"语言炼金术"自然是要寻找通感和象征，充分发挥语言的组合功能；马拉美则进一步运用这种语言炼金术，从语言的神奇组合中创造诗美，他不惜把诗歌写成咒语般的语言。斯图亚尔·梅里尔在1892年提出："必须从不完美的生活形式中创造出完美的生活。换句话说，应该成为生活形式的绝对主宰，而不是像现实主义者和自然主义者那样成为它的奴隶。"[1]瓦莱里则把这种追求诗歌的新的表现技巧理论化。他认为"诗是一种语言的艺术"，诗人要追求"音乐化"的效果；纯诗的概念"是诗人的愿望、努力和力量的一个理想的边界"，"在一切艺术之中，我们这一种也许是要使最多的独立部分或因素相协调的艺术：声音，意义，真实和幻想；逻辑，句法，以及内容和形式二者的创造……要使这一切协调，而用的是一种基本上实用的、不断变化的、被玷污了的媒介物——为一切工作服务的日常语言；要从

1　转引自玛丽—路易斯·阿斯特、弗朗索瓦丝·柯尔梅兹：《法国诗歌》，博尔达斯出版社，1982年，第278页。

这种日常语言中提炼出一个纯正的、理想的'声音'，这个'声音'要不软弱，不生硬，不刺耳，又不破坏'诗的世界'的短暂存在，而能传达某一个神奇地超越'我自己'的'自我'的思想"（《诗与抽象思维》）。这种纯诗的概念更注重诗歌的形式而不是内容。为了追求诗歌的内在韵律，象征派诗人发展了自由诗和散文诗。自由诗是魏尔伦、科比埃尔、兰波于1886年最早提出的，拉福格和卡恩大力提倡自由诗。斯图亚特·梅里尔和维埃莱—格里范也写作自由诗。自由诗体注重诗歌的内在节奏而不是严格的韵律，诗句的长短和诗节的组成不再按照固定的规则，每一行诗往往超过十二音节，韵律有时采用叠韵，甚至取消押韵。诗歌的节奏以情感或梦想的节奏为依据，于是，诗句与有节奏的散文之间的区别逐渐消失了。至于散文诗，其实可以看作自由诗的变种。散文诗在波德莱尔、兰波、拉福格等诗人手里已经发展到相当完美的地步。

最后，象征派诗人在探索内心世界的过程中，势必接触到梦与潜意识。马拉美就把暗示与梦幻等同起来。阿多雷·弗卢盖在《没落》中说："梦！梦！我的朋友们，让我们为了梦而启程！……这些转瞬即逝的灵感，这些梦的花朵，这些难以捕捉的细微差别，较之无限的彩虹的细微变化更加千变万化，必须把它们确定下来。"这种观点与巴那斯派、实证主义和现实主义截然相反。至于潜意识，梅特林克在回答于雷的调查时，指出有两种象征手法，一种是先验的，从抽象出发，"另一种象征不如说是潜意识的，在诗人不知不觉中产生，往往不由自主，几乎总是超越了他的思想；这是从人类一切天才的创造中产生的象征。这种象征手法的典范存在于埃斯库罗斯、莎士比亚……的作品中。我觉得，诗人运用象征手法应该是被动的，最纯粹的象征也许是在诗人不知不觉中，甚至是违反他的意图而产生的"。这种关于梦和潜意识的主张直接为超现实主义提供了理论和实践的范本。

象征派的主张构成了法国诗歌史上的一场革命，这场革命不仅获得了丰硕的成果，而且为后世的诗歌发展开辟了道路。归根结底，它解放了诗歌语言，革新了诗歌作为认知工具的创作道路，将意象和象征作为表现方法，深入挖掘了自我的内心以及人与世界之间的内在联系。象征派丰富了诗歌乃至文学创作的方法，在诗歌形式上也有新的探索。它为现代派的登场提供了理论和作品，它的意义是划时代的。正是由于它的影响，法国诗歌越出了国界，在一个相当长的时期内执欧美诗坛的牛耳。

第十七章　象征的多层意义和晦涩
——斯泰凡·马拉美的诗歌创作

波德莱尔、洛特雷阿蒙、魏尔伦、兰波的诗歌是植根于他们的生活的日常现实或异乎寻常的现实之中的，而斯泰凡·马拉美（Stéphane Mallarmé，1842—1898）的作品却完全躲藏在生活的偶发事件和不幸之中。

斯泰凡·马拉美的生平非常简单：出生在巴黎，五岁时失去母亲，小时喜欢幻想，像他后来所说的，具有"拉马丁式心灵"，十岁进寄宿学校，在桑斯中学念完中学课程，开始写诗。1860年左右，发现了《恶之花》。然后到了英国，在那里结了婚。长期从事英语教学，先在外省的图尔农的中学里教书，后在贝尚松、阿维荣和巴黎就教。日常生活的单调、平庸和丑恶使他深感苦闷。他辛勤地从事诗歌创作。1866年出版的《现代巴那斯》收入了他的十首诗。早年马拉美除了受过波德莱尔的影响外，还受过爱伦·坡和巴那斯派的影响。从他的《厄运》中可以看到波德莱尔的《信天翁》和《祝福》的痕迹，从《革新》中可以看到描绘忧郁的种种表现。跟波德莱尔一样，他忍受不了现实的丑恶和单调，他要摆脱烦恼和厌恶，渴望远游，也渴望神秘的或美的乐园。马拉美也从戈蒂埃和邦维尔那里学到了对字句的重视和对形式美的要求。但随后，马拉美寻求到自己的诗歌创作道路，以《窗户》《蓝天》《海风》瞩目于文坛。马拉美的诗歌越来越朝着语言、诗句的完美和多变化，以及象征的晦涩和多层意义的方向发展，终于独树一帜，成为象征派的领袖。

马拉美的诗歌向来以精粹著称。他一生创作的诗歌数量不多，构思和创作一首诗总是苦思冥想，精益求精。长诗《希罗狄亚德》从1865年开始写了十年也没有写完，《一个农牧神的下午》则写了十一年（1865—1876），真是"十年磨一剑"，精雕细作，苦心经营的程度甚至超过了福楼拜修改、写作小说所下的功夫。诗歌要写得精粹，这一认识是从奈瓦尔开始的，至波德莱尔得到了确认，接着魏尔伦和兰波继承了这个传统，及至马拉美，则发展到新的高度。

马拉美之所以要对诗歌语言下功夫，还由于他对语言的功能有新的理解。他反对诗歌语言的描绘作用，认为诗歌"不应描绘事物，而应描绘事物产生的效果"；因为诗歌不是要重现已经存在的事物，而是要抓住它们的关系，显出它们的意义，"对大地做出俄尔菲的解释"。在《给德·埃散特的散文》（1885）中，他指出一个词有多种意义，为了使他的想法具体化，他假设一个想象的岛，这个岛上的花表现为思想。这种把存在同时表现为思想的意象，在他的作品中不断出现。在《我重新合上的书》（1886）中，诗人创造了一个希腊小岛，上面没有古代诗人描绘的女战士和维纳斯，这是丰富的现实被写作封闭住的意象；在这首诗中，思想的各种意象通过文本确定下来。马拉美将这些诗歌意象称为"虚构"。从语言学的角度看，这种虚构是怎样形成的呢？1869年，马拉美对这个问题进行思考，写下了一些笔记。他将"话语"和"书写"看作语言的基本表现形式，其实他所做的是现代语意学和结构语言学的探索。在《戏剧草图》这部随笔集中，他认为一部剧本或一出芭蕾舞，就像可见的大自然一样，构成了符号的整体，以致书写的概念大为扩展。马拉美的思索已经具有现代意识。从这样的观点出发，他着意在诗歌中采用有启示性的、古老的、罕见的、难理解的词。

马拉美在写诗上花了如此大的功夫，除了追求语言美之外，还力求句法的变化。他往往改变一般句子的排列次序，造成一种新颖的效果。他从"给社会语言以更纯粹的意义"出发，把注意力放在句子的结构上面。他常常将动词和主语、原型动词和副动词分隔开来，增加同位语（经常放在相关的词的前面）、采用省略或婉转说法，从而分解句子，这种分解绝不是随意进行的。应该说，诗歌中语句成分的颠倒是常见的现象，但这往往是基于押韵的需要，而马拉美则不完全是这样，他是从句子的变化角度来考虑这种句子成分排列的，因而不同一般的排列方法频繁出现。在这方面，马拉美的句子是一种新的创造，给人以鲜明的感受。有的论者认为："毫不奇怪，马拉美不得不打破句法的所有规则，为了实现他作诗的最高理想：写出精神的音乐。"[1]

马拉美确实在追求诗歌的音乐性。他根据语言的音响效果来组织字句，

1　杜歇：《法国文学史教材》，第5卷，社会出版社，1977年，第417页。

从中抽出声音的启示功能。在押韵方面他尤其下过苦功。《纯洁的，轻快的》（亦名《天鹅》，1885）围绕着"i"这个元音押韵："ui, ivre, ie, is, igne，"具有和谐的音乐效果。《她纯粹的指甲》这首诗更是巧妙：全诗其实只有两个韵；但按词形可分为四个韵：yx, ore, ix, or。"ix"词根的词在法文中属于罕见词尾，而"ptyx"（咳）一词既是罕见词，又是晦涩难懂的词。此外，"持火炬的人"（lampadophore，古代宗教仪式中出现的人）及"餐具橱"（crédences）都是罕见词。但"ix"和"yx"的发音在法文中却有助于产生一种古怪气氛，使人产生声音的联想或启迪。再说，这两个韵声音响亮，使诗句产生一种流动感，读者以为听到了神秘而又独一无二的词，正像他对诗歌提出的要求一样，要"完美、崭新、与（普通）语言格格不入，像咒语一样""会引起你的惊讶，因为你从来没有听到过这样普通的片断，同时，对事物的回忆沉浸在一种新的气氛中"（《语言论》序言，1886）。例如"会发声的无用小玩意不剩全毁"一句，字母组合十分奇特，助动词和冠词的省略（aboli biblot），相近的音节连在一起，再加上无用的（d'inanite）一词形成一连串的相近音，简直像念咒语一般。这如同语言的炼金术，使每一个新的读者感到惊奇。这一首诗并无实际内容，或者说每行诗都令人费解，全诗令人难以构成一幅画面，这只是声音与多重意义的组合。但由于押韵的巧妙和罕见字的运用得法，这首诗成为一种独特的诗歌现象，显示了马拉美高超的诗歌技巧。另一首十四行诗《在令人难受的赤裸中》，"a"和"b"两个音符起着风暴的低音作用。马拉美以罕见字来押韵，寻找某些字母的音响效果，等等，从押韵和诗句的音乐性来说，达到了难度的顶点，无疑是对前人作诗要苦吟的努力的一大发展，因此，对内行的读者产生了巨大的魅力。这种对形式的追求，与波德莱尔和巴那斯派是一脉相承的，只不过马拉美走得更远些罢了。

在寻找诗歌音韵变化的过程中，马拉美必然注意到自由诗。自由诗是兰波、拉福格和卡恩以及波兰女诗人玛丽·克里辛斯卡等最先进行尝试的，但是，"真正的自由诗是马拉美创造的，他把语言才有的韵律限制看作主要限制，这是他的符号学语音的观点，转化为音位学体系"。[1]马拉美晚年的探索走得相当远，《骰子一掷消灭不了偶然》（1897）是一首别出心裁的自由诗，也是马拉美最令人困惑的一首诗。这首诗的文字排列非常奇特，它有时呈楼梯

1　朱丽亚·克里斯特瓦：《诗歌语言革命》，瑟伊出版社，1974年，第213页。

式，有时一行只有一个词，有时一页只有一个词或几个词。马拉美企图描画出思维同混乱的宇宙接触的历程，他力图洞穿宇宙的奥秘和法则。这个历程也是诗人将字句写到纸上，寻求能够表现现实的语言结合的过程。这首诗无论在语言、诗句，还是在韵律方面，都大大革新了诗歌创作，直接引领了 20 世纪的诗歌潮流。

马拉美力图创作"纯诗"，他主张诗人要从诗中消失："纯粹的作品导致诗人用语的消失，他让位于词句本身的积极作用。"因此，诗人首要的工作是重新创造一种摆脱庸俗用法的语言，"仿佛为了起到不同的权限作用，区分出语言这里或那里起主要作用的双重状态：粗俗的或直接的状态"。有的评论家认为："放弃和重新据有、消灭不纯的世界和对它的理想重建这种残忍的辩证法，主宰着他的诗歌创作。"[1]总之，马拉美在语意、语音和句法上所下的功夫，目的在于寻找和释放语言的功能，使诗歌具有新的表现力。

象征手法到了马拉美手里产生了新的变化，这就是象征意义不像波德莱尔、魏尔伦或兰波那样，只有一种含义；有的象征含义很难捉摸。

他的早期诗作《窗户》《蓝天》《海风》相对而言，还比较容易理解。《窗户》描写一个病人透过窗玻璃去观察和思索。全诗共十节。第一节写一个垂危病人厌倦了医院和难闻的气味。第二节，他将瘦脸贴在窗户上，为了观察石上的阳光；第三节写他的嘴唇在吻玻璃，玷污了玻璃；第四节写他忘却了死的恐惧和药物，目光沐浴在天际；第五节写他看到河上美若天鹅的战船线条万千的闪光；第六节笔锋一转，"我"代替了病人，"我"厌恶心灵冷酷，沉溺享乐，饕餮贪吃，将污秽献给母亲的这种男子；第七节写"我"企图从窗户逃走，投身生活，向往大自然的美景；第八节，窗玻璃变成镜子，"我"看见自己成了天使，"我"死去，盼望再生于柏拉图描绘过的、美得到流行的天堂；第九节写人间困住了"我"，"愚蠢"的呕吐使"我"捂住了鼻子；第十节写"我"不知有什么办法冲破玻璃，逃离凄苦的生活，哪怕在永生中（即死后）掉落在地，陷入地狱。从这首诗的内容来看，垂危病人是诗人心境的象征，诗人感到困在狭窄、郁闷的现实中；现实犹如一个人医院，充满了死亡的气氛，诗人也像重病沉疴，长年待在这所充满难闻气味的医院里。诗中从病人到"我"的转折，只不过是转折到人物内心的直接刻画，"我"厌恶无情无

1　布吕奈尔等：《法国文学史》，第549页。

义、醉生梦死的人，向往美好的天堂般的生活，想摆脱周围的丑恶现象。这个形象象征着人厌倦了污浊的日常生活，想逃离而去，但达不到目的。

如果说，《窗户》一诗可以理解为诗人对理想的追求，那么，《蓝天》一诗就不是那样明晰了。这首诗写于1863年末。马拉美无可抗拒地被蓝天所吸引，蓝天象征何物？有人认为是理想境界，它高高在上，俯视着诗人的无能为力，诗人感到无法达到他梦想的诗歌的完美。于是吸引变成烦扰；蓝天像有生命的悔恨追逐着他，诗人想逃脱，甚至想诅咒理想境界，但这是枉然，因为一切逃遁都是无用的，蓝天的召唤最为强大。马拉美用强烈的抒情去表达这种内心悲剧和困扰。这首诗表面上是在谈论诗人写诗：无法达到完美境界。诗人诅咒自己缺乏天才，呼吁浓雾和烟囱喷烟，淹没天空，压熄太阳。他产生幻觉，以为天空死了。然而蓝天却并不因此而不存在，它获得了胜利，因为诗人对它无可奈何。它充斥在呼声里，钻入诗人的心灵中，在雾中滚动，要在诗歌中出现。诗人最后承认自己的反抗是无用的和狂乱的，他一再呼喊着蓝天。有人认为蓝天也可以象征一种抽象的理想。因为除了第一节和第二节谈到诗人的天才和才能以外，第七节似乎已经脱离了这个着眼点；全诗的立意十分抽象。

《海风》表面在写诗人想离开书斋，到烟波浩渺、海鸟翱翔的大海去，探寻异国风光。但反复阅读这首诗以后，总觉得这是肤浅的理解。诗人为什么要逃往大海？为什么要羡慕人们在大海的离别？为什么心里在倾听水手们的唱歌？诗人没有道出此中道理？这莫非就是诗人所谓表面形式后面隐藏着本质的东西呢？第六、七两行写到诗人绞尽脑汁，仍然是白纸一张，这是说明写作的艰难。为什么要插入这一句，是否指诗人因作诗困难而要寻求摆脱呢？

马拉美的诗有不止一种含义已是公认的事实，造成这种情况有几种原因。其一，他认为语言应该像无疵的纯金刚石，是生活和现实普通然而理想的"反映"，他在1866年写给诗人科佩的信中说："我们尤其应该寻找的目标是，在诗歌中，字句——已经自足，不再接受外界印象——互相反射，直到不再显出本色，而只成为一种系列的过渡。"所谓"系列的过渡"，即指失去原来含义，而具有多种含义。为了达到这个目的，诗人要磨薄他的玻璃或镜子，磨光他的钻石的侧面，字句作为他的视野的宝贵工具，也有限制，它们的"厚度"可能会消除"把自然的某一事物转为震动的近乎消失状态的奇迹"。这句费解的话意思是说，诗歌的道路狭窄而困难重重。创作道路只能是痛苦的道路，他要花费精力来写作，"挖掘诗句"。在这种主张的指导下，他力求寻找隐藏在文字下面的各种含义，即所谓"从玫瑰后面寻找玫瑰的理想"。其二，马拉美认为象征就是暗示，语言要给读者以启发："指出对象，无异于把诗的乐趣四去其三。诗写出来就是叫人一点一点地去猜想，这就是暗示，即梦幻……一点一点地把对象暗示出来，用以表现一种心灵状态。"这样写出来的诗歌本应晦涩难懂，因为"每个人的内心都应该有某种隐秘的东西，我断然相信某种晦涩的东西，其意义是密封的、隐藏的，它存在于普通的意义之中"。晦涩的诗只不过使无能的人和懒汉失去读懂的信心而已。其三，马拉美认为，诗歌语言要纯洁完美，它的使命在于驱除日常事务的一切不完美。为了追求语言完美，诗人会有不断的困扰，这种困扰是同生活的困扰不可分割的；没有生活的艰难，也就没有语言的艰难。为了再创造一个宇宙，使之变得清澈明朗，诗人应该在自身打开自由和透明的空间，字句的明镜在其中可以找到位置。换句话说，马拉美认为只有完美的诗句才能与完美的生活相一致。其四，马拉美认为诗歌本身就是最美的语言，普通字句在诗中都具有"更纯粹的意义"。这种语言能使人看到观念和本质的世界，这个世界是难以言传的，因此，诗歌应该是神秘的——诗歌的本质就是神秘。从1862年起，他在《艺术家》杂志上以极其严格的态度阐述了他的这种主张，他说："一切神圣的，以及力图成为神圣的东西，都包裹着神秘。各种宗教躲在奥秘中，作为掩护，但这种奥秘只有对命运不平凡的人打开：艺术有自身的奥秘……我常常问道，为什么这种必不可少的特点拒绝于唯一的一种艺术，即最伟大的艺术。我说的是诗歌……捷足先得者毫无障碍地进入杰作之中，自从有了诗人……还不曾创造出一种毫无瑕疵的语言——一些圣洁的用语，对这种语言刻苦的研究会使平庸的人目眩神迷，而激发注定有耐心的人。"

在追求这种诗歌理想的过程中，马拉美走向了一个极端，这就造成了他的诗歌晦涩难解。他早期的诗歌是描绘心灵状态的，相对而言，还比较好懂；但是，随着他意识到诗歌有更崇高的任务，他便放弃了能令人马上理解的写法，让读者捉摸不透他的诗意。法国评论家让—皮埃尔·里沙在《马拉美的想象世界》中指出："意义似乎在同我们捉迷藏，它同时在这里和那里，无处不在又处处不存在……这种诗歌的意义在一次次阅读中好像改变了，在我们身上永远不能获得真正最终抓住它们的意义的确定信心，没有什么比这种诗歌更加微妙而难懂的了。但是这种意义的变化不定，正好应该看作诗篇的真正含义所在。为了阅读这样的诗歌，瓦莱里一再对我们说，既没有必须遵循的道路，也没有优先的角度。所有角度都是同样富有成效的，因此问题在于增加这些角度。"

马拉美后期的诗歌尤其晦涩，如十四行诗《纯洁的，轻快的》，写的是一只天鹅冻结在湖上，从前，它姿态华贵，在蓝天翱翔，如今在寒梦中睡去。可是，它不会忘记自己的天赋，对寒冷抱的是敌视态度。这首诗的含义是什么？一说（以努里夫人为代表，其观点得到多数人赞同）马拉美不满于自己写作不够丰富，认为这是一个错误。诗歌的第三行"未曾飞行过"指诗人写不出诗；第五行"一只属于往昔的天鹅"指天鹅如今不能飞翔。第七行"烦恼在不育的寒冬"，冬天被诗人视作不育季节，而烦恼则是创作之季。第十一行"天鹅却不能震落对压身泥土的恐惧"，指天鹅虽然摆脱冰封抬起头来，但不能飞翔。最后一节暗指天鹅有朝一日能重新飞上蓝天。另一说以萨特为代表，认为这首诗阐明了"他创作的异乎寻常的否定逻辑"，这已为"诗歌的内部注释"所证明了，这就是第二节诗的内容。第三种说法认为天鹅象征"存在的解放梦想"，天鹅的不动是一种牺牲，但它抱着解脱的希望。马拉美说过："诗歌不是去创作，而仅仅是要发现。"诗人要发现，读者也得去发现。向读者推荐他的魏尔伦这样评价他："尽管他对美孜孜以求，却把明晰看作次要的优点，他只求诗句和谐、有音乐性、罕见，当必须这样做的时候，哪怕显得无精打采或者要走极端，也在所不惜……"瓦莱里则这样来理解马拉美的诗歌晦涩所造成的影响："马拉美在法国创造了写诗困难的概念。他把要做出精神努力的责任引进艺术领域。由此他提高了读者的条件；他以真正光荣的出色的理解力，把这样的一小部分特殊的爱好者，选择到自己的圈子中：他们一旦赞赏他的作品，便不再能忍受不纯的、信笔写诗的、不懂技巧的诗人。他们读过他的作品后，觉得一切都是幼稚的，软弱无力的。"但以传统观念来衡量作品的评论家却不能容忍马拉美的诗歌，朗松就认为："马拉美是一个不完美的、低级的艺术家，他没有做到自我表达。"与朗松一样的看法如今早已被抛弃了。但是，既然马拉美的诗晦涩难懂，那就必然与广大读者割断联系；人们阅读他的诗不能不借助解释和注释的工具，比如，人们往往求助于努里夫人的解释，这是马拉美的诗歌存在的局限性或者说进一步发展的危险性。

马拉美的诗歌从题材的角度来看，好像非常狭窄。他往往离不开写诗这个很难入诗的题材。从早期的《海风》开始，他就提出写诗的艰难，上文分析的《纯洁的，轻快的》也是谈论写诗问题。他一再写到自己苦思冥想，到头来仍然面对一张白纸；或者多年来写作成果极少，不免感到悔恨。长诗《希罗狄亚德》（1871，未完）本来打算叙述这个古希腊女性的悲剧，但是只完成了几个片断：女主人公的奶妈的独白、希罗狄亚德和奶妈的交谈、一段抒情插曲《圣约翰的赞美歌》。这些片断描写一个童贞的希罗狄亚德，她是难以接近的完美无缺的象征和残酷命运的典范。所谓难以接近的完美无缺，包括了写诗的困难。《圣约翰的赞美歌》共七节，用诗人对瓦莱里所做的解释来说，"是对砍下头颅的歌咏，这头颅一下子飞向神圣之光"。其实马拉美写的是人类精神的命运。马拉美自己也指出："我要把她塑造成一个纯粹想象出来的人，绝对与历史无关。"[1]另一首长诗《一个农牧神的下午》叙述农牧神在一个闷热的午后，摆脱了昏沉沉的梦，想在音乐和回忆的作用中逍遥一番。他逐渐激动起来，沉浸在骚动的欲望中；随后，他又重新沉入梦中。这个农牧神是诗人的象征，他一时心血来潮，想到要给自己的激动和梦幻以抒情的表现，最终放弃了自己的打算，变得沉默无声。这首诗写的是诗人想作诗，但最后作罢的过程。甚至连一些悼亡诗，马拉美也从写诗的角度着眼，例如《爱伦·坡之墓》："死亡在这奇异的声音里高奏凯旋。"马拉美强调世人很难理解爱伦·坡这个奇才，他构成了不可逾越的界限。《骰子一掷消灭不了偶然》表达的是这种意思：过于大胆的赌徒要输掉赌局，过于雄心勃勃的艺术家即使做出最后努力，仍然会面对一张白纸而深感绝望。

马拉美不仅仅在表述写诗的困难，他的诗歌还有更深的一层哲理。他要表现生活和现实的虚无，他认为世界只是幻觉，是"光荣的说谎"，人们"面对什么也没有——这就是真理"。看到这一点而感到压抑的诗人，只有"绝望地"歌唱。但从这深深的绝望中，将会产生另一种真理和另一种生的理由："找到了虚无以后，我找到了美。"黑格尔认为，虚无不是终点，而是一个出发点，它是存在的最初形态，存在将在精神的变化中获得实现。这是对虚无和存在、思想和现实的辩证理解。黑格尔还认为，"艺术家应该离开这个庸俗地称之为理想的苍白领域，进入真实的世界，并解脱精神"。马拉美把黑格尔称

1　马拉美：《1865年2月的信》，《通信集》，第1卷，伽利玛出版社，1959年，第154页。

为"人类精神的巨人"[1]。他又在1866年9月11日的信中说："至于黑格尔，我真是非常高兴，你相当注意这个奇迹般的天才，这个无与伦比的生身父母，这个宇宙的重建者。"[2]毫无疑问，马拉美从黑格尔的论述中获得启发。他在60年代中期构思两部长诗《希罗狄亚德》和《一个农牧神的下午》时，就是这样来理解虚无和美，即存在和现实的问题。他在1866年7月16日写给奥巴奈尔的信中说："我打下了一部出色作品的基础。凡是人都有自己的秘密。许多人到死都没有找到这个秘密，或者怎么也找不到，因为他们死了，这个秘密不存在了，他们也不存在了。我死了，又由于有了我的精神宝匣的钻石钥匙而复活。现在，我要打开它，排除了一切外来印象，它的秘密会散发到非常美丽的天空中。"[3]马拉美在晚年所写的《骰子一掷消灭不了偶然》就有深邃的哲理。在这首诗中，偶然被诗人看作世界的法则，绝对与偶然相比，是作为人的形象接连地匆匆而过。这首诗描写人对物质进行的普遍搏斗，为的是获取宇宙的神秘，将人对宇宙的幻象绝对化。人植根于物质之中，徒劳地要把自身的秘密传给他的继承者，并确定人类思想的变化。但骰子一掷永远不能以绝对代替物质。马拉美在诗歌中阐发哲理思想，同维尼不可同日而语。维尼在诗歌中表露的哲理思想，是他对人生的看法，体现了当时某些贵族的情绪，与时代的发展并不合拍。而马拉美在诗歌中表现的哲理思想，是他力图对某些哲学问题做出的思考，这些问题牵涉到人与现实世界的关系，也是他的同时代人和哲学家思索的问题，因而具有更普遍的意义。换句话说，马拉美在诗歌中阐发的哲理思想更为深奥。象征手法本来就寓有哲理意义，但是只有到了马拉美手里，象征包含哲理意义的这一手法才真正得到重视，这是马拉美作为象征派领袖的重要标志之一。后来，瓦莱里发展了象征手法包含哲理意义这一重要艺术表现手段。瓦莱里说："他的尽善尽美的小小诗作，像完美的典型一样，令人叹服，词与词，诗句与诗句，韵律与节奏之间的联系多么坚实啊；每一首诗作以某种绝对的、出于内在力量达到平衡的方式，赋予某一对象以思想。"瓦莱里对马拉美的诗歌创作，既从艺术上，又从思想上抓住其特点，确实是一语中的。瓦莱里还说过："魏尔伦和兰波在感情和感觉方面将波德莱尔继往开来，而马

---

1 马拉美：《马拉美全集》，伽利玛出版社，1945年，第491页。

2 转引自孟多尔：《马拉美传》，伽利玛出版社，1941年，第222页。

3 转引自亨利·勒梅特尔：《法国文学史》，第2卷，第194页。

拉美在完美和诗歌的纯粹方面将波德莱尔延续下去。"这句话也是说得很恳切的。另一个评论家认为："正如兰波的作品一样，马拉美的作品没有多少卷；不过，马拉美的作品就其涉及问题的广泛而言，就其在常常论及的诗歌天地之外的大胆探索而言，就其以短暂的闪光所照亮，并在身后打开的道路而言，远远超过了兰波的作品。"[1] 这个评价对马拉美在法国诗歌史上的作用能给人以启发。

---

1 转引自卡斯泰等：《法国文学研究教材》，《19世纪》，第298页。

第十八章 后期象征派的代表
——保尔·瓦莱里的诗歌创作

保尔·瓦莱里（Paul Valéry，1871—1945）是马拉美的弟子，无疑是最杰出的弟子。象征派之所以在 20 世纪长盛不衰，并且获得新的发展，主要也是由于他的诗歌创作产生了巨大影响。从国际范围来看，象征主义在20世纪已经从法国流布到欧美各国，在诗歌方面，尤以英国的艾略特和美国的庞德最为著名。瓦莱里、艾略特和庞德是20世纪象征派诗歌的三大巨擘，他们的影响是深远的。

第一节 诗歌创作

保尔·瓦莱里在1871年生于塞特，一个临地中海的渔港。他在那里度过了13年，地中海给他留下了难以磨灭的印象。瓦莱里的父亲是法国科西嘉人，而母亲是意大利人，所以他每年都要到热那亚去。1884年，南方流行鼠疫，瓦莱里被家里人送到蒙彼利埃，在那里上中学，最后通过了中学毕业会考。1888年，他攻读法律，开始发表诗歌。1890年他认识了皮埃尔·路易，后被引荐给纪德和马拉美，进入巴黎的文学艺术圈子。瓦莱里后来说："在20岁还相当稚嫩的年纪，在智力产生奇异和深刻变化的关键时刻，我受到了马拉美作品的冲击；我经历了惊奇、内心瞬间的震动和目眩神迷，而我的爱好和我在这个年龄的偶像产生了决裂。我感到自己变得狂热了：我感受到一种决定性的精神征服迅猛的发展……有一种魔力蕴含在这部古怪的仿佛独一无二的作品中。仅仅通过它的存在本身，它就像魔力和利剑一样起作用。"[2] 1894年3月，瓦莱里定

---

2 玛丽—路易丝·阿斯特、弗朗索瓦丝·柯尔梅兹：《法国诗歌》，第330页。

居在巴黎。从1892年起，他的精神出现变化，毅然放弃了写诗，转向了哲理思索。他写出了《达·芬奇方法导论》（1895）和《与泰斯特先生共度的夜晚》（1896）。前者论述了达·芬奇的天才，他认为重要的是达·芬奇使自己的思想变得强大有力的方式：他在艺术、科学和建筑方面的成就，只不过阐明了他至高无上的方法。后一篇散文式的小说通过童话般的形式，阐明了作者认为精神对创作的绝对重要性。他写道："我终于认为，泰斯特先生最后发现了我们不知道的精神规律。"从泰斯特先生身上，可以发现瓦莱里的理想自画像，他一生几乎都像他笔下的主人公一样，在寻找"精神规律"。从这时起，瓦莱里开始将自己的思索写在笔记本上，他在49年中一共写了261本笔记，在他逝世后这些笔记于1957—1961年分成29卷发表，每卷有900—1000页，共有26600页。1900年他与珍妮·戈比亚尔结婚，他们生有两子一女。他曾在陆军部任编辑，从1900年起担任哈瓦斯通讯社董事的特别秘书，任职达22年之久。这个职位使他有机会观察当代世界。1912年，他在纪德、伽利玛、皮埃尔·路易的要求和鼓励下，搜集和整理旧稿，由此写出了《年轻的命运女神》（1917），这首512行的长诗标志着瓦莱里诗歌创作成熟期的到来。

经过二十余年诗歌创作的沉淀，瓦莱里的思想和诗艺都趋于成熟了。1920年他发表了《旧诗集》。1921年3月，《知识》杂志公布了民意测验的结果，有3000票赞成瓦莱里是当代最伟大的诗人。1922年他的《幻美集》问世，标志着他的诗歌创作达到了最高峰。1925年他被选入法兰西学士院。至此，瓦莱里的荣誉也达到了顶峰。他的诗歌创作基本上停止了。几乎可以说，他的诗歌创作就像火山爆发，在积聚了一定能量以后，一下子喷发出来，随后就归于沉寂。

瓦莱里的兴趣非常广泛，他热衷于建筑、数学、物理、音乐、舞蹈、绘画，等等，他是瓦格纳的赞赏者，他说过："没有什么比瓦格纳的作品，或者至少比他的作品的某些品格具有更大的影响了。"他是德彪西、拉维尔、霍纳格尔的朋友；他注意香榭丽舍剧院的兴建，出席每一次首演，尤其是俄国芭蕾舞的演出。1923年他写出了《灵魂与舞蹈》；他是画家德加的朋友；他常常拜访印象派画家，他的妻子是其中一位画家的侄女，他自己也会绘画。1945年7月20日，他逝世于巴黎。举行国葬后，他葬于家乡塞特的"海滨墓园"，墓碑上镌刻着他的两句诗："多好的报酬啊，经过沉思／对天神的宁静长久注目！"

瓦莱里一生只发表过五十多首诗，约3000行；仅仅五首长诗就占去了1500多行：《年轻的命运女神》（512行），《水仙辞片断》（314行），《蛇的草图》（310行），《皮提亚》（230行），《海滨墓园》（144行）。大部分诗歌运用古典形式，如十四行诗，最常用的音节是亚历山大体（1600行）和8音节诗（800行），他还运用过五音节、六音节、七音节和十音节诗。

《旧诗集》搜集了十一或十二首青年时期的诗作和九或十首后来写出的诗歌。几乎所有的十四行诗都受到波德莱尔、马拉美、魏尔伦、亨利·德·雷尼埃的影响。诗集的最后一首诗是散文诗，写于1906年。《幻美集》的幻美一词取自拉丁文"carmina"，意为有节奏有魔力的形式和歌，或是诗歌。这部诗集共二十二首诗，写于1918—1922年。瓦莱里的诗作不多，然而成就是巨大的。他的诗歌特色表现在如下几个方面。

第一，他的诗富有哲理意义。在所有法国的象征派诗人中，他的诗最具有哲理色彩。《年轻的命运女神》写的是"意识到的意识"，它在同自身的消隐与向感觉世界开放的矛盾企图做斗争，诗人是这样说明的："这是一个梦幻，它的人物和它的对象是意识到的意识。"这首诗用高乃依的两句诗作为题解："上天创造了这一大堆奇迹／是为了一条蛇的窠吗？"有的评论家认为，瓦莱里要解决可感觉的和可理解的事物之间统一的问题。这不是一首绝望者之歌，他不像马拉美那样受失败命运的主宰。至于《蛇的草图》，写的是在自我意识的形式下对可感觉事物的经验，与此同时产生了伤痕，这是二元论。《海滨墓园》是对人生状况的思索，展示生与死之间、变化与凝固不动之间的分裂。从品达罗斯的作品中摘引出来的题记"噢，我的心灵，你不要渴望不朽，而要穷尽可能的领域"，成为这首诗的主题，这是描写对人的意识的一次征服。在意识中和世界上，存在与虚无的共处，对死亡处境的不可避免的明智发现，这些使人经历不安；正是由于这不安和世界秩序及意识的结合，才获得生命冲动同样不可避免的胜利，而对人类虚无的颂扬能导致对生命存在的据有。这种理解具有一定的辩证意义。诗歌开首，面对大海的景象，首先呈现的是天神的宁静图景，人在接触到永恒的幻象后出现了被诱惑的状态，诗人在从想象转向神圣中，找到了超越时间的方法：

这平静的屋顶，白鸽在漫步，

它在松树与坟墓间起伏；
公正的"中午"用火焰织出
大海，大海总在周而复始！
多好的报酬啊，经过沉思
对天神的宁静长久注目！

何种纯粹劳动闪光灼灼，
把细沫的无数钻石打磨，
似乎可以想象多么宁谧！
太阳在深渊上歇息沉落，
作为永恒事业纯粹成果，
"时间"在闪耀，"梦想"即感知。

面对这永恒的景象，出现了变化的意象。诗人的目光在转移，在神庙和高处出现的意象之后，闪现了变化的意象，在意识的运行和表达的节奏中，仿佛有一个转折：

如同果实在享受中融汇，
如同它把消失变成美味，
在它的形体消去的嘴巴，
我正汲取我未来的烟云，
而青天对我枯竭的灵魂
歌唱海岸变成声声喧哗。

美而真的天，看我在变幻！
经过如许骄矜，如许闲散——
虽然离奇，但能蓄锐养精，
我沉湎在这灿烂的空间，
我的身影掠过死人墓前，
使我对它抖动终于适应。

随着目光在死人和他们的坟墓前移动，出现了新的幻觉：不朽的幻象。首先是对这种诱惑的意识和希图加以拒绝，然后，越过坟墓的景象，对死亡进行沉思；死亡不容置疑地存在，节奏富于戏剧性。从第十一节诗到第十八节诗，描写永生只是幻想。但是，从对产生悲剧意识的心灵中，爆发出生的意识；人正是抓住了这个意识，才认识到自身生活在不断变化。人必须摧毁不朽的神话，诗人指责希腊哲学家泽农，他的诡辩学说否认运动，因此也就否认生命。泽农认为，在弓与箭靶之间，由于每一个间隙可分为无限，所以箭是不动的；根据这种论据，希腊神话中的迅跑者赶不上动物中跑得最慢的乌龟。在这决定性的否定之后，大海的意象又出现了，因与"平静"决裂，象征也翻转过来。随着风和浪的运动，生命战胜了：

起风了！……要敢冒生活之苦！
广大气浪开与合我的书，
浪涛敢从巉岩迸溅洒淋！
飞走吧，目眩神迷的篇章！
波浪，用欢快的海水荡漾
三角帆啄食的平静屋顶！

《海滨墓园》的题材是瓦莱里所喜欢的，即我与非我作为生命与虚无之间的冲突，天空和海洋、黑暗和光明之间的冲突；生的激情与对死的感受，相辅相成，最后融合在语言的节奏中，就像鲜花和坟墓融合在光芒的颤动中一样。这种直觉导致他的诗歌要表达的意蕴："在太阳下，在纯洁天空的无边形式中，我梦想一个炽热的场地，那里任何明晰的东西都不存在，任何东西都不长久，但是任何东西都不停止，仿佛毁灭本身刚一完成便自行毁灭一样。我失去了存在与不存在的区别感。有时音乐强加给我们这种印象，这种印象超越了其他一切印象。我想，诗歌难道不也是观念嬗变的最高形式吗？"[1]瓦莱里对哲理孜孜不倦的追求，同他对哲学和科学的关心密切相关。令人感兴趣的是，瓦莱里对马克思的著作曾经深入钻研过。马克思的著作对诗人的思想变化起过作用，甚至影响到诗人的语言。1915年5月11日，瓦莱里在给纪德的信中说："昨天晚上重阅了……（一点）《资本论》。我是少有的读过《资本论》的人

---

[1]　亨利·勒梅特尔：《法国文学史》，第2卷，第296页。

之一。"人们不知道瓦莱里什么时候阅读《资本论》，但是无疑他很早就读过了。他可能在钻研法律时读过《资本论》，这大约在1905年左右。在上文所引的那封信中，还有一段更有意思的话："至于《资本论》，这部大部头著作包含了一些非常出色的东西。一翻开就能找到，相当引人自豪……往往不够严密，或者在一些小地方过于学究气，但是有些分析很精彩。我想说，抓住问题的方式与我常常运用的方式相像，我往往能把他的语言译成我的语言。对象没有关系，实质是一样的。"[1]瓦莱里所说的方法即辩证法，也就是将事物描绘成对立面的统一。无独有偶的是，1919年，瓦莱里在《精神危机》的第二封信中借用了资本主义在各国发展不平衡的思想。不过，瓦莱里对马克思和马克思主义的接触和理解仅此而已，他的思想谈不上与马克思的观点有什么相同之处。只不过他企图从辩证法中汲取某些思考问题的方式，《海滨墓园》关于生与死、存在与虚无的观念就留有这种痕迹，从而使他的哲理具有一定的深度。

瓦莱里的诗歌创作的第二个特色是象征手法的大量运用。这一点与哲理性相结合，使他的诗歌较之以往的象征派诗人更具有意象的鲜明性和含义的深刻性。例如，《清晨》中意识的觉醒以情妇的意象写出；《蜜蜂》以蜜蜂的刺蜇象征爱情的觉醒；《诗歌》以诗人在她怀里汲取养料的母亲为象征；《脚步》通过一个女人在静寂中行走的形态象征等待灵感；《棕榈》把成熟的作品看作美好的果子；《蛇的草图》写的是恶的精灵的诱惑，蛇在咬我象征复杂的内心斗争；《水仙辞片断》象征"拒绝邪恶的爱情而自爱的精神所具有的孤独和绝对"；《失去的美酒》象征艺术家和思想家的劳动看来似乎失去，却能产生意料不到的杰作。试看《石榴》这一首：

> 坚硬的石榴饱绽开，
> 是经不住结子过量，
> 我似见大智的头颅，
> 因发现太多爆开来！
> 啊，豁然裂开的石榴，
> 你们傲然地膨胀，
> 阳光在你们催逼下，

1　转引自皮埃尔·卡米纳德：《保尔·瓦莱里》，皮埃尔·沙隆出版社，1972年，第96—98页。

使宝石隔墙噼啪响，

似赤金的干燥表皮，

在内力的作用下，

迸出红宝石的玉液，

这一条闪光的裂口，

使人想到我的心灵，

那内中隐秘的结构。

石榴是智能的象征，它的构造如同人的大脑，思想的孕育有如石榴颗粒的成熟，思想射出火花，好像石榴迸出果汁。抽象的东西变得具体可感，意象色彩鲜艳，象征与被象征物之间用词得当巧妙。至于长诗，其中的象征则频频迭出，例如《海滨墓园》的第一节，屋顶象征大海，白鸽象征白帆，中午象征完美存在（因为中午的太阳把白天分为两半），等等。他的长诗往往有两三个主题重叠和互相影响，从而构成一个含义丰富的整体，令人难以诠释。《年轻的命运女神》和《海滨墓园》就是这样的诗篇。但是总的说来，瓦莱里的诗歌在意象的撷取上比马拉美要明晰一些，不是那么抽象，石榴、蜜蜂、蛇、美酒、海滨墓园，都是十分具体的事物，与象征的东西存在类似之处，不像马拉美笔下的蓝天、海风、医院的窗户，等等，与诗人所要象征的写作并无可联系之处。至于瓦莱里的诗歌的哲理性也往往超出语言范围，而具有更丰富和更深邃的含义。瓦莱里往往将自己的生平经历编织到诗歌中，从具体事物中升华出象征的含义。他说，在他的诗中，"我的感情和精神生活中最普通和最持久的题材，就像它们让我的青年时代接受，并与地中海海边某个地方的阳光和大海相结合那样，得到召唤、编织和对比"（《诗人的记忆》）。瓦莱里曾经解释过，《海滨墓园》所描绘的墓园"是存在的。它俯瞰着大海，人们在大海上看得见鸽子，就是说渔船在游弋，在啄食……这个词令人惊讶。水手们谈起一条船劈浪前进时都说它用鼻子啄食。意象是相同的。谁见过都会这样想"。可见生活给瓦莱里提供了生动的意象。

第三，瓦莱里的诗歌注重对人的内心体验和潜意识的挖掘。在他的散文作品中，就着意探索人的精神现象。泰斯特先生是个完美的"精神动物"，即达·芬奇所谓的"cosa mentale"，泰斯特先生的精神其实是瓦莱里本人的精神表现，他说过，《与泰斯特先生共度的夜晚》的产生是出于"意志的迷醉，处在自我意识的古怪狂乱中"。泰斯特先生能"主宰自己的思想",他是瓦莱里的理想人物。水仙在水中观察自己的倒影,那是在自我剖析:"你就是我水中的月与露的娇躯,／噢,形体顺从我矛盾心愿的摆布。"年轻的命运女神是作为"和谐的自我",浓缩了可感觉的美,又是作为"神秘的自我"来描绘的,她包含了精神现象的一切神秘性:"我曾看到自己扭摆,顾影自怜,／用目光给我深邃的森林镀金。／我跟着一条蛇走,它刚咬过我。"年轻的命运女神摆脱潜意识的睡眠状态这种"美妙的尸布",享受到"生的欢乐"和复杂的精神纠缠:"我询问我的心,什么痛苦唤醒了你,／什么罪恶自我消耗或毁了我?"在自我意识的经验觉醒产生之时,这种感觉却带来了伤害:"毒药,我的毒药,照亮了我,认识自身。——它使自我束缚的处女面孔红润。"诗人处在一种二元论的体验中。《年轻的命运女神》写的是梦幻,它分析了睡眠和醒来时的心理活动,瓦莱里这样解释:"请你想象一下,人在半夜醒来时,整个一生重新活跃起来,自我诉说……感觉、回忆、景象、激动、身体的感受、深沉的记忆、重现的昔日天地,等等。这些交织既没有开始,也没有结束,而是纠结在一起,我把它们变成独白,动笔之前,我给独白加上了严格的形式,而内容则是自由的。"他在另一个地方又说:"写出一首没有情节的绵延的歌,只表现出似睡非睡时内在的不协调;在其中放入尽我所能以及诗歌在轻纱遮盖之下可能允许的智力;用音乐挽救接近的抽象,或者用幻象赎回这抽象,这就是我决意要尝试而最终达到的目标,我并不感到这样做很容易。"《海滨墓园》则是"'我'的独白",诗歌深入分析了诗人思维的各种活动。"审察自己吧!"这是诗人的夫子自道。不仅《海滨墓园》,而且瓦莱里的长诗几乎都是对自我思维的剖析与写照。

评论家皮埃尔·吉罗认为:"正当大家力图把诗歌从形式的约束中解放出来的时候,瓦莱里却从这些约束中看到诗歌的本质;他正是利用这些约束把诗歌从内容的要求中解放出来。他完成了五个世纪经验的综合,而且正当诗歌创作似乎走进死胡同的时候;他将种种价值观全新地翻了个儿,革新了整个前景……他指出了形式毫不抽象,并且属于语言和思想的本质范畴;他的分析是对至今不过是画室技巧的能量与局限的一种领悟。"吉罗的评价对瓦莱里的诗歌创作成就做出了中肯的分析。

第二节　诗歌主张

　　瓦莱里始终非常关心诗歌创作的理论。从早年创作的《水仙辞》起，他就提出了诗歌创作的主张，水仙的神话吸引了瓦莱里；水仙对自己的注视也是诗人对自己和诗歌创作的注视。关于泰斯特先生的描写，其实包含了诗人对诗歌创作的本质及其规律的探索。在《一个诗人的笔记》中，瓦莱里说："我总是一面作诗，一面观察我自己怎样作诗。"因此，表达他的诗艺，为他的诗艺辩护，构成了诗人作品中重要的一部分。

　　第一，瓦莱里对诗歌本质进行了论述，这是他诗歌主张的出发点。他认为诗歌天地仅仅由语言构成，诗艺首先要研究诗歌语言如何才能做到独创，以及与其他语言形式的不同之处。正是从这一原则出发，瓦莱里提出了"纯诗"的概念。为了避免模糊起见，他用"绝对的诗"来说明"纯诗"的概念，这是摆脱了一切束缚，不同于固有语言的诗歌。他在《一次讲演的札记》中指出："这个体系尤其与心灵产生的激动状态有关，这就是纯诗的主要问题。我说纯，意义如同物理学家说纯水一样。我想说的是，问题的提出是要知道，能否创造出一部这样的作品，它排除了一切非诗意的因素。我过去一直认为，如今还认为，这是不可能达到的目标，诗歌总是要做出努力，达到这种纯粹理想的状态。总之，所谓诗歌，实际上是由纯诗的片断组成的，它们镶嵌在一种语言的材料中。一句很美的诗是诗歌很纯的成分。把一句很美的诗比作钻石这个平庸的比喻，表明每个人的头脑里都有这种品质的观点。……总之，纯是从观察推断出来的一种设想，它应帮助我们确定诗的一般概念，应能引导我们进行如此困难、如此重要的研究，即研究语言对人产生的效果之间各种各样和形形色色的关系。也许说纯诗不如说绝对的诗好。它应被理解为一种探索，从词之间产生的效果，或者不如说探索词与词产生的共鸣关系。总之，这使人想起对语言所支配的整个感觉领域的探索。"这段话强调的是语言，也可以说是形式问题。诗歌的本质，在瓦莱里看来就是语言的本质；诗歌的典范就是绝对的语言。因此，瓦莱里把诗艺确定为获得绝对语言的形式、意象和内在关系的艺术，要求排除日常语言的不纯。不过，诗歌用的虽然是语言，运用的却是另一种语言，通过诗人的努力，这是"一种语言中的语言"。在强调形式的作用时，瓦莱里指出，"正是声音、节奏、字词的物理组接，它们的感应效果或者它们的相互作用在起支配作用，同时损害了它们在某些确定的意义中消耗掉的特性。因此，一首诗中意义不可能压倒形式，反过来消灭形式。相反，被保留的形式，或者不如说，正确地再现的形式，作为对读者刚产生的状态和思想唯一而必要的表现，正是诗歌魅力的所在"。应该说明的是，瓦莱里虽然强调形式，并非完全排斥内容。他不是一个为艺术而艺术的作家。他说："世界事物只有在智力的关系下才令我感兴趣。"这个原则的运用使他的诗歌具有独创性。他非常重视诗人的思维活动，他一再指出："每一个真正的诗人，其正确辨别与思维的能力，比一般人所想象的要强得多，""诗人有他的抽象思维，也可以说有他的哲学。"诗歌要表达一定的哲理，在他看来是诗歌的要素之一。他认为诗歌理想和精神理想有一致性，同表现上所做的努力一样，精神的努力被确定为趋向于一个典范，这种努力在于不懈地通过精神和语言的持续操作，真正减少精神或作品的存在和这种存在的典范之间的距离。他认为形式和情境之间有一致之处，正是有了这种一致，读者和诗歌之间才有可能交流，而且也决定了诗歌如何表现。瓦莱里认为诗歌在这方面同建筑是一样的，正如苏格拉底谈到建筑和音乐有同一性一样。

第二，瓦莱里对诗歌创作过程提出了新的见解。他一方面不同意把诗歌限制为一种纯粹的技巧，另一方面又承认灵感的存在，不过灵感是一闪即过的、短暂的、偶然的、任性的，因此，不能把诗歌创作只建立在灵感的基础上。他说："一百个神圣的时刻并不构成一首诗，诗歌要经历一段发展的期限，就像形象要经历时间酝酿一样；诗歌自然而然地形成，只不过是来到脑际的意象和杂乱的声音不同寻常的相遇。因此必须在诗艺中要求持之以恒、坚持到底、讲究技巧，如果我们想产生一部好作品的话；这部作品最终要显得是一系列绝妙的、连接得非常好的拳击那样。"在瓦莱里看来，灵感是一时的，而诗歌是要经历很长的时间才能创作出来的，一首好诗是意识和劳动达到顶峰状态的产物。写诗的伟大和荣耀就在这里。经过灵感的多次触发，运用思维和技巧，才能写出诗歌来。他说："神灵好意地轻易给了我们这样的第一句诗；但是，要靠我们写出第二句诗，它应该同第一句诗相配合，要配得上它超自然的兄长。为了让它成为一句天才的好诗，需要运用一切经验和智力的办法，这不是太过分的要求。"《水仙辞》中写道："人间的一切可能在无穷的等待中产生。"这句诗表明，天才要持之以恒，诗歌要在灵感的触动以后，再经过长时间的努力才能写成。"我们等待着意想不到的词，它不能预见，但是可以等待。我们是第一个听到它来临的人。"他还认为，诗歌一旦被创作出来，只不过是处于一种暂歇状态，它永远没有完成，只不过被"放弃"了。它只在一种可能性上暂停一下，但是并不排除其他可能性。瓦莱里就曾经以同一题材写过好几首诗，如《旧诗集》中有两首《仙女》。总之，瓦莱里强调的是诗歌创作要经过诗人反复思索，不是一蹴而就的；诗人不依靠神灵的来临，他知道阿波罗的女祭司皮提亚不会让人把诗歌记录下来；他认为同一种题材可以产生不同的诗歌。

第三，瓦莱里发展了马拉美关于诗歌要晦涩的主张，提出了有名的论点："有味的困惑"。它的作用在于让诗歌创作以及让读者服从必要的约束，为的是使语言成为诗歌特有的语言和形成诗歌情境的有效工具。他认为，诗人并不希望读者通过逻辑的理性的理解，只了解一首诗的"信息"提供的唯一意义；诗人倒是希望读者在自己身上产生另一首诗。瓦莱里运用了一个音乐的意象：他说，一首诗是一部"乐谱"，读者要用自己的心灵和脑子进行演奏。这样便产生了无限的可能性。诗人写的诗不是排挤读者，而是给读者启发。诗歌的美就是由语言产生的多种美组成的。因此，一首诗的"晦涩"就并不令人奇怪了。晦涩首先是由于语言的共同材料和它们所产生的诗意之间的不协调而形成的。瓦莱里观察到，"绝大多数构成诗歌的词，同诗意是不相容的"。他发现诗人总是运用普通语言的材料创造出自己的语言，全部诗歌史都贯穿了各种各样这方面的努力。在瓦莱里看来，诗歌具有固有的晦涩；由于他给予语言这样一种具有"秘密的技巧性劳动"以极大的重视，它的创作难度也增加了。谁不具备掌握诗歌创作秘密必要的经验和文化，谁就有处于诗歌语言交流之外的危险。他进一步认为，就诗歌本质和诗人相应的对这种本质的忠实程度而言，诗歌只不过是对不可达到的东西的一种接近。瓦莱里不断指出，绝对的诗是一种"理想的极限"，他的诗艺是按照这个定义来设想的。完美的诗歌与诗的纯粹理想是相协调的，具有一种明澈。但是，真正的诗只不过是一种"近似"，它的晦涩就是它的不充分，然而也是它达到的高度之标志。如果明晰达不到，那是因为理想的明晰达不到。可以说有一种低度的明晰，这是诗人所不能赞同的，因为这样一来就否定了他自己的天赋。因此，这种明晰只能是同诗歌概念本身相矛盾的"语言"的明晰。所以，无论对诗人也好，对读者也好，不存在没有困难的诗歌。诗歌要求读者的意识达到某种典雅的高度。倘若诗歌艺术是一种技巧，而且是困难的技巧，那么诗歌的阅读也是一种艺术，而且是一种困难的艺术。晦涩不过是创作固有的困难和接受绝对的诗的语言很困难而已。可是，这就给读者带来兴奋的机会。瓦莱里发展了马拉美的写诗困难的理论，他要求读者不仅在诗歌中找到节奏的或者想象的"魅力"的享受，而且要求读者精神振奋；事实上，积极的读者确实参与到创作实践中；再说，诗歌不是一种固定的、一成不变的材料，而是一种典范，一种机会；每个读者于是通过这种努力，产生了自己的诗；阅读困难只不过是这种努力的一个必要的条件。他认为，诗歌一旦写成并发表，诗歌创作活动便转到读者方面，诗歌和读者在这种延续中交流；这种延续性使读者在阅读时成为诗人合法的继承者："一篇文字没有真正的意义。没有作者的权威。不管他想说什么，他写出他所写的东西，一篇文字一旦发表，就像一件工具一样，人人都可以按照自己的方法随意使用，建设者不一定比别人使用得更好。"瓦莱里在这里对诗歌的晦涩进行了深入的剖析，从诗歌语言不同于日常语言出发，认为诗歌要表达更深层次的内涵，应该说是有一定道理的；尤其是他将晦涩与否和诗歌的阅读联系起来，强调了读者方面的能动作用，从一个崭新的角度阐述了诗歌与读者应产生交流的重要性，与后人提出的接受美学不谋而合，因此具有很大的启发性。

第四，瓦莱里极其注重诗歌的音乐性、节奏和意象。他认为："一首诗应该是一个智力的节日。"语言的一切装饰和音乐的一切手段都要参加到这个节日中来。诗人在词汇、节奏、韵律方面下苦功夫，慢慢构思出一个美的意象，这种形式能使人想起"宇宙的秩序，神圣的智慧"，以"魅力"征服读者和听众。瓦莱里认为："诗歌是再现事物或者通过有节奏的语言还原这些事物的尝试，喊声、眼泪、温存、接吻、叹息，等等力图晦涩地表现这种事物。"他要以和谐动听的诗歌语言和韵律节奏表达人的内心的秘密愿望。他要求"在这种诗里音乐之美一直持续不断，各种意义之间的关系始终近似谐音的关系"。他还说，诗人"不得不同时考虑声音和意义，不仅要做到语调谐美和音韵合拍，而且要满足各种理性的和审美的条件，且不说通常的规则"。瓦莱里接受古典主义的一切规则，作为他追求的严格要求的保证，他写作颂歌（《清晨》《平静》《皮提亚》），对四行诗（《奉承者》《柱的赞歌》）或十四行诗（《蜜蜂》《气精》《石榴》）加以剪裁，他成功地运用了十音节诗（《海滨墓园》）。他拒绝一切轻松的创作。在他的诗中，意象、叠韵、和谐的暗示层出不穷。瓦莱里的诗歌具有一种严整性，正如他所说的："我在思想中寻找准确性，以便让通过对事物的观察明晰地产生的思想，仿佛自动地转化为我的艺术创作。"瓦莱里还十分注意新的艺术表现手法，他在1936年分析象征派时写道："在1883—1890年这段时间内，好些思想大胆的人着手创建一种摆脱当时流行的心理生理学观点的艺术论。通过物理和通感研究（假设的）、节奏能量的分析研究，以及对感觉进行的研究，对绘画和诗歌不是没有影响的。"[1]他的诗歌得益于这些科学研究的新成就。例如，他对梦的研究是这样的："诗的世界与梦境很相似，至少与某些梦所产生的境界很相似。"他对潜意识的挖掘构成了他对诗歌创作的一个重要要求。

法国诗歌史

---

1 转引自皮埃尔·卡米纳德：《保尔·瓦莱里》，第92页。

第十九章　20 世纪诗歌革新的猎者
——纪尧姆·阿波利奈尔的诗歌创作

纪尧姆·阿波利奈尔（Guillaume Apollinaire，1880—1918）在诗歌创作乃至文学创作上具有十分重要的地位。他总结了19世纪诗歌创作的经验，又吸收了20世纪初艺术新潮流的创新手法，进行了种种诗歌创作试验，由此促进了文学创作的新发展。

第一节　诗歌主张

纪尧姆·阿波利奈尔的一生是短促的，只活了38岁。他是个私生子，生于1880年8月26日。父亲是个意大利军官，母亲是个波兰人。阿波利奈尔从小跟随母亲在摩纳哥、戛纳、尼斯等地生活。1899年来到巴黎，随后来到比利时，在那里爱上了一个叫玛丽·杜布瓦的女子，《玛丽》一诗歌咏的原型就是她。阿波利奈尔在比利时写出《腐朽的魔术师》（1909）中的一部分故事。回到巴黎后，他在杂志上发表了《异端派首领与公司》（1910）中的部分故事。1901年8月22日，他来到德国，给德·米洛子爵夫人的孩子当家庭教师，游历了德国的不少地方，为他后来创作诗歌提供了很多素材。他认识了一个英国女子安妮·普莱登，她也在子爵夫人家当家庭教师。1902年8月，他回到巴黎，同文艺界接触。1903年创办了杂志《埃索普的宴会》。他为了追求安妮，两次前往英国，均遭拒绝，由此创作了一系列爱情诗。1904年他创办杂志《小资本家报》。他涉足画家圈子，结识弗拉曼克、毕加索，作家雅可布、雅里、福尔也成为他的熟人。1905年他居住在蒙马特尔，认识了画家布拉克、小说家马克·奥尔朗等人。他在先锋派中的地位得到确认。他成为诗人、散文家、批评家，成了马蒂斯、布拉克、毕加索的明智而热情的保卫者。1911年发表诗集《动物小唱》。这时，他因一桩盗窃卢浮宫绘画的案件而无辜入狱，几个星期后得到释放。1912年创办杂志《巴黎晚会》。1913年发表《立体派画家：美学思考》和《醇酒集》，确立了他作为杰出诗人和先锋派评论家的地位。1914年他认识了露·德·柯利尼，即他的诗歌中的"露"。战争爆发后，他虽然还没有加入法国籍，却报名入伍。第一次未获准，然后再申请，终于在1915年11月编入第96步兵团任少尉。这一年的1月，他认识了另一个少女玛德莱娜·帕热斯。他们的通信后来编成《像回忆一样温柔》（1952）出版。1915年末他入了法国籍，不久就受了伤，一颗炮弹的弹片打穿了他的头盔。在医院治疗期间，他准备短篇集《被暗杀的诗人》（1916）和《图像诗》（1918）的出版。其后他认识了雅克琳娜·柯尔布，即"漂亮的褐发女人"，并同她结了婚。他与达达派的年轻人来往，也注意到电影和现代芭蕾舞提供的新手段。大战结束时他成了年轻诗人崇拜的偶像。1917年他的超现实主义戏剧《蒂雷齐亚的乳房》上演。1918年末，他得了流感，在停战前夕去世。他的遗著有：诗与散文集《有》（1925）、《给露的诗》（1955）、剧本《时间的色彩》（1949）、故事集《端坐的女人》（1920）等。

阿波利奈尔的诗歌主张比较集中反映在他于1917年11月26日所做的一篇论述"新精神"的演讲中[1]。这篇演讲有如下几个要点。

第一，阿波利奈尔看出当代诗人要吸收各家之长，综合各种艺术形式和技巧，要继承古典作家的创作成就和艺术手法。他指出，当代诗人"首先要继承古典作家坚实的理性、可靠的批判精神、对宇宙和人心的整体观点，剥露情感、限制情感、不如说包含情感的各种表现的责任感"，"还要继承浪漫派的好奇心，这种好奇心推动新精神探索能提供一切领域的文学素材，这种文学素材能让人不管生活的任何形式去赞颂生活"。诗人又说，他主张的新精神"绝不反对哪一种流派，而是成为涵盖一切流派的众多重大文学潮流，从象征派到崇尚自然派中的一种"。立足于以往的传统之上，吸取以往的优秀创作手法，这是阿波利奈尔的诗歌主张的基石，这个基石使他的理论主张与创作实践立于不败之地。

第二，阿波利奈尔认为诗歌属于艺术的一种，既如此，就必然要创造、要

1　此文发表于1918年12月。

发展、要求新，因此他主张创造新形式，探索新领域。他指出："诗歌同创造是同一回事；那些在创造、在人能创造的范围内进行创造的人，才应称作诗人。凡是发现新的欢乐——哪怕这些欢乐难以忍受——的人，就是诗人。在各个领域都可以成为诗人：只要敢于冒险，只要走向发现。最丰富、最不为人所知、广度无限的领域，就是想象，毫不奇怪，人们尤其把诗人的名字给予那些寻找标志广阔的想象地域新欢乐的人。"他进一步提出："凡是新的，难道不就是美的吗？"因此，"新精神允许甚至大胆的文字试验"。诚然，现代诗人既是"不断更新的"，又是"写真实的"——"真实让人深入未知领域"，这两者相辅相成。诗人既要发挥想象力，又要描写生活现实，其结果是富有成效的："生活和想象的神圣相互作用，开辟了全新的诗歌活动领域。"主张创新是阿波利奈尔的诗歌理论中极为重要的观点，最具活跃性的因素，这使他的创作充满了变化和丰富多彩的成果。

第三，阿波利奈尔注意到20世纪由于科学技术的发展而出现了新的艺术形式，如摄影、电影，为了适应新时代，诗人应该运用新的艺术手段，进入新的领域。他指出："新精神是对外部世界和内心的完整研究，对真实抱有全部热情。即使在太阳之下确实没有什么新东西，它也绝不同意不去深入太阳下的一切新东西。理智是它的向导，这个向导指引它到即使不是新的，至少也是未知的角落。"值得注意的是，阿波利奈尔提出对外部世界和内心的"完整研究"，这是含义极其丰富的概念。关于外部世界，他还指出"要为重建主动精神，彻底理解他的时代和打开外部世界的新道路而斗争，这个外部世界绝不低于各门学科的学者每天发现并从中获得奇迹的那个世界"。因此，外部世界的含义既包括时代、社会，也包含大千世界、宇宙。至于内心，阿波利奈尔看出要运用"极端抒情的炼金术"，如同兰波运用语言炼金术去表达内心情感那样，阿波利奈尔也主张使用各种语言组合所产生的抒情手法。此外，还需指出，阿波利奈尔没有忘记写真实，仍然坚持理智的向导，这一点是同后来的现代派否认理性的作用截然不同的。

第四，阿波利奈尔一方面指出诗歌创作拥有极大的自由，另一方面又指出这种自由必须与规则相结合。他说：今日的诗人具有"至今不为人知的自由""在灵感领域，（诗人的）自由能与日报的自由一样大，日报在一页版面中谈论各种各样的题目，跑遍最遥远的国度。试问，在电话、无线电报和飞行的时代，诗人难道没有至少一样的自由吗？面对宇宙，要更加审慎小心吗？"
这里的自由指的是描绘的领域。而审慎小心是"规整和责任"，这是"古典的
优异品质、法国精神由此得到最高的表现"。阿波利奈尔的原意，似乎指的是
内容上所表现的"规整与责任"。可见他认为诗歌内容要有一定的约束。他又
进一步说："新精神融合的这种规整正是新精神的特点和力量所在。"这句话
充分肯定了"规整"即规则的重要性。阿波利奈尔在《像回忆一样温柔》中说
过："受约束和有个性，这就是风格的限制，我是这样想的。"这句话鲜明地
包含了对艺术家的两个要求。艺术家要着力于通过对他的职业约束完善的主
宰，达到真实而又新颖的表现。作为艺术批评家，阿波利奈尔乐意以画家为榜
样，画家只有将大胆的灵感抒发与深入掌握绘画技巧相结合，才能达到完美的
境地。

第五，阿波利奈尔主张新精神要立足于民族文化之上，他说："我不相信
社会事件会走得那样远，以至于有一天人们不再谈论民族文学。"他认为只有
立足于民族文学之上，才能对人类做出贡献："我想，无论如何，艺术会越来
越需要一个祖国。再说，诗人总是在表现一个环境、一个民族，艺术家、诗人
和哲学家一样，形成一种社会财富，它无疑属于人类，但这是作为一个种族、
一个特定环境的体 现。"

总之，阿波利奈尔主张的"新精神"，是将传统与创新统一起来，既没有
故步自封，恪守既有的文学再现手法，也不是毫无节制，主张割断传统，不顾
道德规范。可以说，他的诗歌主张表述得相当全面，在理论上不走极端，避免
了偏颇。不过，他的"新精神"的主导方面还是主张创新，在传统的基础上进
行创新，以符合时代需要，以表现这个获得发展的新时代。

阿波利奈尔被看作法国立体未来派的代表。但他与意大利未来派的主将马
里内蒂不同，他不否认传统，不歌颂战争，而仅仅歌颂现代生活中的新现象；
他赞赏立体派画家毕加索和布拉克，而且立体未来派手法在《醇酒集》中有充
分表现。阿波利奈尔认为，今日诗人"既要探索最广阔和最不易抓住的综合体
中的发现：人群、星云、大洋、民族，又要追寻表面上看最简单的事实之中的
发现：在掏口袋的一只手，摩擦点燃的火柴，动物叫声，雨后花园的气味，炉
中燃起的火焰"。总之，是现代人感知的现实和现象，是20世纪人类在科学
技术方面获得的新成就，是大城市出现的种种现象。他在《市郊贫民区》中
写道："你厌倦了旧世界。"因此，发现现代使他充满了热情。他不断探索现

代性的含义，认为"世界的光辉灿烂由于新的美而变得丰富了"。对现代科学技术的歌颂并非从阿波利奈尔开始，最早应数惠特曼。惠特曼歌颂火车头。后来，比利时象征派诗人维尔哈伦这样写道："未来，你使我激动，就像从前天主使我激动一样。"马里内蒂也赞赏"兵工厂和强烈的电弧光下的工地在夜晚的颤动"。现代世界和城市文明对这些诗人具有巨大的吸引力，但城市和机器只属于心理描绘的背景，属于标志现代人特点的奇异世界。回顾以往的诗人，我们可以发现，拉马丁在湖岸边哭泣他失去的爱情，而阿波利奈尔是穿过一座红砖色的城市的街道，追逐安妮的身影。还要指出，机械的魅力是以其古怪的不同寻常的美吸引阿波利奈尔的，他不去歌颂机械的奇迹，而是对这些奇迹感到困惑。从形式上看，他把立体未来派的剪贴艺术也运用到诗歌创作中。阿波利奈尔所追求的是，力图打破以往诗歌形式的束缚。他大力推行的楼梯式诗歌和取消标点符号就是从这种探索出发的。他力图以诗行的内在节奏来代替标点符号，换言之，他的取消了标点符号的诗句完全以诗句本身的内在节奏产生停顿或断句，这必须是节奏鲜明的诗句。楼梯式诗歌的作用就是从诗句本身的节奏出发的，为了强调节奏，为了突出某些词句的分量，将一句诗分成若干行，便能起到意想不到的效果。至于押韵，阿波利奈尔说过："要从一个韵中获得一个思想，要比从思想出发找到一个韵，有多得多的机会。全部诗歌立足于这一点上面。"[1]他的诗歌大部分是押韵的，而且是十音节和十二音节的诗行，但他不注重音节，而注重音效。他非常注意韵律的和谐动听。从打破诗歌传统形式出发，他创造了图像诗，即以诗行构成歌咏对象的图形，如下雨题材写成雨水洒落的图像，鸽子题材写成鸽子模样，埃菲尔铁塔的题材写成这座铁塔的图形。图像诗是立体未来派手法在诗歌上的一种大胆运用。

阿波利奈尔被看作超现实主义的先驱。他在《蒂雷齐亚的乳房》的序言中首次使用了"超现实主义"这个词。他在关于新精神的演讲中指出："他们[2]将始终把你们活生生地、清醒地带往梦幻的黑夜与封闭的世界，"这句话预示了超现实主义写梦的主张。阿波利奈尔及其同时代的诗人不知不觉地为超现实主义的到来做了准备。他们关注着梦的新作用。"梦标志着诗歌的新图腾。它抓住了不适宜的、古怪的、巨大的、奇异的、可怕的东西，把它们提供给集体

1　贝尔纳·勒歇尔博尼埃：《阿波利奈尔的〈醇酒集〉》，纳唐出版社，1983年，第20页。
2　指想象出伊卡尔神话的人。

的无意识，这种集体的无意识在支离破碎中看到了未来诗歌的标志，这种诗歌是布勒东和他的弟子们'封闭'起来的。"[1]从某种意义上来说，对内心世界的挖掘必然导致对梦和潜意识的探索。弗洛伊德从医学的角度对梦和潜意识做出解释，给文学家提供了理论依据。作家把梦和潜意识看作人的心理活动的一部分，而且这一部分是不为人知的、神秘的，他们感到极大的兴趣。

第二节　《醇酒集》及其他

　　阿波利奈尔在上述诗歌主张的指导下进行创作，取得了令人注目的成就。他在生前发表过四部诗集，逝世后，后人又整理出版了他的三部诗集。他诗歌的数量虽然不算很多，但却在法国诗歌史上占据了一个十分重要的地位。他的代表作是《醇酒集》。这部诗集搜集了 1898年到1913年所写的诗，原来打算起名《烧酒集》。酒的含义在诗集的几首诗中出现过，如《市郊贫民区》："你喝这杯热酒像喝下你的生命／你喝下的生命就像一杯烧酒。"又如《雨月》："我像喝下整个宇宙一样醉醺醺。"小酒店、咖啡店、啤酒店、客栈在诗集中频繁出现，诗歌意象也往往与酒和喝醉有关。酒与喝醉相连，同时与生活的沉醉相连。诗人在喝饮城市、文化、传说和一切呈现在眼前的东西。"饮酒"反映了对现代性的热情，这个现代人要直达事物的底里，超越禁区、禁忌、界限。诗歌本身就是一种醇酒，热情往往与沉醉和火的结合意象相连。于是与逻辑的世界决裂，探索混沌，导致出现奇异事物，面向另一个世界。

　　阿波利奈尔在《醇酒集》的校样上将所有的标点符号都取消了。批评界对这部诗集并不热情。有代表性的是，小说家乔治·杜阿梅尔于6月25日的《法兰西的默居尔》上撰文，认为阿波利奈尔的诗集是"一个旧货店"，因为有"一大堆杂凑的东西堆放在这间破屋里"，文章还指责他模仿别人。批评家亨利·马蒂诺也说："我无法将这个狂热的旧货商的财富开出清单。"阿波利奈尔在给马蒂诺的回信中为自己进行了辩解："我相信绝没有模仿，因为我的第一部诗集是对我生活中的大事的追念，往往谈的是忧愁，但是我也有快乐要歌唱。我像水手一样，他们在海岸边的港口消磨时间，带回来许多令人意想不到的东西，这些东西总是令人感到新奇，绝不会令人厌倦。我觉得'旧货商'对

────────

1　贝尔纳·勒歇尔博尼埃：《阿波利奈尔的〈醇酒集〉》，纳唐出版社，1983年，第27页。

于一个在十五年的长时间里只写了如此少量诗歌的诗人来说，是一个很不公平的形容词。"随着时间的推移，对《醇酒集》的评价早已改变了。《醇酒集》被认为是20世纪的一部具有里程碑意义的重要诗集。

《醇酒集》的第一个特点是吸收了民歌的体裁和表现手法。他最著名的诗作《米拉波桥》就借鉴了中世纪的民歌《盖叶特和奥莉娥》（织布歌）的形式。这首民歌一共六节，前三行为十音节诗，押同一韵；后两行诗为八音节诗，押另一韵，这后两行诗为叠句，在每一节诗的结尾重复。如第一节："星期六晚上一周告结束：／盖叶特、奥莉娥亲如手足，／手拉手到泉边沐浴去污。／轻风徐来，树枝摇曳：／愿多情人睡得安逸。"阿波利奈尔采用了这首民歌的基本形式来抒写自己的爱情。《米拉波桥》全诗共八节，第一、三、五、七节为四行，其余四节为叠句，如第一、二节：

> 米拉波桥下塞纳河流过
>
> 我该缅怀
>
> 我们的爱情么
>
> 痛苦之后来的总是欢乐
>
> 黑夜来临钟声传来
>
> 时光消逝伊人不在

可以看出，《米拉波桥》在继承民歌形式的基础上力求有所变化：诗人将民歌每一节诗的第二行分成了两行，其中一行为四音节，另一行为六音节。由于《米拉波桥》的形式取自民歌，也就具有民歌的音乐节奏美与韵律和谐美，叠句一唱三叹，更增加了韵味，增强了情感的烈度。更不用说《米拉波桥》在感情的深沉、意境的优美上胜过原型民歌一筹。塞纳河成了诗人的知己。诗人从桥上俯视流水，流水同诗人的感觉和思考紧密结合，象征着生活和爱情不可逆转的运动。失恋的诗人在河水中看到了自己命运的映像，俯视塞纳河于是导致思索自己的命运。诗句和诗节像不停的水波一样相互推动流逝。结构紧密而自然。

另一首诗《罗蕾莱》也取自流传于莱茵河畔的同名传说，海涅曾据此写下过名诗《罗蕾莱》，随后德国诗人克莱芒·布伦塔诺也写过一首同一题材的诗。阿波利奈尔深受这个传说的感染，但把前人写成的民歌改成两行一节，押同一韵，共20行。

从上述两首诗的写作来看，阿波利奈尔善于运用民歌形式，但又不拘泥于这种形式，而是加以改造。借鉴民歌是阿波利奈尔取得的成功经验之一，这体现了他善于将传统与创新熔于一炉。

第二个特点，阿波利奈尔也借鉴了浪漫派和象征派的手法。浪漫派喜用哀歌的形式，在阿波利奈尔的诗歌中，可以读到不少哀歌式的作品，如《米拉波桥》《玛丽》《订婚》《行列》《吕尔·德·法尔特南》《炭火》《葡月》，等等。就其汹涌而出的感情发泄、长篇的抒发思绪而言，《失恋者之歌》《市郊贫民区》颇有浪漫派诗歌的气势。阿波利奈尔的诗继承了浪漫派擅长的亲切情调，表达了他痛苦的心声。他总是个失恋者，经历了不被人理解的孤独之苦，渴望得到解脱而又不可能。但阿波利奈尔并没有陷入绝望，他说："我不喜欢不带微笑去看人的怪僻、恶习或丑恶；以可以理解的魅力罩住我们的苦难，这是一种理解的方式，也可以说是治疗的方式。"[1]不过，阿波利奈尔更多受到象征派的影响。《失恋者之歌》写道："街道楼房点点灯火燃起／似血红色的雾露出伤口／楼房在唉声叹气。"前两行是视觉的变换，灯火在血红色的雾衬托下变成伤口，因而点灯的楼房会唉声叹气，这样从视觉又转到听觉，这就是通感。诗人把忧愁写成七把剑，每把剑分别是彩虹、金绿色的河、纺纱杆、柏树、火炬、朋友、公鸡、女人、枯萎的玫瑰，等等。将抽象的感情用具体的物象来道出，正是典型的象征手法。《秋水仙》运用"花—毒药"和"女人—毒药"的意象，其用意是等同的："你的眼睛像这朵花一样。"花等于女人的眼睛，而这花是有毒的秋水仙，三者是贯通的。在《标志》一诗中，秋天预示了冬天的到来，标志着成熟期的衰退和死亡的临近。在《号角》中，"回忆就是号角"，这是死亡的喇叭。

在阿波利奈尔笔下，火是矛盾的、活动的、变化的，成为幸福与不幸的载体，它与生活融合："我的酒杯斟满了像火焰一样跳荡的酒；（《莱茵河之夜》）""暗影胜过了火；（《窃贼》）""街道楼房点点灯光燃起。（《失恋者之歌》）"火也是爱情的象征；它像凤凰一样，死而复生会变得更加美丽。阿波利奈尔由此对火的洗礼、圣灵降临节等感兴趣，诗人成了火焰之花。总之，火把普通的现实变成闪光的现实；火是熔炉，将神圣、爱情和诗意想象融合在一起。再如星星，象征着希望和诺言："一满杯一满杯地喝着星星；"

1　阿波利奈尔：《像回忆一样温柔》，伽利玛出版社，1952年，第138页。

法国诗歌史

也与爱情相连："她的目光在抖动的黑夜中留下一连串星星；"太阳作为星辰之王，是普遍和谐的象征，它的光芒形成一把"热烈的竖琴"（《失恋者之歌》）；男性的力量和欲望来自太阳："在跳舞的太阳掀动着我的肚脐"（《斧子》）。又如花象征平静的幸福、爱情，等等。其他如大海、森林、鸟等也各有象征意义。

第三个特色是对立体派艺术手法的借用。立体派主张利用世界的各个片段去重新建立一个新的世界。从1904年起，在"丁香园"举办的"诗与散文"晚会聚集了保尔·福尔、阿波利奈尔、安德烈·萨尔蒙、莫雷亚斯、阿尔弗雷德·雅里、毕加索等。批评家雷蒙认为："立体派给予诗人们宝贵的帮助。在毕加索、布拉克、德兰和能与他们竞争的人看来，绘画不再满足于以歪曲自然的方式去表现自然，它力图摆脱模仿某一事物的需要。"与阿波利奈尔同时的诗人如瓦莱里·拉尔博，他在《一个富有的业余爱好者所写的诗》中，写到现代交通工具给人提供的快乐、迷人的离乡背井、坐豪华列车的快乐，欧洲各民族和城市一掠而过。布莱兹·桑德拉尔的《纽约的复活节》（1912）标志着"立体派"诗歌的重大转折：印象和意象的并列，各种感觉的罗列。马克斯·雅各布的《掷骰子的皮杯》（1917）和《中央实验室》（1921）也被看作立体派诗歌。阿波利奈尔发展了他们的手法。《市郊贫民区》将各种分散的主题杂凑在一起，诗人力图将在咖啡店或在公共场合听到的话语记录下来，表现出这些话语的混乱和自发性。他往往寻找大胆的组合和奇特的意象，使读者产生强烈感受，或产生惊讶或赞叹，如这一句："我的玻璃杯像哈哈大笑一样粉碎了。"《失恋者之歌》有不少诗句和诗节似乎完全脱离诗歌本身的结构，是独立存在的部分。例如，查波罗托的哥萨克给土耳其苏丹的回信占了三个诗节，这三个诗节完全可以从诗中游离出来；尤利西斯和沙恭达罗的故事也是插入式的；至于写七把剑的七节诗同样是"题外话"。这些诗句如同剪贴一样，或者如同拼板一样，与诗篇的正题叙述粘接起来。让尼娜·穆兰指出："他的真正独创性就在于在诗中采用了立体派绘画的规则，从日常的逻辑、言语的框架、形式和对象的约束中解放出来，由此赞美了归于艺术家无所不能的创作作用，从今以后，这艺术家绝对主宰了他的世界，他的表现方法，他的目的和他的艺术。"[1]

1　转引自《醇酒集》，《新拉鲁斯古典作品本》，拉罗斯出版社，1971年，第122页。

此外，阿波利奈尔还写过"谈话诗""散步诗"，这类诗歌非常接近立体派绘画的概念和剪贴艺术。谈话片断、短暂的回忆、各种印象交织在一起。节奏保持一致，反映出诗人的心理意识。《给露的诗》所收的《有》是所谓"诗—清单"的典范。诗歌罗列了 21 个无人称结构"有"的句子，如开头一节写道："有一些了不起的小桥／我的心在为你跳动／在道路上有一个忧愁的女人／花园里有一座漂亮的小屋／有六个士兵像疯子一样戏耍／我的眼睛在寻找你的形象。"最后一句诗是"我爱你"。诗人在罗列不同事物的叙述中不时插入对恋人表示爱慕之句。在这些似乎毫无关联的意象中，制造一种有关联的效果，起到一种奇特的作用。《图像诗》是阿波利奈尔写作立体派诗歌的另一种尝试。以诗行组成所咏事物的图形的写法，是企图将视觉加入到诗歌的阅读之中。图像诗的传统可以追溯到古希腊罗马，在法国可以追溯到文艺复兴时期。在拉伯雷的《巨人传》中神瓶显示的神启就是用瓶子的形式组成的。《图像诗》的大部分诗歌写于1914—1918年。在《漂亮的露丝》中，诗人提到"传统与创造的长期争吵"，他要对"那些主张正规之完美的人"说话："我们想给你们广阔而奇特的领域／像花盛开的奥秘向愿意采撷的人展示／那里有新的火焰和见所未见的色彩／有千百种难以估量的幻影／必须给它们现实的形态……我们一直战斗在无限和未来边缘／同情我们吧。"这几句诗表达了阿波利奈尔追求创新的强烈愿望。他是一个不疲倦的革新者，显示了多方面的才能。

　　阿波利奈尔富有幽默的才能和滑稽的兴趣，与他的自然流露的灵感非常协调。他的诗歌往往由半是严肃、半是游戏的诗句组成，有时他的自由想象具有故弄玄虚的外表。其实这种揶揄掩盖着忧愁、痛苦、孤独、自暴自弃，如《防空洞》这样写道："我呀今晚我的心灵像挖空了一样／可以说不断往下跌落却不见底／而且没有什么可以抓住。"在幽默的语气中隐含着辛酸和不幸。阿波利奈尔的诗歌还带着推心置腹的语调，表达了诗人内心最亲切、最秘密的东西。有时这种语调显得撕心裂肺一般，滑稽口吻也难以掩饰。或者诗人剥掉外表，赤裸裸地袒露自己。在立体派诗人中，阿波利奈尔的探索是最有成就的。"由于他的努力和启示的大胆，他为法国诗歌迈向未探索过的道路做出了贡献，他显示了要成为在形式和内容上的新诗人的意愿。"[1]

1　卡斯泰等：《法国文学史》，第802页。

第二十章　超现实主义的发展过程和理论主张

超现实主义是 20 世纪法国最重要的诗歌流派，这个流派涌现了一批大诗人，他们有的是这个流派的主将，有的曾经起过重要作用，但随后另辟蹊径。超现实主义的影响一直延续到20世纪下半叶。它早已超出国界，成为国际性的思潮，尤其在拉丁美洲产生极其深远的影响。例如魔幻现实主义就奉超现实主义为圭臬，从中汲取了各种表现手法。

第一节　产生和发展过程

超现实主义的产生有其深刻的社会根源。第一次世界大战标志着法国精神生活的一次深刻的破裂，"美好的时代"结束了。在这之前，社会上一片升平气象，大街上车水马龙，骏马昂首阔步，车上坐着身穿长裙的妇女和衣着笔挺的绅士。经济繁荣，人们在交往中彬彬有礼。这种表面的繁华掩盖了深刻的社会矛盾和危机。大战的灾难突然而至，一场大屠杀打破了人们的幻想，导致了精神危机的爆发。超现实主义运动就是在这样的背景下产生的。

首先要提到达达主义的产生。1916年2月，在瑞士的苏黎世，以罗马尼亚人特里斯坦·查拉为核心，成立一个团体，起名"达达"，这是随便翻开词典找到的一个字。查拉后来这样说明："这是要提供一个证明，表示诗歌在各个方面，甚至在反诗歌方面都是一股活跃的力量，文字只不过是诗歌的一种偶然的工具，绝不是必不可少的工具，而且由于缺乏合适的名称，我们就将这种自发产生的表现形式称为'达达主义'。"这些年轻人经常在伏尔泰小酒店聚会。他们散发了大量传单和宣言，组织挑衅性的演出。乔治·于涅在 1932—1934 年的《艺术笔记》的一节《绘画中的达达精神》中这样描述："在舞台上敲打钥匙和盒子，算是奏乐，直到听众提出抗议，都要发狂了。塞尔纳不是朗诵诗歌，而是将一束花放在一个制衣人体模型的脚下。在一顶甜面包形状的巨大帽子下，有个声音念出阿尔普的诗歌。于埃尔森贝克声音越来越高地吼着他的诗，而查拉按着同样节奏，也越来越高地敲打一只大箱子。于埃尔森贝克和查拉一面跳舞，一面发出小熊的喊叫声，或者头上顶着一根管子，装在一只口袋里扭来扭去，这样练习名为'卡卡杜黑人舞'。查拉创造了化学诗和静力诗……"达达主义彻底否定当代世界、传统价值、理性和有规则的语言，表现出一种虚无主义的倾向。1918年的达达主义宣言这样写道："自由：达达，达达，达达，痉挛的色彩的嚎叫，各种对立、矛盾、滑稽和非逻辑事物的交错：即生活。"这个定义颇能说明达达主义的宗旨。

达达主义要追求自由。达达主义产生于第一次世界大战之后，这次大战给人们带来的不仅是物质上的巨大破坏，还有精神上的创伤。它引起了知识分子对资本主义文明的幻灭感，一部分作家对资本主义的传统文化产生了强烈的排斥心理。查拉就表达了这种心理状态，他说："让每个人都高呼：需要完成毁灭的、否定的巨大工作，打扫、清洗，"又说："达达将双目紧闭，将怀疑置于行动之先和一切之上。达达怀疑一切。"在怀疑一切的思想指导下，达达主义发展到否定一切。阿拉贡在一次聚会中这样宣称："不再有画家，不再有文学家，不再有音乐家，不再有雕塑家，不再有宗教，不再有共和派，不再有保王派，不再有帝国主义者，不再有无政府主义者，不再有社会主义者，不再有布尔什维克，不再有政治家，不再有无产者，不再有民主派，不再有资产者，不再有贵族，不再有军队，不再有警察，不再有祖国。最后，这一切蠢事够了，什么也不再有，什么也不再有，一无所存，一无所存，一无所存，一无所存。"结尾的六个否定充分表达了达达主义横扫一切的极端态度。

达达主义的定义的第二句指出了它的基本写作手法，即将各种矛盾对立事物，甚至不合逻辑的东西组合在一起，并追求奇异和光怪陆离的特色。为达此目的，达达主义者采用了如下的创作方式：

拿一份报纸
拿起剪刀
在这份报纸中选择一篇文章，长短恰如你打算给你的诗歌的篇幅

剪下文章

然后细心剪下这篇文章的每一个词并放进一只口袋里

轻轻摇晃

然后依次从口袋里取出剪下的每一个字

认真抄写下来

这就是你所要写的诗。

达达主义者认为这样毫无意识支配的混乱字句的组合，便是生活的形式，便是生活，便能写成诗歌。总的说来，达达主义并没有留下什么有价值的文学作品，可是，它的探索却对后来的文学创作产生了深远影响：对语言的结构、对意识的连贯提出了疑问，从而启发了超现实主义者。从今以后，生活方式、精神生活的表现形式，成为诗歌创作的基本问题。精神问题越来越引起诗人和艺术家的注意。

超现实主义的理论家和创立者是安德烈·布勒东（André Breton，1896—1966）。他在1916—1921年间经历了三次遭遇，对他的思想产生了重大影响。第一次是同诗人雅克·瓦谢相遇。布勒东当时是南特的医生。瓦谢是个反传统主义者，正在探索自己混乱的内心，擅长黑色幽默，布勒东把他看成超现实主义的典型人物。第二次是同阿波利奈尔的接触。《蒂雷齐亚的乳房》中的演员身穿英国军官服装，"他走进大厅时握着手枪，而且说是要向观众开枪"。在布勒东看来，这是绝好的超现实主义行为："超现实主义最普通的行为就在于握着手枪，下楼来到街上，随便四处向人群开枪。"阿波利奈尔启迪了他把自己在心理学上的发现同探索新诗的过程结合起来。第三次是发现了弗洛伊德，他在1921年同弗洛伊德见了面。弗洛伊德正在进行精神病治疗和潜意识的研究，对他是个巨大的启示。

布勒东原来是马拉美的信徒，后来成为达达主义者。但他不满于达达主义排斥一切的宗旨。1919年，布勒东、路易·阿拉贡（Louis Aragon，1897—1982）和菲利普·苏波（Philippe Soupault，1897—1990）创办《文学》杂志。1920年，布勒东和苏波合写的《磁场》出版，这是第一部纯粹超现实主义的作品。1921年，布勒东和他的追随者同查拉决裂。在5月13日组织的一次审判作家巴雷斯的会上，查拉作为证人这样说："庭长先生，您会同意我的看法：我们大家只不过是一群混蛋，因此只有小小的不同：更大一点的混蛋还是更小一点的混蛋，是毫无意义的。"布勒东作为庭长这样回答他："证人坚持认为是个十足的笨蛋，还是试图让人囚禁起来呢？"他们扮演的似乎是一场滑稽戏。布勒东和达达主义最终决裂是在1922年。

1924年，《文学》更名为《超现实主义革命》（1924年12月至1925年4月由佩雷和纳维尔主持，此后由布勒东主持，直到1929年12月），同时成立了"超现实主义研究局"。同年布勒东发表了《超现实主义宣言》。至此，这个诗歌流派有了自己的领袖、理论和进行实验和创作的刊物。超现实主义的全盛期是在20世纪30年代。1930—1933年，布勒东主持了《为革命服务的超现实主义》；1933—1937年又创办了《人身牛头怪物》。除了布勒东、阿拉贡和艾吕雅以外，聚集在超现实主义旗帜下的有如下一些诗人：

菲利普·苏波。他于1917年战地医院的病床上接触到诗歌："我不知道为什么有个句子在我的脑子里转悠。它发出昆虫的声音。它坚持响下去……这样持续了两天。我拿起一支铅笔，把它写下来。于是有一样我并不认识的东西爆发出来。（《一个白人的故事》）"他赞赏兰波和洛特雷阿蒙。不久，他遇到了雷韦迪和阿波利奈尔，后者让他结识了布勒东、查拉和其他诗人。他成为超现实主义的创始人之一。但从1923年起，他与超现实主义保持一定距离，寻找自己的道路。《诗歌全集》（1937）搜集了1917年以来出版的诗集合在一起。

邦雅曼·佩雷（Benjamin Péret，1899—1959）。1920年参加达达主义运动，也是超现实主义创始人之一，一生态度不变。1926年加入共产党，随后转到托洛斯茨派，1931年因参加革命活动被逐出巴西，1936年会合西班牙的无政府主义者，1940年因反军国主义而被捕，直到法军溃败时才得以释放，大战期间在墨西哥。他的诗集有《睡觉，在石头中睡觉》（1927）、《崇高的我》（1936）、《墨西哥的空气》（1952）等。他的诗歌语言绝对自由，从语言和意象的自由组合中产生诗意的奇特，用词大胆，表意滑稽。

罗贝尔·德斯诺斯（Robert Desnos，1900—1945）。生于巴黎，父亲是巴黎莱市场内的合法中间商。1922年经佩雷介绍，认识布勒东。他以表现梦境和实验自动写作法而惊世骇俗。1930年与布勒东分道扬镳。他对新闻、电台工作感兴趣，创作了第一首广播诗《方托马斯的悲歌》，还写作电影剧本。

他的诗将奇特和自然相结合，将自然和超现实相结合，民间语言和民间趣味伴随着超现实主义的意象和渊博的传统知识。他在1942年给《幸运集》写的序言中说："如今我想，能使灵感、语言和想象相配合的艺术（或者不如说魔术），给作家提供了高级的活动领域。"1940年他参加抵抗运动，1944年2月被捕，1945年6月8日死于泰雷辛纳集中营。《明天》一诗表达了他对未来的希望："即使我活到十万岁，仍有力量／等待你，啊，希望预感到的明天。"

此外还有夏尔·维尔德拉克（Charles Vildrac，1882—1971），他著有《失望者之歌》（1920）；雷蒙·格诺（Raymond Queneau，1903—1976）；雅克·普雷维尔（Jacques Prévert，1900—1977）；米歇尔·莱里斯（Michel Leiris，1901—1990）等。

超现实主义对其他艺术产生了深刻影响。超现实主义画家有马克斯·埃尔恩斯特、弗朗西斯·皮卡比亚、米罗、唐吉、路易·布纽埃尔、达利、马松、希里柯等人。30年代在巴黎、德国、美国、比利时、布拉格、伦敦等地举办超现实主义画展。

超现实主义对音乐和电影也产生了影响。埃里克·萨迪与让·柯克托、毕加索合作，在俄国芭蕾舞的演出中进行了探索。马塞尔·莱尔比埃的电影与画家费尔南·莱热合作。1924年，勒内·克莱尔的《幕间休息》是与埃里克·萨迪合作的。

20年代中期，超现实主义已传到国外，1926年在塞尔维亚组织了超现实主义团体，随后是1927年在比利时，1933年在秘鲁，1934年在捷克都出现了超现实主义团体。1940年，布勒东侨居美国，在纽约建立了一个超现实主义团体。

从20年代后期开始，超现实主义经历了大分化。1926年，苏波和阿尔托被开除出去，1929年，被开除的有德斯诺斯、莱里斯、巴隆、马松、普雷维尔、格诺、维尔德拉克，1932年轮到阿拉贡，最后是艾吕雅。有的是因为艺术观点产生了变化，有的则是因政治态度转变而引起艺术观的转变。但是，布勒东始终坚持超现实主义。第二次世界大战以后，又创办了一些超现实主义刊物：《中性氛》《超现实主义者本身》《引水渠》《突破口》《过长的手臂》，接二连三地出现，它们采取的立场都是反殖民主义的。脱离了超现实主义的诗人，有的虽然转向了现实主义，但是，他们仍然保留着超现实主义的创作手法，有的在晚年不同程度地复归于超现实主义的写作。时至今日，超现实主义作为一个流派已经消亡，虽然超现实主义的精神还具有活力，"人们看到它在1968年的5月事件中以各种各样的形式和方兴未艾的激情表现出来"。[1]

第二节　理论主张

超现实主义者拒绝一切成规。在诗人中，瓦莱里和克洛岱尔比他们年长30岁，在他们看来，这两位诗人的作品建立在一连串的偏见和错误之上。他们对克洛岱尔的因循守旧特别反感，认为"不能既是法国大使又是诗人"。至于瓦莱里，他由于对古希腊文化具有丰富知识，品味高雅而被他们摒弃。1924年，法朗士逝世，他们发表了《一具僵尸》，对传统文学发起攻击。但是，超现实主义与达达主义还有所不同，超现实主义并没有完全否定一切传统，他们还有推崇的作家。他们特别赞赏兰波和洛特雷阿蒙，甚至奈瓦尔的经验。他们通过奈瓦尔，重新发现德国浪漫派。他们还上溯到18世纪，发现了英国的浪漫派诗人威廉·布莱克，苏波翻译和介绍了他的作品。在当代诗人中，他们推崇阿波利奈尔和桑德拉尔，后者是《黑人诗选》的编纂者。还要提到的一个诗人是圣保尔—卢（Saint-Pol-Roux，1861—1940）。这个诗人生于马赛，1893年倡导"理想现实主义"。他认为诗歌"是表现在人性中的天主，是还未表现的世界的全部混沌，只有'诗人—中介'人才能使这混沌变得清晰"。他给予原始魔术和潜意识以显示精神的功能。1933年，他的《向基督祈求》揭露了纳粹的迫害罪行。1940年6月，德国士兵打伤了老人，强奸了他的女儿，毁了他的手稿。他的作品有《迎圣体的临时祭坛》（1893）、《玫瑰和路上的荆棘》（1885—1890）、《从鸽子经过孔雀到乌鸦》（1885—1904）等。这个诗人的作品的真正意义直到超现实主义出现，才得到发掘。他作为一个极端的象征派，要将梦的意象完全解放出来，这种梦的意象有时是语言的巧合，有时是有意的语言安排，已经向自动写作法靠拢。例如这一首："真正的水波，／第一道水波，／天真的水波，／百合和天鹅的水波，／阴影之汗的水波，／草地的肩带的水波，／走过的无辜的水波……"诗人一连写了40种水波，最后写道："这水溪，我早就知道，是我的'幼年回忆'。／噢，湍急和潺湲的、活泼的、天真的、平滑的水波。"水波的40种意象已具有超现实主义的手法，不同的意象组合像随意地自动地流出，既凌乱又经过一定的安排。艾吕雅认为他"是这样

1　玛丽—路易斯·阿斯特、弗朗索瓦丝·柯尔梅兹：《法国诗歌》，第404页。

一个人：他不惮加入他狂乱涌现的思绪，不惮完全沉浸在他的梦幻的完美世界中"。布勒东认为他是伟大的诗人。

超现实主义的理论家是布勒东，他发表过三篇《超现实主义宣言》（1924、1929、1945），此外还写过不少阐述超现实主义的文章。超现实主义的理论主张是由他提出的。布勒东在第一篇《超现实主义宣言》中写道：

> 超现实主义：名词。纯粹心理的自动化，通过它，或者在口头上，或者以文字，或者以别的其他方式，人们打算表达思维的真正功能。排除一切美学和伦理的考虑，实录思想。
>
> 超现实主义建立在如下的基础之上：相信至今某些被忽视的思维联想形式的高度真实，相信梦幻万能和无利害关系的思想活动。它倾向于摧毁其他一切心理技巧，并取而代之，解决生活中的主要问题。

这个定义包括了超现实主义的基本原则。它首先强调表现潜意识。布勒东认为潜意识是一种纯粹的心理活动，是自动产生的；它反映了人的灵魂和世界的内在秘密。表达了潜意识，才能达到人对自我的完全意识，才能解释现实世界的动因。他说："对潜意识生活的探索提供了有价值地评价人类行动动机的唯一可靠的基础。"可以看出，布勒东强调的是人的某种生理现象。无可怀疑，潜意识这种生理现象是存在的，它的出现往往属于偶然，找不到任何确切的解释。既然它是一种生理现象，也就往往不包含深刻的社会内容，所以布勒东明确指出要排除美学和道德的思考，表达无利害关系的思想活动。这一反传统文学的主张对后来的现代派文学起了重要影响。与潜意识相联系的是梦幻，梦也可以说是一种潜意识活动，它的特点是扑朔迷离，既有现实中曾经发生过的东西，也有反映人的愿望的内容，更多的是稀奇古怪、无可解释的现象。超现实主义认为，没有什么领域比梦境更丰富，梦把人秘而不宣的东西完全剥露出来，既显示了过去和现在，也预示着未来，即所谓"梦幻万能"。无论潜意识还是梦幻，都属于非理性活动，这本是奥地利的精神病医生、心理学家弗洛伊德在20世纪初提出来的，与精神病有关的生理现象。布勒东吸收过来，运用到文学创作中，突出"精神的本能"，认为这才是"高度真实"，亦即超现实。由此出发，超现实主义者热衷于对原始人的神话、疯子的幻觉、神经官能症患者的幻象、催眠状态、双重人格和歇斯底里的分析。再进一步，为了忠实于潜意识，超现实主义认为语言应该是自发产生的，由此它提出了实行"自动写作法"，后来发展为催眠法，把这称为"实录思想"。艾吕雅这样为"自动写作法"辩解："有人认为自动写作法使诗歌变得无法卒读。不！它丰富了诗歌意识的观察领域，从而提高和扩展了这个领域。如果诗歌意识是完整的，那么自动写作法从内心世界抽取出来的成分和外界成分就会处于平衡。它们一旦平分秋色，就互相糅合和混同，形成诗歌的统一。"自动写作法不完全是无意识的字句的混乱组合，其实超现实主义诗人在自动写作法中仍然进行了一定的语言组合和安排，只不过它打破了习惯的语言思维方式罢了。超现实主义注重艺术对人的精神和心理活动——人的内心世界的挖掘，这是它的可取之处。它对想象技巧的革新，对语言的多层次功能的运用，以及对这些技巧和功能的结合，深刻影响了20世纪的文学创作，而且扩展到其他艺术领域，对艺术的表现功能是有所拓展的。

超现实主义倡导意象的大量使用和堆积，这是超现实主义使用的主要诗歌表现手法之一，这不是发现了两种事物之间的关系而产生的合理意象，而是完全自由的、"撞击产生的意象"，它近似于一种心理的综合缩影。布勒东在《超现实主义简明词典》中说："最强有力的超现实主义意象是表现出最高抽象程度的意象，是花了最长时间表达成实际语言的意象，或者它显示了极大量的表面矛盾，或者表现它的一个词汇从中古怪地抽取出来，或者表明它是可以感觉的，似乎稍为松开一点（它突然截止了圆规画出的角），或者它从自身抽取出可笑的确切理由，或者它属于幻觉，或者它自然而然地给抽象戴上具体的假面具，反之亦然，或者它导致对某些基本的物理特性的否定，或者它带来了笑。"事实上，对超现实主义来说，在意象中，重要的是，它们在事物之间带来的关系；同时，它们可能是一些"母意象"，它们能触动读者，在读者身上唤起潜意识深处的重要印象。在布勒东看来，意象越是使远离的事物产生关系，这种意象便越是具有诗意。他说，诗歌要"违反抽象的规律，以便使精神理解位于不同方面的两种思想对象的相互依赖，而思维的逻辑作用无法在这不同方面之间架设任何桥梁，并且先验地反对架设任何种类的桥梁"。因此，这些意象是跳跃式地连接起来的，它们之间似乎并没有必然的联系。意象的混乱排列表明思维的混乱和不受约束。超现实主义者只求表达呈现在他们解放的意识中的各种句子，而不顾是否合适，是否荒唐。超现实主义者力图表现意象和

法国诗歌史

文字并列出现而获得的启示功能，这种罗列给人偶然组合的表面印象，其实体现了一种必然性。阿拉贡说："在超现实主义那里，一切都是严格的。不可避免的严格。意义由不得你而形成。"运用大量意象这种手法在象征派先驱兰波、洛特雷阿蒙等诗人的作品中已经出现了，只不过超现实主义更为强调和加以充分发展罢了。

超现实主义在艺术上要产生使人惊奇的效果，这种主张导致超现实主义诗歌的幽默意趣。超现实主义者把这种使人惊奇的手法称为抓住"事物的偶然性"，这种偶然性是"预感、奇特的相遇、使人吃惊的偶合的全部，它们不时地反映在人类生活中"。像"美味的尸体"这样的语言游戏，能表明对这种偶然性的追求："折纸的游戏在于使数人创作出一个句子或者一幅画，而不致使任何人意识到在合作，或者事前有过合作。这个例子变得具有经典性，它使这个游戏得以命名，从这个材料中获得第一个句子：要喝—新—酒的—美味—尸体。"超现实主义者在日常生活中搜集所有利于表现事物偶然性的东西，如在跳蚤市场漫步，在巴黎地铁里长时间闲逛。他们从中得到不少发现，也有奇遇。正如布勒东那样，有一天，他在地铁里看到一个少妇娜嘉，他见到她几次，她使他发现了事物偶然性的多种表现；如果没有她，他可能不知道这些表现。布勒东在小说《娜嘉》中叙述了他长时间在巴黎漫步，奇特的巧合和交谈，在这些交谈中，他大半时间在倾听。布勒东关于巧合的解释相当玄奥，他在1945年发表的《两次大战间超现实主义的状况》中指出："事实上，一切使人相信，存在某种精神之点，在那里，生与死、真实和想象、过去和未来、可沟通的和不可沟通的、高和低，不再矛盾地出现。在超现实主义的活动中，只能找到确定此点的希望，力图寻找另一个动机是徒劳的。"他认为秘术的传统提供了"广阔的兴趣，那就是让人所拥有的比较和无限领域的系统保持活跃状态，这个系统使人了解能够联结表面相距十万八千里的事物之间的联系，并使人部分发现普遍象征的原理"（《秘术17》）。超现实主义追求奇特事物的结果，是产生一种黑色幽默。幽默意趣是超现实主义作品的重要特色。它是从事物的不规则排列和意想不到的组合中产生的，因为它不符合普通的生活现象和司空见惯的语言规则，于是产生一种滑稽突梯、稳含讽刺的意味，它体现了诗人对现实生活的无可奈何和玩世不恭的态度，含有一种挑战精神。

总的来说，超现实主义的理论主张是对传统文学的一种反叛。它力图发掘人的内心活动，将肉体与精神、真实与想象这两对矛盾结合在一起。它从潜意识发展到探索人的"黑夜之面"，即人在梦中的所思所想以及疯狂等不正常的精神现象。为达此目的，它力图找到一种表现人的内心活动的语言。这不是日常的、符合逻辑的、传统的规范语言，而是一种不规则的、非理性的、非逻辑的文字组合。

超现实主义是反对以现实生活的面目出现的，它否定资本主义的文明和价值，否定戕害个人、束缚个人的社会。布勒东说过："我们尤其致力于全面、激烈地拒绝现时代我们被迫生活的条件。……这种拒绝指向……一系列知识的、精神的和社会的职责，长久以来我们看到这些职责从各个方面极其沉重地压在人的身上。（《什么是超现实主义》，1934）"超现实主义的定义中已提到要"解决生活中的主要问题"。超现实主义者不断提到要"革命""为革命服务"，自我标榜是"精神的反叛者"，对现存的一切都感到绝望。这种态度为他们多数诗人日后的演变提供了基础。

超现实主义在方法论上存在偏颇之处。例如，布勒东认为唯有对潜意识的探索才能对促使人类行动的原因做出有效分析。这就过分绝对了。人类行动的原因主要是在理性思维的主宰下进行的，潜意识只不过是人的思维的一个方面，而且绝不是人类行动的主要基础，这是不言而喻的。再如，超现实主义认为理性违反抽象法则，而抽象法则能使人领会不同领域之间思维对象的相互依赖。这样贬斥理性并不符合科学，也是毫无根据的。

第二十一章　超现实主义诗人

在超现实主义的众多诗人中，最有代表性的有三位，即安德烈·布勒东、保·艾吕雅和路易·阿拉贡。他们的创作各有特点。布勒东始终坚持超现实主义的写作原则，艾吕雅擅长写抒情诗，而阿拉贡不断进行试验，也不断在变化之中，他的创作在内容和形式方面都力求博采众长。这三位诗人的创作成就足以代表超现实主义所达到的高度。

第一节　安德烈·布勒东

安德烈·布勒东生于坦什布雷，攻读医学，1913年认识瓦莱里，成为马拉美的信徒。在南特入伍。1916年与诗人雅克·瓦谢结识。1917年与菲利普·苏波和路易·阿拉贡参加皮埃尔·雷韦迪主编的杂志《南北》的工作。1919年，他同苏波合作，写出第一部超现实主义作品《磁场》，发表在他自己编辑的杂志《文学》上。同年出版了他的第一部诗集《当铺》。1919—1921年，他加入查拉的"达达主义"组织，然后分道扬镳，创立超现实主义团体。1924年发表了第一篇《超现实主义宣言》，他的理论主张在1929年的第二篇《超现实主义宣言》中得到进一步阐明。阅读弗洛伊德的著作，通过梦和催眠对非理性的探索，使他产生了用自动写作法和不规则的语言组合方法写成的作品，如《地光》（1923）和《白发手枪》（1932）。作为正统的超现实主义理论家，他一再维护超现实主义，先后抨击苏波、阿拉贡和艾吕雅，还发表政治方面的著作（《超现实主义的政治立场》，1935）和造型艺术方面的著作（《超现实主义与绘画》，1928）。他的小说像散文诗一样具有抒情性，从《娜嘉》（1927）开始，随后有《疯狂的爱情》（1937）、《秘术17》（1944—1947）。第二次世界大战期间他流亡美国，法国解放后他返回巴黎，于1947年组织超现实主义的国际展览会，影响传至国外。1947年他写出《夏尔·傅立叶颂》，并出版全集。艺术著作《有魔力的艺术》于1957年问世。

布勒东的诗歌为人称道的并不多。最有名的一首是《我的妻子》。这首诗一共59行，都用来描写"我的妻子"。因此，她的意象就有几十个之多，有时一行就有两个意象，如开头几行：

> 我的妻子有木柴火焰的头发
>
> 炽热闪电的思想
>
> 沙漏的身材
>
> 我的妻子有老虎牙齿之间的水獭身材
>
> 我的妻子有帽徽和壮美绝伦的星星花束的嘴巴
>
> 小白鼠在白茫茫大地上留下印痕的牙齿
>
> 磨过的琥珀和磨砂玻璃的舌头

意象如同随手拈来，又像喷涌而出，但都集中在描绘一个对象："我的妻子"。这些意象是日常生活中见不到的、不存在的、古怪的，像梦呓一般不合逻辑，完全是非理性的产物。这首诗的创作符合自动写作法。诗行长短不一，凌乱而不可思议，但是，整首诗的意象组合起来却形成一种幽默意趣。总的说来，布勒东的诗歌过于缺乏含义，与现实生活过分脱节，在艺术成就上不及艾吕雅和阿拉贡。

第二节　保尔·艾吕雅

保尔·艾吕雅（Paul éluard， 1895—1952）原名欧仁·格林德尔（Eugène Grindel）。他自小身体羸弱，1912—1914年在克拉瓦德尔疗养院里开始写诗，深受拉福格的影响。在这期间，他认识了加拉，1917年与她结婚，1931年离异，她成了画家达利的妻子。他于1914年入伍，先做护士，后上前线，战争生活使他写出《和平颂》（1918）。1919年，他认识了查拉、布勒东、阿拉贡，参加达达主义和超现实主义运动，发表《兽与人》（1920）、《死于不死》（1924），尤其是《痛苦之都》（1926），显示了他的抒情诗人的品质。

1930年，艾吕雅认识了纽丝，1934年与她结婚，直到她逝世。爱情使他写出《当前的生活》（1932）、《丰富的眼睛》（1936）等诗集，30年代他参加反法西斯运动，他表示："一切诗人都有权利和责任坚持，他们要深深进入别人的生活中，进入公共生活中。"1937年，他写出《盖尔尼加的胜利》。第二次世界大战期间，他参加抵抗运动，与子夜出版社合作，同阿拉贡一起建立全国作家委员会，发表了《诗与真》（1942），1943—1944年发表《诗人的荣耀》《痛苦的武器》《与德国人会面》，表明了他想同热爱正义的德国人共同战斗的愿望。战后，同样的精神促使他参加作家的聚会与和平代表大会。1946年纽丝的去世使他感到孤独。1949年9月，他在墨西哥认识了多米尼克，由此获得的爱情新生表现在《凤凰集》（1951）中。二战后他发表的诗集有《不断的诗》（1946）、《政治诗集》（1948）、《和盘托出》（1951）、《给大众的诗》（1952）等。他死于心绞痛。

　　贯穿于艾吕雅诗歌中的主题是一个"爱"字：爱情、爱生活、爱人类、爱诗歌、爱真理。"爱情是艾吕雅诗歌的主题，或更确切地说，是他诗歌的主要活力。"[1]在艾吕雅看来，唯有爱情价值最高；爱情驱除了人们的孤独寂寞，并为人们照亮了能被人终于理解的世界。在他笔下，爱情具有活跃的生命："一个幽灵……／我那超出了世界上全部不幸的／爱情／犹如一只赤裸裸的野兽。（《死于不死》）"艾吕雅歌唱爱情的伟大，以及它给夫妻生活带来的变化："我在光辉灿烂中变形，正如人们把泉水倒进一只杯子中使水变形一样，又如人们将手放进另一只手使他的手改变了一样。"《恋女》刻画了对情人思念而产生的各种幻象："她站在我的眼睑上，／她的头发混在我的头发里，／她的形态像我的手，／她的肤色像我的眼睛，／她淹没在我的身影中／好似天空里的一块宝石。"《稍稍改变的面孔》写出爱情失意而产生惆怅和忧愁时的感觉："再见忧愁／你好忧愁／你刻在天花板的线条中／你刻在我热爱的眼睛中……"艾吕雅指出："不由自主产生的诗歌，不管多么平凡、不完美和粗疏，是由生活和世界，梦想和爱情，爱情和必要性之间的关系组成的。它令我们激动，它使我们的血具有火的轻灵。凡是人都是普罗米修斯的兄弟。"这段话阐明了艾吕雅对生活和爱情的重视，认为生活和爱情能给人以激动。关于生活，他写过不少好诗。《为了生活在这里》写道："我生了一堆火，尽管蓝天

1　布吕奈尔等：《法国文学史》，第2卷，第618页。

抛弃了我，／一堆火为了成为她的朋友，／一堆火为了把我带进冬夜，／一堆火为了生活得更好。"《一刻的镜子》写道："它使时光消失，／它给人们显示表象的纤细的形象，／它夺走了人们消遣的可能。它坚硬如石头。"这首诗写出了时间的宝贵。《生日》写道："生活长出新的叶子／从新鲜的草地涌出最鲜活的细流。／由于我们喜欢炎热天气就热／果实过度吸收阳光色彩在燃烧／随后秋天热烈奉承童贞的冬天。"诗人用热烈的语言写出了生活的美好和欣欣向荣，充分表达了他对生活的热爱。

　　艾吕雅不仅把自己的爱给予情人和生活，而且把它给了人类。他认为一对情侣的爱既给了他们幸福，也带来了大家的幸福，并且有助于人类的未来幸福。他说："我们大家都将接近一种新的记忆。我们一起将说一种灵敏的语言。"为了形成这种共同的语言，他要"看到所有人的眼睛反映在所有人的眼里，要让说话像拥抱那样宽容"。他认为："只要人们愿意，就会出现奇迹。只要我们愿意，没有什么不能做的事。"他在《当前的生活》中写道："一言为定我憎恨资产者的统治／但我更加憎恨漠然视之的人／不像我那样／我尽全力／向反常的人的脸上啐唾沫。"一旦法西斯猖獗横行，一旦侵略战争降临在法兰西的土地上，他就挺身而出。《盖尔尼加的胜利》愤怒谴责了德国法西斯狂轰滥炸，杀害无辜平民的暴行。本来，"妇女孩子在他们纯洁的眼里／有着春天的绿叶、纯奶／和时间／同样的财富"，而如今，"妇女孩子在他们的眼里有着／同样的红玫瑰／每人都流出血来"。诗人仅用一个红玫瑰（眼睛流血）的意象就写出了数以千计的平民被害的惨象，足以表现这场大屠杀的残酷和罪恶的深重。《美好的正义》歌颂了人们正常的生活秩序，反对战争和贫困现象，诗歌写道："这是人们热烈的法则／他们把葡萄酿成了酒／他们把煤炭变成了火／他们通过吻造出了人。"在艾吕雅所有的诗歌中，对侵略战争的谴责莫过于《自由》一诗了：

　　　　在我的练习本上
　　　　在我课桌和树上
　　　　在沙上在白雪上
　　　　我写上你的名字

在所有念过的书

所有的洁白篇页

石血纸或灰烬上

我写上你的名字

……

因一个词的力量

我重新开始生活

我生来就认识你

要把你称作

自由

这首85行的长诗是一份诗传单，它通过抵抗运动成员的散发，传到德军占领区的法国人民手里。它号召人民起来争取宝贵的自由。在诗人笔下，"自由"二字写在一切事物上面，刻印在人们的思想和记忆中。它尤其写在战士的武器上，写在大自然的真理上，写在死亡的台阶上，写在献身的肉体上。这首诗像进军的号角，起到振聋发聩的作用。总之，诗人从个人生活和爱情的小圈子，走向反法西斯斗争和抵抗运动，丰富和扩大了自己的艺术灵感，正如诗人自己所说，这是"从个人的狭窄天地向人类的广阔天地"的过渡。评论家认为，在写政治诗方面，艾吕雅无疑独占鳌头，"他留下了最热烈动人的战争诗篇"。

艾吕雅的诗歌大半短小精悍，语言平易，明净流畅，格调清新。有人认为："保尔·艾吕雅是个天生的诗人，目光明澈，声音清纯。"[1]还有人认为，他的诗"像诗人的呼吸一样自发和自然，说着最具有情谊、最普通的语言。它用最普通、最常用的词句组成，却包含了各种各样的奇迹。它是火焰，照亮了元素、事物、梦想和人"。他的诗在现代派诗人之中是最浅显易懂的，并不因意象的跳跃而显得晦涩，因为他笔下的意象大都是生活中常见的事物，不像其他超现实主义诗人那样运用过于奇特的，甚至一般人难以想象的意象入诗，语言尽量简洁。他反复强调："我们只需用小量的文字来表达主要部分，

1　卡斯泰等：《法国文学史》，第834页。

而要用所有的文字来使主要部分成为真实。"艾吕雅的诗歌看似随手拈来，其实是经过诗人加工磨炼，反复精选的，以求用少量文字表达自己深入浅出的思想，并使之符合真实。

艾吕雅的政治态度虽然出现了重大变化，也离开了超现实主义团体，但他的诗歌在艺术上并没有放弃他早年使用的手法，这主要是指他运用意象的堆积来写诗。最明显的例子是《自由》，这首诗由几十个意象组成。大多数的意象是具体的，如练习本、树、雪、书、石头、血、丛林、沙漠、鸟巢，等等。但是，有的意象是虚幻和抽象的，如童年的回声、大自然的真理、不掩饰的孤独、死亡的台阶、烦恼的墙、无欲的分离、恢复的健康、消除的危险、无记忆的希望，等等。具体的意象与抽象的意象纷至沓来，令人目不暇接；它们互相穿插，衬托出诗人不加选择地在一切东西上书写"自由"一词的热切情怀。具体与抽象的意象迭出，完全是超现实主义者惯用的手法，只不过超现实主义者所选用的意象大多荒诞不经，几乎是毫无关联的，而在《自由》一诗中，这些意象似无关联，其实有联系；并且所有的意象是可以理解的，并不荒诞。正是由于这些意象具有真实性，所以，读者随着诗人的手上天入地，到过四五十个地方之后，抬头一看，"自由"这两个神圣的大字赫然入目，便不由得心中一颤，再回味全诗，于是所有的意象便兜上心头，产生了一个完整的概念。可以说，《自由》是成功地运用超现实主义手法的范例。

第三节　路易·阿拉贡

路易·阿拉贡是个私生子。攻读医学，1917年认识布勒东和苏波。三人一起在1919年创办《文学》杂志。一直到1930年左右，他都是超现实主义的骁将之一，1924年发表《梦的浪潮》，这是一部关于超现实主义的理论著作，他描述了大家都得了催眠的"传染病"，把超现实主义说成是"绝对的唯名论"：字句不再用来表达，它是"精神物质"的表现，是真正现实的显现。他这个时期的作品其特点是卖弄语言技巧，意象大量堆积，充满幽默和无政府主义的反抗情绪，如《欢乐之火》（1920）、《永动集》（1926）、《巨大的欢乐》（1929）。小说《巴黎的土包子》（1926）充满了现代城市的日常怪事。《风格论》（1928）抨击资产阶级社会和纯诗论者，认为应该"践踏句法""打碎镜子"[1]，使语言爆炸，画出荒谬世界的图像。1931年，超现实主义诗集《压迫别人的被压迫者》和《红色阵线》预示了诗人后来的转向。

1928年，阿拉贡徒劳地追求英国船王之女南希，自杀未遂。同年11月，他与爱尔莎·特里奥莱相识。这两件事终于导致他的生活起了根本变化。1934年他在《高等住宅区》的《后记》中写道："我把《真实世界》献给爱尔莎·特里奥莱，我现今的一切都得之于她，由于她，我在乌云的深处找到了真实世界的入口，能够走进这个真实世界，忍受生与死的磨难就是值得的。"不久，他同布勒东决裂。随后，他和特里奥莱、萨杜尔游历苏联，参加了在哈尔科夫举行的第二届国际作家大会。1936年他参加法国共产党，战后成为中央委员。大战期间他重新写诗，用的是笔名"愤怒的弗朗索瓦"，相继发表《断肠集》（1941）、《爱尔莎的眼睛》（1942）、《蜡像馆》（1943）、《法兰西晨号》（1945）等。政治激情和爱情结合在一起：被战争分离的情人的不幸是与全民族的不幸同时并行的，忠于恋人同忠于法兰西是一致的，就像古代典雅的爱情那样，为爱情效劳与英雄主义相连。这种战斗的充满希望的诗歌，标志着阿拉贡回到传统的诗歌语言上来。在《未完成的传奇》（1956）这部自传体的诗集和《诗人》（1960）中，阿拉贡同活着和死去的诗人对话，包括荷尔德林、德斯诺斯、马雅可夫斯基、聂鲁达。阿拉贡不断探索自身和他的时代，表现了他对匈牙利事件后的失望情绪。在此前后发表的诗集有《爱尔莎》（1959）、《爱尔莎的迷恋者》（1963）等。

阿拉贡还写过不少小说，其中有《共产党人》（1949—1951），再现了大战前夕的法国；《圣周》（1958），以百日时期拿破仑返回，保皇党人撤退为背景。他的小说采用了不少当代小说的新手法。

阿拉贡的创作道路很长，他的作品也比布勒东和艾吕雅丰富。仅就诗歌创作而言，他的纯粹超现实主义的诗歌似乎并没有留下什么优秀作品，虽然他被认为是"超现实主义者中最好斗的、最富有挑战性的、最爱恶作剧的、最爱挑衅的"，相对而言，超现实主义时期他的散文作品更为重要（《巴黎的土包子》）。他的重要诗集是从第二次世界大战开始写成的，法兰西的命运和对爱尔莎的爱情是他的诗歌的两个重要主题，或者两者交织在一起。

首先是他的政治题材的诗歌。政治诗在他的诗歌创作中占有很大比重："我的党还给我眼睛和记忆"，因此，他要成为一个战斗诗人，为党的事业奋

1　这里指现实主义的"镜子论"。

斗。《一九四〇年的理查二世》(《断肠集》)述说了诗人对沦陷的祖国的悲哀心情，"我的祖国像叶扁舟／它被纤夫撇下漂浮／我像这个不幸临头／竟难以摆脱的君主／谁也比不过我痛苦"。随后五节诗一再重复"谁也比不过我痛苦"，充分表达了诗人忧国忧民的爱国思想。《受刑者谣曲》(《法兰西晨号》)以被俘的游击战士为描写对象：

倘若要重新开始
我将再走这条路
声音从铁镣升起
在叙述明天幸福

据说在他的牢房
当晚来了两个人
细声地劝他投降
难道你已经厌生

你可以活下去嘛
你能像我们生存
招出能救你的话
你便能跪着求生
……
倘若要重新开始
他会再走这条路
声音从铁镣升起
明天我再走这步

我虽死法国永存
我的拒绝我的爱
朋友们如我牺牲
目的你们会明白

诗歌采用一问一答的民谣形式，无标点符号，但读者仍能分清哪是问哪是答，而且敌人诱降时的阴险奸诈，游击队战士的凛然正气都跃然纸上。这首诗塑造了一个宁死不屈的英雄形象。《和平之歌》将和平拟人化："我说和平像个女人／我打开了房门蓦地／她双臂搂住我灵魂／和我脖子。（《记忆的眼睛》）"诗歌以轻快的节拍和美好的意象，表达了和平降临的幸福气氛。阿拉贡的政治诗往往用鲜明的形象写出，避免说教和口号式的语言，富有艺术魅力。

阿拉贡的爱情诗也写得深沉隽永，别有韵味。爱尔莎是他对妻子的称呼，这是他永恒的倾诉爱慕的对象："你的眼睛这样深沉，我俯身喝水时／看到所有的太阳倒映在水里。"不过，阿拉贡的爱情诗还描绘了复杂的心态："你的爱情与你相近／是地狱与天堂混合……你的爱情犹如奔鹿／这是水从指缝漏掉／虽然干渴泉水充足／泉水充足干渴难熬……这个深渊仿佛苍穹／无边无际又大又深。（《爱尔莎》）"诗人用鲜明的意象写出爱情给人带来的不仅仅是欢乐，它是很难捕捉住的，因而它会稍纵即逝，像水在手中一样不易抓住，又像深渊一样探不到底。《绝没有幸福的爱情》从另一个角度道出了爱情给人带来的痛苦感受。诗人认为爱情不是一帆风顺、没有风波的："爱情总使人忍受痛苦／凡是爱情总令人肝裂又胆摧／凡是爱情总令人枯萎又憔悴。"阿拉贡还描写了战争使恋人分离的不幸，并与祖国受到蹂躏的不幸结合起来，这是他在1940—1945年之间的诗歌主题，因此，他把爱情诗和政治诗融合在一起。在《断肠集》等诗集中，既有一个恋人的痛苦，也有一个民族的苦难、愤怒和希望。总之，阿拉贡对恋人矛盾复杂的心理刻画入微，对爱情的酸甜苦辣和情人之间的争打斗闹洞若观火，他用明晰甚至夸张的语言表达出来，这样的爱情诗是别开生面的。它不同于只有对情人赞美，抒发思慕之情的爱情诗，而是更富有内涵，值得玩味。综观法国的爱情诗，包括艾吕雅的爱情诗，都没有从这个角度去描绘。因此，阿拉贡的爱情诗是富于独创性的。

阿拉贡善于吸收传统和前人的艺术手法。他的不少诗歌都具有民歌的形式，而又有所创造。例如《受刑者谣曲》，就借用了谣曲的形式，不过这是现代的谣曲，不同于中世纪的谣曲。阿拉贡只是运用了民歌的某种形式而已。诗中"倘若要重新开始"这一句共出现了五次，但重复中有变化，每次变化内容都往前发展了一步。阿拉贡十分喜爱民歌善用叠句的形式，他的诗歌也往往喜欢重复某句诗，如《绝没有幸福的爱情》，每一节诗的最后一句都是"绝没有幸福的爱情"，每次重复都是一次力度的加强；最后一节再加上一句："但这是我俩的爱情"，重复之中有变化，给人突兀深刻的印象，不由得令人咀嚼一番。《C镇》两行一节，这首八音节诗，从内容到形式都有民歌的韵味："我穿过了 C 镇小桥／这里一切开始得早／一首很古老的歌谣／受伤骑兵曲中提到……啊法兰西无依无靠／我穿过了 C 镇小桥。"但是，这首诗没有标点符号，诗句跳荡的幅度很大，又具有现代诗的意味。可以说，阿拉贡成功的诗作大半都是这一类诗歌，它们吸取了传统的手法，且具有现实主义的因素，内容明白晓畅，风格清新明快，虽然加进了超现实主义和其他现代派诗歌的技巧，但是这些手法融合无间，浑然一体。诗歌既富有社会意义，艺术上又十分完美，这是阿拉贡在诗歌艺术上的新创造和新贡献。

　　阿拉贡不仅善于汲取中世纪的行吟诗人的体裁，以及维庸、夏尔·德·奥尔良的歌谣体，而且还从雨果、拉马丁等浪漫派诗人的形式中吸取营养，他还从阿波利奈尔等现代诗人的创作中得到启发，在诗行的安排、诗歌的结构、韵律和节奏等方面力求千变万化。他的不少诗歌被作曲家谱成歌曲，说明他的诗歌朗朗上口，富有音乐节奏，便于咏唱。但这是情况的一个方面，阿拉贡还有大量诗歌保留了超现实主义的创作手法和其他现代派诗歌的表现手法，因为阿拉贡并不满足于一种艺术技巧。试以《爱尔莎—华尔兹》（《爱尔莎的眼睛》）为例：

这华尔兹	是一杯酒	酷似	索漠城
这华尔兹	是一杯酒	我畅饮过	在你怀里
你的头发	是金黄色的	我的诗歌	受感动写成
跳华尔兹吧	像跳过一堵墙		
你的名字在墙中悄声道出		爱尔莎跳华尔兹	
将跳华尔兹			

　　诗中出现的意象彼此没有联系，却结合在一起，比喻之间有的离开十万八千里，如华尔兹、酒、索漠城，跳华尔兹和越过一堵墙等，但这种比喻带有一种幽默感。这些特点正是超现实主义所主张的艺术手法。这种手法在《爱尔莎的眼睛》和其他诗集中比比皆是。《爱尔莎的眼睛》还是阿拉贡脱离了超现实主义、诗风大变以后写出的诗集，更不用说他在50年代以后，又明显地回到超现实主义创作道路上去所写出的诗歌了。

第二十二章　20 世纪散文诗的发展

　　散文诗是19世纪上半叶出现的一种文学样式。阿洛伊修·贝尔特朗和莫里斯·德·盖兰是倡导者。波德莱尔的《巴黎的忧郁》奠定了散文诗的地位。随后，洛特雷阿蒙、兰波等进一步扩大了散文诗的影响。象征派从理论上给散文诗做出阐述，马拉美也从事过散文诗的创作。及至20世纪，散文诗获得了迅猛的发展，其代表是保尔·克洛岱尔、圣琼·佩斯、亨利·米绍、勒内·沙尔和弗朗西斯·蓬热。

第一节　保尔·克洛岱尔

　　保尔·克洛岱尔（Paul Claudel，1868—1955），生于费尔河畔的新城，童年在香槟省度过，1882 年定居于巴黎。1886年他经历了两件事，决定了他的一生和文学生涯：一是阅读兰波的诗，给了他"超自然活生生的和近乎物理的印象"，他"永远感谢"兰波，因为兰波启发了他在解放语言和解放思想之间的联系；二是1886年的圣诞节在巴黎圣母院信奉了天主教。他还常常阅读维吉尔、埃斯库罗斯、品达罗斯、莎士比亚的作品和《圣经》。他接触的是象征派，他的早期作品受到象征派的深刻影响。

　　1890年，克洛岱尔在外交官选拔考试中名列第一，从此他过的是外交生涯。此时他写出《金头》（1890）和《城市》（1893）两部戏剧，已经显露出他广泛的才能。1893至1936年，他一直出任使节，先在纽约和波士顿，后到上海、福州、北京和天津担任领事等职。1911年到法兰克福。1916—1919 年在巴西里约热内卢任大使。在此期间他写出几部重要作品：《认识东方》（1900）、《五大颂歌》（1911）。1922—1928 年任法国驻日本大使，

1928—1933 年转至美国任大使，1936 年在布鲁塞尔离任。在这漫长的日子里，他写出了几个重要剧本《向圣母报信》（1912）、《硬面包》（1918）、《缎子鞋》（1929）等。他的戏剧不受当代潮流的影响，而在中世纪的神秘剧中找到热情，在西班牙黄金时代的喜剧中找到斑驳的色彩，在 17 世纪的讲道者那里找到雄辩。从1930年起，尤其在退休之后，他定居在布朗格，对《圣经》的注释很感兴趣。1946年进入学士院。

他的诗歌作品还有《三声部大合唱》（1911—1912）、《圣诗》（1966）等。克洛岱尔的诗歌作品大半都是散文诗。他的戏剧其实也用散文诗写成。同他的戏剧作品一样，他的散文诗将诗意和天主教信仰结合在一起。诗人在一个灵与肉相混合的世界中看到融合一切事物的联系，在世界的复杂中看到造物主唯一与和谐的意念。他力图解释和显示世界及其意义，继续天主的事业："我找到了奥秘；我知道怎么说；只要我愿意，我会告诉你每样事物想说什么。"

克洛岱尔反对19世纪的某些文学流派，力图走一条自己的道路。他责备浪漫派反抗天主和自然的努力是徒劳的，他们崇拜的偶像——人类或进步——是不可靠的，他们的诗歌过于雄辩。他对象征派的态度要微妙一些，他赞赏兰波，认为魏尔伦是一个"基督教诗人，非常忧郁和非常痛苦地与那个该诅咒的诗人住在一起"；他赞赏马拉美"把世界看作一个需要解读的充满晦涩象征的场所"，不过又认为这个雄心勃勃的诗人未能在这种晦涩中打开一条道路。

克洛岱尔有自己的诗歌主张。首先，他认为诗歌要摆脱一切束缚，诗歌既是缪斯的存在标志，又是话语的呼吸形式。诗人由于灵感的作用，抛弃了一切妨碍他的思想和语言变得理智化的东西，于是诗进入抒情的迷醉中，这种迷醉的限制只是他的呼吸，正如他在诗中所说的："啊！我迷醉了！啊！我投身于天主怀中！我听到我身上有一个声音和加速的节奏，欢乐的运动。……现存的一切人对我来说有什么关系！我不是为他们而生的。而是为传达这神圣的节奏而生的！／噢，堵住口的喇叭的声音！噢，沉闷的敲击声落在狂欢的酒桶上！／他们中的任何一个人对我有什么关系？唯有这个节奏！他们是否跟随着我有什么关系？他们是否听我说话有什么关系？／看，诗歌的巨大翅膀展开了！"（《五大颂歌》第 4 歌）诗歌应具有灵感一涨一落的自由形式，根据呼吸节奏的要求直接记录它的振动。呼吸就是话语，对克洛岱尔来说，呼吸的意象既包含呼吸的意义，也包含字句的神圣意义。因此，克洛岱尔更重视诗歌的节奏而不是韵律。

其次，克洛岱尔认为，诗歌的灵感和意象是突然而至的，它们是崇高的，存在于精神愿望和世界的事物如雷电、大海、雄鹰的飞翔等等之中："正是在深夜里，我的诗歌从四面八方像三叉舌的雷霆闪电一样，突然袭击而来！"诗歌的突然爆发是从话语和世界之间的先天亲缘关系产生的；这里的世界也是精神的创造本身。克洛岱尔喜欢强调他的话语与大海的运动之间的关系，大海是创造的元素，而精神则是生活的元素，两者的结合才会产生灵感。创造是不断运动的，像水一样流动。总之，一旦诗人掌握了"可见与不可见事物的完整信条"，灵感和意象便会出现。克洛岱尔的诗歌充满热情，他认为这热情是诗神的光顾。他歌颂的世界是分等级的，证明了天主的光荣："从上品天神到矿物，任何一种这类生物都在交响乐中占据一个位置。"（《认识东方》）诗人的目的是写出"这神圣的、一劳永逸地获得的现实，我们就处在这现实中间"，同时要"深入到确定的概念之中，为了获得取之不竭的东西"。（《立场和建议》）

《认识东方》是克洛岱尔第一部重要的散文诗集。这部散文诗集同《流亡诗集》（1900）一样，都写于中国。但是，《流亡诗集》写的是诗人的情感生活，与中国题材联系很少。《认识东方》则集中写他对中国的印象。他在1895年12月24日给马拉美的信中说："中国是个古老的、令人目眩神迷的、错综复杂的国家。那里的生活没有受到当代的精神恶的损害……我惧怕现代文明，总是感到格格不入。这里则相反，一切都显得自然、正常。"克洛岱尔指出这部散文诗写的是"中国的形象"，是"我在中国描画的小幅图画"。最早的一组诗是在上海写的（1895—1896），包括《塔》《城市—夜晚》《花园》《清明节—第七个月》，反映了诗人面对他所发现的这个世界和这种文明所感到的惊讶和赞叹。1896年3月，克洛岱尔调到福州，在《海上的思索》中抒写旅途印象，在《城市》《戏剧》《坟墓—喧嚣》《大地的入口》《符号宗教》等篇中继续发现中国，他已从表面和美景中深化自己最初的印象。他觉得福州胜过上海，这个城市很美："我的窗前有花、松树、稻田，不下雨的时候……天际连绵的山峦景色旖旎。"他感到福州是个"色彩的真正乐园"。他在诗中描绘诱人的景致和内心的平静。随后他回到上海，再到武汉，他不喜欢武汉，《门》《河》《雨》《夜晚在游廊》《月光的皎洁》《梦》《热情》《城市的思索》

写的就是这种阴沉的感受。1897年末克洛岱尔回到上海，1898年5至6月间到日本旅游过一次，其间他所写的诗留下了他的沉思、旅行印象和对福州的留恋。《认识东方》表达了克洛岱尔对中国文明和东方美的赞赏，他从中国文化中获得了许多发现，对他后来的诗歌创作产生了不可忽视的影响。

克洛岱尔的诗歌代表作品是《五大颂歌》，这也是一部散文诗集。克洛岱尔在福州任领事期间，对 V 太太产生了恋情，他们之间的关系在1904年破裂。这段恋情使克洛岱尔写出剧本《正午的分界》（1906）和《五大颂歌》。第一首颂歌是《缪斯》，第二首颂歌是《精神和水》，第三首颂歌是《圣母赞歌》，第四首颂歌是《缪斯就是圣宠》，第五首颂歌是《关闭的房子》。克洛岱尔在1907年6月30日给苏亚雷斯的信中说："它们全都由同样的题材组成，以不同的方式联结在一起，这是思想的抒情表露，对昔日生活的回忆，一个基督徒的希望和自由，反映了诗人的艺术和天赋。我喜欢这种非常自由的形式，它不再使我囿于戏剧的幼稚虚构中。"在1908年5月1日给弗里佐的信中，他再次表示这部诗集写的是"诗人完全拥有他的表现方法的快乐，插入了他对昔日生活的回忆，对终于获得自由的狂喜，对如今成为天主教天地的瞻仰"。

第一首颂歌的灵感出自1900年他在卢浮宫看到的一幅浮雕，这幅浮雕是在奥斯蒂大道上发现的，上面雕出九个缪斯的形象，司歌唱和舞蹈的女神忒耳普西科瑞处在中心。这首颂歌同年在巴黎开始写作，1904年在福州写成；第二首颂歌在 1906年写于北京；第三首与第四首颂歌在 1907年写于天津；第五首颂歌在1908年写于天津。诗人在第一首颂歌中描写了诗歌创作的不同阶段给予司爱情的女神厄拉托（她象征热情）以最高地位。第二首颂歌重复诗人另一部作品《诗艺》的主题，即创作的连续性、在一切可见和不可见事物之间精神织出的联系和象征着精神的水。第三首颂歌庆贺诗人第一个孩子的诞生，回忆他自己的改信天主教，他把自己怀里的孩子看作言语的化身。第四首颂歌以希腊抒情诗的形式描写诗人和缪斯之间动人的对话，诗人想投身于现世的任务，而女神则想把他带往这种高峰：热情曾经在这种高峰给予过分生活的幻想。但是，对这种热情过于世俗的回忆终于使诗人掉转了头。第五首颂歌庆贺诗人的婚姻以及他的投身于教会，描画了四种品德：北面的谨慎，南面的力量，东面的克制，西面的正义。总的说来，《五大颂歌》是一部相当难以理解的散文诗集。

《三声部大合唱》"可以看作第六首颂歌，即使形式——抒情的对话被圣

法国诗歌史

歌打断——不同"[1]。三个年轻女人——拉埃塔、福丝塔和贝阿塔，在6月21日至22日这一年中最短的夜里相聚在一个平台上，这里能俯瞰罗讷河、汝拉山脉和阿尔卑斯山的冰川。她们代表三个不同年龄的人物。拉埃塔是个"拉丁土地上的褐发姑娘"，她等待着像罗讷河一样强壮的未婚夫的到来。她象征着未来和还没有出现的东西。福丝塔是个波兰女子，已经结婚，但同丈夫分离，就像她的民族处于分离状态一样，她尝到眼前的一切困苦。贝阿塔则是个黝黑皮肤的埃及女人，她是个寡妇，失去了幸福。她赞颂死亡，同时也赞颂最后一刻的宁静、到永恒的过渡、再也不复返的时刻。这三个人的三种声音相继出现在一个抒情的句子中，有时只有一个声音在唱赞歌，这些赞歌共有九首，每人三首：《罗讷河赞歌》《葡萄园赞歌》《巡行战车赞歌》，拉埃塔；《分离人民赞歌》、《内室赞歌》、《黄金赞歌》，福丝塔；《玫瑰赞歌》《香味赞歌》《阴影赞歌》，贝阿塔。这部散文诗集属于克洛岱尔成熟期的作品。

克洛岱尔的散文诗别具一格。有人认为是模仿"《圣经》体"。他有一段话对自己的诗歌形式进行了说明："至于韵律问题……拖长的亚历山大体产生令人难以忍受的沉闷。但另一方面，节奏具有神秘的优点，能满足精神最秘密的部分。比如读维吉尔的作品，似乎一种难以表达的语言，在有时不太有趣的易懂的叙述中改头换面了，并铺展开来，这种语言服从充满神圣美的节奏，服从法语风趣表达的雄辩。另外，正是通过虚构性和抽象性表达出来的韵律，才具有发现意义的神奇因素。我由于不能忍受凑音步，所以无法写作诗歌，但是这并不妨碍我感到通过节奏完全避免句子迈不开步子的语言。"克洛岱尔的散文诗句子更为舒展、更为灵活，像呼吸一样自然，同时又能表达心灵的颤动。他的散文诗写成诗行，一般都是长句，有的可达几行。这种形式也许不是他首创的，但却是在他手里运用到出神入化的地步。他的语言和句子对于推动散文诗的发展起了很大作用。

第二节　圣琼·佩斯

圣琼·佩斯（Saint-John Perse，1887—1975）原名玛丽—勒内·阿莱克西·圣莱热·莱热，生于瓜特罗普，父亲是律师，使他对航海产生了兴趣。1898年他

1　布吕奈尔等：《法国文学史》，第564页。

来到法国南部的波城，后到波尔多大学求学。1904年认识诗人雅默，随后认识克洛岱尔。17岁写出《克罗索的形象》。1905—1911年服役。1911年发表《颂歌》，获得成功。随后认识纪德、瓦莱里、拉尔博等作家。1913年参加外交官选拔考试，次年当上外交部新闻专员，1916年任驻中国大使馆三秘，游历中国，在精神上受到震撼和启迪，尤其是在 1920年6月至翌年3月，他蛰居于北京西北郊的一座道观，写成《阿纳巴斯》，1924年用"圣琼·佩斯"这个笔名发表。布勒东向他致意，把他看成一个超现实主义者。里尔克、艾略特、翁加雷蒂这几位大诗人翻译介绍他的诗歌。同年他乘船返回欧洲。在这期间，他发现了远东和中亚。此后他受到布里昂的赏识，停止写诗，投身于外交事务，1925年任外交部办公室主任，1929 年任外交部政策司司长，1933年任外交部秘书长，参与外交政策的制定，反对法西斯势力的猖獗活动，终于与维希政府决裂。1940年到了美国，被法国剥夺国籍。他参加抵抗运动，在此期间写出动人的《流亡集》（1942）、《雨》（1944）、《给外国女人的诗》（1944）、《雪》（1944）和《风》（1946）等重要诗篇。此后他再度停止写诗，游历北美，研究那里的地貌、植物和禽兽，直到1957年才回到法国，发表最后一部重要诗集《航标》（1957），这部诗集"使他成为法国文学最受人赞赏和受到最多颂扬的诗人"。他的晚年在南部的吉安半岛度过，他还发表了《纪事篇》（1960）、《群鸟》（1962）、《那边的她唱出的歌》（1969）。1960年，他获得诺贝尔文学奖，获奖原因是："由于他诗歌中展翅凌空、令人激奋的形象以幻想的形式反映当代的场景。"

《颂歌》后来以《国王们的光荣》为题重新组织，包括三部分：《庆贺童年》《颂歌》和《克罗索的形象》，外加一首诗《写在门上》，放在卷首。在《庆贺童年》中，诗人把读者带进一个童话的世界，那里，家长式的人类社会充满了富足、秩序和力量，与此相对应的是赤道地区的富有和奢华："男人的嘴巴更加庄重，女人的手臂更加迟缓；／沉默的巨兽像我们一样以草根充饥，体态高贵。"可是，这是童年的天地，神奇回忆的世界，夜晚有"大洪水时代的芳香"。《克罗索的形象》以鲁滨逊放弃的小岛的美景与他凄凉地度过晚年的伦敦的卑污图画相对照；礼拜五、鹦鹉、弓、阳伞在伦敦都经历了无可挽回的衰退，而"绯红的种子"挂在"羊皮袄"上，不肯在坛子里发芽。鲁滨逊的灵魂生病了，老人问道："从光辉的流亡／比滚雷更加遥远的流亡／怎么保留你让我投入的道路，噢，天主！"在《颂歌》中，诗人歌颂的是他童年时代的天地，包括日常生活的小事故、景色、动物和人。这些早期诗歌已经包含了诗人成熟时期的特点：语调高傲，对读者保持距离，采用罕见而准确的词汇，语言富有表现力。

《流亡集》十分难读，解释的文章众说纷纭，有人竭力从诗人的流亡生涯去解读，有人则从诗人的生活与时代的气氛去解释。诗人在第一歌中宣称："我选择了一个不容置辩的地方，绝不是埋葬季节的地方，"他在"流亡的流沙中聚集了一首出自虚无的伟大诗歌，一首以虚无组成的伟大诗歌"（第二歌）。诗歌所赖以存在的虚无就是流亡。诗人皮埃尔·让·茹夫认为，这种"局外人"的主题，这种流亡，贯穿了圣琼·佩斯的全部诗歌，"是带根本性的，到处存在的"。第三歌写道："总是有这种喧嚣，总是有这种愤怒……在这个世界的所有沙滩上，从同一口呼出的气中，有着毫无节奏的同样的怨言。"在诗人和他的孤独处境的争论中，自然界的各种巨大力量和元素发出的声音交融在一起，形成一个整体。《雨》《雪》《致外国女人的诗》与《流亡集》后来合在一起。诗人认为雨是圣水，在人类中间起着中介的作用。雨具有消解恶、平息愤怒、洗尽过去污点的功能："噢，雨！洗净粗暴的人阴森森的脸吧！"当雨过去以后，"我们更加赤裸裸地投身于这种腐殖土和安息香的芬芳中，具有黑人处女品味的土地在这种芬芳中苏醒过来"。雪的来临是一个节日；雪形成了"羽毛般的丰功伟绩"，它给流亡带来了愉快和清凉，另一方面，雪"只令人想起缺失与淡泊：受人敬爱的面孔、完结的生命、丧失的国土"。《给外国女人的诗》重新拣起流亡的题材，不过语调更加平静，但思想更加可怕的清醒："这部历史并不新鲜，旧世界把它分给每一个世纪，像分发红色花粉一样。"

《风》由四首诗歌组成，是一部歌颂自然力和投身于其中的人的史诗。风吹遍世界，扭曲世界，创造世界，激励世界，而诗人任风席卷而去，从风声中获得灵感。诗歌就像风吹过一样，甚而至于通过它的语言向诗人口述和朗诵。诗人时而是风的编年史家，时而被风所"拥有"，是风的柔顺的描述者，他同风进行一种"交易"，互相争夺说话的权利。第一首诗歌介绍风，描绘风的威力："狂风掠过这个世界的四面八方。／欢乐的狂风吹遍世界，它既没有方位，也没有居处，／既没有间隔也没有节奏，留下我们这些稻草人。"风在人心中扇起"盘剥和硬心肠"，引起分离、破裂、偏头痛。风又像温泉的水一样，给人以活力："我经常光顾像力量和生长的池塘一样的风床。"第二首诗歌描写在风的沐浴下穿越美洲："整个大地达到生育年龄，十分强壮，在外国人的脚下，打开了壮丽的神话，这神话充满另一个世界的梦幻和奢华。"西面的目的地是一个"石头和白骨的世界"。第三首诗歌列举了众多征服过美洲的探险者和科学家，但他们都不关心人，忘却了人，诗人要把这个撕裂开的世界变得和谐起来。第四歌回到东方，这是风的"胜利"。风把一切怨恨和犹豫带走："这是在人类的世界上建设的时代……在你们的脚下要出现一个世界！摆脱习俗和季节！"风断言："我加速你们的行动活力的运转。我引导你们的作品达到成熟。"这是一部歌颂大自然的诗篇，也是一部描写精神历程的诗篇。

《航标》分成三部分：《祈祷》《第一段合唱》《合唱》，外加《献辞》。《航标》是对大海的礼赞。这是圣琼·佩斯生前发表的最长的一部作品。诗篇是大海的歌唱，也是"我们心中的大海在歌唱"。诗人歌唱自然力量，但更多的是描写受到自然力量的启发："问题不是写大海，而是写大海在人的心中的统治地位。"诗人叙述写这首诗的愿望早就存在，但直到他写诗技巧达到成熟时才动笔。古罗马的女贵族、女诗人、情侣们分别歌颂大海。在《合唱》中，对大海的歌颂达到高潮："戴着金面具的人脱下了假面具，礼赞大海。"在《航标》中，一对夫妇的形象左右了对大海和海岸的描述。女人的愿望与海浪相呼应，男人以阳光照射着水波的痴迷，主宰着他的情人。他们的婚礼就是诗人和大海的结合。《航标》被认为是"圣琼·佩斯一切诗歌探索的出色终点"。

圣琼·佩斯的创作被称为"百科全书式"的诗歌，自然界和人类世界中的一切都成为他的描写对象。自然界中的巨大力量（风、雨、雪），壮丽的景观（沙漠、海洋）与人类的力量互相映衬；过去、现在、遥远的土地、奇迹、现代城市融合在一起；古代王子、征服者、悲剧演员和埋头于实验室的学者同时出现在他的笔下，所有这一切都用史诗手法来处理。圣琼·佩斯所偏爱的风景是：层层叠叠的高耸的竞技场，变成废墟的城邦，永恒的骑士穿过的亚洲沙漠和美洲沙漠，俯临大海的巨大梯形剧场。细节描写非常准确，读者好像来到并处于一个传奇般的空间和时间。物质丰饶的大地和"耕种梦想的土地"笼罩在庄严的气氛中。而在宇宙的力量和伟大的事件中，常常渗透了人类的情感力量。

圣琼·佩斯用独特的手法来表现这个完整的自然和人的世界。他的诗句非常灵活多变，并不讲究对称，有时是一个简单的祈祷句，有时一个诗节是一个很长的富于节奏的句子。他擅长采用一些奇特的词汇，常从地质学、植物学、动物学、狩猎学和考古学等科技词汇，甚至从外国方言中借用字眼。由于他灵活地运用了不同的形式，使这些奇特的词汇都能巧妙和谐地入诗。他还根据语音把一些词汇连接起来，交替使用几个只有一个辅音不同的词，并在诗句中采用叠韵或半谐音。

第三节　亨利·米绍

亨利·米绍（Henri Michaux，1899—1984），原籍比利时，生于纳慕尔，在布鲁塞尔学习，21岁时当过几个月的水手，1924年定居巴黎，同一批画家相识。他的第一部诗集是《我是谁》（1927），诗人对世界感到敌意，宇宙给他昏暗的感觉，由此产生反抗的情绪。随后他出远洋旅行，到过南美洲、土耳其、远东（包括中国）。《厄瓜多尔》（1929）、《一个野蛮人在亚洲》（1933）等游记把关于南美、印度、中国和日本的描写与梦幻和诗歌相混合；对古迹和民族的发现也就是对自身的探索。随后，诗人返回自己的"田园"，去开发"内心宇宙"，他的肉体成了忍受残酷折磨的地方：《我的特性》（1929）、《黑夜在骚动》（1935）、《遥远的内心》（1938）、《普吕姆》（1938）、《内心宇宙》（1944）；一个个幻想世界不断地呈现在读者面前。他以地理学家和人种学家的准确观察力创造出奇特而又骇人的世界。他写出一些神奇的地方《大卡拉巴涅游记》（1936），《在魔法的国土上》（1941），《考验，驱魔》（1940—1944），《这里是波德玛》（1946），《在别的地方》（1948），命运乖蹇的部落《梅多桑人》（1948）和一些可怕的现象《皱褶里的生活》（1949）。米绍从1937年开始作画，举办过画展。绘画影响到他的诗歌创作，他研究表意文字产生的奇异效果：《意念》（1952）。从1955年至1960年，他服用麦司卡林、其他麻醉药和迷幻药，把自己的幻觉记录下来。这一时期出版的诗集有：《不值一提的奇迹》（1956）、《骚动中的无限》（1957）、《破碎中的和平》（1959）、《通过深渊去认识》（1961）。

米绍在六七十年代的作品还有：《风和尘埃》（1962）、《精神的大考验》（1966）、《睡者的方式，醒者的方式》（1969）、《角柱》（1971）、《面对躲避的东西》（1976）等。

亨利·米绍长期得不到批评家的重视，他在20世纪40年代以后才出名，他虽是超现实主义的同时代人，却和它保持距离，而且独立于任何一种文学流派。"现在之所以把他归于大作家的行列，这首先是因为他带领我们重新考虑有关诗歌职能的观念。"[1]诗歌是他用来记录心灵探索过程的工具。诗人通过自身特性的描绘，把读者带到一个变动的内心场景中，诗人的怪想产生了古怪的形式和人物。他的内心宇宙是个奇特的世界，服从噩梦的变形，受到生存的不安和烦恼的压抑："啊！在我的皮肤下多么痛苦啊！"（《厄瓜多尔》）他在同一部作品中写道："可怕的狂风在呼啸，／这只不过是我胸中的一个小洞，／但是里面可怕的风在呼啸。"写诗能起到一种驱魔的作用："驱魔咒语，就像一股反作用力，一股羊角锤打击后产生的反作用力，它是囚徒真正的诗歌。"（《驱魔法》）在《我是谁》中，诗人描写了自己的矛盾心理状态；《普吕姆》的同名主人公是一个荒诞而残酷的世界的天真受害者，他是普通人的一面夸大的镜子，他以无动于衷的语言叙述自己的不幸遭遇。在他的笔下，时间、空间、风、黑夜、意念都具有双重含义，既有敌意，也有亲切意味，既有平静，也有痛苦。《黑夜在骚动》既表达了生活的感受，又表达了恐惧的感觉。为了探索人的潜意识，米绍甚至服用墨西哥的印第安人用仙人球提取的一种麦司卡林，以产生幻觉。评论家认为，"与以前作品中借助幻想一样，服用药物远不是一种逃避，而只是一种认识的工具。从内部世界产生的咄咄逼人的幻想作品，揭示出真实世界中残酷的荒诞性；通过服用麦司卡林，置身于不正常状态，可以帮助人揭开所谓'极度的正常状态'的面目"。[2]诗人苏佩维埃尔写道："在爱幻想的、勤奋的诗人的实验室里，用作试验的正是他本人。"[3]米绍是把人的内心世界当作一个地方、一幅地形来描绘的，他具有人种学家和地理学家的精细。

米绍的作品不仅探索了内心世界，而且对外部世界也进行过描绘。这里既

1　布吕奈尔等：《法国文学史》，第687—688页。

2　布吕奈尔等：《法国文学史》，第689页。

3　《作家辞典》，第3卷，罗贝尔·拉封出版社，1980年，第376页。

有真实的世界，记录了诗人在国外的见闻，同时也有幻想的世界，这是一些神奇的国度。现实的世界是丑恶的，而幻想的世界是诗人所追求的、充满自由和创造的世界，他企图用美好的幻想衬托出现实的丑恶。他笔下的人物普吕姆就力图最大限度地改变这个世界的习俗。他以痛快淋漓的讽刺和幽默揭露生活的丑恶，与它保持一定距离。他总是受到包围着现代人的"敌意力量"的困扰，这种威胁通过普吕姆的奇异经历的象征手法表现出来。"普吕姆"的名字在法文里是"羽毛"的意思，象征着脆弱和易变。不过，诗人反对生活的种种残忍。他的诗歌将带抒情性的幽默与带现实精神的幻想结合起来。

米绍力图探索新的诗歌形式。他在用第三人称写成的自传性作品《五十九年生活的几点材料》（1958）中写道：他一直在探求"他自童年以来便以为在某个地方存在着的秘密，显然他周围的人还不知道这个秘密"。他在《普吕姆》中说："一切进步，一切新的观察，一切思想，一切创造，似乎（以光芒）制造了一个黑暗地区。一切科学都创造一种新的无知。一切意识都创造一种新的无意识。"他的诗歌的内容就遵循着这种看法。他这样表白自己的探索精神："我要揭露'正常的东西'、未被认识的东西、未被怀疑的东西、无人相信的东西、极大的正常状态。不正常状态使我认识了它。"他遵从自己内心的感情波动，时而是宽广持久的高歌，时而是忧郁难平的低吟，时而是撕心裂肺的呼叫。他想创造一种更直接的表达方法，比词句本身的表达更富有刺激味，他的作品中逐步增加的被图画代替的形式，就是这种愿望的体现。这种诗与画的"真正"结合，是一种新的形式，不同于阿波利奈尔以诗行构成图画的写法，虽然也带有一点文字游戏的意味。

第四节　勒内·沙尔

勒内·沙尔（René Char，1907—1988），生于索尔格河畔的伊斯勒，在阿维庸上中学，1924年进入马赛的商业学校，在尼姆服了两年兵役。其时与超现实主义接触，1928年发表了第一批诗歌《心上的钟》。1929年写出《军火库》，认识艾吕雅、阿拉贡、布勒东，参加《超现实主义革命》第12期的编辑。1930年和艾吕雅、布勒东合写《放慢工作》。1934年发表《无主的锤子》，与超现实主义疏远。1937年将《小学生必经之路的布告》献给在西班牙内战中死去的儿童。他在《外面，黑夜受到控制》（1938）中继续进行诗歌探索。1939年入伍，次年参加抵抗运动，成为亚历山大上尉。写于游击战中的《伊普诺斯的篇章》发表于1946年。诗集《幸存的人们》于1945年问世。大战后沙尔定居于他的家乡，接二连三地发表诗集：《雾化的诗》（1947）、《愤怒与奥秘》（1948）、《早起的人们》（1950）、《写给激怒的平静》（1951）、《图书馆着火了》（1957）、《群岛上的话》（1962）、《共同的存在》（1964）、《多猎物的雨季》（1968）、《香料猎人》（1975）等。

勒内·沙尔的诗歌创作自1945年以后影响逐渐扩大，许多新诗人都奉他为楷模，他对阿尔贝·加缪也有重大影响。他发表过不少诗歌主张，在《图书馆着火了》等作品中有集中的叙述。沙尔的思想受到古希腊哲学家希拉克利特的影响，注重事物的矛盾统一，认为事物就像弓与弦的相反且相成的和谐关系："希拉克利特强调各种矛盾令人兴奋的联系。他在这些矛盾中首先看到产生和谐的完美条件和必不可少的动力。"他喜欢选择简洁的、片断的形式来表达真实。但是，沙尔并不以理性思维方式去对待明晰与晦涩、可见与不可见事物之间的矛盾关系。他认为诗人"看到了一时占主导地位的、令人激动的物质在闪光"，诗人的任务在于通过一种"渐增的震动"，达到这种"对真实的富有创造力的认识"，这种认识就是诗歌语言应该达到的最高水平。沙尔反对滔滔不绝，主张要"吸引人的简短"，在晦涩中达到一种神秘，他说："我们只能生活在正好对着光与影神秘的平分线的半开半合中。"诗歌不能只局限在对梦和潜意识的探索，以及对觉醒的意识关注世界的歌颂，无论是超现实主义诗人还是现实主义诗人，都应该拥有这两种天地："诗人应该在清醒时的物质世界与睡眠的可怕舒适之间保持平衡，他把诗歌的灵活主体安放到认识的行距中，诗歌应不加区分地从生活的这些不同状态中出发。"不过，这种认识能够从晦涩中得到明晰，从不断保持陌生达到勾勒出陌生的轮廓。诗歌满足了愿望，而不歪曲愿望，它是"保持不变的愿望所实现的爱"。诗歌将眼前和永恒结合在一起："如果我们留住了一道闪电，它就处在永恒的中心。"

沙尔的诗歌喜欢表现强烈的行动和反抗的状态。爆炸、闪电、地雷等意象常常出现在他的诗歌中，由此产生震动、反抗、希望的魅力。沙尔是一个战斗的诗人，他反对一切形式的不义；他声援西班牙儿童；《伊普诺斯的篇章》表现了斗争，标志着这样一种人道主义，它"意识到自身责任，谨言慎行，力求保持不可接近的自由领域，这个领域任凭人做出存在几个太阳的奇想"。他反对在上普罗旺斯建立导弹基地，他常常揭露技术进步中包藏的毁灭人类的方式，"我们是不宽容的人"。虽然他自称不关心历史与时事，只关心他所谓的收获但他又说："诗歌既是话语，又是无声的抗议，对我们的存在感到绝望……"

在沙尔的作品中，田园的、抒情的诗歌占有相当比重。普罗旺斯的大自然既是他童年生活过的地方，又是充满阳光的土地，给他提供了大部分意象和题材，他的诗歌在某种意义上表达了一个孩子和一个青年人同这荒野的大自然的和谐关系；他受到大人的摧残后，躲到池塘和河流边："他来到草场和芦苇沟，他抚弄花瓶，感觉到强烈的颤抖。似乎大地以最高贵、最持久的产物作为报偿收养了他。"诗人甚至超越了与大自然的和谐关系，变成了植物本身。各种鸟、蜥蜴、蛇、无花果树、杏树、开花、花粉，充斥了沙尔的诗歌天地。在他晚年的诗集中，暴烈的情感让位于温情：杨树"使蓝眼睛的雷电安睡了""要相信在草丛的地底下，那里有一对蟋蟀在歌唱，今夜，分娩前的生活应是非常美好的"。沙尔还发展到对岩画和史前文明的关注，接近卢梭和莱维·施特劳斯的兴味。他把史前时代看作人类的童年和失去了的乐园，看作世界和人类最初的统一。他梦想正义和自由的未来。

沙尔毕竟还保留了不少超现实主义的手法，例如他偏爱意象，意象使他笔下温柔和野性的大自然变得历历在目。

沙尔的诗歌相当晦涩，甚至连研究他的诗歌的专家乔治·穆南在持续二十年的仔细评注以后，仍然表示，沙尔的一半作品他还感到格格不入，晦涩难解。

第五节　弗朗西斯·蓬热

弗朗西斯·蓬热（Francis Ponge，1899—1988），生于蒙彼利埃一个信奉新教的资产阶级家庭里，父亲是银行经理。他年幼时已经表现出对自由和独立的强烈兴趣。青年时代游历了比利时、荷兰、英国和德国，中学就读于阿维庸、卡恩、巴黎等地，随后进入巴黎的法学院和文学院，并进入高等师范学院。1921年他认识让·波朗，发表诗文集《白绵羊》。他一面在阿歇特书局工作（至1937年），一面与《新法兰西杂志》等杂志合作。每天晚上，他都要写作二十几分钟，这样努力的结果是发表了《十二篇小作品》（1926）。他的一生经历了困难和半失业时期。1947至1951年，他辞去了《行动》杂志的领导工作，参加这份杂志工作的有萨特、勒内·沙尔、雷蒙·格诺、加埃唐·皮孔等。他很怕受到约束，也不参加文学流派。1937年他加入法国共产党，1946年离开。其间积极参加抵抗运动。他一心从事诗歌创作，发表了《事物的确定》（1942）、《诗集》（1948）。1952年，他成为法文协会的外籍辅助教师。1952年，《新法兰西杂志》出专号发表了加缪、乔治·布拉克、让·格勒尼埃、安德烈·皮埃尔·德·芒迪亚格等名人对他的评论。他以往的诗作以及《诗歌汇集》（1961）、《肥皂集》（1967）等都具有独创性，并且深化了法国诗歌的题材，创造了一种"物体诗"。1972年，他获得法兰西学士院颁发的诗歌大奖。

蓬热力图创造一种"修辞学"，在他的第一部作品中，他将诗歌、讽刺、寓言结合在一起，在《事物的确定》中，他把散文诗、动物故事、素描、思考放在一起。他力图取消诗与散文之间的距离，他的理想是"通过对象（也就是通过诗）达到一种修辞的形式……再没有十四行诗、颂歌、讽刺诗：诗歌的形式可以说取决于它的对象"（《诗歌汇集》）。萨特认为他"运用了字句的语义厚度：支持事物反对人；支持人的生存（反对把世界限制为表现的理想主义）；使之变成一种美学的成见"（《境遇集》第一卷）。蓬热认为他的诗歌能代替各类词典和一切从大自然、事物出发的抒情诗。让—皮埃尔·里沙这样评价他的诗歌："在世界和语言之间，文学就这样组织了一场捉迷藏的游戏；诗歌的意义变成一种沿着不断更新的、始终有趣味的'能指—所指'的链，对意义基本上未完成的追逐：字句、事物……"他形容自己的工作像鼹鼠一样，"把字句、词组抛在两旁，不顾它们，穿过它们，打开一条道路"。

蓬热的短诗往往描写人同世界的新关系，写的是物象（橘子、贝壳类、虾、蝴蝶、含羞草、运货的木条筐）、现象（水、秋末）、人（体操运动员、年轻的母亲）、地方（海边、勒莫尼埃餐馆）。但是他谈的是与字词不同的东西，例如，他以玻璃杯为题的诗歌是从分析这个词组的字母构成，再铺陈开去的。《事物的确定》的第二篇文字写的是秋末，但全篇写的不完全是秋末的景象，而是从秋天想到了春天。他从雕塑家乔柯梅蒂的人体塑像细长的特点出发，谈论到人的全身重量要落在脚上，还论及引力问题，行走问题，等等。在这些诗歌中，表现了诗人不同寻常的观察和对人生的体验。他追求的是事物的"内部风景"，诗人解释事物，以事物为中介，表达生活的一种信息。他并不满足于散文家儒勒·勒纳尔所喜欢的生动观察，而是竭力深入到事物的核心，还原出每一事物的特点："细小的事物是一幅玄奥的风景。"他描画的是"自然界的现象学"。他强调这样做的困难："我们每时每刻都冒着平庸乏味的危险；或者冒着矫揉造作的危险。"因此他总是选择观察的角度，斟酌字眼，使描绘显得突出、紧凑。

蓬热常常被"表达的狂热"所支配，他以同样篇名的作品，写出不同的形式，标上不同的日期，就像是修改过的多部手稿，字里行间留下诗人的批评注释。他的诗歌不仅是对事物的探索，而且是对语言的探索，对语言的探索又是为了完整表达事物。蓬热不喜欢浪漫主义的夸大、粗疏，而更喜欢古典主义的严峻、刻板，《支持马莱布》（1965）是对这位以作诗严谨著称的古典主义先驱的礼赞，也表明了蓬热对写诗的态度。

从上述几位散文诗作家的创作，可以看出，他们对形式的探索极为关注，并不满足于前人的成就。他们对散文诗的开拓大大发展了这一种文学样式，使之达到前所未有的高度。他们的创作是同世界诗歌的发展潮流同步进行的，反过来也对世界诗歌的发展起了推动作用。他们有一个共同特点，就是力图对世界和人生进行思索。在这种哲理探求中，他们不约而同都对东方，尤其是对中国感到极大的兴趣。东方和中国在他们看来，体现了各种美的存在形式。这里还应提到维克托·塞加朗（Victor Segalen，1878—1919），他也是一个散文诗人，同样对中国文化感兴趣，作品有《碑石》（1912）等。他们的共同兴趣表明他们对西方文明的失望，甚至连中国的表意文字对他们来说也具有一种形式美，更不用说道家哲学使他们迷醉，尽管他们并不真正理解《老子》《易经》。他们往往作为外交官员来到中国，对中国不免有这样那样的偏见，但是他们被中国文化吸引却是事实。法国诗歌和中国文化乃至中国诗歌发生联系，这几位诗人是极好的见证和活生生的例子。

第二十三章　20 世纪其他诗人

　　20世纪的法国诗歌继19世纪之后，出现了繁荣局面，如前所述，象征派方兴未艾，继之又出现了超现实主义，涌现了一批杰出的诗人。除了这两个流派，还出现了新的诗歌创作倾向，它们围绕在这两个主要流派周围，使得20世纪的法国诗坛呈现一派欣欣向荣的景象。

　　20世纪前后，法国诗坛出现了新的流派，它们虽然不能与象征派相颉颃，但是对于推动法国诗歌的发展却起了一定的作用。新流派主要有三个。一是所谓崇尚自然派，代表人物是圣乔治·德·布埃利耶（Saint-Georges de Bouhélier，1876—1947）、欧仁·蒙福尔（Eugène Montfort，1877—1936）。这一诗歌创作运动的宣言刊登在 1897年1月10日的《费加罗报》上。崇尚自然派诗人指责巴那斯派的冷漠和象征派的精巧、无力。他们力图恢复抒情性，并重新找到健康而强有力的灵感冲动。他们歌颂大自然、生活、爱情、劳动、英雄主义。由于他们在艺术上不够成熟，而未能确立为一个有影响的流派，但是他们对安娜·德·诺阿依、弗朗西斯·雅姆和纪德却产生了不少影响。第二个流派是"一体主义"，代表作家有乔治·杜阿梅尔（Georges Duhamel，1884—1966）、勒内·阿尔柯斯（René Arcos，1880—1959）、儒勒·罗曼（Jules Romains，1885—1972）。1906年他们在克雷特依修道院结为团体，所以又名"修道院文社"。1908年儒勒·罗曼的《一体生活》问世，他主张表达集体、人群、城市、民族或大陆的存在："我们面对我们周围并超越我们的生活，感到一种宗教的情感。我们力图通过直接的诗歌表现这种感情。"罗曼认为："我坚定地相信，人与他的城市之间的情感关系，整体思想，广阔的意念，人群的巨大热情，是能够创造一种深邃的抒情性，或者能够创造一种崇高的史诗系列的。我相信艺术中一体主义有它的位置。"一体主义诗人仿效儒勒·罗曼，歌颂支持、团结、互相理解的品德。第三个流派是幻想派，代表作家有保尔—让·图莱（Paul-Jean Toulet，1867—1920）、让·里克图斯（Jehan Rictus，1867—1933）、特里斯坦·克兰索尔（Tristan Klingsor，1874—1966）、雅克·迪索尔（Jacques Dyssord，1880—1952）、弗朗西斯·卡尔科（Francis Carco，1886—1958）、让·佩勒兰（Jean Pellerin，1885—1921）、特里斯坦·德雷姆（Tristan Derème，1889—1941）、让—马克·贝尔纳（Jean-Marc Bernard，1881—1915）等。他们反对夸张、造作、杂乱无章，他们认为这正是新浪漫派或新象征派诗人的弊病，损害了灵感的真诚。他们主张懒洋洋的或开玩笑的情感、轻微的讽刺、腼腆的激动。德雷姆写道："在绝望而死的关头，仍然能够主宰自己不幸的人，给我们做出多么出色的场景啊！"图莱的《反韵集》从容洒脱而又严谨，在诗人去世后发表于1921年，是这个流派的重要作品。

20世纪初期还有一股潮流值得注意，这就是所谓新浪漫主义或新抒情性的诗歌，其代表作家是安娜·德·诺阿依（Anna de Noailles，1876—1933）和夏尔·佩吉（Charles Péguy，1873—1914）。

诺阿依本名安娜·德·布朗柯旺，生于巴黎。她原本不是法国人，后与马蒂厄·德·诺阿依伯爵结婚。在诗集《无数的心》（1901）、《时间的阴影》（1902）和《目眩》（1907）中，她歌唱生活之美、青春的热情、对大自然的爱、南国浴满阳光的灿烂；但她也想到幸福生活的短暂和一切生物的易逝，于是不安代替了热情奔放。她因失去亲人，心灵受到创伤，在《生者与死者》（1913）中倾注了她的郁闷与痛苦。在她成熟的诗集《永恒的力量》（1921）和《痛苦的光荣》（1927）中，激情或快乐的冲动常常让位于忧愁、忍让。诺阿依善于以动人的真诚使浪漫派的题材复活。

佩吉是20世纪初期一个相当重要的法国诗人。他生于奥尔良，父亲是细木匠，母亲是个修理软垫椅的女工。他出生几个月后父亲便亡故，生活一直很艰难。当了一年志愿兵。1894年考入巴黎高等师范学院，一年后回到奥尔良，建立了一个研究社会主义的团体。1896年至1897年再到高师学习，1897年秋天没有毕业便离开了高师。随后他与社会主义倾向的朋友分道扬镳，于1900年1月创办了《半月刊》。这本杂志发表了罗曼·罗兰、安德烈·苏亚雷斯、阿纳托尔·法朗士的作品以及佩吉本人的大部分作品。在世纪初的法国知识界起过很大的作用。1905年至1908年，佩吉从民族主义发展到信仰天主教，并为德雷福斯案件的复审努力。他的第一部诗歌作品是《贞德仁爱之秘》（1910），随后接二连三地发表《第二超德奥秘之门廊》（1911）、《圣婴之秘》（1912）、《圣热纳薇艾芙和贞德像挂毯》（1913）、《圣母像挂毯》（1913）、《夏娃》（1913）。他曾考虑写作《希望的本质》，因战争爆发而未能如愿。佩吉还写了不少政治方面的著述、文学评论以及捍卫柏格森的批评文章。1914年9月5日，他在维勒罗瓦进行的马尔纳战役中头部中弹牺牲，当时他是步兵连长。

佩吉的诗歌虽然大半以宗教为题材，但不同于正统的教会主张。他认为天主教不应成为"富人的宗教"，而应成为"穷人的宗教团体"，他希望回到原始的教会精神中去。在他看来，宗教生活应是对天主的一种天真的、信赖的冲动。他以一种大不敬的自由去评论浪子的寓言；以幽默的口吻去想象圣徒的"阴谋"，他们竭力使神圣的正义向仁慈让步；他让天主讲出粗俗的话；他对豪华的排场和庄严的布道表示不满。在他的长诗中，不时展现农田的风光，其中渗透了诗人对祖国大地深厚的爱。《卢瓦尔河的古堡》这样写道："沿着壮美的峡谷、起伏的山坡，／古堡像临时祭坛般星罗棋布，／迎着清晨和傍晚的庄严肃穆，／卢瓦尔河及其支流从中流过。"在这样美好的国土上，人民安居乐业，可是战争来临了，诗人高歌：

为尘世土地而死的人多幸福，
不过要死在一场正义战争中。
为国土完整而死的人多光荣，
壮烈牺牲的人何等义无反顾。

他自己正是这样为保卫国土的完整而捐躯的。

佩吉的诗歌具有鲜明的特点。表面看来，他的诗歌节奏是沉重的、单调的、困扰人的，令人想起身背重负的步兵的前进，或者基督徒在念连祷文。诗句的构造爱用重复的排比式的句法，缓慢地逐层展开。法国批评家曾经这样给诗歌下定义："诗歌的运动把我们席卷而去：它让我们听到永不停止的，需要指出，甚至永远不慌不忙的时间的脚步声……诗歌把我们席卷而去，史诗的意义就在这里。"这段话用来评论佩吉的诗歌是非常恰当的，他的诗歌正是这样"永不停止"，"永远不慌不忙"。试以下面几句诗为例：

> 小小的希望在她的两个大姐姐中间前进，别人几乎
>
> 没有注意到她。
>
> 在得救的路上，在尘世的路上，在得救的崎岖的路上，
>
> 在无尽的路上，在路上，在她的两个姐姐中间，
>
> 小小的希望
>
> 走在
>
> 她的两个大姐姐中间。

"小小的希望"指宗教所谓的超德，以小姑娘的面貌出现。这四句诗不断重复"路上"，但每次重复意思都有所发展，呈现盘旋式的上升。在这种重复中，体现了诗人严密的思维形式和特殊的表达方式。有的评论家认为这种诗歌就像滔滔不绝的演说一样，它是在寻求准确的表达，同义词的堆积具有一种机械性，它们是循序渐进的。不过，这四句诗没有采用佩吉后来常用的亚历山大体，而是用的自由诗体，长短结合，别有韵味。

部分保留着传统创作手法的诗人还有莱昂—保尔·法尔格（Léon-Paul Fargue，1876—1947）、儒勒·苏佩维埃尔（Jules Supervielle，1884—1960）和皮埃尔·雷韦迪（Pierre Reverdy，1889—1960）。

法尔格是马拉美的弟子，他的早期诗作发表在新象征派的杂志上，1918年问世的《诗集》使他声誉鹊起。他的另外两部诗集《空间》和《灯下》发表于1928年和1929年。他描写的是城市及其魅力和神秘，以朴实的笔调表达面对生活的深沉忧郁和失望。

苏佩维埃尔生于乌拉圭的蒙得维的亚，第一部诗集是《过去的雾》（1900）。重要诗集有《万有引力》（1925）、《无辜的苦役犯》（1930）、《陌生的朋友》（1934）、《世界的童话》（1938）、《健忘的记忆》（1949）。他还写过小说和剧本。他的诗歌语言明晰朴实，情感清新，与艾吕雅相近。他善于描写美洲丛林的野性美，喜欢中间色调，感情细腻。他歌唱景色的和谐、动物的妩媚、爱情的威力。他往往从细微的事物着眼，以表达不可替代的精神实质。"我寻找一滴雨水——它刚刚掉到海里，"这句诗可以作为

苏佩维埃尔全部作品的题词。从这滴雨水，他寻找过去的世界和现今的世界以及未来世界的桥梁，寻找记忆的世界和遗忘的世界之间的桥梁。

雷韦迪在 1915 年发表了《散文诗》，1917 年与阿波利奈尔和马克斯·雅各布创办先锋派杂志《南北》，超现实主义者向他的《天空的残留物》（1924）致意，但是他与超现实主义保持距离。从 1926 年起，他蛰居索莱斯姆修道院，直至逝世。《鬃毛手套》（1927）和《航海日志》（1949）表达了他对生活和艺术的思考。这个孤独的诗人保留着对幸福童年的回忆，他在乡下和海上的美好回忆使他感到巴黎的气氛十分憋人和难受。他不能适应社会生活，便逃遁到诗歌中去。他以密集和惊人的意象去表达他的痛苦或者人类生存条件的不舒适：他笔下的小丑因举哑铃，手臂青紫，"上天可以证明他们的力气是徒劳的"。他能以明晰的笔触重新写出转瞬即逝的印象。他要写出内心的感受："对诗人来说，最重要的是，要做到写出他的内心最闻所未闻的东西；最秘密，隐藏最深，最难揭示，唯一的东西。"

20 世纪下半叶的诗人数以百计，有的已经过历史的考验，有的还很难说是不是能青史留名。这里只能举出较为重要的诗人做一简述。

首先应该提到雅克·普雷维尔（Jacques Prévert，1900—1977）。他生于纳伊，在巴黎长大。曾在大商店当职员，1918 年入伍，战争结束后曾被派往近东。1925 年至 1930 年之间加入过超现实主义，到过美国和苏联。第二次世界大战生活在南方，后来回到巴黎，又来到诺曼底。他的第一部诗集《歌词集》发表于 1946 年。随后有《景观集》（1951）、《雨和晴天》（1955）、《法特拉》（1966）等。普雷维尔的诗歌始终保持了超现实主义的艺术手法，这就是运用"使人惊奇的意象"。他还善用口头语言和日常语言甚至群众语言。在他的诗中，日常事物、街头景象、新闻轶事往往起着一种滑稽的或动人的作用。如早期诗歌中的这一首："一只橘子放在桌上／你的连衣裙摺在地毯上／而你在我的床上／美好的眼下／夜晚的温馨／我的生活多么热烈。"一个意象就像一个个镜头画出了一幅场景。这个时期普雷维尔反对一切妨碍生活和爱情的东西：疾病、战争、暴行、穷困、百无聊赖。他写道："太阳为所有人照耀，却不照耀监狱，／它不为矿工们照耀……／不为星期天下午百无聊赖的人照耀。"工业和财政巨头、法官、教会人士、政客、将军、教授都会成为他抨击的对象。《歌词集》中的诗歌以短促的语句、密集的意象、鲜明的场景，取得极为成功的效果。《早餐》以被冷落的女人的眼光去描写情人的一个个动作，他最后一言不发地走了，"我呢我将头／捧在手里／我伤心落泪"。这首诗用非常简单的语言写成，但却富有诗意。《夜晚的巴黎》写道："三根火柴一根接一根在黑夜中擦亮／第一根为了看看你整个脸／第二根为了看看你的眼／第三根为了看看你的嘴／一片漆黑为了回想这一切／一面把你搂在我怀里。"构思和意象都非常奇特。《巴尔巴拉》将情人幽会的场面放在战争和下雨的背景下，衬托出悲哀的意蕴。普雷维尔的诗歌语言简单明晰，在自由诗中偶尔使用押韵的方式，运用散文体，节奏断断续续，就像电影的蒙太奇一样，这一切构成可以朗读和歌唱的诗歌。他的许多诗都被谱成歌曲，为广大青年所熟知，"他成为50年代唯一能被称为人民诗人的法国诗人"。[1]"没有音乐的帮助是很难达到更广大的读者的。"[2]诗人格诺这样指出："歌曲绝不是一种第二流的艺术。在几年中，歌曲变成很灵巧，幽默，敏感，讽刺性强，非常有趣。歌曲深入到每一个社会阶层。它具有典雅的文字和明显的社会意义。它属于我们的日常生活。"从这段话可以看出，诗与歌结合的体裁在战后获得了多么大的发展。

与普雷维尔齐名的诗人是鲍里斯·维昂（Boris Vian, 1920—1959）。他攻读过哲学，1942年获得工程师文凭。战后他常常光顾存在主义的圈子。他多才多艺，也写小说和戏剧。他会吹喇叭，熟悉爵士乐。他的作品具有黑色幽默意味，诗歌也不例外，例如《进步的悲歌》："从前为了追情人／人们谈论爱情／要更好地表明热情／人们献出他的心／如今再也不一样／这改变了这改变了／为了引诱心上的天使／在她的耳畔悄悄说／啊……古迪尔！……来拥抱我……我会给你／一台冰箱／一部低座小摩托车……一架双人飞机／我们会很幸福。"如此反复咏唱三次，每次都有变化，内容也随之增加。幽默意趣越来越浓。他的诗集有：《蚂蚁》（1949），他的诗歌往往表达对死的恐惧和对生活的赞美。

保留着传统创作内容和手法的诗人有皮埃尔·艾玛纽埃尔（Pierre Emmanuel, 1916—1984）、伊夫·博纳福瓦（Yves Bonnefoy, 1923—2016）等。

艾玛纽埃尔是在第二次世界大战期间崭露头角的，《俄耳甫斯墓》

1　雅克·贝尔萨尼等：《1945—1968年的法国文学》，博尔达斯出版社，1982年，第750页。
2　雅克·贝尔萨尼等：《1945—1968年的法国文学》，博尔达斯出版社，1982年，第750页。

（1941）使他获得了声誉。此后诗集接二连三地出版，其中有《愤怒的日子》（1942）、《同你的保卫者一起战斗》（1942）、《狂热的诗人》（1944）、《自由指引着我们的脚步》（1945）。在他的诗歌中，异教神话和圣经传说（《巴别塔》，1951）在于描绘人的精神历程。对他来说，诗歌要具有"炽热的理智"：诗人的意识虽然是炽热的，但是要保持清醒，要将"概念的逻辑和象征的逻辑"调和起来，变成一种"有深度的逻辑"，它要追求古典的亚历山大体，将同时出现的意象分等级。艾玛纽埃尔还写过自传性的作品，例如《这个人是谁》（1947）、《十一点的工人》（1954）。

博纳福瓦在1953年发表了他的第一部重要作品，此后有《统治荒漠的昨天》（1958）、《岩书》（1965）、《在门槛的圈套中》（1975）等。博纳福瓦感受到人类处境的不舒适，但是他不做反抗，保持"处世的智慧"，他的沉重而热烈的思索被死神无所不在的意象所加强，死神以神话形象杜弗出现，它像凤凰一样，或者以受到威胁的蝾螈来象征，在灰烬中再生；蝾螈一动不动，化为石头，但是保持炽烈的热情，准备着穿过火焰。

现代诗人朝着各种各样的方向发展，他们很难归于同一种倾向。其中较重要的诗人有玛丽·诺埃尔（Marie Noël，1883—1967）、皮埃尔·让·茹弗（Pierre Jean Jouve，1887—1976）、让·凯罗尔（Jean Cayrol，1911—2005）、吕克·埃斯唐（Luc Estang，1911—1992）、帕特里斯·德·拉图德潘（Patrice de la Tour du Pin，1911—1975）、米歇尔·莱里斯（Michel Leiris，1901—1990）、让·塔迪厄（Jean Tardieu，1903—1995）、雅克·奥迪贝蒂（Jacques Audiberti，1899—1965）、罗贝尔·冈佐（Robert Ganzo，1898—1995）、让·福兰（Jean Follain，1903—1971）和欧仁·吉耶维克（Eugène Guillevic，1907—1997）等。

诺埃尔生于奥克西埃尔，一生都待在故乡。父亲是大学教员。获得了大学文凭。从1921年开始发表诗集，充满宗教感情，表达的方式非常细腻和清新。《歌曲和时间》（1921）、《快乐的玫瑰园》（1930）、《歌曲和秋天的圣诗》（1947）、《秋末冬初之歌》（1961）等诗集使她在1962年获得法兰西学士院诗歌大奖和文学家协会诗歌大奖。

茹弗生于阿拉斯，16岁生重病时发表了诗歌。早期的作品都被他自己销毁了。他受过一体主义的影响。二战期间他避居日内瓦，以写诗参加抵抗运动。他的主要诗集有《婚礼集》（1928）、《血汗集》（1933）、《天物集》（1938）、《主，怜悯我们》（1939）、《巴黎处女》（1944）。茹弗是个基督徒，作品要表现天主教的神秘主义；同时他又受到弗洛伊德的影响，他认为潜意识和性欲在人的行为中起着决定性作用，他在《血汗集·序言》中指出："诗歌是爱情的内心媒介。因此，诗人们，我们应该创作出这部《血汗集》，它升华到非常深刻的或者非常高度的本质，这种本质是从可怜而美好的人类色情力量中派生出来的。"茹弗一直忠实于这个诗歌定义。他还认为，心理分析能阐明人在本能主宰和灵性要求之间交战的悲剧。诗人看不到现代人解决这个冲突的办法，预言不可避免要有灾难来临。他反对超现实主义的自动写作法，认为语言的组合不是自由的组合。他的诗歌富有音乐性，受到波德莱尔和奈瓦尔的影响，如这两行诗："天鹅之歌是死亡之歌，但往哪儿／你的纯粹分离之歌。"押韵巧妙。

凯罗尔也是小说家，他的《夜与雾之诗》记载了在纳粹集中营里的可怕经历。《天上现象》（1939）、《故乡的公墓藏骸所》（1950）、《文字也是住所》（1952）表现了作为基督徒的诗人的忧虑。

埃斯唐的诗作有《进山放牧》（1939）、《全福》（1945）、《关于黑夜与白夜》（1962），叙述创造物和造物主之间的对话。

拉图德潘生于巴黎，母亲是爱尔兰人。他从凯尔特人和布列塔尼人的传说中汲取养料，第一部诗集是《寻求快乐》（1933）。《诗歌总集》（1946）试图解释世界和人。在《游移不定的静思》（1948）中，主人公用的是20世纪这个名字（Vincentenaire），他思索的是这样一个问题："怎样才能面对生活，而又不放弃纯洁？"他的作品还有《独自一人的游戏》（1946）、《第二种游戏》（1959）等，1961年获得法兰西学士院诗歌大奖。

莱里斯生于巴黎，1924—1925年间与超现实主义团体接触。曾在一项人种学调查中担当档案秘书，后来出版了记述这段经历的日记。1945年成为《现时代》的创建者之一。诗歌作品有：《幻影集》（1925）、《基点集》（1927）、《极恶集》（1943）和《无夜之夜》（1961）等。他还是个小说家。1929年，他虽然同布勒东决裂，但是他仍然保持超现实主义力图进行心理探索和社会解放的主张。他试图通过梦和语言组合，掌握"野性状态"的想象。

塔迪厄是个画家之子，母亲是个竖琴家。先在法律系，后在巴黎的文学系攻读，战前在阿歇特书局工作，战后在电台工作，1945年至1960年任法国广播和电视台"散文俱乐部和研究中心"主任，1954年至1964年任法国音乐节目主任。他的诗集有：《暗藏的河流》（1933，1968）、《音调集》（1939）、《僵化的日子》（1947）和《先生先生》（1951）。他还写过不少诗剧。他被认为是一个抒情性很强的诗人，他的诗歌充满了梦、幻想、阴影、重影、太阳、河流、天空、道路，他的行文富有幽默意味，如这两句诗："正当阳光灿烂的日子？……／河流呢？大山呢？城市呢？／——我再也不知，再也不知，再也不知。"塔迪厄认为，生活就像河流一样逝去："我的整个一生由这些河流所标志，它们隐藏或消失在山脚下。事物就像它们一样，在显现和消失之间沉浮、变化。我接触到的一切中，一半是石头，一半是泡沫。"诗人透过烟雾去观察世界，事物溶化在这片烟雾中，人成了一片风景，也变成了烟雾，或者消失在蓝天中。他注重语言组合。他获得1972年的法兰西学士院大奖和1976年的批评奖。

奥迪贝蒂曾任安提布法院的书记，然后当记者，先后在《日报》《小巴黎人》报社工作。他的诗集有《帝国和陷阱》（1929）、《人种》（1937）、《种子桶》（1941）、《壁垒》（1953）和《有内脏的天使》（1964）。他还是个小说家和戏剧家。

冈佐生于委内瑞拉，青年时代来到法国，第二次世界大战时积极参加抵抗运动。他善于把现代诗和传统结合起来，在韵律的丰富和节奏的和谐上，在对热带风景的趣味上，在色彩的鲜明上，他堪与巴那斯派媲美。他的诗歌汇集在《诗集》（1956）中。

福兰的父亲是中学教师。他攻读法律，成绩优异，于1924年定居巴黎，进入诉讼代理人的事务所。1927—1952年在巴黎法院任职。1940年入伍当炮兵。从1957年至1969年，到过泰国、日本、巴西、秘鲁、美国、象牙海岸、塞内加尔等地。他的诗集有《存在》（1947）、《疆土》（1953）和《总之》（1967）。福兰提出要"重新找到每种事物赤裸的美，找到简单的工具与匠人伸出或抬起手臂之间的关系"。他的诗很短，写的只是地点、事物、熟悉的人。没有韵脚，没有意象，只有和谐的节奏，其中透露出人和时间搏斗产生的苦恼。

吉耶维克的诗集有《水陆所形成的》（1942）、《执行命令》（1947）、

《卡尔纳克》（1961）等。他描写的是家乡布列塔尼的山峦、树木、岩石、小溪、草地、石头和腐殖土。这是人类从属于大地的标志，在他看来，每样事物都充满了人的秘密，人要为事物服务，拯救事物。由此产生了人与事物的相互关系："我们的两只手就像石头的手一样结合在一起。"诗人是热爱生活的。《执行命令》搜集了占领时期的诗歌，《回忆》是纪念抵抗运动英雄加布里埃尔·佩里的："确实，死亡／在大地造成沉寂／比睡眠更深沉！" 此外，当今的诗人中还可举出安德烈·弗雷诺（André Frénaud，1907—1993）、让·格罗斯让（Jean Grosjean，1912—2006）、阿 兰· 博斯盖（Alain Bosquet，1919—1998）、让—克洛德·勒纳尔（Jean-Claude Renard， 1922—2002）、皮埃尔·奥斯泰尔（Pierre Oster，1933—）、安德烈·杜·布歇 （André du Bouchet，1924—2001）、雅克·杜班（Jacques Dupin，1927—2012），米歇尔·德吉（Michel Deguy，1930—），等等，也就不一一详叙了。他们在诗歌创作上都有一定影响，可是，他们的种种试验还需要时间的考验。

主要参考书目

Abraham（Pierre）,Desné（Roland）. *Manuel d'histoire littéraire de la France*, Editions sociales,1972—1977.

Adam（Anloine）,Lerminier（Georges）, Morot-Sir (Edouard）. *Littérature fran.aise 2 vol.*, Larousse, 1968.

Adam（Antoine）. *Histoire de la littérature fran.aise au XVIIe siècle*,Domat-Del Duca,1952—1962.
——*Verlaine*,Hatier-Boivin,1953.

Albouy（Pierre）. *La création mythologique chez Victor Hugo*,José Corti, 1963.

Apollinaire（Guillaume）. *Alcools,choix de poèmes*, Nouveaux classiques Larousse, 1965.
——*OEuvres poétiques complètes*, Gallimard,1983.

Aragon（Louis）. *Choix de poèmes*, Temps actuels,1983.

Astre（Marie-Louise.）, Colmez（Fran.oise）. *Poésie fran.aise*,Bordas,1982.

Bade（Pierre-Yves）. *Introduction à la vie littéraire du Moyen age*, Bordas,1969.

Barrère（Jean-Bertrand）. *Hugo*, Hatier,1967.

Baudelaire. *OEuvres complètes, 2 vol. Gallimard*, 1957, 1985.

Bédier（Joseph）. *La chanson de Roland*, H. Piazza, 1937.

Bergson（Henri）. *Le rire*, PUF,1956.

Bersani（Jacques）,Autrand（Michel）, Lecarme（Jaeques）,Vercier（Bruno）. *La littérature en France de 1945 à 1968*, Bordas, 1982.

Boileau（Nicolas）. *OEuvres complètes*, Gallimard, 1966.

Boisdeffre（Pierre de）. *Les poètes fran.ais d'aujourd'hui*, PUF, 1973.

Bonnefoy（Yves）. *Rimbaud*, Seuil, 1967.

Brenner（Jacques）. *Histoire de la littérature fran.aise de 1940 à nos jours*, Fayard, 1978.

Breton（André）. *Manifestes du surréalisme*, Gallimard, 1977.

Brunel（Pierre）,Bellenger（Yvonne）,Couty（Daniel）, Sellier（Philippe）, Truffet（Michel）. *Histoire de la littérature fran.aise, 2 vol.*, Bordas, 1972.

Castex（Pierre-Georges）. *Alfred de Vigny*, Hatier, 1952.

Castex（Pierre-Georges）, Surer（Paul）, Becker（Georges）. *Histoire de la littérature fran.aise*, Hachette, 1974.

Chénier（André）. *OEuvres complètes*, Gallimard, 1940.

Clarac（Pierre）. *Boileau*, Hatier, 1964.

——*La Fontaine*, Hatier, 1959.

Claude（Paul）. *OEuvres poétiques*, Gallimard, 1957.

Claudon（Francis）. *Encyclopédie du romantisme*, Somogy, 1980.

Corneille（Pierre）. *OEuvres complètes*, Seuil, 1963.

Couton（Georges）. *Corneille*, Hatier, 1958.

Éluard（Paul）. *OEuvres complètes*, Gallimard, 1968.

Eluard（Paul）. *Poèmes choisis*, Temps actuels, 1982.

Flottes（Pierre）. *Leconte de Lisle*, Hatier-Boivin, 1954.

Genti（Pierre Le）. *La chanson de Roland*, Hatier, 1967.

——*La littérature fran.aise du Moyen-age*, Armand Colin, 1968.

——*Villon*, Hatier, 1967.

Guichemerre（Roger）. *La Comédie avant Molière*（1640—1660）, Armand Colin,1972.

Guiette（Robert）. *Fabliaux et contes*, Club du Meilleur Livre, 1960.

Guillemin（Henri）. *Victor Hugo par lui-même*, Seuil, 1951.

Hugo（Victor）. *OEuvres poétiques complètes*, Jean Jacques Pauvert, 1961.

La Fontaine（Jeande）. *OEuvres, 2 vol.*, Garnier, 1961—1962.

Lagarde（André）, Michard（Laurent）. *Du Moyen-age, à XXe siècle, 6 vol.*, Bordas, 1973.

Lamartine（Alphonse de）. *OEuvres poétiques,* Gallimard, 1963.

Lanson（Gustave）. *Histoire de la littérature fran.aise*, Hachette, 1903.

Lema.tre（Henri）. *La poésie depuis Baudelaire*, Armand Colin. 1965.

——*La littérature fran.aise,5 vol.*, Bordas,1972.

Les critiques de notre temps et Apollinaire, Garnier, 1971.

Les critiques de notre temps et Valéry, Garnier 1971.

Leuillio（Bernard）. *Anthologie de la poésie fran.aise du XIXe siècle*, Gallimard, 1984.

Malherbe（Fran.ois de）. *OEuvres*, Gallimard,1971.

Mallarmé（Stephane）. *OEuvres complètes*, Gallimard,1970.

Mary（André）. *Anthologie poétique fran.aise*, Garnier-Flammarion, 1967.

——*Le roman de la rose*, Gallimard, 1966.

Molière. *OEuvres complètes, 2 vol.*, Gallimard, 1971.

Musse（Alfred de）. *Poésies complètes,*Gallimard,1933.

Nadeau（Maurice）. *Histoire du surréalisme,*Seuil,1945.

Naves（Raymond）. *Voltaire：l 'homme et l '.uvre*, Hatier, 1969.

主要参考书目

Nerval（Gérard de）. *Poésies*, Livre de Poche, 1964.

Pauphile（Albert）. *Poètes et romanciers du Moyen-age*, Gallimard,1952.

Péguy（Charles）. OEuvres poétiques complètes,Gallimard,1957.

Picot（Guillaume）. *La poésie lyrique au Moyen-age*, Nouveaux classiques Larousse, 1965.

Poètes fran. *ais des XIXe et XXe siècle*, Livre de Poche, 1987.

Pomeau（René）. *Voltaire par lui-même*, Seuil, 1960.

Poule（Georges）. *Trois essais de mythologie romantique*, José Corti, 1966.

Racine（Jean）. *OEuvres complètes*, Seuil, 1962.

Raymond（Marcel）. *De Baudelaire au surréalisme*, José Corti, 1969.

Richard（Jean-Pierre）. *études sur le romantisme*, Seuil, 1971.

——*Poésie et profondeur*, Seuil, 1955.

Rimbaud（Arthur）. *OEuvres complètes*, Gallimard, 1972.

Rincé（Dominique）. *Baudelaire：Les fleurs du mal*, Nathan, 1983.

——*La poésie romantique*, Nathan, 1983.

Roger（Jacques）, Payen（Jean-Charles）. *Histoire de la littérature fran.aise*, Armand Colin, 1969.

Ronsard（Pierre de）. *OEuvres complètes, 2 vol.*, Gallimard, 1950.

Rousse（Jean）. *La littérature de l'age baroque en France*, José Corti, 1954.

Ruff（Marcel Albert）. *Baudelaire：l'homme et l'.uvre*, Hatier-Boivin,1955.

Saulnier（Verdun-Louis）. *Du Bellay*, Hatier, 1951.

Schmid（Albert-Marie）. *Poètes du XVIe siècle*, Gallimard, 1952.

Tieghem（Philippe Van）. *Le romantisme fran.ais*, PUF, 1968.

——*Musset*, Hatier, 1957.

Todorov（Tzvetan）. *Symbolisme et interprétation*, Seuil, 1978.

Truche（Jacques）. *La tragédie classique en France*, PUF, 1976.

Valéry（Paul）. *OEuvres, 2 vol.,Gallimard*, 1960.

Verlaine（Paul）. *OEuvres poétiques*, Gallimard, 1948.

Vieghem（Paul Van）. *Le romantisme dans la littérature européenne*, Albin Michel, 1969.

Vigny（Alfred de）. *OEuvres complètes*, Gallimard, 1948.

Weber（Henri）. *La création poétique au XVIe siècle en France*, Nizet, 1956.

九三年

笑面人

红与黑

基督山恩仇记（I II III）

茶花女

局外人

魔沼

名人传

八十天环游地球

海底两万里

神秘岛

小王子

青鸟

巴尔扎克中短篇小说选

莫泊桑中短篇小说选

梅里美中短篇小说选

法国名家短篇小说选

法国名家散文选

法国诗选（I II III）